老舍

骆驼祥子
不说谎的人

老舍 / 著

老舍小说精选

四川出版集团
巴蜀书社

图书在版编目（CIP）数据

骆驼祥子·不说谎的人／老舍著．

成都：巴蜀书社，2013.12（2017.2重印）

ISBN 978-7-5531-0382-2

Ⅰ.①骆…

Ⅱ.①老…

Ⅲ.①小说集-中国-现代

Ⅳ.①I246

中国版本图书馆 CIP 数据核字（2013）第 288876 号

选题策划：	金丽红　黎　波　安波舜
项目策划：	罗小洁
责任编辑：	罗小洁　童际鹏
助理编辑：	张晓郁　肖　静
封面设计：	棱角视觉 ANGULAR VISION　Tel 010-84829921
媒体运营：	张　坚　严晶晶
责任印制：	张志杰

出　　版：	四川出版集团巴蜀书社	电话：（028）86259397
地　　址：	成都市槐树街 2 号	邮编：610031
网　　址：	www.bsbook.com	
发　　行：	北京长江新世纪文化传媒有限公司	
电　　话：	010-58678881	传真：010-58677346
地　　址：	北京市朝阳区曙光西里甲 6 号时间国际大厦 A 座 1905 室	
邮　　编：	100028	
印　　刷：	北京正合鼎业印刷技术有限公司	

开本：880 毫米×1230 毫米　　1/32	印张：11.375
版次：2013 年 12 月第 1 版	印次：2017 年 2 月第 3 次印刷
字数：268 千字	

定价：29.00 元

版权所有，盗版必究（举报电话：010-58678881）

（图书如出现印装质量问题，请与本社北京图书中心联系调换）

　　我们承诺保护环境和负责任地使用自然资源。我们将协同我们的纸张供应商，逐步停止使用来自原始森林的纸张印刷书籍。这本书是朝这个目标前进迈进的重要一步。这是一本环境友好型纸张印刷的图书。我们希望广大读者都参与到环境保护的行列中来，认购环境友好型纸张印刷的图书。

1936年老舍创作《骆驼祥子》时摄于青岛。

你可倒好！肉包子打狗，一去不回頭啊！她的嗓門很高，和平日在車廠与車夫们吵嘴时一樣。說出這两句来，她臉的笑意一点也没有了，忽然的彷彿感到一種羞愧似，她咬上了嘴唇。

"别噎！"祥子似乎把全身的力量都放在唇上，爆裂出這两個字，聲很小，可是極有力。

"噎！我纔怕呢！"她惡意的笑了，"可是不由她自己似的把聲音稍放低了些。"怨不得你躲着我呢，敢情這兒有個小妖精似的小老媽兒。我早就知道你不是玩藝，别看傻大黑粗的，鞭子拔烟袋，不傻使亮傻！她的聲音又高了起去。

"别噎！"祥子唯怨怕高媽在門裡偷着聽話兒。"别噎！這麼来！"他一边说一边往馬路上走。

（全頁六百字） 青島荒島書店製

祥子几乎没有力量迈出大门坎去。昏头打脑的，脚还在门坎内，借着街上的灯光，已看见了刘姑娘。她的脸上大概又擦了粉，被灯光照得显出点灰绿色，像黑枯了的树叶上挂着层霜。祥子真不敢正眼看她。

虎妞脸上的神情很复杂：眼中带出些渴望看到他的光兜，嘴而是张着点，露出点兜尖笑，鼻子纵起些纹缕，摺蹙着些不屑与急切，眉稜了着，在一脸的怪粉上显出妖媚而霸道。看见祥子出来，她的嘴唇撇了撇，脸上的各种神情一时找不到个适当的归束。她嗯了口吐沫，把披雜的神气与情感似乎镇押下去，拿出点由刘四下淂来的外场劲兜，半惭半笑，假装园不在乎的样子打了句哈？：

《骆驼祥子》手稿

《骆驼祥子》1936年在《宇宙风》的发表页。

内容简介

本书收录了老舍代表作《骆驼祥子》，以及老舍在1933到1943年写就的精彩的中短篇小说。

老舍的创作，凝聚了他对北京文化的深厚感情和深切反省，以及对市民社会深入细致的观察。从人力车夫的奋斗（《骆驼祥子》）、弱女子的挣扎（《月牙儿》《微神》）、到胡同大院的生活和爱情（《买彩票》《有声电影》《热包子》、从末世英雄的孤傲隐忍（《断魂枪》），官场中人的虚伪懦弱（《不说谎的人》《且说屋里》，到新式知识分子与腐败官僚的对抗（《不成问题的问题》），老舍写尽社会百态、人生悲喜，善意的讽刺里带着真挚的悲悯。与鲁迅等五四精英知识分子叙事立场不同，老舍的立场更多带着平民知识分子色彩，他刚强而随和、朴素而文雅；小说语言幽默、温和、真诚、义气，蕴含着崇高与朴素自然融合的审美特质。

说 明

老舍的文章，有部分用字反映了当时或老舍本人的用字（以及标点）习惯，与现在常用字不同。如"较比"现作"比较"，"作工"现作"做工"，"跌交"现作"跌跤"，"含忽"现作"含糊"，"楞着"现作"愣着"等。五四时期新文学作品中，"的""地""得"没有现今的区分方法。

我国的语言文字法规定，"有特殊情形的，如出版教学、研究等需要使用繁体字或异体字的，可以保留使用。"为了保留老舍作品的原貌，本书保留这部分异形字（词）和标点的原有写法，特此说明。

骆驼祥子
不说谎的人

目录

骆驼祥子 / 001

断魂枪 / 207

马裤先生 / 215

善人 / 221

老字号 / 227

微神 / 234

黑白李 / 246

月牙儿 / 260

且说屋里 / 288

热包子 / 304

有声电影 / 308

买彩票 / 312

不说谎的人 / 314

不成问题的问题 / 321

骆驼祥子

一

我们所要介绍的是祥子,不是骆驼,因为"骆驼"只是个外号;那么,我们就先说祥子,随手儿把骆驼与祥子那点关系说过去,也就算了。

北平的洋车夫有许多派:年轻力壮,腿脚灵利的,讲究赁①漂亮的车,拉"整天儿",爱什么时候出车与收车都有自由;拉出车来,在固定的"车口"②或宅门一放,专等坐快车的主儿;弄好了,也许一下子弄个一块两块的;碰巧了,也许白耗一天,连"车份儿"也没着落,但也不在乎。这一派哥儿们的希望大概有两个:或是拉包车;或是自己买上辆车,有了自己的车,再去拉包月或散座就没大关系了,反正车是自己的。

比这一派岁数稍大的,或因身体的关系而跑得稍差点劲的,或因家庭的关系而不敢白耗一天的,大概就多数的拉八成新的车;人与车都有相当的漂亮,所以在要价儿的时候也还能保持住相当的尊严。这派的车夫,也许拉"整天",也许拉"半天"。在后者的情形下,因为还有相当的精气神,所以无论冬天夏天总是

---

① 赁:租。
② 车口:停车的地方。

"拉晚儿"①。夜间,当然比白天需要更多的留神与本事;钱自然也多挣一些。

年纪在四十以上,二十以下的,恐怕就不易在前两派里有个地位了。他们的车破,又不敢"拉晚儿",所以只能早早的出车,希望能从清晨转到午后三四点钟,拉出"车份儿"和自己的嚼谷②。他们的车破,跑得慢,所以得多走路,少要钱。到瓜市,果市,菜市,去拉货物,都是他们;钱少,可是无须快跑呢。

在这里,二十岁以下的——有的从十一二岁就干这行儿——很少能到二十岁以后改变成漂亮的车夫的,因为在幼年受了伤,很难健壮起来。他们也许拉一辈子洋车,而一辈子连拉车也没出过风头。那四十以上的人,有的是已拉了十年八年的车,筋肉的衰损使他们甘居人后,他们渐渐知道早晚是一个跟头会死在马路上。他们的拉车姿式,讲价时的随机应变,走路的抄近绕远,都足以使他们想起过去的光荣,而用鼻翅儿扇着那些后起之辈。可是这点光荣丝毫不能减少将来的黑暗,他们自己也因此在擦着汗的时节常常微叹。不过,以他们比较另一些四十上下岁的车夫,他们还似乎没有苦到了家。这一些是以前决没想到自己能与洋车发生关系,而到了生和死的界限已经不甚分明,才抄起车把来的。被撤差的巡警或校役,把本钱吃光的小贩,或是失业的工匠,到了卖无可卖,当无可当的时候,咬着牙,含着泪,上了这条到死亡之路。这些人,生命最鲜壮的时期已经卖掉,现在再把窝窝头变成的血汗滴在马路上。没有力气,没有经验,没有朋友,就是在同行的当中也得不到好气儿。他们拉最破的车,皮带不定一天泄多少次气;一边拉着人还得一边儿央求人家原谅,虽

---

① 拉晚儿:特指人力车夫夜间出车,一般为下午四点直到天亮之前。
② 嚼谷:指生活费;口粮。

然十五个大铜子儿已经算是甜买卖。

此外，因环境与知识的特异，又使一部分车夫另成派别。生于西苑海甸的自然以走西山，燕京，清华，较比方便；同样，在安定门外的走清河，北苑；在永定门外的走南苑……这是跑长趟的，不愿拉零座；因为拉一趟便是一趟，不屑于三五个铜子的穷凑了。可是他们还不如东交民巷的车夫的气儿长，这些专拉洋买卖的①讲究一气儿由交民巷拉到玉泉山，颐和园或西山。气长也还算小事，一般车夫万不能争这项生意的原因，大半还是因为这些吃洋饭的有点与众不同的知识，他们会说外国话。英国兵，法国兵，所说的万寿山，雍和宫，"八大胡同"，他们都晓得。他们自己有一套外国话，不传授给别人。他们的跑法也特别，四六步儿不快不慢，低着头，目不旁视的，贴着马路边儿走，带出与世无争，而自有专长的神气。因为拉着洋人，他们可以不穿号坎，而一律的是长袖小白褂，白的或黑的裤子，裤筒特别肥，脚腕上系着细带；脚上是宽双脸千层底青布鞋；干净，利落，神气。一见这样的服装，别的车夫不会再过来争座与赛车，他们似乎是属于另一行业的。

有了这点简单的分析，我们再说祥子的地位，就像说——我们希望——一盘机器上的某种钉子那么准确了。祥子，在与"骆驼"这个外号发生关系以前，是个较比有自由的洋车夫，这就是说，他是属于年轻力壮，而且自己有车的那一类：自己的车，自己的生活，都在自己手里，高等车夫。

这可绝不是件容易的事。一年，二年，至少有三四年；一滴汗，两滴汗，不知道多少万滴汗，才挣出那辆车。从风里雨里的咬牙，从饭里茶里的自苦，才赚出那辆车。那辆车是他的一切挣

---

① 从前东交民巷为使馆区，拉洋买卖的人力车夫必经之地。

扎与困苦的总结果与报酬,像身经百战的武士的一颗徽章。在他赁人家的车的时候,他从早到晚,由东到西,由南到北,像被人家抽着转的陀螺;他没有自己。可是在这种旋转之中,他的眼并没有花,心并没有乱,他老想着远远的一辆车,可以使他自由,独立,像自己的手脚的那么一辆车。有了自己的车,他可以不再受拴车的人们的气,也无须敷衍别人;有自己的力气与洋车,睁开眼就可以有饭吃。

他不怕吃苦,也没有一般洋车夫的可以原谅而不便效法的恶习,他的聪明和努力都足以使他的志愿成为事实。假若他的环境好一些,或多受着点教育,他一定不会落在"胶皮团"①里,而且无论是干什么,他总不会辜负了他的机会。不幸,他必须拉洋车;好,在这个营生里他也证明出他的能力与聪明。他仿佛就是在地狱里也能作个好鬼似的。生长在乡间,失去了父母与几亩薄田,十八岁的时候便跑到城里来。带着乡间小伙子的足壮与诚实,凡是以卖力气就能吃饭的事他几乎全作过了。可是,不久他就看出来,拉车是件更容易挣钱的事;作别的苦工,收入是有限的;拉车多着一些变化与机会,不知道在什么时候与地点就会遇到一些多于所希望的报酬。自然,他也晓得这样的机遇不完全出于偶然,而必须人与车都得漂亮精神,有货可卖才能遇到识货的人。想了一想,他相信自己有那个资格:他有力气,年纪正轻;所差的是他还没有跑过,与不敢一上手就拉漂亮的车。但这不是不能胜过的困难,有他的身体与力气作基础,他只要试验个十天半月的,就一定能跑得有个样子,然后去赁辆新车,说不定很快的就能拉上包车,然后省吃俭用的一年二年,即使是三四年,他必能自己打上一辆车,顶漂亮的车!看着自己的青年的肌肉,他

---

① 胶皮团:指拉人力车的行当。

以为这只是时间的问题,这是必能达到的一个志愿与目的,绝不是梦想!

他的身量与筋肉都发展到年岁前边去;二十来的岁,他已经很大很高,虽然肢体还没被年月铸成一定的格局,可是已经像个成人了——一个脸上身上都带出天真淘气的样子的大人。看着那高等的车夫,他计划着怎样杀进他的腰①去,好更显出他的铁扇面似的胸,与直硬的背;扭头看看自己的肩,多么宽,多么威严!杀好了腰,再穿上肥腿的白裤,裤脚用鸡肠子带儿系住,露出那对"出号"的大脚!是的,他无疑的可以成为最出色的车夫;傻子似的他自己笑了。

他没有什么模样,使他可爱的是脸上的精神。头不很大,圆眼,肉鼻子,两条眉很短很粗,头上永远剃得发亮。腮上没有多余的肉,脖子可是几乎与头一边儿②粗;脸上永远红扑扑的,特别亮的是颧骨与右耳之间一块不小的疤——小时候在树下睡觉,被驴啃了一口。他不甚注意他的模样,他爱自己的脸正如同他爱自己的身体,都那么结实硬棒;他把脸仿佛算在四肢之内,只要硬棒就好。是的,到城里以后,他还能头朝下,倒着立半天。这样立着,他觉得,他就很像一棵树,上下没有一个地方不挺脱的。

他确乎有点像一棵树,坚壮,沉默,而又有生气。他有自己的打算,有些心眼,但不好向别人讲论。在洋车夫里,个人的委屈与困难是公众的话料,"车口儿"上,小茶馆中,大杂院里,每人报告着形容着或吵嚷着自己的事,而后这些事成为大家的财产,像民歌似的由一处传到一处。祥子是乡下人,口齿没有城里人那么灵便;设若口齿灵利是出于天才,他天生来的不愿多说话,所以也不

---

① 杀进腰:指把腰勒得细一些。

② 一边儿:一般,同样。

愿学着城里人的贫嘴恶舌。他的事他知道,不喜欢和别人讨论。因为嘴常闲着,所以他有工夫去思想,他的眼仿佛是老看着自己的心。只要他的主意打定,他便随着心中所开开的那条路儿走;假若走不通的话,他能一两天不出一声,咬着牙,好似咬着自己的心!

他决定去拉车,就拉车去了。赁了辆破车,他先练练腿。第一天没拉着什么钱。第二天的生意不错,可是躺了两天,他的脚脖子肿得像两条瓠子似的,再也抬不起来。他忍受着,不管是怎样的疼痛。他知道这是不可避免的事,这是拉车必须经过的一关。非过了这一关,他不能放胆的去跑。

脚好了之后,他敢跑了。这使他非常的痛快,因为别的没有什么可怕的了:地名他很熟习,即使有时候绕点远也没大关系,好在自己有的是力气。拉车的方法,以他干过的那些推,拉,扛,挑的经验来领会,也不算十分难。况且他有他的主意:多留神,少争胜,大概总不会出了毛病。至于讲价争座,他的嘴慢气盛,弄不过那些老油子们。知道这个短处,他干脆不大到"车口儿"上去;哪里没车,他放在哪里。在这僻静的地点,他可以从容的讲价,而且有时候不肯要价,只说声:"坐上吧,瞧着给!"他的样子是那么诚实,脸上是那么简单可爱,人们好像只好信任他,不敢想这个傻大个子是会敲人的。即使人们疑心,也只能怀疑他是新到城里来的乡下老儿,大概不认识路,所以讲不出价钱来。及至人们问到,"认识呀?"他就又像装傻,又像耍俏的那么一笑,使人们不知怎样才好。

两三个星期的工夫,他把腿溜出来了。他晓得自己的跑法很好看。跑法是车夫的能力与资格的证据。那撇着脚,像一对蒲扇在地上扇乎的,无疑的是刚由乡间上来的新手。那头低得很深,双脚蹭地,跑和走的速度差不多,而颇有跑的表示的,是那些五十岁以上的老者们。那经验十足而没什么力气的却另有一种方法：胸向内含，度数很深；腿抬得很高；一走一探头；这样，他们就带出跑得很用力的样子，而在事实上一点也不比别人快；他们仗着"作派"去维持自己的尊严。祥子当然决不采取这几种姿态。他的腿长步大，腰里非常的稳，跑起来没有多少响声，步步都有些伸缩，车把不动，使座儿觉到安全，舒服。说站住，不论在跑得多么快的时候，大脚在地上轻蹭两蹭，就站住了；他的力气似乎能达到车的各部分。脊背微俯，双手松松拢住车把，他活动，利落，准确；看不出急促而跑得很快，快而没有危险。就是在拉包车的里面，这也得算很名贵的。

他换了新车。从一换车那天，他就打听明白了，像他赁的那辆——弓子软，铜活地道，雨布大帘，双灯，细脖大铜喇叭——值一百出头；若是漆工与铜活含忽一点呢，一百元便可以打住。大概的说吧，他只要有一百块钱，就能弄一辆车。猛然一想，一天要是能剩一角的话，一百元就是一千天，一千天！把一千天堆到一块，他几乎算不过来这该有多么远。但是，他下了决心，一千天，一万天也好，他得买车！第一步他应当，他想好了，去拉包车。遇上交际多，饭局多的主儿①，平均一月有上十来个饭局，他就可以白落两三块的车饭钱。加上他每月再省出个块儿八角的，也许是三头五块的，一年就能剩起五六十块！这样，他的希望就近便多多了。他不吃烟，不喝酒，不赌钱，没有任何嗜好，没有家庭的累赘，只要他自己肯咬牙，事儿就没有个不成。他对自己起下了誓，一年半的工夫，他——祥子——非打成自己的车不可！是现打的，不要旧车见过新的。

他真拉上了包月。可是，事实并不完全帮助希望。不错，他确是咬了牙，但是到了一年半他并没还上那个愿。包车确是拉上

---

① 主儿：指人力车的顾客，雇主。

了，而且谨慎小心的看着事情；不幸，世上的事并不是一面儿的。他自管小心他的，东家并不因此就不辞他；不定是三两个月，还是十天八天，吹了①；他得另去找事。自然，他得一边儿找事，还得一边儿拉散座；骑马找马，他不能闲起来。在这种时节，他常常闹错儿。他还强打着精神，不专为混一天的嚼谷，而且要继续着积储买车的钱。可是强打精神永远不是件妥当的事：拉起车来，他不能专心一志的跑，好像老想着些什么，越想便越害怕，越气不平。假若老这么下去，几时才能买上车呢？为什么这样呢？难道自己还算个不要强的？在这么乱想的时候，他忘了素日的谨慎。皮轮子上了碎铜烂磁片，放了炮；只好收车。更严重一些的，有时候碰了行人，甚至有一次因急于挤过去而把车轴盖碰丢了。设若他是拉着包车，这些错儿绝不能发生；一搁下了事，他心中不痛快，便有点楞头磕脑的。碰坏了车，自然要赔钱；这更使他焦躁，火上加了油；为怕惹出更大的祸，他有时候懊睡一整天。及至睁开眼，一天的工夫已白白过去，他又后悔，自恨。还有呢，在这种时期，他越着急便越自苦，吃喝越没规则；他以为自己是铁作的，可是敢情他也会病。病了，他舍不得钱去买药，自己硬挺着；结果，病越来越重，不但得买药，而且得一气儿休息好几天。这些个困难，使他更咬牙努力，可是买车的钱数一点不因此而加快的凑足。

整整的三年，他凑足了一百块钱！

他不能再等了。原来的计划是买辆最完全最新式最可心的车，现在只好按着一百块钱说了。不能再等；万一出点什么事再丢失几块呢！恰巧有辆刚打好的车（定作而没钱取货的）跟他所期望的车差不甚多；本来值一百多，可是因为定钱放弃了，车铺愿意少要一

---

① 吹：指事情不成功，工作丢了。

点。祥子的脸通红，手哆嗦着，拍出九十六块钱来："我要这辆车！"铺主打算挤到个整数，说了不知多少话，把他的车拉出去又拉进来，支开棚子，又放下，按按喇叭，每一个动作都伴着一大串最好的形容词；最后还在钢轮条上踢了两脚，"听听声儿吧，铃铛似的！拉去吧，你就是把车拉碎了，要是钢条软了一根，你拿回来，把它摔在我脸上！一百块，少一分咱们吹！"祥子把钱又数了一遍："我要这辆车，九十六！"铺主知道是遇见了一个心眼的人，看看钱，看看祥子，叹了口气："交个朋友，车算你的了；保六个月：除非你把大箱碰碎，我都白给修理；保单，拿着！"

　　祥子的手哆嗦得更厉害了，揣起保单，拉起车，几乎要哭出来。拉到个僻静地方，细细端详自己的车，在漆板上试着照照自己的脸！越看越可爱，就是那不尽合自己的理想的地方也都可以原谅了，因为已经是自己的车了。把车看得似乎暂时可以休息会儿了，他坐在了水簸箕的新脚垫儿上，看着车把上的发亮的黄铜喇叭。他忽然想起来，今年是二十二岁。因为父母死得早，他忘了生日是在哪一天。自从到城里来，他没过一次生日。好吧，今天买上了新车，就算是生日吧，人的也是车的，好记，而且车既是自己的心血，简直没什么不可以把人与车算在一块的地方。

　　怎样过这个"双寿"呢？祥子有主意：头一个买卖必须拉个穿得体面的人，绝对不能是个女的。最好是拉到前门，其次是东安市场。拉到了，他应当在最好的饭摊上吃顿饭，如热烧饼夹爆羊肉之类的东西。吃完，有好买卖呢就再拉一两个；没有呢，就收车；这是生日！

　　自从有了这辆车，他的生活过得越来越起劲了。拉包月也好，拉散座也好，他天天用不着为"车份儿"着急，拉多少钱全是自己的。心里舒服，对人就更和气，买卖也就更顺心。拉了半年，他的希望更大了：照这样下去，干上二年，至多二年，他就又可以买辆车，一辆，两辆……他也可以开车厂子了！

可是，希望多半落空，祥子的也非例外。

二

因为高兴，胆子也就大起来；自从买了车，祥子跑得更快了。自己的车，当然格外小心，可是他看看自己，再看看自己的车，就觉得有些不是味儿，假若不快跑的话。

他自己，自从到城里来，又长高了一寸多。他自己觉出来，仿佛还得往高里长呢。不错，他的皮肤与模样都更硬棒与固定了一些，而且上唇上已有了小小的胡子；可是他以为还应当再长高一些。当他走到个小屋门或街门而必须大低头才能进去的时候，他虽不说什么，可是心中暗自喜欢，因为他已经是这么高大，而觉得还正在发长，他似乎既是个成人，又是个孩子，非常有趣。

这么大的人，拉上那么美的车，他自己的车，弓子软得颤悠颤悠的，连车把都微微的动弹；车箱是那么亮，垫子是那么白，喇叭是那么响；跑得不快怎能对得起自己呢，怎能对得起那辆车呢？这一点不是虚荣心，而似乎是一种责任，非快跑，飞跑，不足以充分发挥自己的力量与车的优美。那辆车也真是可爱，拉过了半年来的，仿佛处处都有了知觉与感情，祥子的一扭腰，一蹲腿，或一直脊背，它都就马上应合着，给祥子以最顺心的帮助，他与它之间没有一点隔膜别扭的地方。赶到遇上地平人少的地方，祥子可以用一只手拢着把，微微轻响的皮轮像阵利飕的小风似的催着他跑，飞快而平稳。拉到了地点，祥子的衣裤都拧得出汗来，哗哗的，像刚从水盆里捞出来的。他感到疲乏，可是很痛快的，值得骄傲的，一种疲乏，如同骑着名马跑了几十里那样。

假若胆壮不就是大意,祥子在放胆跑的时候可并不大意。不快跑若是对不起人,快跑而碰伤了车便对不起自己。车是他的命,他知道怎样的小心。小心与大胆放在一处,他便越来越能自信,他深信自己与车都是铁作的。

因此,他不但敢放胆的跑,对于什么时候出车也不大去考虑。他觉得用力拉车去挣口饭吃,是天下最有骨气的事;他愿意出去,没人可以拦住他。外面的谣言他不大往心里听,什么西苑又来了兵,什么长辛店又打上了仗,什么西直门外又在拉伕,什么齐化门已经关了半天,他都不大注意。自然,街上铺户已都上了门,而马路上站满了武装警察与保安队,他也不便故意去找不自在,也和别人一样急忙收了车。可是,谣言,他不信。他知道怎样谨慎,特别因为车是自己的,但是他究竟是乡下人,不像城里人那样听见风便是雨。再说,他的身体使他相信,即使不幸赶到"点儿"上,他必定有办法,不至于吃很大的亏;他不是容易欺侮的,那么大的个子,那么宽的肩膀!

战争的消息与谣言几乎每年随着春麦一块儿往起长,麦穗与刺刀可以算作北方人的希望与忧惧的象征。祥子的新车刚交半岁的时候,正是麦子需要春雨的时节。春雨不一定顺着人民的盼望而降落,可是战争不管有没有人盼望总会来到。谣言吧,真事儿吧,祥子似乎忘了他曾经作过庄稼活;他不大关心战争怎样的毁坏田地,也不大注意春雨的有无。他只关心他的车,他的车能产生烙饼与一切吃食,它是块万能的田地,很驯顺的随着他走,一块活地,宝地。因为缺雨,因为战争的消息,粮食都长了价钱;这个,祥子知道。可是他和城里人一样的只会抱怨粮食贵,而一点主意没有;粮食贵,贵吧,谁有法儿教它贱呢?这种态度使他只顾自己的生活,把一切祸患灾难都放在脑后。

设若城里的人对于一切都没有办法,他们可会造谣言——有时完全无中生有，有时把一分真事说成十分——以便显出他们并不愚傻与不作事。他们像些小鱼，闲着的时候把嘴放在水皮上，吐出几个完全没用的水泡儿也怪得意。在谣言里，最有意思是关于战争的。别种谣言往往始终是谣言，好像谈鬼说狐那样，不会说着说着就真见了鬼。关于战争的，正是因为根本没有正确消息，谣言反倒能立竿见影。在小节目上也许与真事有很大的出入，可是对于战争本身的有无，十之八九是正确的。"要打仗了！"这句话一经出口，早晚准会打仗；至于谁和谁打，与怎么打，那就一个人一个说法了。祥子并不是不知道这个。不过，干苦工的人们——拉车的也在内——虽然不会欢迎战争，可是碰到了它也不一定就准倒霉。每逢战争一来，最着慌的是阔人们。他们一听见风声不好，赶快就想逃命；钱使他们来得快，也跑得快。他们自己可是不会跑，因为腿脚被钱赘的太沉重。他们得雇许多人作他们的腿，箱子得有人抬，老幼男女得有车拉；在这个时候，专卖手脚的哥儿们的手与脚就一律贵起来："前门，东车站！""哪儿？""东——车——站！""呕，干脆就给一块四毛钱！不用驳回，兵荒马乱的！"

就是在这个情形下，祥子把车拉出城去。谣言已经有十来天了，东西已都涨了价，可是战事似乎还在老远，一时半会儿不会打到北平来。祥子还照常拉车，并不因为谣言而偷点懒。有一天，拉到了西城，他看出点棱缝①来。在护国寺街西口和新街口没有一个招呼"西苑哪？清华呀？"的。在新街口附近他转悠了一会儿。听说车已经都不敢出城，西直门外正在抓车，大车小车骡车洋车一齐抓。他想喝碗茶就往南放车；车口的冷静露出真的危险，他有相当的胆子，但是不便故意的走死路。正在这个接骨

---

① 棱缝：迹象。

眼儿,从南来了两辆车,车上坐着的好像是学生。拉车的一边走,一边儿喊:"有上清华的没有?嗨,清华!"

车口上的几辆车没有人答碴儿,大家有的看着那两辆车淡而不厌的微笑,有的叼着小烟袋坐着,连头也不抬。那两辆车还继续的喊:"都哑吧了?清华!"

"两块钱吧,我去!"一个年轻光头的矮子看别人不出声,开玩笑似的答应了这么一句。

"拉过来!再找一辆!"那两辆车停住了。

年轻光头的楞了一会儿,似乎不知怎样好了。别人还都不动。祥子看出来,出城一定有危险,要不然两块钱清华——平常只是二三毛钱的事儿——为什么会没人抢呢?他也不想去。可是那个光头的小伙子似乎打定了主意,要是有人陪他跑一趟的话,他就豁出去了;他一眼看中了祥子:"大个子,你怎样?"

"大个子"三个字把祥子招笑了,这是一种赞美。他心中打开了转儿:凭这样的赞美,似乎也应当捧那身矮胆大的光头一场;再说呢,两块钱是两块钱,这不是天天能遇到的事。危险?难道就那样巧?况且,前两天还有人说天坛住满了兵;他亲眼看见的,那里连个兵毛儿也没有。这么一想,他把车拉过去了。

拉到了西直门,城洞里几乎没有什么行人。祥子的心凉了一些。光头也看出不妙,可是还笑着说:"招呼吧①,伙计!是福不是祸②,今儿个就是今儿个③啦!"祥子知道事情要坏,可是在街

---

① 招呼吧:干活吧。
② 是福不是祸:民间俗语,下句为"是祸躲不过"。意为有些命中注定的事靠人力无法改变。
③ 今儿个就是今儿个:跟"是祸躲不过"的意思一样,表示是福是祸都在今天了。

面上混了这几年了,不能说了不算,不能耍老娘们脾气!

出了西直门,真是连一辆车也没遇上;祥子低下头去,不敢再看马路的左右。他的心好像直顶他的肋条。到了高亮桥,他向四围打了一眼,并没有一个兵,他又放了点心。两块钱到底是两块钱,他盘算着,没点胆子哪能找到这么俏的事。他平常很不喜欢说话,可是这阵儿他愿意跟光头的矮子说几句,街上清静得真可怕。"抄土道走吧?马路上——"

"那还用说,"矮子猜到他的意思,"自要一上了便道,咱们就算有点底儿了!"

还没拉到便道上,祥子和光头的矮子连车带人都被十来个兵捉了去!

虽然已到妙峰山开庙进香的时节,夜里的寒气可还不是一件单衫所能挡得住的。祥子的身上没有任何累赘,除了一件灰色军服上身,和一条蓝布军裤,都被汗沤得奇臭——自从还没到他身上的时候已经如此。由这身破军衣,他想起自己原来穿着的白布小褂与那套阴丹士林蓝的夹裤褂;那是多么干净体面!是的,世界上还有许多比阴丹士林蓝更体面的东西,可是祥子知道自己混到那么干净利落已经是怎样的不容易。闻着现在身上的臭汗味,他把以前的挣扎与成功看得分外光荣,比原来的光荣放大了十倍。他越想着过去便越恨那些兵们。他的衣服鞋帽,洋车,甚至于系腰的布带,都被他们抢了去;只留给他青一块紫一块的一身伤,和满脚的疱!不过,衣服,算不了什么;身上的伤,不久就会好的。他的车,几年的血汗挣出来的那辆车,没了!自从一拉到营盘里就不见了!以前的一切辛苦困难都可一眨眼忘掉,可是他忘不了这辆车!

吃苦,他不怕;可是再弄上一辆车不是随便一说就行的事;

至少还得几年的工夫！过去的成功全算白饶，他得重打鼓另开张打头儿来！祥子落了泪！他不但恨那些兵，而且恨世上的一切了。凭什么把人欺侮到这个地步呢？凭什么？"凭什么？"他喊了出来。

这一喊——虽然痛快了些——马上使他想起危险来。别的先不去管吧，逃命要紧！

他在哪里呢？他自己也不能正确的回答出。这些日子了，他随着兵们跑，汗从头上一直流到脚后跟。走，得扛着拉着或推着兵们的东西；站住，他得去挑水烧火喂牲口。他一天到晚只知道怎样把最后的力气放在手上脚上，心中成了块空白。到了夜晚，头一挨地他便像死了过去，而永远不再睁眼也并非一定是件坏事。

最初，他似乎记得兵们是往妙峰山一带退却。及至到了后山，他只顾得爬山了，而时时想到不定哪时他会一交跌到山涧里，把骨肉被野鹰们啄尽，不顾得别的。在山中绕了许多天，忽然有一天山路越来越少，当太阳在他背后的时候，他远远的看见了平地。晚饭的号声把出营的兵丁唤回，有几个扛着枪的牵来几匹骆驼。

骆驼！祥子的心一动，忽然的他会思想了，好像迷了路的人忽然找到一个熟识的标记，把一切都极快的想了起来。骆驼不会过山，他一定是来到了平地。在他的知识里，他晓得京西一带，像八里庄、黄村、北辛安、磨石口、五里屯、三家店，都有养骆驼的。难道绕来绕去，绕到磨石口来了吗？这是什么战略——假使这群只会跑路与抢劫的兵们也会有战略——他不晓得。可是他确知道，假如这真是磨石口的话，兵们必是绕不出山去，而想到山下来找个活路。磨石口是个好地方，往东北可以回到西山；往南可以奔长辛店，或丰台；一直出口子往西也是条出路。他为兵们这么盘算，心中也就为自己画出一条道儿来：这到了他逃走的时候了。万一兵们再退回乱山里去,他就是逃出兵的手掌,也还有饿死的危险。要逃,就得乘这个机会。由这里一跑,他相信,一步就能跑回海甸!虽然中间隔着那么多地方,可是他都知道呀;一闭眼,他就有了个地图:这里是磨石口——老天爷,这必须是磨石口!——他往东北拐,过金顶山,礼王坟,就是八大处;从四平台往东奔杏子口,就到了南辛庄。为是有些遮隐,他顶好还顺着山走,从北辛庄,往北,过魏家村;往北,过南河滩;再往北,到红山头,杰王府;静宜园了!找到静宜园,闭着眼他也可以摸到海甸去!他的心要跳出来!这些日子,他的血似乎全流到四肢上去;这一刻,仿佛全归到心上来;心中发热,四肢反倒冷起来;热望使他浑身发颤!

一直到半夜,他还合不上眼。希望使他快活,恐惧使他惊惶,他想睡,但睡不着,四肢像散了似的在一些干草上放着。什么响动也没有,只有天上的星伴着自己的心跳。骆驼忽然哀叫了两声,离他不远。他喜欢这个声音,像夜间忽然听到鸡鸣那样使人悲哀,又觉得有些安慰。

远处有了炮声,很远,但清清楚楚的是炮声。他不敢动,可是马上营里乱起来。他闭住了气,机会到了!他准知道,兵们又得退却,而且一定是往山中去。这些日子的经验使他知道,这些兵的打仗方法和困在屋中的蜜蜂一样,只会到处乱撞。有了炮声,兵们一定得跑;那么,他自己也该精神着点了。他慢慢的,闭着气,在地上爬,目的是在找到那几匹骆驼。他明知道骆驼不会帮助他什么,但他和它们既同是俘虏,好像必须有些同情。军营里更乱了,他找到了骆驼——几块土岗似的在黑暗中爬伏着,除了粗大的呼吸,一点动静也没有,似乎天下都很太平。这个,教他壮起点胆子来。他伏在骆驼旁边,像兵丁藏在沙口袋后面那样。极快的他想出个道理来:炮声是由南边来的,即使不是真心作战，至少也是个"此路不通"的警告。那么，这些兵还得逃回山中去。真要是上山，他们不能带着骆驼。这样，骆驼的命运也就是他的命运。他们要是不放弃这几个牲口呢，他也跟着完事；他们忘记了骆驼，他就可以逃走。把耳朵贴在地上，他听着有没有脚步声儿来，心跳得极快。

不知等了多久，始终没人来拉骆驼。他大着胆子坐起来，从骆驼的双峰间望过去，什么也看不见，四外极黑。逃吧！不管是吉是凶，逃！

三

祥子已经跑出二三十步去，可又不肯跑了，他舍不得那几匹骆驼。他在世界上的财产，现在，只剩下了自己的一条命。就是地上的一根麻绳，他也乐意拾起来，即使没用，还能稍微安慰他一下，至少他手中有条麻绳，不完全是空的。逃命是要紧的，可是赤裸裸的一条命有什么用呢？他得带走这几匹牲口，虽然还没想起骆驼能有什么用处，可是总得算是几件东西，而且是块儿不小的东西。

他把骆驼拉了起来。对待骆驼的方法，他不大晓得，可是他不怕它们，因为来自乡间，他敢挨近牲口们。骆驼们很慢很慢的立起来，他顾不得细调查它们是不是都在一块儿拴着，觉到可以拉着走了，他便迈开了步，不管是拉起来一个，还是全"把儿"。

一迈步，他后悔了。骆驼——在口内负重惯了的——是走不快的。不但是得慢走，还须极小心的慢走，骆驼怕滑；一汪儿水，一片儿泥，都可以教它们劈了腿，或折扭了膝。骆驼的价值全在四条腿上；腿一完，全完！而祥子是想逃命呀！

可是，他不肯再放下它们。一切都交给天了，白得来的骆驼是不能放手的！

因拉惯了车，祥子很有些辨别方向的能力。虽然如此，他现在心中可有点乱。当他找到骆驼们的时候，他的心似乎全放在它们身上了；及至把它们拉起来，他弄不清哪儿是哪儿了，天是那么黑，心中是那么急，即使他会看看星，调一调方向，他也不敢从容的去这么办；星星们——在他眼中——好似比他还着急，你碰我，我碰你的在黑空中乱动。祥子不敢再看天上。他低着头，心里急而脚步不敢放快的往前走。他想起了这个：既是拉着骆驼，便须顺着大道走，不能再沿着山坡儿。由磨石口——假如这是磨石口——到黄村，是条直路。这既是走骆驼的大路，而且一点不绕远儿。"不绕远儿"在一个洋车夫心里有很大的价值。不过，这条路上没有遮掩！万一再遇上兵呢？即使遇不上大兵，他自己那身破军衣，脸上的泥，与那一脑袋的长头发，能使人相信他是个拉骆驼的吗？不像，绝不像个拉骆驼的！倒很像个逃兵！逃兵，被官中拿去还倒是小事；教村中的人们捉住，至少是活埋！想到这儿，他哆嗦起来，背后骆驼蹄子噗噗轻响猛然吓了他一跳。他要打算逃命，还是得放弃这几个累赘。可是到底不肯撒手骆驼鼻子上的那条绳子。走吧，走，走到哪里算哪里，遇见什么说什么；活了呢，赚几条牲口；死了呢，认命！

可是，他把军衣脱下来：一把，将领子扯掉；那对还肯负责任的铜钮也被揪下来，掷在黑暗中，连个响声也没发。然后，他把这件无领无钮的单衣斜搭在身上，把两条袖子在胸前结成个结子，像背包袱那样。这个，他以为可以减少些败兵的嫌疑；裤子也挽高起来一块。他知道这还不十分像拉骆驼的，可是至少也不完全像个逃兵了。加上他脸上的泥，身上的汗，大概也够个"煤黑子"的谱儿①了。他的思想很慢，可是想得很周到，而且想起来马上就去执行。夜黑天里，没人看见他；他本来无须乎立刻这样办；可是他等不得。他不知道时间，也许忽然就会天亮。既没顺着山路走，他白天没有可以隐藏起来的机会；要打算白天也照样赶路的话，他必须使人相信他是个"煤黑子"。想到了这个，也马上这么办了，他心中痛快了些，好似危险已过，而眼前就是北平了。他必须稳稳当当的快到城里，因为他身上没有一个钱，没有一点干粮，不能再多耗时间。想到这里，他想骑上骆驼，省些力气可以多挨一会儿饥饿。可是不敢去骑，即使很稳当，也得先教骆驼跪下，他才能上去；时间是值钱的，不能再麻烦。况且，他要是上了那么高，便更不容易看清脚底下，骆驼若是摔倒，他也得陪着。不，就这样走吧。

大概的他觉出是顺着大路走呢；方向，地点，都有些茫然。夜深了，多日的疲乏，与逃走的惊惧，使他身心全不舒服。及至走出来一些路，脚步是那么平匀，缓慢，他渐渐的仿佛困倦起来。夜还很黑，空中有些湿冷的雾气，心中更觉得渺茫。用力看看地，地上老像有一岗一岗的，及至放下脚去，却是平坦的。这种小心与受骗教他更不安静，几乎有些烦躁。爽性不去管地上了，眼往平里看，脚擦着地走。四外什么也看不见，就好像全世界的黑暗都在等着他似的，由黑暗中迈步，再走入黑暗中；身后跟着那不声不响的骆驼。

外面的黑暗渐渐习惯了，心中似乎停止了活动，他的眼不由的闭上了。不知道是往前走呢，还是已经站住了，心中只觉得一浪一浪的波动，似一片波动的黑海，黑暗与心接成一气，都渺茫，都起落，都恍惚。忽然心中一动，像想起一些什么，又似乎

---

① 谱儿：原意为标准或是规矩，此处意为样子。

是听见了一些声响,说不清;可是又睁开了眼。他确是还往前走呢,忘了刚才是想起什么来,四外也并没有什么动静。心跳了一阵,渐渐又平静下来。他嘱咐自己不要再闭上眼,也不要再乱想;快快的到城里是第一件要紧的事。可是心中不想事,眼睛就很容易再闭上,他必须想念着点儿什么,必须醒着。他知道一旦倒下,他可以一气睡三天。想什么呢?他的头有些发晕,身上潮渌渌的难过,头发里发痒,两脚发酸,口中又干又涩。他想不起别的,只想可怜自己。可是,连自己的事也不大能详细的想了,他的头是那么虚空昏胀,仿佛刚想起自己,就又把自己忘记了,像将要灭的蜡烛,连自己也不能照明白了似的。再加上四围的黑暗,使他觉得像在一团黑气里浮荡,虽然知道自己还存在着,还往前迈步,可是没有别的东西来证明他准是在哪里走,就很像独自在荒海里浮着那样不敢相信自己。他永远没尝受过这种惊疑不定的难过,与绝对的寂闷。平日,他虽不大喜欢交朋友,可是一个人在日光下,有太阳照着他的四肢,有各样东西呈现在目前,他不至于害怕。现在,他还不害怕,只是不能确定一切,使他受不了。设若骆驼们要是像骡马那样不老实,也许倒能教他打起精神去注意它们,而骆驼偏偏是这么驯顺,驯顺得使他不耐烦;在心神最恍惚的时候,他忽然怀疑骆驼是否还在他的背后,教他吓一跳;他似乎很相信这几个大牲口会轻轻地钻入黑暗的岔路中去,而他一点也不晓得,像拉着块冰那样能渐渐的化尽。

不知道在什么时候,他坐下了。若是他就是这么死去,就是死后有知,他也不会记得自己是怎么坐下的,和为什么坐下的。坐了五分钟,也许是一点钟,他不晓得。他也不知道他是先坐下而后睡着,还是先睡着而后坐下的。大概他是先睡着了而后坐下的,因为他的疲乏已经能使他立着睡去的。

他忽然醒了。不是那种自自然然的由睡而醒,而是猛的一吓，像由一个世界跳到另一个世界，都在一睁眼的工夫里。看见的还是黑暗，可是很清楚的听见一声鸡鸣，是那么清楚，好像有个坚硬的东西在他脑中划了一下。他完全清醒过来。骆驼呢？他顾不得想别的。绳子还在他手中，骆驼也还在他旁边。他心中安静了。懒得起来。身上酸懒，他不想起来，可也不敢再睡。他得想，细细的想，好主意。就是在这个时候，他想起他的车，而喊出"凭什么？"

"凭什么？"但是空喊是一点用处没有的。他去摸摸骆驼，他始终还不知自己拉来几匹。摸清楚了，一共三匹。他不觉得这是太多，还是太少；他把思想集中到这三匹身上，虽然还没想妥一定怎么办，可是他渺茫的想到，他的将来全仗着这三个牲口。

"为什么不去卖了它们，再买上一辆车呢？"他几乎要跳起来了！可是他没动，好像因为先前没想到这样最自然最省事的办法而觉得应当惭愧似的。喜悦胜过了惭愧，他打定了主意：刚才不是听到鸡鸣么？即使鸡有时候在夜间一两点钟就打鸣，反正离天亮也不甚远了。有鸡鸣就必有村庄，说不定也许是北辛安吧？那里有养骆驼的，他得赶快的走，能在天亮的时候赶到，把骆驼出了手，他可以一进城就买上一辆车。兵荒马乱的期间，车必定便宜一些；他只顾了想买车，好似卖骆驼是件毫无困难的事。

想到骆驼与洋车的关系，他的精神壮了起来，身上好似一向没有什么不舒服的地方。假若他想到拿这三匹骆驼能买到一百亩地，或是可以换几颗珍珠，他也不会这样高兴。他极快的立起来，扯起骆驼就走。他不晓得现在骆驼有什么行市，只听说过在老年间，没有火车的时候，一条骆驼要值一个大宝①，因为骆驼力气大，而吃得比骡马还省。他不希望得三个大宝，只盼望换个

---

① 大宝：指五十两银元宝。

百儿八十的,恰好够买一辆车的。

越走天越亮了;不错,亮处是在前面,他确是朝东走呢。即使他走错了路,方向可是不差;山在西,城在东,他晓得这个。四外由一致的漆黑,渐渐能分出深浅,虽然还辨不出颜色,可是田亩远树已都在普遍的灰暗中有了形状。星星渐稀,天上罩着一层似云又似雾的灰气,暗淡,可是比以前高起许多去。祥子仿佛敢抬起头来了。他也开始闻见路旁的草味,也听见几声鸟鸣;因为看见了渺茫的物形,他的耳目口鼻好似都恢复了应有的作用。他也能看到自己身上的一切,虽然是那么破烂狼狈,可是能以相信自己确是还活着呢;好像噩梦初醒时那样觉得生命是何等的可爱。看完了他自己,他回头看了看骆驼——和他一样的难看,也一样的可爱。正是牲口脱毛的时候,骆驼身上已经都露出那灰红的皮,只有东一缕西一块的挂着些零散的,没力量的,随时可以脱掉的长毛,像些兽中的庞大的乞丐。顶可怜的是那长而无毛的脖子,那么长,那么秃,弯弯的,愚笨的,伸出老远,像条失意的瘦龙。可是祥子不憎嫌它们,不管它们是怎样的不体面,到底是些活东西。他承认自己是世上最有运气的人,上天送给他三条足以换一辆洋车的活宝贝;这不是天天能遇到的事。他忍不住的笑了出来。

灰天上透出些红色,地与远树显着更黑了;红色渐渐的与灰色融调起来,有的地方成为灰紫的,有的地方特别的红,而大部分的天色是葡萄灰的。又待了一会儿,红中透出明亮的金黄来,各种颜色都露出些光;忽然,一切东西都非常的清楚了。跟着,东方的早霞变成一片深红,头上的天显出蓝色。红霞碎开,金光一道一道的射出,横的是霞,直的是光,在天的东南角织成一部极伟大光华的蛛网;绿的田,树,野草,都由暗绿变为发光的翡翠。老松的干上染上了金红,飞鸟的翅儿闪起金光,一切的东西都带出笑意。祥子对着那片红光要大喊几声,自从一被大兵拉去,他似乎没看见过太阳,心中老在咒骂,头老低着,忘了还有日月,忘了老天。现在,他自由的走着路,越走越光明,太阳给草叶的露珠一点儿金光,也照亮了祥子的眉发,照暖了他的心。他忘了一切困苦,一切危险,一切疼痛;不管身上是怎样褴褛污浊,太阳的光明与热力并没将他除外,他是生活在一个有光有热力的宇宙里;他高兴,他想欢呼!

看看身上的破衣,再看看身后的三匹脱毛的骆驼,他笑了笑。就凭四条这么不体面的人与牲口,他想,居然能逃出危险,能又朝着太阳走路,真透着奇怪!不必再想谁是谁非了,一切都是天意,他以为。他放了心,缓缓的走着,自要老天保佑他,什么也不必怕。走到什么地方了?不想问了,虽然田间已有男女来作工。走吧,就是一时卖不出骆驼去,似乎也没大关系了;先到城里再说,他渴想再看见城市,虽然那里没有父母亲戚,没有任何财产,可是那到底是他的家,全个的城都是他的家,一到那里他就有办法。远处有个村子,不小的一个村子,村外的柳树像一排高而绿的护兵,低头看着那些矮矮的房屋,屋上浮着些炊烟。远远的听到村犬的吠声,非常的好听。他一直奔了村子去,不想能遇到什么俏事,仿佛只是表示他什么也不怕,他是好人,当然不怕村里的良民;现在人人都是在光明和平的阳光下。假若可能的话,他想要一点水喝;就是要不到水也没关系;他既没死在山中,多渴一会儿算得了什么呢?

村犬向他叫,他没大注意;妇女和小孩儿们的注视他,使他不大自在了。他必定是个很奇怪的拉骆驼的,他想;要不然,大家为什么这样呆呆的看着他呢?他觉得非常的难堪:兵们不拿他当个人,现在来到村子里,大家又看他像个怪物!他不晓得怎样好了。他的身量,力气,一向使他自尊自傲,可是在过去的这些日子,无缘无故的他受尽了委屈与困苦。他从一家的屋脊上看过去，又看见了那光明的太阳，可是太阳似乎不像刚才那样可爱了！

村中的唯一的一条大道上，猪尿马尿与污水汇成好些个发臭的小湖，祥子唯恐把骆驼滑倒，很想休息一下。道儿北有个较比阔气的人家，后边是瓦房，大门可是只拦着个木栅，没有木门，没有门楼。祥子心中一动；瓦房——财主；木栅而没门楼——养骆驼的主儿！好吧，他就在这儿休息会儿吧，万一有个好机会把骆驼打发出去呢！

"色！色！色！"祥子叫骆驼们跪下；对于调动骆驼的口号，他只晓得"色，色，"是表示跪下；他很得意的应用出来，特意叫村人们明白他并非是外行。骆驼们真跪下了，他自己也大大方方的坐在一株小柳树下。大家看他，他也看大家；他知道只有这样才足以减少村人的怀疑。

坐了一会儿，院中出来个老者，蓝布小褂敞着怀，脸上很亮，一看便知道是乡下的财主。祥子打定了主意：

"老者，水现成吧？喝碗！"

"啊！"老者的手在胸前搓着泥卷，打量了祥子一眼，细细看了看三匹骆驼。"有水！哪儿来的？"

"西边！"祥子不敢说地名，因为不准知道。

"西边有兵呀？"老者的眼盯住祥子的军裤。

"教大兵裹了去，刚逃出来。"

"啊！骆驼出西口没什么险啦吧？"

"兵都入了山，路上很平安。"

"嗯！"老者慢慢点着头。"你等等，我给你拿水去。"

祥子跟了进去。到了院中，他看见了四匹骆驼。

"老者，留下我的三匹，凑一把儿吧？"

"哼！一把儿？倒退三十年的话，我有过三把儿！年头儿变了，谁还喂得起骆驼?!"老头儿立住，呆呆的看着那四匹牲口。待了半天："前几天本想和街坊搭伙，把它们送到口外去放青①。东也闹兵，西也闹兵，谁敢走啊！在家里拉夏②吧，看着就焦心，看着就焦心，瞧这些苍蝇！赶明儿天大热起来，再加上蚊子，眼看着好好的牲口活活受罪，真！"老者连连的点头，似乎有无限的感慨与牢骚。

"老者，留下我的三匹，凑成一把儿到口外去放青。欢蹦乱跳的牲口，一夏天在这儿，准教苍蝇蚊子给拿个半死！"祥子几乎是央求了。

"可是，谁有钱买呢？这年头不是养骆驼的年头了！"

"留下吧，给多少是多少；我把它们出了手，好到城里去谋生！"

老者又细细看了祥子一番，觉得他绝不是个匪类。然后回头看了看门外的牲口，心中似乎是真喜欢那三匹骆驼——明知买到手中并没好处，可是爱书的人见书就想买，养马的见了马就舍不得，有过三把儿骆驼的也是如此。况且祥子说可以贱卖呢；懂行的人得到个便宜，就容易忘掉东西买到手中有没有好处。

"小伙子，我要是钱富裕的话，真想留下！"老者说了实话。

"干脆就留下吧，瞧着办得了！"祥子是那么诚恳，弄得老头子有点不好意思了。

"说真的，小伙子；倒退三十年，这值三个大宝；现在的年头，又搭上兵荒马乱，我——你还是到别处吆喝吆喝去吧！"

"给多少是多少！"祥子想不出别的话。他明白老者的话很实在，可是不愿意满世界去卖骆驼——卖不出去，也许还出了别的

---

① 放青：指放牲口到野外吃青草。
② 拉夏：过夏。

毛病。

"你看，你看，二三十块钱真不好说出口来，可是还真不容易往外拿呢；这个年头，没法子！"

祥子心中也凉了些，二三十块？离买车还差得远呢！可是，第一他愿脆快办完，第二他不相信能这么巧再遇上个买主儿。"老者，给多少是多少！"

"你是干什么的，小伙子；看得出，你不是干这一行的！"

祥子说了实话。

"呕，你是拿命换出来的这些牲口！"老者很同情祥子，而且放了心，这不是偷出来的；虽然和偷也差不远，可是究竟中间还隔着层大兵。兵灾之后，什么事儿都不能按着常理儿说。

"这么着吧，伙计，我给三十五块钱吧；我要说这不是个便宜，我是小狗子；我要是能再多拿一块，也是个小狗子！我六十多了；哼，还教我说什么好呢！"

祥子没了主意。对于钱，他向来是不肯放松一个的。可是，在军队里这些日子，忽然听到老者这番诚恳而带有感情的话，他不好意思再争论了。况且，可以拿到手的三十五块现洋似乎比希望中的一万块更可靠，虽然一条命只换来三十五块钱的确是少一些！就单说三条大活骆驼，也不能，绝不能，只值三十五块大洋！可是，有什么法儿呢！

"骆驼算你的了，老者！我就再求一件事，给我找件小褂，和一点吃的！"

"那行！"

祥子喝了一气凉水，然后拿着三十五块很亮的现洋，两个棒子面饼子，穿着将护到胸际的一件破白小褂，要一步迈到城里去！

四

　　祥子在海甸的一家小店里躺了三天,身上忽冷忽热,心中迷迷忽忽,牙床上起了一溜紫泡,只想喝水,不想吃什么。饿了三天,火气降下去,身上软得像皮糖似的。恐怕就是在这三天里,他与三匹骆驼的关系由梦话或胡话中被人家听了去。一清醒过来,他已经是"骆驼祥子"了。

　　自从一到城里来,他就是"祥子",仿佛根本没有个姓;如今,"骆驼"摆在"祥子"之上,就更没有人关心他到底姓什么了。有姓无姓,他自己也并不在乎。不过,三条牲口才换了那么几块钱,而自己倒落了个外号,他觉得有点不大上算。

　　刚能挣扎着立起来,他想出去看看。没想到自己的腿能会这样的不吃力,走到小店门口他一软就坐在了地上,昏昏沉沉的坐了好大半天,头上见了凉汗。又忍了一会儿,他睁开了眼,肚中响了一阵,觉出点饿来。极慢的立起来,找到了个馄饨挑儿。要了碗馄饨,他仍然坐在地上。呷了口汤,觉得恶心,在口中含了半天,勉强的咽下去;不想再喝。可是,待了一会儿,热汤像股线似的一直通到腹部,打了两个响嗝。他知道自己又有了命。

　　肚中有了点食,他顾得看看自己了。身上瘦了许多,那条破裤已经脏得不能再脏。他懒得动,可是要马上恢复他的干净利落,他不肯就这神头鬼脸的进城去。不过,要干净利落就得花钱,剃剃头,换换衣服,买鞋袜,都要钱。手中的三十五元钱应当一个不动,连一个不动还离买车的数儿很远呢!可是,他可怜了自己。虽然被兵们拉去不多的日子,到现在一想,一切都像个噩梦。这个噩梦使他老了许多,好像他忽然的一气增多了好几岁。看着自己的大手大脚，明明是自己的，可是又像忽然由什么地方找到的。他非常的难过。他不敢想过去的那些委屈与危险，虽然不去想，可依然的存在，就好像连阴天的时候，不去看天也知道天是黑的。他觉得自己的身体是特别的可爱，不应当再太自苦了。他立起来，明知道身上还很软，可是刻不容缓的想去打扮打扮，仿佛只要剃剃头，换件衣服，他就能立刻强壮起来似的。

打扮好了，一共才花了两块二毛钱。近似搪布的一身本色粗布裤褂一元，青布鞋八毛，线披儿织成的袜子一毛五，还有顶二毛五的草帽。脱下来的破东西换了两包火柴。

拿着两包火柴，顺着大道他往西直门走。没走出多远，他就觉出软弱疲乏来了。可是他咬上了牙。他不能坐车，从哪方面看也不能坐车：一个乡下人拿十里八里还能当作道儿吗，况且自己是拉车的。这且不提，以自己的身量力气而被这小小的一点病拿住，笑话；除非一交栽倒，再也爬不起来，他满地滚也得滚进城去，决不服软！今天要是走不进城去，他想，祥子便算完了；他只相信自己的身体，不管有什么病！

晃晃悠悠的他放开了步。走出海甸不远，他眼前起了金星。扶着棵柳树，他定了半天神，天旋地转的闹慌了会儿，他始终没肯坐下。天地的旋转慢慢的平静起来，他的心好似由老远的又落到自己的心口中，擦擦头上的汗，他又迈开了步。已经剃了头，已经换上新衣新鞋，他以为这就十分对得起自己了；那么，腿得尽它的责任，走！一气他走到了关厢。看见了人马的忙乱，听见了复杂刺耳的声音，闻见了干臭的味道，踏上了细软污浊的灰土，祥子想爬下去吻一吻那个灰臭的地，可爱的地，生长洋钱的地！没有父母兄弟，没有本家亲戚，他的唯一的朋友是这座古城。这座城给了他一切，就是在这里饿着也比乡下可爱，这里有的看，有的听，到处是光色，到处是声音；自己只要卖力气，这里还有数不清的钱，吃不尽穿不完的万样好东西。在这里，要饭也能要到荤汤腊水的，乡下只有棒子面。才到高亮桥西边，他坐在河岸上，落了几点热泪！

太阳平西了，河上的老柳歪歪着，梢头挂着点金光。河里没有多少水，可是长着不少的绿藻，像一条油腻的长绿的带子，窄长，深绿，发出些微腥的潮味。河岸北的麦子已吐了芒，矮小枯干，叶上落了一层灰土。河南的荷塘的绿叶细小无力的浮在水面上，叶子左右时时冒起些细碎的小水泡。东边的桥上，来往的人与车过来过去，在斜阳中特别显着匆忙，仿佛都感到暮色将近的一种不安。这些，在祥子的眼中耳中都非常的有趣与可爱。只有这样的小河仿佛才能算是河；这样的树，麦子，荷叶，桥梁，才能算是树，麦子，荷叶，与桥梁。因为它们都属于北平。

坐在那里，他不忙了。眼前的一切都是熟习的，可爱的，就是坐着死去，他仿佛也很乐意。歇了老大半天，他到桥头吃了碗老豆腐：醋，酱油，花椒油，韭菜末，被热的雪白的豆腐一烫，发出点顶香美的味儿，香得使祥子要闭住气；捧着碗，看着那深绿的韭菜末儿，他的手不住的哆嗦。吃了一口，豆腐把身里烫开一条路；他自己下手又加了两小勺辣椒油。一碗吃完，他的汗已湿透了裤腰。半闭着眼，把碗递出去："再来一碗！"

站起来，他觉出他又像个人了。太阳还在西边的最低处，河水被晚霞照得有些微红，他痛快得要喊叫出来。摸了摸脸上那块平滑的疤，摸了摸袋中的钱，又看了一眼角楼上的阳光，他硬把病忘了，把一切都忘了，好似有点什么心愿，他决定走进城去。

城门洞里挤着各样的车，各样的人，谁也不敢快走，谁可都想快快过去，鞭声，喊声，骂声，喇叭声，铃声，笑声，都被门洞儿——像一架扩音机似的——嗡嗡的联成一片，仿佛人人都发着点声音，嗡嗡的响。祥子的大脚东插一步，西跨一步，两手左右的拨落，像条瘦长的大鱼，随浪欢跃那样，挤进了城。一眼便看到新街口，道路是那么宽，那么直，他的眼发了光，和东边的屋顶上的反光一样亮。他点了点头。

　　他的铺盖还在西安门大街人和车厂呢，自然他想奔那里去。因为没有家小，他一向是住在车厂里，虽然并不永远拉厂子里的车。人和的老板刘四爷是已快七十岁的人了；人老，心可不老实。年轻的时候他当过库兵，设过赌场，买卖过人口，放过阎王账。干这些营生所应有的资格与本领——力气，心路，手段，交际，字号等等——刘四爷都有。在前清的时候，打过群架，抢过良家妇女，跪过铁索。跪上铁索，刘四并没皱一皱眉，没说一个饶命。官司教他硬挺了过来，这叫作"字号"。出了狱，恰巧入了民国，巡警的势力越来越大，刘四爷看出地面上的英雄已成了过去的事儿，即使黄天霸再世也不会有多少机会了。他开了个洋车厂子。土混混出身，他晓得怎样对付穷人，什么时候该紧一把儿，哪里该松一步儿，他有善于调动的天才。车夫们没有敢跟他耍骨头①的。他一瞪眼，和他哈哈一笑，能把人弄得迷迷忽忽的，仿佛一脚登在天堂，一脚登在地狱，只好听他摆弄。到现在，他有六十多辆车，至坏的也是七八成新的，他不存破车。车租，他的比别家的大，可是到三节他比别家多放着两天的份儿。人和厂有地方住，拉他的车的光棍儿，都可以白住——可是得交上车份儿，交不上账而和他苦腻的，他扣下铺盖，把人当个破水壶似的扔出门外。大家若是有个急事急病，只须告诉他一声，他不含忽，水里火里他都热心的帮忙，这叫作"字号"。

　　刘四爷是虎相。快七十了，腰板不弯，拿起腿还走个十里二十里的。两只大圆眼，大鼻头，方嘴，一对大虎牙，一张口就像

---

①　耍骨头：意为调皮捣乱。

个老虎。个子几乎与祥子一边儿高，头剃得很亮，没留胡子。他自居老虎，可惜没有儿子，只有个三十七八岁的虎女——知道刘四爷的就必也知道虎妞。她也长得虎头虎脑，因此吓住了男人，帮助父亲办事是把好手，可是没人敢娶她作太太。她什么都和男人一样，连骂人也有男人的爽快，有时候更多一些花样。刘四爷打外，虎妞打内，父女把人和车厂治理得铁筒一般。人和厂成了洋车界的权威，刘家父女的办法常常在车夫与车主的口上，如读书人的引经据典。

在买上自己的车以前，祥子拉过人和厂的车。他的积蓄就交给刘四爷给存着。把钱凑够了数，他要过来，买上了那辆新车。

"刘四爷，看看我的车！"祥子把新车拉到人和厂去。

老头子看了车一眼，点了点头："不离！"

"我可还得在这儿住，多喒我拉上包月，才去住宅门！"祥子颇自傲的说。

"行！"刘四爷又点了点头。

于是，祥子找到了包月，就去住宅门；掉了事而又去拉散座，便住在人和厂。

不拉刘四爷的车，而能住在人和厂，据别的车夫看，是件少有的事。因此，甚至有人猜测，祥子必和刘老头子是亲戚；更有人说，刘老头子大概是看上了祥子，而想给虎妞弄个招门纳婿的"小人"。这种猜想里虽然怀着点妒羡，可是万一要真是这么回事呢，将来刘四爷一死，人和厂就一定归了祥子。这个，教他们只敢胡猜，而不敢在祥子面前说什么不受听的。其实呢，刘老头子的优待祥子是另有笔账儿。祥子是这样的一个人：在新的环境里还能保持着旧的习惯。假若他去当了兵，他决不会一穿上那套虎皮，马上就不傻装傻的去欺侮人。在车厂子里，他不闲着，把汗一落下去，他就找点事儿作。他去擦车，打气，晒雨布，抹油……

用不着谁支使，他自己愿意干，干得高高兴兴，仿佛是一种极好的娱乐。厂子里靠常总住着二十来个车夫；收了车，大家不是坐着闲谈，便是蒙头大睡；祥子，只有祥子的手不闲着。初上来，大家以为他是向刘四爷献殷勤，狗事巴结人；过了几天，他们看出来他一点没有卖好讨俏的意思，他是那么真诚自然，也就无话可说了。刘老头子没有夸奖过他一句，没有格外多看过他一眼；老头子心里有数儿。他晓得祥子是把好手，即使不拉他的车，他也还愿意祥子在厂子里。有祥子在这儿，先不提别的，院子与门口永远扫得干干净净。虎妞更喜欢这个傻大个儿，她说什么，祥子老用心听着，不和她争辩；别的车夫，因为受尽苦楚，说话总是横着来；她一点不怕他们，可是也不愿多搭理他们；她的话，所以，都留给祥子听。当祥子去拉包月的时候，刘家父女都仿佛失去一个朋友。赶到他一回来，连老头子骂人也似乎更痛快而慈善一些。

祥子拿着两包火柴，进了人和厂。天还没黑，刘家父女正在吃晚饭。看见他进来，虎妞把筷子放下了：

"祥子！你让狼叼了去，还是上非洲挖金矿去了？"

"哼！"祥子没说出什么来。

刘四爷的大圆眼在祥子身上绕了绕，什么也没说。

祥子戴着新草帽，坐在他们对面。

"你要是还没吃了的话，一块儿吧！"虎妞仿佛是招待个好朋友。

祥子没动，心中忽然感觉到一点说不出来的亲热。一向他拿人和厂当作家：拉包月，主人常换；拉散座，座儿一会儿一改；只有这里老让他住，老有人跟他说些闲话儿。现在刚逃出命来，又回到熟人这里来，还让他吃饭，他几乎要怀疑他们是否要欺弄他，可是也几乎落下泪来。

"刚吃了两碗老豆腐!"他表示出一点礼让。

"你干什么去了?"刘四爷的大圆眼还盯着祥子。"车呢?"

"车?"祥子啐了口唾沫。

"过来先吃碗饭!毒不死你!两碗老豆腐管什么事?!"虎妞一把将他扯过去,好像老嫂子疼爱小叔那样。

祥子没去端碗,先把钱掏了出来:"四爷,先给我拿着,三十块。"把点零钱又放在衣袋里。

刘四爷用眉毛梢儿问了句,"哪儿来的?"

祥子一边吃,一边把被兵拉去的事说了一遍。

"哼,你这个傻小子!"刘四爷听完,摇了摇头。"拉进城来,卖给汤锅,也值十几多块一头;要是冬天驼毛齐全的时候,三匹得卖六十块!"

祥子早就有点后悔,一听这个,更难过了。可是,继而一想,把三只活活的牲口卖给汤锅去挨刀,有点缺德;他和骆驼都是逃出来的,就都该活着。什么也没说,他心中平静了下去。

虎姑娘把家伙撤下去,刘四爷仰着头似乎是想起点来什么。忽然一笑,露出两个越老越结实的虎牙:"傻子,你说病在了海甸?为什么不由黄村大道一直回来?"

"还是绕西山回来的,怕走大道教人追上,万一村子里的人想过味儿来,还拿我当逃兵呢!"

刘四爷笑了笑,眼珠往心里转了两转。他怕祥子的话有鬼病,万一那三十块钱是抢了来的呢,他不便代人存着赃物。他自己年轻的时候,什么不法的事儿也干过;现在,他自居是改邪归正,不能不小心,而且知道怎样的小心。祥子的叙述只有这么个缝子,可是祥子一点没发毛咕的解释开,老头子放了心。

"怎么办呢?"老头子指着那些钱说。

"听你的!"

"再买辆车?"老头子又露出虎牙,似乎是说:"自己买上车,还白住我的地方?!"

"不够!买就得买新的!"祥子没看刘四爷的牙,只顾得看自己的心。

"借给你?一分利,别人借是二分五!"

祥子摇了摇头。

"跟车铺打印子,还不如给我一分利呢!"

"我也不打印子,"祥子出着神说:"我慢慢地省,够了数,现钱买现货!"

老头子看着祥子,好像是看着个什么奇怪的字似的,可恶,而没法儿生气。待了会儿,他把钱拿起来:"三十?别打马虎眼!"

"没错!"祥子立起来:"睡觉去。送给你老人家一包洋火!"他放在桌子上一包火柴,又楞了楞:"不用对别人说,骆驼的事!"

五

刘老头子的确没替祥子宣传,可是骆驼的故事很快的由海甸传进城里来。以前,大家虽找不出祥子的毛病,但是以他那股子干倔的劲儿,他们多少以为他不大合群,别扭。自从"骆驼祥子"传开了以后,祥子虽然还是闷着头儿干,不大和气,大家对他却有点另眼看待了。有人说他拾了个金表,有人说他白弄了三百块大洋,那自信知道得最详确的才点着头说,他从西山拉回三十匹骆驼!说法虽然不同,结论是一样的——祥子发了邪财!对于发邪财的人,不管这家伙是怎样的"不得哥儿们"①,大家照

---

① 不得哥儿们:指人缘不好。

例是要敬重的。卖力气挣钱既是那么不容易，人人盼望发点邪财；邪财既是那么千载难遇，所以有些彩气的必定是与众不同，福大命大。因此，祥子的沉默与不合群，一变变成了贵人语迟；他应当这样，而他们理该赶着他去拉拢。"得了，祥子！说说，说说你怎么发的财？"这样的话，祥子天天听到。他一声不响。直到逼急了，他的那块疤有点发红了，才说，"发财，妈的我的车哪儿去了？"

是呀，这是真的，他的车哪里去了？大家开始思索。但是替别人忧虑总不如替人家喜欢，大家于是忘记了祥子的车，而去想着他的好运气。过了些日子，大伙儿看祥子仍然拉车，并没改了行当，或买了房子置了地，也就对他冷淡了一些，而提到骆驼祥子的时候，也不再追问为什么他偏偏是"骆驼"，仿佛他根本就应当叫作这个似的。

祥子自己可并没轻描淡写的随便忘了这件事。他恨不得马上就能再买上辆新车，越着急便越想着原来那辆。一天到晚他任劳任怨的去干，可是干着干着，他便想起那回事。一想起来，他心中就觉得发堵，不由的想到，要强又怎样呢，这个世界并不因为自己要强而公道一些，凭着什么把他的车白白抢去呢？即使马上再弄来一辆，焉知不再遇上那样的事呢？他觉得过去的事像个噩梦，使他几乎不敢再希望将来。有时候他看别人喝酒吃烟跑土窑子，几乎感到一点羡慕。要强既是没用，何不乐乐眼前呢？他们是对的。他，即使先不跑土窑子，也该喝两盅酒，自在自在。烟，酒，现在仿佛对他有种特别的诱力，他觉得这两样东西是花钱不多，而必定足以安慰他；使他依然能往前苦奔，而同时能忘了过去的苦痛。

可是，他还是不敢去动它们。他必须能多剩一个就去多剩一个，非这样不能早早买上自己的车。即使今天买上，明天就失了,他也得去买。这是他的志愿,希望,甚至是宗教。不拉着自己的车,他简直像是白活。他想不到作官,发财,置买产业;他的能力只能拉车,他的最可靠的希望是买车;非买上车不能对得起自己。他一天到晚思索这回事,计算他的钱;设若一旦忘了这件事,他便忘了自己,而觉得自己只是个会跑路的畜生,没有一点起色与人味。无论是多么好的车,只要是赁来的,他拉着总不起劲,好像背着块石头那么不自然。就是赁来的车,他也不偷懒,永远给人家收拾得干干净净,永远不去胡碰乱撞;可是这只是一些小心谨慎,不是一种快乐。是的,收拾自己的车,就如同数着自己的钱,才是真快乐。他还是得不吃烟不喝酒,爽性连包好茶叶也不便于喝。在茶馆里,像他那么体面的车夫,在飞跑过一气以后,讲究喝十个子儿一包的茶叶,加上两包白糖,为是补气散火。当他跑得顺"耳唇"往下滴汗,胸口觉得有点发辣,他真想也这么办;这绝对不是习气,作派,而是真需要这两碗茶压一压。只是想到了,他还是喝那一个子儿一包的碎末。有时候他真想贵骂自己,为什么这样自苦;可是,一个车夫而想月间剩下俩钱,不这么办怎成呢?他狠了心。买上车再说,买上车再说!有了车就足以抵得一切!

对花钱是这样一把死拿,对挣钱祥子更不放松一步。没有包月,他就拉整天,出车早,回来的晚,他非拉过一定的钱数不收车,不管时间,不管两腿;有时他硬连下去,拉一天一夜。从前,他不肯抢别人的买卖,特别是对于那些老弱残兵;以他的身体,以他的车,去和他们争座儿,还能有他们的份儿?现在,他不大管这个了,他只看见钱,多一个是一个,不管买卖的苦甜,不管是和谁抢生意;他只管拉上买卖,不管别的,像一只饿疯的野兽。拉上就跑,他心中舒服一些,觉得只有老不站住脚,才能有买上车的希望。一来二去的骆驼祥子的名誉远不及单是祥子的时候了。有许多次，他抢上买卖就跑，背后跟着一片骂声。他不回口，低着头飞跑，心里说："我要不是为买车，决不能这么不要脸！"他好像是用这句话求大家的原谅，可是不肯对大家这么直说。在车口儿上，或茶馆里，他看大家瞪他；本想对大家解释一下，及至看到大家是那么冷淡，又搭上他平日不和他们一块喝酒，赌钱，下棋，或聊天，他的话只能圈在肚子里，无从往外说。难堪渐渐变为羞恼，他的火也上来了；他们瞪他，他也瞪他们。想起乍由山上逃回来的时候，大家对他是怎样的敬重，现在会这样的被人轻看，他更觉得难过了。独自抱着壶茶，假若是赶上在茶馆里，或独自数着刚挣到的铜子，设若是在车口上，他用尽力量把怒气纳下去。他不想打架，虽然不怕打架。大家呢，本不怕打架，可是和祥子动手是该当想想的事儿，他们谁也不是他的对手，而大家打一个又是不大光明的。勉强压住气，他想不出别的方法，只有忍耐一时，等到买上车就好办了。有了自己的车，每天先不用为车租着急，他自然可以大大方方的，不再因抢生意而得罪人。这样想好，他看大家一眼，仿佛是说：咱们走着瞧吧！

论他个人，他不该这样拚命。逃回城里之后，他并没等病好利落了就把车拉起来，虽然一点不服软，可是他时常觉出疲乏。疲乏，他可不敢休息，他总以为多跑出几身汗来就会减去酸懒的。对于饮食，他不敢缺着嘴，可也不敢多吃些好的。他看出来自己是瘦了好多，但是身量还是那么高大，筋骨还那么硬棒，他放了心。他老以为他的个子比别人高大，就一定比别人能多受些苦，似乎永没想到身量大，受累多，应当需要更多的滋养。虎姑娘已经嘱咐他几回了："你这家伙要是这么干，吐了血可是你自己的事！"

他很明白这是好话，可是因为事不顺心，身体又欠保养，他有点肝火盛。稍微棱棱着点眼："不这么奔，几儿能买上车呢？"

要是别人这么一棱棱眼睛，虎妞至少得骂半天街；对祥子，她真是一百一的客气，爱护。她只撇了撇嘴：

"买车也得悠停着来，当是你是铁作的哪！你应当好好的歇三天！"看祥子听不进去这个："好吧，你有你的老主意，死了可别怨我！"

刘四爷也有点看不上祥子：祥子的拚命，早出晚归，当然是不利于他的车的。虽然说租整天的车是没有时间的限制，爱什么时候出车收车都可以，若是人人都像祥子这样死啃，一辆车至少也得早坏半年，多么结实的东西也架不住钉着坑儿使！再说呢，祥子只顾死奔，就不大匀得出工夫来帮忙给擦车什么的，又是一项损失。老头心中有点不痛快。他可是没说什么，拉整天不限定时间，是一般的规矩；帮忙收拾车辆是交情，并不是义务；凭他的人物字号，他不能自讨无趣的对祥子有什么表示。他只能从眼角边显出点不满的神气，而把嘴闭得紧紧的。有时候他颇想把祥子撵出去；看看女儿，他不敢这么办。他一点没有把祥子当作候补女婿的意思，不过，女儿既是喜爱这个愣小子，他就不便于多事。他只有这么一个姑娘，眼看是没有出嫁的希望了，他不能再把她这个朋友赶了走。说真的，虎妞是这么有用，他实在不愿她出嫁；这点私心他觉得有点怪对不住她的，因此他多少有点怕她。老头子一辈子天不怕地不怕，到了老年反倒怕起自己的女儿来，他自己在不大好意思之中想出点道理来：只要他怕个人，就是他并非完全是无法无天的人的证明。有了这个事实，或者他不至于到快死的时候遭了恶报。好，他自己承认了应当怕女儿，也就不肯赶出祥子去。这自然不是说，他可以随便由着女儿胡闹，以至于嫁给祥子。不是。他看出来女儿未必没那个意思，可是祥子并没敢往上巴结。

那么，他留点神就是了，犯不上先招女儿不痛快。

祥子并没注意老头子的神气,他顾不得留神这些闲盘儿。假若他有愿意离开人和厂的心意,那决不是为赌闲气,而是盼望着拉上包月。他已有点讨厌拉散座儿了,一来是因为抢买卖而被大家看不起,二来是因为每天的收入没有定数,今天多,明天少,不能预定到几时才把钱凑足,够上买车的数儿。他愿意心中有个准头,哪怕是剩的少,只要靠准每月能剩下个死数,他才觉得有希望,才能放心。他是愿意一个萝卜一个坑的人。

他拉上了包月。哼,和拉散座儿一样的不顺心!这回是在杨宅。杨先生是上海人,杨太太是天津人,杨二太太是苏州人。一位先生,两位太太,南腔北调的生了不知有多少孩子。头一天上工,祥子就差点发了昏。一清早,大太太坐车上市去买菜。回来,分头送少爷小姐们上学,有上初中的,有上小学的,有上幼稚园的;学校不同,年纪不同,长相不同,可是都一样的讨厌,特别是坐在车上,至老实的也比猴子多着两手儿。把孩子们都送走,杨先生上衙门。送到衙门,赶紧回来,拉二太太上东安市场或去看亲友。回来,接学生回家吃午饭。吃完,再送走。送学生回来,祥子以为可以吃饭了,大太太扯着天津腔,叫他去挑水。杨宅的甜水有人送,洗衣裳的苦水归车夫去挑。这个工作在条件之外,祥子为对付事情,没敢争论,一声没响的给挑满了缸。放下水桶,刚要去端饭碗,二太太叫他去给买东西。大太太与二太太一向是不和的,可是在家政上,二位的政见倒一致,其中的一项是不准仆人闲一会儿,另一项是不肯看仆人吃饭。祥子不晓得这个,只当是头一天恰巧赶上宅里这么忙,于是又没说什么,而自己掏腰包买了几个烧饼。他爱钱如命,可是为维持事情,不得不狠了心。

买东西回来,大太太叫他打扫院子。杨宅的先生,太太,二太太,当出门的时候都打扮得极漂亮,可是屋里院里整个的像个大垃圾堆。祥子看着院子直犯恶心,所以只顾了去打扫,而忘了车夫并不兼管打杂儿。院子打扫清爽,二太太叫他顺手儿也给屋中扫一扫。祥子也没驳回,使他惊异的倒是凭两位太太的体面漂亮,怎能屋里脏得下不去脚!把屋子也收拾利落了,二太太把个刚到一周岁的小泥鬼交给了他。他没了办法。卖力气的事儿他都在行,他可是没抱过孩子。他双手托着这位小少爷,不使劲吧,怕滑溜下去,用力吧,又怕给伤了筋骨,他出了汗。他想把这个宝贝去交给张妈——一个江北的大脚婆子。找到她,劈面就被她骂了顿好的。杨宅用人,向来是三五天一换的,先生与太太们总以为仆人就是家奴,非把穷人的命要了,不足以对得起那点工钱。只有这个张妈,已经跟了他们五六年,唯一的原因是她敢破口就骂,不论先生,哪管太太,招恼了她就是一顿。以杨先生的海式咒骂的毒辣,以杨太太的天津口的雄壮,以二太太的苏州调的流利,他们素来是所向无敌的;及至遇到张妈的蛮悍,他们开始感到一种礼尚往来,英雄遇上了好汉的意味,所以颇能赏识她,把她收作了亲军。

祥子生在北方的乡间,最忌讳随便骂街。可是他不敢打张妈,因为好汉不和女斗;也不愿还口。他只瞪了她一眼。张妈不再出声了,仿佛看出点什么危险来。正在这个工夫,大太太喊祥子去接学生。他把泥娃娃赶紧给二太太送了回去。二太太以为他这是存心轻看她,冲口而出的把他骂了个花瓜。大太太的意思本来也是不乐意祥子替二太太抱孩子,听见二太太骂他,她也扯开一条油光水滑的嗓子骂,骂的也是他;祥子成了挨骂的藤牌。他急忙拉起车走出去,连生气似乎也忘了,因为他一向没见过这样的事,忽然遇到头上,他简直有点发晕。

一批批的把孩子们都接回来,院中比市场还要热闹,三个妇女的骂声,一群孩子的哭声,好像大栅栏在散戏时那样乱,而且乱得莫名其妙。好在他还得去接杨先生，所以急忙的又跑出去，大街上的人喊马叫似乎还比宅里的乱法好受一些。

一直转转到十二点，祥子才找到叹口气的工夫。他不止于觉着身上疲乏，脑子里也老嗡嗡的响；杨家的老少确是已经都睡了，可是他耳朵里还似乎有先生与太太们的叫骂，像三盘不同的留声机在他心中乱转，使他闹得慌。顾不得再想什么，他想睡觉。一进他那间小屋，他心中一凉，又不困了。一间门房，开了两个门，中间隔着一层木板。张妈住一边，他住一边。屋中没有灯，靠街的墙上有个二尺来宽的小窗户，恰好在一支街灯底下，给屋里一点亮。屋里又潮又臭，地上的土有个铜板厚，靠墙放着份铺板，没有别的东西。他摸了摸床板，知道他要是把头放下，就得把脚蹬在墙上；把脚放平，就得半坐起来。他不会睡元宝式的觉。想了半天，他把铺板往斜里拉好，这样两头对着屋角，他就可以把头放平，腿搭拉着点先将就一夜。

从门洞中把铺盖搬进来，马马虎虎的铺好，躺下了。腿悬空，不惯，他睡不着。强闭上眼，安慰自己：睡吧，明天还得早起呢！什么罪都受过，何必单忍不了这个！别看吃喝不好，活儿太累，也许时常打牌，请客，有饭局；咱们出来为的是什么，祥子？还不是为钱？只要多进钱，什么也得受着！这样一想，他心中舒服了许多，闻了闻屋中，也不像先前那么臭了，慢慢的入了梦；迷迷忽忽的觉得有臭虫，可也没顾得去拿。

过了两天，祥子的心已经凉到底。可是在第四天上，来了女客，张妈忙着摆牌桌。他的心好像冻实了的小湖上忽然来了一阵春风。太太们打起牌来，把孩子们就通通交给了仆人；张妈既是得伺候着烟茶手巾把，那群小猴自然全归祥子统辖。他讨厌这群猴子，可是偷偷往屋中瞭了一眼，大太太管着头儿钱，像是很认真的样子。他心里说：别看这个大娘们厉害，也许并不胡涂，知道乘这种时候给仆人们多弄三毛五毛的。他对猴子们特别的拿出耐心法儿，看在头儿钱的面上，他得把这群猴崽子当作少爷小姐看待。

牌局散了，太太叫他把客人送回家。两位女客急于要同时走，所以得另雇一辆车。祥子喊来一辆，大太太撩袍拖带的混身找钱，预备着代付客人的车资；客人谦让了两句，大太太仿佛要拚命似的喊：

"你这是怎么了，老妹子！到了我这儿啦，还没个车钱吗！老妹子！坐上啦！"她到这时候，才摸出来一毛钱。

祥子看得清清楚楚，递过那一毛钱的时候，太太的手有点哆嗦。

送完了客，帮着张妈把牌桌什么的收拾好，祥子看了太太一眼。太太叫张妈去拿点开水，等张妈出了屋门，她拿出一毛钱来："拿去，别拿眼紧扫搭着我！"

祥子的脸忽然紫了，挺了挺腰，好像头要顶住房梁，一把抓起那张毛票，摔在太太的胖脸上："给我四天的工钱！"

"怎吗扎？"太太说完这个，又看了祥子一眼，不言语了，把四天的工钱给了他。拉着铺盖刚一出街门，他听见院里破口骂上了。

六

初秋的夜晚，星光叶影里阵阵的小风，祥子抬起头，看着高远的天河，叹了口气。这么凉爽的天，他的胸脯又是那么宽，可是他觉到空气仿佛不够，胸中非常憋闷。他想坐下痛哭一场。以自己的体格，以自己的忍性，以自己的要强，会让人当作猪狗，会维持不住一个事情，他不只怨恨杨家那一伙人，而渺茫的觉到一种无望，恐怕自己一辈子不会再有什么起色了。拉着铺盖卷，他越走越慢，好像自己已经不是拿起腿就能跑个十里八里的祥子了。

到了大街上，行人已少，可是街灯很亮，他更觉得空旷渺茫，不知道往哪里去好了。上哪儿？自然是回人和厂。心中又有些难过。作买卖的，卖力气的，不怕没有生意，倒怕有了照顾主儿而没作成买卖，像饭铺理发馆进来客人，看了一眼，又走出去那样。祥子明知道上工辞工是常有的事，此处不留爷，自有留爷处。可是，他是低声下气的维持事情，舍着脸为是买上车，而结果还是三天半的事儿，跟那些串惯宅门的老油子一个样，他觉着伤心。他几乎觉得没脸再进人和厂，而给大家当笑话说："瞧瞧，骆驼祥子敢情也是三天半就吹呀，哼！"

不上人和厂，又上哪里去呢？为免得再为这个事思索，他一直走向西安门大街去。人和厂的前脸是三间铺面房，当中的一间作为柜房，只许车夫们进来交账或交涉事情，并不准随便来回打穿堂儿，因为东间与西间是刘家父女的卧室。西间的旁边有一个车门，两扇绿漆大门，上面弯着一根粗铁条，悬着一盏极亮的，没有罩子的电灯，灯下横悬着铁片涂金的四个字——"人和车厂"。车夫们出车收车和随时来往都走这个门。门上的漆深绿，配着上面的金字，都被那支白亮亮的电灯照得发光；出来进去的又都是漂亮的车，黑漆的黄漆的都一样的油汪汪发光，配着雪白的垫套，连车夫们都感到一些骄傲，仿佛都自居为车夫中的贵族。由大门进去，拐过前脸的西间，才是个四四方方的大院子，中间有棵老槐。东西房全是敞脸的，是存车的所在；南房和南房后面小院里的几间小屋，全是车夫的宿舍。

大概有十一点多了，祥子看见了人和厂那盏极明而怪孤单的灯。柜房和东间没有灯光，西间可是还亮着。他知道虎姑娘还没睡。他想轻手蹑脚的进去，别教虎姑娘看见；正因为她平日很看得起他，所以不愿头一个就被她看见他的失败。他刚把车拉到她的窗下，虎妞由车门里出来了：

"哟，祥子？怎——"她刚要往下问，一看祥子垂头丧气的样子，车上拉着铺盖卷，把话咽了回去。

怕什么有什么，祥子心里的惭愧与气闷凝成一团，登时立住了脚，呆在了那里。说不出话来，他傻看着虎姑娘。她今天也异样，不知是电灯照的，还是擦了粉，脸上比平日白了许多；脸上白了些，就掩去好多她的凶气。嘴唇上的确是抹着点胭脂，使虎妞也带出些媚气；祥子看到这里，觉得非常的奇怪，心中更加慌乱，因为平日没拿她当过女人看待，骤然看到这红唇，心中忽然感到点不好意思。她上身穿着件浅绿的绸子小夹袄，下面一条青洋绉肥腿的单裤。绿袄在电灯下闪出些柔软而微带凄惨的丝光，因为短小，还露出一点点白裤腰来，使绿色更加明显素净。下面的肥黑裤被小风吹得微动，像一些什么阴森的气儿，想要摆脱开那贼亮的灯光，而与黑夜联成一气。祥子不敢再看了，茫然的低下头去，心中还存着个小小的带光的绿袄。虎姑娘一向，他晓得，不这样打扮。以刘家的财力说，她满可以天天穿着绸缎，可是终日与车夫们打交待，她总是布衣布裤，即使有些花色，在布上也就不惹眼。祥子好似看见一个非常新异的东西，既熟识，又新异，所以心中有点发乱。

心中原本苦恼，又在极强的灯光下遇见这新异的活东西，他没有了主意。自己既不肯动，他倒希望虎姑娘快快进屋去，或是命令他干点什么，简直受不了这样的折磨，一种什么也不像而非常难过的折磨。

"嗨！"她往前凑了一步，声音不高的说："别楞着！去，把车放下，赶紧回来，有话跟你说。屋里见。"

平日帮她办惯了事，他只好服从。但是今天她和往日不同，他很想要思索一下；楞在那里去想，又怪僵得慌；他没主意，把车拉了进去。看看南屋，没有灯光，大概是都睡了；或者还有没收车的。把车放好，他折回到她的门前。忽然，他的心跳起来。

"进来呀，有话跟你说！"她探出头来，半笑半恼的说。

他慢慢走了进去。

桌上有几个还不甚熟的白梨，皮儿还发青。一把酒壶，三个白磁酒盅。一个头号大盘子，摆着半只酱鸡，和些熏肝酱肚之类的吃食。

"你瞧，"虎姑娘指给他一个椅子，看他坐下了，才说："你瞧，我今天吃犒劳，你也吃点！"说着，她给他斟上一杯酒；白干酒的辣味，混合上熏酱肉味，显着特别的浓厚沉重。"喝吧，吃了这个鸡；我已早吃过了，不必让！我刚才用骨牌打了一卦，准知道你回来，灵不灵？"

"我不喝酒！"祥子看着酒盅出神。

"不喝就滚出去；好心好意，不领情是怎着？你个傻骆驼！辣不死你！连我还能喝四两呢。不信，你看看！"她把酒盅端起来，灌了多半盅，一闭眼，哈了一声。举着盅儿："你喝！要不我揪耳朵灌你！"

祥子一肚子的怨气，无处发泄；遇到这种戏弄，真想和她瞪眼。可是他知道，虎姑娘一向对他不错，而且她对谁都是那么直爽，他不应当得罪她。既然不肯得罪她，再一想，就爽性和她诉诉委屈吧。自己素来不大爱说话，可是今天似乎有千言万语在心中憋闷着，非说说不痛快。这么一想，他觉得虎姑娘不是戏弄他，而是坦白的爱护他。他把酒盅接过来，喝干。一股辣气慢慢的，准确的，有力的，往下走，他伸长了脖子，挺直了胸，打了两个不十分便利的嗝儿。

虎妞笑起来。他好容易把这口酒调动下去，听到这个笑声，赶紧向东间那边看了看。

"没人，"她把笑声收了，脸上可还留着笑容。"老头子给姑妈作寿去了，得有两三天的耽误呢；姑妈在南苑住。"一边说，一边又给他倒满了盅。

听到这个，他心中转了个弯，觉出在哪儿似乎有些不对的地方。同时，他又舍不得出去；她的脸是离他那么近，她的衣裳是那么干净光滑，她的唇是那么红，都使他觉到一种新的刺激。她还是那么老丑，可是比往常添加了一些活力，好似她忽然变成另一个人，还是她，但多了一些什么。他不敢对这点新的什么去详细的思索，一时又不敢随便的接受，可也不忍得拒绝。他的脸红起来。好像为是壮壮自己的胆气，他又喝了口酒。刚才他想对她诉诉委屈，此刻又忘了。红着脸，他不由的多看了她几眼。越看，他心中越乱；她越来越显出他所不明白的那点什么，越来越有一点什么热辣辣的力量传递过来，渐渐的她变成一个抽象的什么东西。他警告着自己，须要小心；可是他又要大胆。他连喝了三盅酒，忘了什么叫作小心。迷迷忽忽地看着她，他不知为什么觉得非常痛快，大胆；极勇敢的要马上抓到一种新的经验与快乐。平日，他有点怕她；现在，她没有一点可怕的地方了。他自己反倒变成了有威严与力气的，似乎能把她当作个猫似的，拿到手中。

屋内灭了灯。天上很黑。不时有一两个星刺入了银河，或划进黑暗中，带着发红或发白的光尾，轻飘的或硬挺的，直坠或横扫着，有时也点动着，颤抖着，给天上一些光热的动荡，给黑暗一些闪烁的爆裂。有时一两个星，有时好几个星，同时飞落，使静寂的秋空微颤，使万星一时迷乱起来。有时一个单独的巨星横刺入天角，光尾极长，放射着星花；红，渐黄；在最后的挺进，忽然狂悦似的把天角照白了一条，好像刺开万重的黑暗，透进并逗留一些乳白的光。余光散尽,黑暗似晃动了几下,又包合起来,静静懒懒的群星又复了原位,在秋风上微笑。地上飞着些寻求情侣的秋萤,也作着星样的游戏。

第二天,祥子起得很早,拉起车就出去了。头与喉中都有点发痛,这是因为第一次喝酒,他倒没去注意。坐在一个小胡同口上,清晨的小风吹着他的头,他知道这点头疼不久就会过去。可是他心中另有一些事儿,使他憋闷得慌,而且一时没有方法去开脱。昨天夜里的事教他疑惑,羞愧,难过,并且觉着有点危险。

他不明白虎姑娘是怎么回事。她已早不是处女,祥子在几点钟前才知道。他一向很敬重她,而且没有听说过她有什么不规矩的地方;虽然她对大家很随便爽快,可是大家没在背地里讲论过她;即使车夫中有说她坏话的,也是说她厉害,没有别的。那么,为什么有昨夜那一场呢?

这个既显着胡涂,祥子也怀疑了昨晚的事儿。她知道他没在车厂里,怎能是一心一意的等着他?假若是随便哪个都可以的话……祥子把头低下去。他来自乡间,虽然一向没有想到娶亲的事,可是心中并非没个算计;假若他有了自己的车,生活舒服了一些,而且愿意娶亲的话,他必定到乡下娶个年轻力壮,吃得苦,能洗能作的姑娘。像他那个岁数的小伙子们,即使有人管着,哪个不偷偷地跑"白房子"①?祥子始终不肯随和,一来他自居为要强的人,不能把钱花在娘儿们身上;二来他亲眼得见那些花冤钱的傻子们——有的才十八九岁——在厕所里头顶着墙还撒不出尿来。最后,他必须规规矩矩,才能对得起将来的老婆,因为一旦要娶,就必娶个一清二白的姑娘,所以自己也得像那么回事儿。可是现在,现在……想起虎妞,设若当个朋友看,她确

---

① 白房子:旧时的下等妓院。

是不错；当个娘们看，她丑，老，厉害，不要脸！就是想起抢去他的车，而且几乎要了他的命的那些大兵，也没有像想起她这么可恨可厌！她把他由乡间带来的那点清凉劲儿毁尽了，他现在成了个偷娘们的人！

再说，这个事要是吵嚷开，被刘四知道了呢？刘四晓得不晓得他女儿是个破货呢？假若不知道，祥子岂不独自背上黑锅？假若早就知道而不愿意管束女儿，那么他们父女是什么东西呢？他和这样人搀合着，他自己又是什么东西呢？就是他们父女都愿意，他也不能要她；不管刘老头子是有六十辆车，还是六百辆，六千辆！他得马上离开人和厂，跟他们一刀两断。祥子有祥子的本事，凭着自己的本事买上车，娶上老婆，这才正大光明！想到这里，他抬起头来，觉得自己是个好汉子，没有可怕的，没有可虑的，只要自己好好的干，就必定成功。

让了两次座儿，都没能拉上。那点别扭劲儿又忽然回来了。不愿再思索，可是心中堵得慌。这回事似乎与其他的事全不同，即使有了解决的办法，也不易随便的忘掉。不但身上好像粘上了点什么，心中也仿佛多了一个黑点儿，永远不能再洗去。不管怎样的愤恨，怎样的讨厌她，她似乎老抓住了他的心，越不愿再想，她越忽然的从他心中跳出来，一个赤裸裸的她，把一切丑陋与美好一下子，整个的都交给了他，像买了一堆破烂那样，碎铜烂铁之中也有一二发光的有色的小物件，使人不忍得拒绝。他没和任何人这样亲密过，虽然是突乎其来，虽然是个骗诱，到底这样的关系不能随便的忘记，就是想把它放在一旁，它自自然然会在心中盘绕，像生了根似的。这对他不仅是个经验，而也是一种什么形容不出来的扰乱，使他不知如何是好。他对她，对自己，对现在与将来，都没办法，仿佛是碰在蛛网上的一个小虫，想挣扎已来不及了。

迷迷糊糊的他拉了几个买卖。就是在奔跑的时节，他的心中也没忘了这件事，并非清清楚楚的，有头有尾的想起来，而是时时想到一个什么意思，或一点什么滋味，或一些什么感情，都是渺茫，而又亲切。他很想独自去喝酒，喝得人事不知，他也许能痛快一些，不能再受这个折磨！可是他不敢去喝。他不能为这件事毁坏了自己。他又想起买车的事来。但是他不能专心的去想，老有一点什么拦阻着他的心思；还没想到车，这点东西已经偷偷的溜出来，占住他的心，像块黑云遮住了太阳，把光明打断。到了晚间，打算收车，他更难过了。他必须回车厂，可是真怕回去。假如遇上她呢，怎办？他拉着空车在街上绕，两三次已离车厂不远，又转回头来往别处走，很像初次逃学的孩子不敢进家门那样。

奇怪的是，他越想躲避她，同时也越想遇到她，天越黑，这个想头越来得厉害。一种明知不妥，而很愿试试的大胆与迷惑紧紧的捉住他的心，小的时候去用竿子捅马蜂窝就是这样，害怕，可是心中跳着要去试试，像有什么邪气催着自己似的。渺茫的他觉到一种比自己还更有力气的劲头儿，把他要揉成一个圆球，抛到一团烈火里去；他没法阻止住自己的前进。

他又绕回西安门来，这次他不想再迟疑，要直入公堂的找她去。她已不是任何人，她只是个女子。他的全身都热起来。刚走到门脸上，灯光下走来个四十多岁的男人，他似乎认识这个人的面貌态度，可是不敢去招呼。几乎是本能的，他说了声："车吗？"那个人楞了一楞："祥子？"

"是呀，"祥子笑了。"曹先生？"

曹先生笑着点了点头。"我说祥子，你要是没在宅门里的话，还上我那儿来吧？我现在用着的人太懒，他老不管擦车，虽然跑得也怪麻利的；你来不来？"

"还能不来，先生！"祥子似乎连怎样笑都忘了，用小毛巾不住的擦脸。"先生，我几儿上工呢？"

"那什么，"曹先生想了想，"后天吧。"

"是了，先生！"祥子也想了想："先生，我送回你去吧？"

"不用；我不是到上海去了一程子①吗，回来以后，我不在老地方住了。现今住在北长街；我晚上出来走走。后天见吧。"曹先生告诉了祥子门牌号数，又找补了一句："还是用我自己的车。"

祥子痛快得要飞起来，这些日子的苦恼全忽然一齐铲净，像大雨冲过的白石路。曹先生是他的旧主人，虽然在一块没有多少日子，可是感情顶好；曹先生是非常和气的人，而且家中人口不多，只有一位太太，和一个小男孩。

他拉着车一直奔了人和厂去。虎姑娘屋中的灯还亮着呢。一见这个灯亮，祥子猛的木在那里。

立了好久，他决定进去见她；告诉她他又找到了包月；把这两天的车份儿交上；要出他的储蓄；从此一刀两断——这自然不便明说，她总会明白的。

他进去先把车放好，而后回来大着胆叫了声刘姑娘。

"进来！"

他推开门，她正在床上斜着呢，穿着平常的衣裤，赤着脚。依旧斜着身，她说："怎样？吃出甜头来了是怎着？"

祥子的脸红得像生小孩时送人的鸡蛋。楞了半天，他迟迟顿顿的说："我又找好了事，后天上工。人家自己有车……"

她把话接了过来："你这小子不懂好歹！"她坐起来，半笑半恼的指着他："这儿有你的吃，有你的穿；非去出臭汗不过瘾是怎着？老头子管不了我，我不能守一辈女儿寡！就是老头子真犯

---

① 程子：一段时间。

牛脖子，我手里也有俩体己，咱俩也能弄上两三辆车，一天进个块儿八毛的，不比你成天满街跑臭腿去强？我哪点不好？除了我比你大一点，也大不了多少！我可是能护着你，疼你呢！"

"我愿意去拉车！"祥子找不到别的辩驳。

"地道窝窝头脑袋！你先坐下，咬不着你！"她说完，笑了笑，露出一对虎牙。

祥子青筋蹦跳的坐下。"我那点钱呢？"

"老头子手里呢；丢不了，甭害怕；你还别跟他要，你知道他的脾气？够买车的数儿，你再要，一个小子儿也短不了你的；现在要，他要不骂出你的魂来才怪！他对你不错！丢不了，短一个我赔你俩！你个乡下脑颏！别让我损你啦！"

祥子又没的说了，低着头掏了半天，把两天的车租掏出来，放在桌上："两天的。"临时想起来："今儿个就算交车，明儿个我歇一天。"他心中一点也不想歇息一天；不过，这样显着干脆；交了车，以后再也不住人和厂。

虎姑娘过来，把钱抓在手中，往他的衣袋里塞："这两天连车带人都白送了！你这小子有点运气！别忘恩负义就得了！"说完，她一转身把门倒锁上。

七

祥子上了曹宅。

对虎姑娘，他觉得有点羞愧。可是事儿既出于她的引诱，况且他又不想贪图她的金钱，他以为从此和她一刀两断也就没有什么十分对不住人的地方了。他所不放心的倒是刘四爷拿着他的那点钱。马上去要，恐怕老头子多心。从此不再去见他们父女，也许虎姑娘一怒,对老头子说几句坏话,而把那点钱"炸了酱"①。还继续着托老头子给存钱吧,一到人和厂就得碰上她,又怪难以为情。他想不出妥当的办法,越没办法也就越不放心。

他颇想向曹先生要个主意,可是怎么说呢?对虎姑娘的那一段是对谁也讲不得的。想到这儿,他真后悔了;这件事是,他开始明白过来,不能一刀两断的。这种事是永远洗不清的,像肉上的一块黑癜。无缘无故的丢了车,无缘无故的又来了这层缠绕,他觉得他这一辈子大概就这么完了,无论自己怎么要强,全算白饶。想来想去,他看出这么点来:大概到最后,他还得舍着脸要虎姑娘;不为要她,还不为要那几辆车么?"当王八的吃俩炒肉"!他不能忍受,可是到了时候还许非此不可!只好还往前干吧,干着好的,等着坏的;他不敢再像从前那样自信了。他的身量,力气,心胸,都算不了一回事;命是自己的,可是教别人管着;教些什么顶混账的东西管着。

按理说,他应当很痛快,因为曹宅是,在他所混过的宅门里,顶可爱的。曹宅的工钱并不比别处多,除了三节的赏钱也没有很多的零钱,可是曹先生与曹太太都非常的和气,拿谁也当个人对待。祥子愿意多挣钱,拚命的挣钱,但是他也愿意有个像间屋子的住处,和可以吃得饱的饭食。曹宅处处很干净,连下房也是如此;曹宅的饭食不苦,而且决不给下人臭东西吃。自己有间宽绰的屋子,又可以消消停停的吃三顿饭,再加上主人很客气,祥子,连祥子,也不肯专在钱上站着了。况且吃住都合适,工作又不累,把身体养得好好的也不是吃亏的事。自己掏钱吃饭,他决不会吃得这样好,现在既有现成的菜饭,而且吃了不会由脊梁骨下去,他为什么不往饱里吃呢?饭也是钱买来的,这笔账他

---

① 炸了酱:扣下钱。

算得很清楚。吃得好,睡得好,自己可以干干净净像个人似的,是不容易找到的事。况且,虽然曹家不打牌,不常请客,没什么零钱,可是作点什么临时的工作也都能得个一毛两毛的。比如太太叫他给小孩儿去买丸药,她必多给他一毛钱,叫他坐车去,虽然明知道他比谁也跑的快。这点钱不算什么,可是使他觉到一种人情,一种体谅,使人心中痛快。祥子遇见过的主人也不算少了,十个倒有九个是能晚给一天工钱,就晚给一天,表示出顶好是白用人,而且仆人根本是猫狗,或者还不如猫狗。曹家的人是个例外,所以他喜欢在这儿。他去收拾院子,浇花,都不等他们吩咐他,而他们每见到他作这些事也必说些好听的话,更乘着这种时节,他们找出些破旧的东西,教他去换洋火,虽然那些东西还都可以用,而他也就自己留下。在这里,他觉出点人味儿。

在祥子眼里,刘四爷可以算作黄天霸。虽然厉害,可是讲面子,叫字号,决不一面儿黑。他心中的体面人物,除了黄天霸,就得算是那位孔圣人。他莫名其妙孔圣人到底是怎样的人物,不过据说是认识许多的字,还挺讲理。在他所混过的宅门里,有文的也有武的;武的里,连一个能赶上刘四爷的还没有;文的中,虽然有在大学堂教书的先生,也有在衙门里当好差事的,字当然认识不少了,可是没遇到一个讲理的。就是先生讲点理,太太小姐们也很难伺候。只有曹先生既认识字,又讲理,而且曹太太也规规矩矩的得人心。所以曹先生必是孔圣人;假若祥子想不起孔圣人是什么模样,那就必应当像曹先生,不管孔圣人愿意不愿意。

其实呢,曹先生并不怎么高明。他只是个有时候教点书,有时候也作些别的事的一个中等人物。他自居为"社会主义者",同时也是个唯美主义者,很受了维廉·莫利司①一点儿影响。在

---

① 维廉·莫利司(1834—1896):英国诗人,美术家。

政治上，艺术上，他都并没有高深的见解；不过他有一点好处：他所信仰的那一点点，都能在生活中的小事件上实行出来。他似乎看出来，自己并没有惊人的才力，能够作出些惊天动地的事业，所以就按着自己的理想来布置自己的工作与家庭；虽然无补于社会，可是至少也愿言行一致，不落个假冒为善。因此，在小的事情上他都很注意，仿佛是说只要把小小的家庭整理得美好，那么社会怎样满可以随便。这有时使他自愧，有时也使他自喜，似乎看得明明白白，他的家庭是沙漠中的一个小绿洲，只能供给来到此地的一些清水与食物，没有更大的意义。

　　祥子恰好来到了这个小绿洲；在沙漠中走了这么多日子，他以为这是个奇迹。他一向没遇到过像曹先生这样的人，所以他把这个人看成圣贤。这也许是他的经验少，也许是世界上连这样的人也不多见。拉着曹先生出去，曹先生的服装是那么淡雅，人是那么活泼大方，他自己是那么干净利落，魁梧雄壮，他就跑得分外高兴，好像只有他才配拉着曹先生似的。在家里呢，处处又是那么清洁，永远是那么安静，使他觉得舒服安定。当在乡间的时候，他常看到老人们在冬日或秋月下，叼着竹管烟袋一声不响的坐着，他虽年岁还小，不能学这些老人，可是他爱看他们这样静静的坐着，必是——他揣摩着——有点什么滋味。现在，他虽是在城里，可是曹宅的清静足以让他想起乡间来，他真愿抽上个烟袋，咂摸着一点什么滋味。

　　不幸，那个女的和那点钱教他不能安心；他的心像一个绿叶，被个虫儿用丝给缠起来，预备作茧。为这点事，他自己放不下心；对别人，甚至是对曹先生，时时发楞，所答非所问。这使他非常的难过。曹宅睡得很早，到晚间九点多钟就可以没事了，他独自坐在屋中或院里，翻来复去的想，想的是这两件事。他甚至想起马上就去娶亲，这样必定能够断了虎妞的念头。可是凭着拉车怎能养家呢？他晓得大杂院中的苦哥儿们，男的拉车，女的缝穷①，孩子们捡煤核，夏天在土堆上拾西瓜皮啃，冬天全去赶粥厂。祥子不能受这个。再说呢，假若他娶了亲，刘老头子手里那点钱就必定要不回来；虎妞岂肯轻饶了他呢！他不能舍了那点钱，那是用命换来的！

他自己的那辆车是去年秋初买的。一年多了，他现在什么也没有，只有要不出来的三十多块钱，和一些缠绕！他越想越不高兴。

中秋节后十多天了，天气慢慢凉上来。他算计着得添两件穿的。又是钱！买了衣裳就不能同时把钱还剩下，买车的希望，简直不敢再希望了！即使老拉包月，这一辈子又算怎回事呢？

一天晚间，曹先生由东城回来的晚一点。祥子为是小心，由天安门前全走马路。敞平的路，没有什么人，微微的凉风，静静的灯光，他跑上了劲来。许多日子心中的憋闷，暂时忘记了，听着自己的脚步，和车弓子的轻响，他忘记了一切。解开了钮扣，凉风飕飕的吹着胸，他觉到痛快，好像就这么跑下去，一直跑到不知什么地方，跑死也倒干脆。越跑越快，前面有一辆，他"开"一辆，一会儿就过了天安门。他的脚似乎是两个弹簧，几乎是微一着地便弹起来；后面的车轮转得已经看不出条来，皮轮仿佛已经离开了地，连人带车都像被阵急风吹起来了似的。曹先生被凉风一飕，大概是半睡着了，要不然他必会阻止祥子这样的飞跑。祥子是跑开了腿，心中渺茫的想到，出一身透汗，今天可以睡痛快觉了，不至于再思虑什么。

已离北长街不远，马路的北半，被红墙外的槐林遮得很黑。祥子刚想收步，脚已碰到一些高起来的东西。脚到，车轮也到了。祥子栽了出去。咯喳，车把断了。"怎么了？"曹先生随着自

---

① 缝穷：北方话，即补衣服。

己的话跌出来。祥子没出一声,就地爬起。曹先生也轻快的坐起来。"怎么了?"

新卸的一堆补路的石块,可是没有放红灯。

"摔着没有?"祥子问。

"没有;我走回去吧,你拉着车。"曹先生还镇定,在石块上摸了摸有没有落下来的东西。

祥子摸着了已断的一截车把:"没折多少,先生还坐上,能拉!"说着,他一把将车从石头中扯出来。"坐上,先生!"

曹先生不想再坐,可是听出祥子的话带着哭音,他只好上去了。

到了北长街口的电灯下面,曹先生看见自己的右手擦去一块皮。"祥子你站住!"

祥子一回头,脸上满是血。

曹先生害了怕,想不起说什么好,"你快,快——"

祥子莫名其妙,以为是教他快跑呢,他一拿腰,一气跑到了家。

放下车,他看见曹先生手上有血,急忙往院里跑,想去和太太要药。

"别管我,先看你自己吧!"曹先生跑了进去。

祥子看了看自己,开始觉出疼痛,双膝,右肘全破了;脸蛋上,他以为流的是汗,原来是血。不顾得干什么,想什么,他坐在门洞的石阶上,呆呆的看着断了把的车。崭新黑漆的车,把头折了一段,秃碴碴的露着两块白木碴儿,非常的不调和,难看,像糊好的漂亮纸人还没有安上脚,光出溜的插着两根秫秸秆那样。祥子呆呆的看着这两块白木碴儿。

"祥子!"曹家的女仆高妈响亮的叫,"祥子!你在哪儿呢?"

他坐着没动,不错眼珠的钉着那破车把,那两块白木碴儿好似插到他的心里。

"你是怎个碴儿呀!一声不出,藏在这儿;你瞧,吓我一跳!先生叫你哪!"高妈的话永远是把事情与感情都搀合起来,显着既复杂又动人。她是三十二三岁的寡妇,干净,爽快,作事麻利又仔细。在别处,有人嫌她太张道,主意多,时常有些神眉鬼道儿的。曹家喜欢用干净瞭亮的人,而又不大注意那些小过节儿,所以她跟了他们已经二三年,就是曹家全家到别处去也老带着她。"先生叫你哪!"她又重了一句。及至祥子立起来,她看明他脸上的血:"可吓死我了,我的妈!这是怎么了?你还不动换哪,得了破伤风还了得!快走!先生那儿有药!"

祥子在前边走,高妈在后边叨唠,一同进了书房。曹太太也在这里,正给先生裹手上药,见祥子进来,她也"哟"了一声。

"太太,他这下子可是摔得够瞧的。"高妈唯恐太太看不出来,忙着往脸盆里倒凉水,更忙着说话:"我就早知道吗,他一跑起来就不顾命,早晚是得出点岔儿。果不其然!还不快洗洗哪?洗完好上点药,真!"

祥子托着右肘,不动。书房里是那么干净雅趣,立着他这个满脸血的大汉,非常的不像样,大家似乎都觉出有点什么不对的地方,连高妈也没了话。

"先生!"祥子低着头,声音很低,可是很有力:"先生另找人吧!这个月的工钱,你留着收拾车吧:车把断了,左边的灯碎了块玻璃;别处倒都好好的呢。"

"先洗洗,上点药,再说别的。"曹先生看着自己的手说,太太正给慢慢的往上缠纱布。

"先洗洗!"高妈也又想起话来。"先生并没说什么呀,你别先倒打一瓦!"

祥子还不动。"不用洗,一会儿就好!一个拉包月的,摔了人，碰了车，没脸再……"他的话不够帮助说完全了他的意思，可是他的感情已经发泄净尽，只差着放声哭了。辞事，让工钱，在祥子看就差不多等于自杀。可是责任，脸面，在这时候似乎比命还重要，因为摔的不是别人，而是曹先生。假若他把那位杨太太摔了，摔了就摔了，活该！对杨太太，他可以拿出街面上的蛮横劲儿，因为她不拿人待他，他也不便客气；钱是一切，说不着什么脸面，哪叫规矩。曹先生根本不是那样的人，他得牺牲了钱，好保住脸面。他顾不得恨谁，只恨自己的命，他差不多想到：从曹家出去，他就永不再拉车；自己的命即使不值钱，可以拚上；人家的命呢？真要摔死一口子，怎办呢？以前他没想到过这个，因为这次是把曹先生摔伤，所以悟过这个理儿来。好吧，工钱可以不要，从此改行，不再干这背着人命的事。拉车是他理想的职业，搁下这个就等于放弃了希望。他觉得他的一生就得窝窝囊囊的混过去了，连成个好拉车的也不用再想，空长了那么大的身量！在外面拉散座的时候，他曾毫不客气地"抄"买卖①，被大家嘲骂，可是这样的不要脸正是因为自己要强，想买上车，他可以原谅自己。拉包月而惹了祸，自己有什么可说的呢？这要被人知道了，祥子摔了人，碰坏了车；哪道拉包车的，什么玩艺！祥子没了出路！他不能等曹先生辞他，只好自己先滚吧！

"祥子，"曹先生的手已裹好，"你洗洗！先不用说什么辞工。不是你的错儿，放石头就应当放个红灯。算了吧，洗洗，上点药。"

"是呀，先生，"高妈又想起话来，"祥子是磨不开；本来吗，把先生摔得这个样！可是，先生既说不是你的错儿，你也甭再别扭啦！瞧他这样，身大力不亏的，还和小孩一样呢，倒是真着急！太太说一句，叫他放心吧！"高妈的话很像留声机片，是转

---

① "抄"买卖：把别人正做的生意抢过来。

着圆圈说的,把大家都说在里边,而没有起承转合的痕迹。

"快洗洗吧,我怕!"曹太太只说了这么一句。

祥子的心中很乱,末了听到太太说怕血,似乎找到了一件可以安慰她的事;把脸盆搬出来,在书房门口洗了几把。高妈拿着药瓶在门内等着他。

"胳臂和腿上呢?"高妈给他脸上涂抹了一气。

祥子摇了摇头,"不要紧!"

曹氏夫妇去休息。高妈拿着药瓶,跟出祥子来。到了他屋中,她把药瓶放下,立在屋门口里:"待会儿你自己抹抹吧。我说,为这点事不必那么吃心。当初,有我老头子活着的日子,我也是常辞工。一来是,我在外头受累,他不要强,教我生气。二来是,年轻气儿粗,一句话不投缘,散!卖力气挣钱,不是奴才;你有你的臭钱,我泥人也有个土性儿;老太太有个伺候不着!现在我可好多了,老头子一死,我没什么挂念的了,脾气也就好了点。这儿呢——我在这儿小三年子了;可不是,九月九上的工——零钱太少,可是他们对人还不错。咱们卖的是力气,为的是钱;净说好的当不了一回事。可是话又得这么说,把事情看长远了也有好处:三天两头的散工,一年倒歇上六个月,也不上算;莫若遇上个和气的主儿,架不住干日子多了,零钱就是少点,可是靠常儿混下去也能剩俩钱。今儿个的事,先生既没说什么,算了就算了,何必呢。也不是我攀个大,你还是小兄弟呢,容易挂火。一点也不必,火气壮当不了吃饭。像你这么老实巴焦的,安安顿顿的在这儿混些日子,总比满天打油飞①去强。我一点也不是向着他们说话,我是为你,在一块儿都怪好的!"她喘了口气:"得,明儿见;甭犯牛劲,我是直心眼,有一句说一句!"

---

① 满天打油飞:四处游荡,无处安身。

祥子的右肘很疼，半夜也没睡着。颠算了七开八得，他觉得高妈的话有理。什么也是假的，只有钱是真的。省钱买车；挂火当不了吃饭！想到这，来了一点平安的睡意。

八

曹先生把车收拾好，并没扣祥子的工钱。曹太太给他两丸"三黄宝蜡"，他也没吃。他没再提辞工的事。虽然好几天总觉得不大好意思，可是高妈的话得到最后的胜利。过了些日子，生活又合了辙，他把这件事渐渐忘掉，一切的希望又重新发了芽。独坐在屋中的时候，他的眼发着亮光，去盘算怎样省钱，怎样买车；嘴里还不住的嘟囔，像有点心病似的。他的算法很不高明，可是心中和嘴上常常念着"六六三十六"；这并与他的钱数没多少关系，不过是这么念道，心中好像是充实一些，真像有一本账似的。

他对高妈有相当的佩服，觉得这个女人比一般的男子还有心路与能力，她的话是抄着根儿来的。他不敢赶上她去闲谈，但在院中或门口遇上她，她若有工夫说几句，他就很愿意听她说。她每说一套，总够他思索半天的，所以每逢遇上她，他会傻傻忽忽的一笑，使她明白他是佩服她的话，她也就觉到点得意，即使没有工夫，也得扯上几句。

不过，对于钱的处置方法，他可不敢冒儿咕咚的就随着她的主意走。她的主意，他以为，实在不算坏；可是多少有点冒险。他很愿意听她说，好多学些招数，心里显着宽绰；在实行上，他还是那个老主意——不轻易撒手钱。

不错，高妈的确有办法：自从她守了寡，她就把月间所能剩下的一点钱放出去,一块也是一笔,两块也是一笔,放给作仆人的,当二三等巡警的,和作小买卖的,利钱至少是三分。这些人时常为一块钱急得红着眼转磨,就是有人借给他们一块而当两块算,他们也得伸手接着。除了这样,钱就不会教他们看见;他们所看见的钱上有毒,接过来便会抽干他们的血,但是他们还得接着。凡是能使他们缓一口气的,他们就有胆子拿起来;生命就是且缓一口气再讲,明天再说明天的。高妈,在她丈夫活着的时候,就曾经受着这个毒。她的丈夫喝醉来找她,非有一块钱不能打发;没有,他就在宅门外醉闹;她没办法,不管多大的利息也得马上借到这块钱。由这种经验,她学来这种方法,并不是想报复,而是拿它当作合理的,几乎是救急的慈善事。有急等用钱的,有愿意借出去的,周瑜打黄盖,愿打愿挨!

在宗旨上,她既以为这没有什么下不去的地方,那么在方法上她就得厉害一点,不能拿钱打水上飘;干什么说什么。这需要眼光,手段,小心,泼辣,好不至都放了鹰①。她比银行经理并不少费心血,因为她需要更多的小心谨慎。资本有大小,主义是一样,因为这是资本主义的社会,像一个极细极大的筛子,一点一点的从上面往下筛钱,越往下钱越少;同时,也往下筛主义,可是上下一边儿多,因为主义不像钱那样怕筛眼小,它是无形体的,随便由什么极小的孔中也能溜下来。大家都说高妈厉害,她自己也这么承认;她的厉害是由困苦中折磨中锻炼出来的。一想起过去的苦处,连自己的丈夫都那样的无情无理,她就咬上了牙。她可以很和气,也可以很毒辣,她知道非如此不能在这个世界上活着。

她也劝祥子把钱放出去,完全出于善意,假若他愿意的话,

---

① 放了鹰:全部丢失。

她可以帮他的忙:

"告诉你,祥子,搁在兜儿里,一个子永远是一个子!放出去呢,钱就会下钱!没错儿,咱们的眼睛是干什么的?瞧准了再放手钱,不能放秃尾巴鹰。当巡警的到时候不给利,或是不归本,找他的巡官去!一句话,他的差事得搁下,敢!打听明白他们放饷的日子,堵窝掏;不还钱,新新①!将一比十,放给谁,咱都得有个老底;好,放出去,海里摸锅,那还行吗?你听我的,准保没错!"

祥子用不着说什么,他的神气已足表示他很佩服高妈的话。及至独自一盘算,他觉得钱在自己手里比什么也稳当。不错,这么着是死的,钱不会下钱;可是丢不了也是真的。把这两三个月剩下的几块钱——都是现洋——轻轻的拿出来,一块一块的翻弄,怕出响声;现洋是那么白亮,厚实,起眼,他更觉得万不可撒手,除非是拿去买车。各人有各人的办法,他不便全随着高妈。

原先在一家姓方的家里,主人全家大小,连仆人,都在邮局有个储金折子。方太太也劝过祥子:"一块钱就可以立折子,你怎么不立一个呢?俗言说得好,常将有日思无日,莫到无时盼有时;年轻轻的,不乘着年轻力壮剩下几个,一年三百六十天不能天天是晴天大日头。这又不费事,又牢靠,又有利钱,哪时蹩住还可以提点儿用,还要怎么方便呢?去,去要个单子来,你不会写,我给你填上,一片好心!"

祥子知道她是好心,而且知道厨子王六和奶妈子秦妈都有折子,他真想试一试。可是有一天方大小姐叫他去给放进十块钱,他细细看了看那个小折子,上面有字,有小红印;通共,哼,也就有一小打手纸那么沉吧。把钱交进去,人家又在折子上画了几

---

① 新新:新鲜,奇怪。

个字,打上了个小印。他觉得这不是骗局,也得是骗局;白花花的现洋放进去,凭人家三画五画就算完事,祥子不上这个当。他怀疑方家是跟邮局这个买卖——他总以为邮局是个到处有分号的买卖,大概字号还很老,至少也和瑞蚨祥,鸿记差不多——有关系,所以才这样热心给拉生意。即使事实不是这样,现钱在手里到底比在小折子上强,强的多!折子上的钱只是几个字!

对于银行银号,他只知道那是出"座儿"的地方,假若巡警不阻止在那儿搁车的话,准能拉上"买卖"。至于里面作些什么事,他猜不透。不错,这里必是有很多的钱;但是为什么单到这里来鼓逗①钱,他不明白;他自己反正不容易与它们发生关系,那么也就不便操心去想了。城里有许多许多的事他不明白,听朋友们在茶馆里议论更使他发胡涂,因为一人一个说法,而且都说的不到家。他不愿再去听,也不愿去多想,他知道假若去打抢的话,顶好是抢银行;既然不想去作土匪,那么自己拿着自己的钱好了,不用管别的。他以为这是最老到的办法。

高妈知道他是红着心想买车,又给他出了主意:

"祥子,我知道你不肯放账,为是好早早买上自己的车,也是个主意!我要是个男的,要是也拉车,我就得拉自己的车;自拉自唱,万事不求人!能这么着,给我个知县我也不换!拉车是苦事,可是我要是男的,有把子力气,我楞拉车也不去当巡警;冬夏常青,老在街上站着,一月才挣那俩钱,没个外钱,没个自由;一留胡子还是就吹,简直的没一点起色。我是说,对了,你要是想快快买上车的话,我给你个好主意:起上一只会,十来个人,至多二十个人,一月每人两块钱,你使头一会;这不是马上就有四十来的块?你横是多少也有个积蓄,凑吧凑吧就弄辆车拉

---

① 鼓逗:反复摆弄。

拉，干脆大局！车到了手，你干上一只黑签儿会，又不出利，又是体面事，准得对你的心路！你真要请会的话，我来一只，决不含忽！怎样？"

这真让祥子的心跳得快了些！真要凑上三四十块，再加上刘四爷手里那三十多，和自己现在有的那几块，岂不就是八十来的？虽然不够买十成新的车，八成新的总可以办到了！况且这么一来，他就可以去向刘四爷把钱要回，省得老这么搁着，不像回事儿。八成新就八成新吧，好歹的拉着，等有了富余再换。

可是，上哪里找这么二十位人去呢？即使能凑上，这是个面子事，自己等钱用么就请会，赶明儿人家也约自己来呢？起会，在这个穷年月，常有哗啦①了的时候！好汉不求人；干脆，自己有命买得上车，买；不求人！

看祥子没动静，高妈真想俏皮他一顿，可是一想他的直诚劲儿，又不大好意思了："你真行！'小胡同赶猪——直来直去'；也好！"

祥子没说什么，等高妈走了，对自己点了点头，似乎是承认自己的一把死拿值得佩服，心中怪高兴的。

已经是初冬天气，晚上胡同里叫卖糖炒栗子，落花生之外，加上了低悲的"夜壶呕"。夜壶挑子上带着瓦的闷葫芦罐儿，祥子买了个大号的。头一号买卖，卖夜壶的找不开钱，祥子心中一活便，看那个顶小的小绿夜壶非常有趣，绿汪汪的，也撅着小嘴，"不用找钱了，我来这么一个！"

放下闷葫芦罐，他把小绿夜壶送到里边去："少爷没睡哪？送你个好玩艺！"

大家都正看着小文——曹家的小男孩——洗澡呢，一见这个

---

① 哗啦：散伙。

玩艺都憋不住的笑了。曹氏夫妇没说什么,大概觉得这个玩艺虽然蠢一些,可是祥子的善意是应当领受的,所以都向他笑着表示谢意。高妈的嘴可不会闲着:

"你看,真是的,祥子!这么大个子了,会出这么高明的主意;多么不顺眼!"

小文很喜欢这个玩艺,登时用手捧澡盆里的水往小壶里灌:"这小茶壶,嘴大!"

大家笑得更加了劲。祥子整着身子——因为一得意就不知怎么好了——走出来。他很高兴,这是向来没有经验过的事,大家的笑脸全朝着他自己,仿佛他是个很重要的人似的。微笑着,又把那几块现洋搬运出来,轻轻的一块一块往闷葫芦罐里放,心里说:这比什么都牢靠!多嗒够了数,多嗒往墙上一碰;拍喳,现洋比瓦片还得多!

他决定不再求任何人。就是刘四爷么可靠,究竟有时候显着别扭,钱是丢不了哇,在刘四爷手里,不过总有点不放心。钱这个东西像戒指,总是在自己手上好。这个决定使他痛快,觉得好像自己的腰带又杀紧了一扣,使胸口能挺得更直更硬。

天是越来越冷了,祥子似乎没觉到。心中有了一定的主意,眼前便增多了光明;在光明中不会觉得寒冷。地上初见冰凌,连便道上的土都凝固起来,处处显出干燥,结实,黑土的颜色已微微发些黄,像已把潮气散尽。特别是在一清早,被大车轧起的土棱上镶着几条霜边,小风尖溜溜的把早霞吹散,露出极高极蓝极爽快的天;祥子愿意早早的拉车跑一趟,凉风飕进他的袖口,使他全身像洗冷水澡似的一哆嗦,一痛快。有时候起了狂风,把他打得出不来气,可是他低着头,咬着牙,向前钻,像一条浮着逆水的大鱼;风越大,他的抵抗也越大,似乎是和狂风决一死战。猛的一股风顶得他透不出气,闭住口,半天,打出一个嗝,仿佛是在水里扎了一个猛子。打出这个嗝，他继续往前奔走，往前冲进，没有任何东西能阻止住这个巨人；他全身的筋肉没有一处松懈，像被蚂蚁围攻的绿虫，全身摇动着抵御。这一身汗！等到放下车，直一直腰，吐出一口长气，抹去嘴角的黄沙，他觉得他是无敌的；看着那裹着灰沙的风从他面前扫过去，他点点头。风吹弯了路旁的树木，撕碎了店户的布幌，揭净了墙上的报单，遮昏了太阳，唱着，叫着，吼着，回荡着；忽然直驰，像惊狂了的大精灵，扯天扯地的疾走；忽然慌乱，四面八方的乱卷，像不知怎好而决定乱撞的恶魔；忽然横扫，乘其不备的袭击着地上的一切，扭折了树枝，吹掀了屋瓦，撞断了电线；可是，祥子在那里看着；他刚从风里出来，风并没能把他怎样了！胜利是祥子的！及至遇上顺风，他只须拿稳了车把，自己不用跑，风会替他推转了车轮，像个很好的朋友。

　　自然，他既不瞎，必定也看见了那些老弱的车夫。他们穿着一阵小风就打透的，一阵大风就吹碎了的，破衣；脚上不知绑些什么。在车口上，他们哆嗦着，眼睛像贼似的溜着，不论从什么地方钻出个人来，他们都争着问："车？！"拉上个买卖，他们暖和起来，汗湿透了那点薄而破的衣裳。一停住，他们的汗在背上结成了冰。遇上风，他们一步也不能抬，而生生的要曳着车走；风从上面砸下来，他们要把头低到胸口里去；风从下面来，他们的脚便找不着了地；风从前面来，手一扬就要放风筝；风从后边来，他们没法管束住车与自己。但是他们设尽了方法，用尽了力气，死曳活曳得把车拉到了地方，为几个铜子得破出一条命。一趟车拉下来，灰土被汗合成了泥，糊在脸上，只露着眼与嘴三个冻红了的圈。天是那么短，那么冷，街上没有多少人；这样苦奔一天，未必就能挣上一顿饱饭；可是年老的，家里还有老婆孩子；年小的，有父母弟妹！冬天，他们整个的是在地狱里，比鬼多了一口活气，而没有鬼那样清闲自在；鬼没有他们这么多的吃累！像条狗似的死在街头，是他们最大的平安自在；冻死鬼，据说，脸上有些笑容！

祥子怎能没看见这些呢。但是他没工夫为他们忧虑思索。他们的罪孽也就是他的，不过他正在年轻力壮，受得起辛苦，不怕冷，不怕风；晚间有个干净的住处，白天有件整齐的衣裳，所以他觉得自己与他们并不能相提并论，他现在虽是与他们一同受苦，可是受苦的程度到底不完全一样；现在他少受着罪，将来他还可以从这里逃出去；他想自己要是到了老年，决不至于还拉着辆破车去挨饿受冻。他相信现在的优越可以保障将来的胜利。正如在饭馆或宅门外遇上驶汽车的，他们不肯在一块儿闲谈；驶汽车的觉得有失身分，要是和洋车夫们有什么来往。汽车夫对洋车夫的态度，正有点像祥子的对那些老弱残兵；同是在地狱里，可是层次不同。他们想不到大家须立在一块儿，而是各走各的路，个人的希望与努力蒙住了各个人的眼，每个人都觉得赤手空拳可以成家立业，在黑暗中各自去摸索个人的路。祥子不想别人，不管别人，他只想着自己的钱与将来的成功。

街上慢慢有些年下的气象了。在晴明无风的时候，天气虽是干冷，可是路旁增多了颜色：年画，纱灯，红素蜡烛，绢制的头花，大小蜜供，都陈列出来，使人心中显着快活，可又有点不安；因为无论谁对年节都想到快乐几天，可是大小也都有些困难。祥子的眼增加了亮光，看见路旁的年货，他想到曹家必定该送礼了；送一份总有他几毛酒钱。节赏固定的是两块钱，不多；可是来了贺年的，他去送一送，每一趟也得弄个两毛三毛的。凑到一块就是个数儿；不怕少，只要零碎的进手；他的闷葫芦罐是不会冤人的！晚间无事的时候，他钉坑儿看着这个只会吃钱而不愿吐出来的瓦朋友，低声的劝告："多多的吃，多多的吃，伙计！

多嚼你吃够了,我也就行了!"

年节越来越近了,一晃儿已是腊八。欢喜或忧惧强迫着人去计划,布置;还是二十四小时一天,可是这些天与往常不同,它们不许任何人随便的度过,必定要作些什么,而且都得朝着年节去作,好像时间忽然有了知觉,有了感情,使人们随着它思索,随着它忙碌。祥子是立在高兴那一面的,街上的热闹,叫卖的声音,节赏与零钱的希冀,新年的休息,好饭食的想象……都使他像个小孩子似的欢喜,盼望。他想好,破出块儿八毛的,得给刘四爷买点礼物送去。礼轻人物重,他必须拿着点东西去,一来为是道歉,他这些日子没能去看老头儿,因为宅里很忙;二来可以就手要出那三十多块钱来。破费一块来钱而能要回那一笔款,是上算的事。这么想好,他轻轻的摇了摇那个扑满,想象着再加进三十多块去应当响得多么沉重好听。是的,只要一索回那笔款来,他就没有不放心的事了!

一天晚上,他正要再摇一摇那个聚宝盆,高妈喊了他一声:"祥子!门口有位小姐找你;我正从街上回来,她跟我直打听你。"等祥子出来,她低声找补了句:"她像个大黑塔!怪怕人的!"

祥子的脸忽然红得像包着一团火,他知道事情要坏!

九

祥子几乎没有力量迈出大门坎去。昏头打脑的,脚还在门坎内,借着街上的灯光,已看见了刘姑娘。她的脸上大概又擦了粉,被灯光照得显出点灰绿色,像黑枯了的树叶上挂着层霜。祥子不敢正眼看她。

虎妞脸上的神情很复杂:眼中带出些渴望看到他的光儿;嘴

可是张着点，露出点儿冷笑；鼻子纵起些纹缕，折叠着些不屑与急切；眉棱棱着，在一脸的怪粉上显出妖媚而霸道。看见祥子出来，她的嘴唇撇了几撇，脸上的各种神情一时找不到个适当的归束。她咽了口唾沫，把复杂的神气与情感似乎镇压下去，拿出点由刘四爷得来的外场劲儿，半恼半笑，假装不甚在乎的样子打了句哈哈：

"你可倒好！肉包子打狗，一去不回头啊！"她的嗓门很高，和平日在车厂与车夫们吵嘴时一样。说出这两句来，她脸上的笑意一点也没有了，忽然的仿佛感到一种羞愧与下贱，她咬上了嘴唇。

"别嚷！"祥子似乎把全身的力量都放在唇上，爆裂出这两个字，音很小，可是极有力。

"哼！我才怕呢！"她恶意的笑了，可是不由她自己似的把声音稍放低了些。"怨不得你躲着我呢，敢情这儿有个小妖精似的小老妈儿；我早就知道你不是玩艺，别看傻大黑粗的，鞑子拔烟袋，不傻假充傻！"她的声音又高了起去。

"别嚷！"祥子唯恐怕高妈在门里偷着听话儿。"别嚷！这边来！"他一边说一边往马路上走。

"上哪边我也不怕呀，我就是这么大嗓儿！"嘴里反抗着，她可是跟了过来。

过了马路，来到东便道上，贴着公园的红墙，祥子——还没忘了在乡间的习惯——蹲下了。"你干吗来了？"

"我？哼，事儿可多了！"她左手插在腰间，肚子努出些来。低头看了他一眼，想了会儿，仿佛是发了些善心，可怜他了："祥子！我找你有事，要紧的事！"

这声低柔的"祥子"把他的怒气打散了好些，他抬起头来，看着她，她还是没有什么可爱的地方，可是那声"祥子"在他心中还微微的响着,带着温柔亲切,似乎在哪儿曾经听见过,唤起些无可否认的,欲断难断的,情分。他还是低声的,但是温和了些:"什么事?"

"祥子!"她往近凑了凑:"我有啦!"

"有了什么?"他一时蒙住了。

"这个!"她指了指肚子。"你打主意吧!"

楞头磕脑的,他"啊"了一声,忽然全明白了。一万样他没想到过的事都奔了心中去,来得是这么多,这么急,这么乱,心中反猛的成了块空白,像电影片忽然断了那样。街上非常的清静,天上有些灰云遮住了月,地上时时有些小风,吹动着残枝枯叶,远处有几声尖锐的猫叫。祥子的心里由乱而空白,连这些声音也没听见;手托住腮下,呆呆的看着地,把地看得似乎要动;想不出什么,也不愿想什么;只觉得自己越来越小,可又不能完全缩入地中去,整个的生命似乎都立在这点难受上;别的,什么也没有!他这才觉出冷来,连嘴唇都微微的颤着。

"别紧自蹲着,说话呀!你起来!"她似乎也觉出冷来,愿意活动几步。

他僵不吃的立起来,随着她往北走,还是找不到话说,混身都有些发木,像刚被冻醒了似的。

"你没主意呀?"她瞭了祥子一眼,眼中带出怜爱他的神气。

他没话可说。

"赶到二十七呀,老头子的生日,你得来一趟。"

"忙,年底下!"祥子在极乱的心中还没忘了自己的事。

"我知道你这小子吃硬不吃软,跟你说好的算白饶!"她的嗓门又高起去,街上的冷静使她的声音显着特别的清亮,使祥子特别的难堪。"你当我怕谁是怎着?你打算怎样?你要是不愿意听我的,我正没工夫跟你费唾沫玩!说翻了的话,我会堵着你的宅门骂三天三夜！你上哪儿我也找得着！我还是不论秧子①！"

"别嚷行不行？"祥子躲开她一步。

"怕嚷啊，当初别贪便宜呀！你是了味②啦，教我一个人背黑锅，你也不抻开死××皮看看我是谁！"

"你慢慢说，我听！"祥子本来觉得很冷，被这一顿骂骂得忽然发了热，热气要顶开冻僵巴的皮肤，浑身有些发痒痒，头皮上特别的刺闹得慌。

"这不结啦！甭找不自在！"她撇开嘴，露出两个虎牙来。"不屈心，我真疼你，你也别不知好歹！跟我犯牛脖子，没你的好儿，告诉你！"

"不……"祥子想说"不用打一巴掌揉三揉"，可是没有想齐全；对北平的俏皮话儿，他知道不少，只是说不利落；别人说，他懂得，他自己说不上来。

"不什么？"

"说你的！"

"我给你个好主意，"虎姑娘立住了，面对面的对他说："你看，你要是托个媒人去说，老头子一定不答应。他是拴车的，你是拉车的，他不肯往下走亲戚。我不论，我喜欢你，喜欢就得了吗，管它娘的别的干什么！谁给我说媒也不行，一去提亲，老头子就当是算计着他那几十辆车呢；比你高着一等的人物都不行。这个事非我自己办不可，我就挑上了你，咱们是先斩后奏；反正我已经有了，咱们俩谁也跑不了啦！可是，咱们就这么直入公堂的去说，还是不行。老头子越老越胡涂，咱俩一露风声，他会去娶个小媳妇，把我硬撑出来。老头子棒之呢，别看快七十岁了，

---

① 不论秧子：不管是谁。
② 是了味：满意了。

真要娶个小媳妇,多了不敢说,我敢保还能弄出两三个小孩来,你爱信不信!"

"走着说,"祥子看站岗的巡警已经往这边走了两趟,觉得不是劲儿。

"就在这儿说,谁管得了!"她顺着祥子的眼光也看见了那个巡警:"你又没拉着车,怕他干吗?他还能无因白故的把谁的××咬下来?那才透着邪行呢!咱们说咱们的!你看,我这么想:赶二十七老头子生日那天,你去给他磕三个头。等一转过年来,你再去拜个年,讨他个喜欢。我看他一喜欢,就弄点酒什么的,让他喝个痛快。看他喝到七八成了,就热儿打铁,你干脆认他作干爹。日后,我再慢慢的教他知道我身子不方便了。他必审问我,我给他个'徐庶入曹营——一语不发'。等他真急了的时候,我才说出个人来,就说是新近死了的那个乔二——咱们东边杠房的二掌柜的。他无亲无故的,已经埋在了东直门外义地里,老头子由哪儿究根儿去?老头子没了主意,咱们再慢慢的吹风儿,顶好把我给了你,本来是干儿子,再作女婿,反正差不很多;顺水推舟,省得大家出丑。你说我想的好不好?"

祥子没言语。

觉得把话说到了一个段落,虎妞开始往北走,低着点头,既像欣赏着自己的那片话,又仿佛给祥子个机会思索思索。这时,风把灰云吹裂开一块,露出月光,二人已来到街的北头。御河的水久已冻好,静静的,灰亮的,坦平的,坚固的,托着那禁城的城墙。禁城内一点声响也没有,那玲珑的角楼,金碧的牌坊,丹朱的城门,景山上的亭阁,都静悄悄的好似听着一些很难再听到的声音。小风吹过,似一种悲叹,轻轻的在楼台殿阁之间穿过,像要道出一点历史的消息。虎妞往西走,祥子跟到了金鳌玉栋。桥上几乎没有了行人,微明的月光冷寂的照着桥左右的两大幅冰场，远处亭阁暗淡的带着些黑影，静静的似冻在湖上，只有顶上的黄瓦闪着点儿微光。树木微动，月色更显得微茫；白塔却高耸到云间，傻白傻白的把一切都带得冷寂萧索，整个的三海在人工的雕琢中显出北地的荒寒。到了桥头上，两面冰上的冷气使祥子哆嗦了一下，他不愿再走。平日，他拉着车过桥，把精神全放在脚下，唯恐出了错，一点也顾不得向左右看。现在，他可以自由的看一眼了，可是他心中觉得这个景色有些可怕：那些灰冷的冰，微动的树影，惨白的高塔，都寂寞的似乎要忽然的狂喊一声，或狂走起来！就是脚下这座大白石桥，也显着异常的空寂，特别的白净，连灯光都有点凄凉。他不愿再走，不愿再看，更不愿再陪着她；他真想一下子跳下去，头朝下，砸破了冰，沉下去，像个死鱼似的冻在冰里。

"明儿个见了！"他忽然转身往回走。

"祥子！就那么办啦，二十七见！"她朝着祥子的宽直的脊背说。说完，她瞭了白塔一眼，叹了口气，向西走去。

祥子连头也没回，像有鬼跟着似的，几溜便到了团城，走得太慌，几乎碰在了城墙上。一手扶住了墙，他不由的要哭出来。楞了会儿，桥上叫："祥子！祥子！这儿来！祥子！"虎妞的声音！

他极慢地向桥上挪了两步，虎妞仰着点身儿正往下走，嘴张着点儿："我说祥子，你这儿来；给你！"他还没挪动几步，她已经到了身前："给你，你存的三十多块钱；有几毛钱的零儿，我给你补足了一块。给你！不为别的，就为表表我的心，我惦念着你，疼你，护着你！别的都甭说，你别忘恩负义就得了！给你！好好拿着，丢了可别赖我！"

祥子把钱——一打儿钞票——接过来，楞了会儿，找不到话说。

"得，咱们二十七见！不见不散！"她笑了笑。"便宜是你的，你自己细细的算算得了！"她转身往回走。

他攥着那打儿票子，呆呆的看着她，一直到桥背把她的头遮下去。灰云又把月光掩住；灯更亮了，桥上分外的白，空，冷。他转身，放开步，往回走，疯了似的；走到了街门，心中还存着那个惨白冷落的桥影，仿佛只隔了一眨眼的工夫似的。

到屋中，他先数了数那几张票子；数了两三遍，手心的汗把票子攥得发粘，总数不利落。数完，放在了闷葫芦罐儿里。坐在床沿上，呆呆的看着这个瓦器，他打算什么也不去想；有钱便有办法，他很相信这个扑满会替他解决一切，不必再想什么。御河，景山，白塔，大桥，虎妞，肚子……都是梦；梦醒了，扑满里却多了三十几块钱，真的！

看够了，他把扑满藏好，打算睡大觉，天大的困难也能睡过去，明天再说！

躺下，他闭不上眼！那些事就像一窝蜂似的，你出来，我进去，每个肚子尖上都有个刺！

不愿意去想，也实在因为没法儿想，虎妞已把道儿都堵住，他没法脱逃。

最好是跺脚一走。祥子不能走。就是让他去看守北海的白塔去，他也乐意；就是不能下乡！上别的都市？他想不出比北平再好的地方。他不能走，他愿死在这儿。

既然不想走，别的就不用再费精神去思索了。虎妞说得出来，就行得出来；不依着她的道儿走，她真会老跟着他闹哄；只要他在北平，她就会找得着！跟她，得说真的，不必打算耍滑。把她招急了，她还会抬出刘四爷来，刘四爷要是买出一两个人——不用往多里说——在哪个僻静的地方也能要祥子的命！

把虎妞的话从头至尾想了一遍，他觉得像掉在个陷阱里，手脚而且全被夹子夹住，决没法儿跑。他不能一个个的去批评她的主意，所以就找不出她的缝子来，他只感到她撒的是绝户网，连个寸大的小鱼也逃不出去！既不能一一的细想，他便把这一切作成个整个的，像千斤闸那样的压迫，全压到他的头上来。在这个无可抵御的压迫下，他觉出一个车夫的终身的气运是包括在两个字里——倒霉！一个车夫，既是一个车夫，便什么也不要作，连娘儿们也不要去粘一粘；一粘就会出天大的错儿。刘四爷仗着几十辆车，虎妞会仗着个臭×，来欺侮他！他不用细想什么了；假若打算认命，好吧，去磕头认干爹，而后等着娶那个臭妖怪。不认命，就得破出命去！

想到这儿，他把虎妞和虎妞的话都放在一边去；不，这不是她的厉害，而是洋车夫的命当如此，就如同一条狗必定挨打受气，连小孩子也会无缘无故的打它两棍子。这样的一条命，要它干吗呢？豁上就豁上吧！

他不睡了，一脚踢开了被子，他坐了起来。他决定去打些酒，喝个大醉；什么叫事情，哪个叫规矩，×你们的姥姥！喝醉，睡！二十七？二十八也不去磕头，看谁怎样得了祥子！披上大棉袄，端起那个当茶碗用的小饭碗，他跑出去。

风更大了些，天上的灰云已经散开，月很小，散着寒光。祥子刚从热被窝里出来，不住的吸溜气儿。街上简直已没了行人，路旁还只有一两辆洋车，车夫的手捂在耳朵上，在车旁跺着脚取暖。祥子一气跑到南边的小铺，铺中为保存暖气，已经上了门，由个小窗洞收钱递货。祥子要了四两白干，三个大子儿的落花生。平端着酒碗，不敢跑，而像轿夫似的疾走，回到屋中。急忙钻入被窝里去，上下牙磕打了一阵，不愿再坐起来。酒在桌上发着辛辣的味儿，他不很爱闻，就是对那些花生似乎也没心肠去动。这一阵寒气仿佛是一盆冷水把他浇醒，他的手懒得伸出来，他的心也不再那么热。

躺了半天，他的眼在被子边上又看了看桌上的酒碗。不，他不能为那点缠绕而毁坏了自己，不能从此破了酒戒。事情的确是不好办，但是总有个缝子使他钻过去。即使完全无可脱逃，他也不应当先自己往泥塘里滚；他得睁着眼，清清楚楚的看着，到底怎样被别人把他推下去。

灭了灯，把头完全盖在被子里，他想就这么睡去。还是睡不着，掀开被看看，窗纸被院中的月光映得发青，像天要亮的样子。鼻尖觉到屋中的寒冷，寒气中带着些酒味。他猛的坐起来，摸住酒碗，吞了一大口！

十

个别的解决，祥子没那么聪明。全盘的清算，他没那个魄力。于是，一点儿办法没有，整天际圈着满肚子委屈。正和一切的生命同样，受了损害之后，无可如何的只想由自己去收拾残局。那斗落了大腿的蟋蟀，还想用那些小腿儿爬。祥子没有一定的主意，只想慢慢的一天天，一件件的挨过去，爬到哪儿算哪儿，根本不想往起跳了。

离二十七还有十多天，他完全注意到这一天上去，心里想的，口中念道的，梦中梦见的，全是二十七。仿佛一过了二十七，他就有了解决一切的办法，虽然明知道这是欺骗自己。有时候他也往远处想，譬如拿着手里的几十块钱到天津去；到了那里，碰巧还许改了行，不再拉车。虎妞还能追到他天津去？在他的心里，凡是坐火车去的地方必是很远，无论怎样她也追不了去。想得很好，可是他自己良心上知道这只是万不得已的办法，再分能在北平，还是在北平！这样一来，他就又想到二十七那一天，还是这样想近便省事，只要混过这一关，就许可以全局不动而把事儿闯过去；即使不能干脆的都摆脱清楚，到底过了一关是一关。

怎样混过这一关呢？他有两个主意：一个是不理她那回事，干脆不去拜寿。另一个是按照她所嘱咐的去办。这两个主意虽然不同，可是结果一样：不去呢，她必不会善罢甘休；去呢，她也不会饶了他。他还记得初拉车的时候，摹仿着别人，见小巷就钻，为是抄点近儿，而误入了罗圈胡同；绕了个圈儿，又绕回到原街。现在他又入了这样的小胡同，仿佛是：无论走哪一头儿，结果是一样的。

在没办法之中，他试着往好里想，就干脆要了她，又有什么不可以呢？可是，无论从哪方面想，他都觉着憋气。想想她的模样，他只能摇头。不管模样吧，想想她的行为；哼！就凭自己这样要强，这样规矩，而娶那么个破货，他不能再见人，连死后都没脸见父母！谁准知道她肚子里的小孩是他的不是呢？不错，她会带过几辆车来；能保准吗？刘四爷并非是好惹的人！即使一切顺利，他也受不了，他能干得过虎妞？她只须伸出个小指，就能把他支使的头晕眼花，不认识了东西南北。他晓得她的厉害！要成家，根本不能要她，没有别的可说的！要了她，便没了他，而他又不是看不起自己的人！没办法！

没方法处置她，他转过来恨自己，很想脆脆的抽自己几个嘴巴子。可是，说真的，自己并没有什么过错。一切都是她布置好的，单等他来上套儿。毛病似乎是在他太老实，老实就必定吃亏，没有情理可讲！

更让他难过的是没地方去诉诉委屈。他没有父母兄弟，没有朋友。平日，他觉得自己是头顶着天，脚踩着地，无牵无挂的一条好汉。现在，他才明白过来，悔悟过来，人是不能独自活着的。特别是对那些同行的，现在都似乎有点可爱。假若他平日交下几个，他想，像他自己一样的大汉，再多有个虎妞，他也不怕；他们会给他出主意，会替他拨创卖力气。可是，他始终是一个人；临时想抓朋友是不大容易的！他感到一点向来没有过的恐惧。照这么下去，谁也会欺侮他；独自一个是顶不住天的！

这点恐惧使他开始怀疑自己。在冬天，遇上主人有饭局，或听戏，他照例是把电石灯的水筒儿揣在怀里；因为放在车上就会冻上。刚跑了一身的热汗，把那个冰凉的小水筒往胸前一贴，让他立刻哆嗦一下；不定有多大时候，那个水筒才会有点热和劲儿。可是在平日，他并不觉得这有什么说不过去；有时候揣上它，他还觉得这是一种优越，那些拉破车的根本就用不上电石灯。现在，他似乎看出来，一月只挣那么些钱，而把所有的苦处都得受过来，连个小水筒也不许冻上，而必得在胸前抱着，自己的胸脯多么宽，仿佛还没有个小筒儿值钱。原先，他以为拉车是他最理想的事，由拉车他可以成家立业。现在他暗暗摇头了。不怪虎妞欺侮他，他原来不过是个连小水筒也不如的人！

在虎妞找他的第三天上，曹先生同着朋友去看夜场电影，祥子在个小茶馆里等着，胸前揣着那像块冰似的小筒。天极冷，小茶馆里的门窗都关得严严的，充满了煤气，汗味，与贱臭的烟卷的干烟。饶这么样，窗上还冻着一层冰花。喝茶的几乎都是拉包月车的，有的把头靠在墙上，借着屋中的暖和气儿，闭上眼打盹。有的拿着碗白干酒，让让大家，而后慢慢的喝，喝完一口，上面咂着嘴，下面很响的放凉气。有的攥着卷儿大饼，一口咬下半截，把脖子撑得又粗又红。有的绷着脸，普遍的向大家抱怨，他怎么由一清早到如今，还没停过脚，身上已经湿了又干，干了又湿，不知有多少回！其余的人多数是彼此谈着闲话，听到这两句，马上都静了一会儿，而后像鸟儿炸了巢似的都想起一日间的委屈，都想讲给大家听。连那个吃着大饼的也把口中匀出能调动舌头的空隙,一边儿咽饼,一边儿说话,连头上的筋都跳了起来:"你当他妈的拉包月的就不蘑菇哪?!我打他妈的——嗝!——两点起到现在还水米没打牙!竟说前门到平则门——嗝!——我拉他妈的三个来回了!这个天,把屁眼都他妈的冻裂了,一劲的放气!"转圈看了大家一眼,点了点头,又咬了一截饼。

这,把大家的话又都转到天气上去,以天气为中心各自道出辛苦。祥子始终一语未发,可是很留心他们说了什么。大家的话,虽然口气,音调,事实,各有不同,但都是咒骂与不平。这些话,碰到他自己心上的委屈,就像一些雨点儿落在干透了的土上,全都吃了进去。他没法,也不会,把自己的话有头有尾的说给大家听;他只能由别人的话中吸收些生命的苦味,大家都苦恼,他也不是例外;认识了自己,也想同情大家。大家说到悲苦的地方,他皱上眉;说到可笑的地方,他也撇撇嘴。这样,他觉得他是和他们打成一气,大家都是苦朋友,虽然他一言不发,也没大关系。从前,他以为大家是贫嘴恶舌,凭他们一天到晚穷说,就发不了财。今天仿佛是头一次觉到,他们并不是穷说,而是替他说呢,说出他与一切车夫的苦处。

大家正说到热闹中间,门忽然开了,进来一阵冷气。大家几乎都怒目的往外看,看谁这么不得人心,把门推开。大家越着急,门外的人越慢,似乎故意的磨烦①。茶馆的伙计半急半笑的喊:"快着点吧,我一个人的大叔!别把点热气儿都给放了!"

这话还没说完,门外的人进来了,也是个拉车的。看样子已有五十多岁,穿着件短不够短,长不够长,莲蓬篓儿似的棉袄,襟上肘上已都露了棉花。脸似乎有许多日子没洗过,看不出肉

---

① 磨烦:拖延时间。

色,只有两个耳朵冻得通红,红得像要落下来的果子。惨白的头发在一顶破小帽下杂乱的髟髟着;眉上,短须上,都挂着些冰珠。一进来,摸住条板凳便坐下了,扎挣着说了句:"沏一壶。"

这个茶馆一向是包月车夫的聚处,像这个老车夫,在平日,是决不会进来的。

大家看着他,都好像感到比刚才所说的更加深刻的一点什么意思,谁也不想再开口。在平日,总会有一两个不很懂事的少年,找几句俏皮话来拿这样的茶客取取笑,今天没有一个出声的。

茶还没有沏来,老车夫的头慢慢的往下低,低着低着,全身都出溜下去。

大家马上都立了起来:"怎啦?怎啦?"说着,都想往前跑。

"别动!"茶馆掌柜的有经验,拦住了大家。他独自过去,把老车夫的脖领解开,就地扶起来,用把椅子戗在背后,用手勒着双肩:"白糖水,快!"说完,他在老车夫的脖子那溜儿听了听,自言自语的:"不是痰!"

大家谁也没动,可谁也没再坐下,都在那满屋子的烟中,眨巴着眼,向门儿这边看。大家好似都不约而同的心里说:"这就是咱们的榜样!到头发惨白了的时候,谁也有一个跟头摔死的行市!"

糖水刚放在老车夫的嘴边上,他哼哼了两声。还闭着眼,抬起右手——手黑得发亮,像漆过了似的——用手背抹了下儿嘴。

"喝点水!"掌柜的对着他耳朵说。

"啊?"老车夫睁开了眼。看见自己是坐在地上,腿蜷了蜷,想立起来。

"先喝点水,不用忙。"掌柜的说,松开了手。

大家几乎都跑了过来。

"哎!哎!"老车夫向四围看了一眼,双手捧定了茶碗,一口口的吸糖水。

慢慢地把糖水喝完,他又看了大家一眼:"哎,劳诸位的驾!"说得非常的温柔亲切,绝不像是由那个胡子拉碴的口中说出来的。说完,他又想往起立,过去三四个人忙着往起搀他。他脸上有了点笑意,又那么温和的说:"行,行,不碍!我是又冷又饿,一阵儿发晕!不要紧!"他脸上虽然是那么厚的泥,可是那点笑意教大家仿佛看到一个温善白净的脸。

大家似乎全动了心。那个拿着碗酒的中年人,已经把酒喝净,眼珠子通红,而且此刻带着些泪:"来,来二两!"等酒来到,老车夫已坐在靠墙的一把椅子上。他有一点醉意,可是规规矩矩的把酒放在老车夫面前:"我的请,您喝吧!我也四十望外了,不瞒您说,拉包月就是凑合事,一年是一年的事,腿知道!再过二三年,我也得跟您一样!您横是快六十了吧?"

"还小呢,五十五!"老车夫喝了口酒。"天冷,拉不上座儿。我呀,哎,肚子空;就有几个子儿我都喝了酒,好暖和点呀!走在这儿,我可实在撑不住了,想进来取个暖。屋里太热,我又没食,横是晕过去了。不要紧,不要紧!劳诸位哥儿们的驾!"

这时候,老者的干草似的灰发,脸上的泥,炭条似的手,和那个破帽头与棉袄,都像发着点纯洁的光,如同破庙里的神像似的,虽然破碎,依然尊严。大家看着他,仿佛唯恐他走了。祥子始终没言语,呆呆的立在那里。听到老车夫说肚子里空,他猛的跑出去,飞也似又跑回来,手里用块白菜叶儿托着十个羊肉馅的包子。一直送到老者的眼前,说了声:吃吧!然后,坐在原位,低下头去,仿佛非常疲倦。

"哎!"老者像是乐,又像是哭,向大家点着头。"到底是哥儿们哪!拉座儿,给他卖多大的力气,临完多要一个子儿都怪难的!"说着,他立了起来,要往外走。

"吃呀!"大家几乎是一齐的喊出来。

"我叫小马儿去,我的小孙子,在外面看着车呢!"

"我去,您坐下!"那个中年的车夫说,"在这儿丢不了车,您自管放心,对过儿就是巡警阁子。"他开开了点门缝:"小马儿!小马儿!你爷爷叫你哪!把车放在这儿来!"

老者用手摸了好几回包子,始终没往起拿。小马儿刚一进门,他拿起来一个:"小马儿,乖乖,给你!"

小马儿也就是十二三岁,脸上挺瘦,身上可是穿得很圆,鼻子冻得通红,挂着两条白鼻涕,耳朵上戴着一对破耳帽儿。立在老者的身旁,右手接过包子来,左手又自动的拿起来一个,一个上咬了一口。

"哎!慢慢的!"老者一手扶在孙子的头上,一手拿起个包子,慢慢的往口中送。"爷爷吃两个就够,都是你的!吃完了,咱们收车回家,不拉啦。明儿个要是不这么冷呀,咱们早着点出车。对不对,小马儿?"

小马儿对着包子点了点头,吸溜了一下鼻子:"爷爷吃三个吧,剩下都是我的。我回头把爷爷拉回家去!"

"不用!"老者得意的向大家一笑:"回头咱们还是走着,坐在车上冷啊。"

老者吃完自己的份儿,把杯中的酒喝干,等着小马儿吃净了包子。掏出块破布来,擦了擦嘴,他又向大家点了点头:"儿子当兵去了,一去不回头;媳妇——"

"别说那个!"小马儿的腮撑得像俩小桃,连吃带说的拦阻爷爷。

"说说不要紧!都不是外人!"然后向大家低声的:"孩子心重,甭提多么要强啦!媳妇也走了。我们爷儿俩就吃这辆车;车破,可是我们自己的,就仗着天天不必为车份儿着急。挣多挣少,我们爷儿俩苦混,无法!无法!"

"爷爷,"小马儿把包子吃得差不离了,拉了拉老者的袖子,"咱们还得拉一趟,明儿个早上还没钱买煤呢!都是你,刚才二十子儿拉后门,依着我,就拉,你偏不去!明儿早上没有煤,看你怎样办!"

"有法子,爷爷会去赊五斤煤球。"

"还饶点劈柴?"

"对呀!好小子,吃吧;吃完,咱们该蹓跶着了!"说着,老者立起来,绕着圈儿向大家说:"劳诸位哥儿们的驾啦!"伸手去拉小马儿,小马儿把未吃完的一个包子整个的塞在口中。

大家有的坐着没动,有的跟出来。祥子头一个跟出来,他要看看那辆车。

一辆极破的车,车板上的漆已经裂了口,车把上已经磨得露出木纹,一只唏哩哗啷响的破灯,车棚子的支棍儿用麻绳儿捆着。小马儿在耳朵帽里找出根洋火,在鞋底儿上划着,用两只小黑手捧着,点着了灯。老者往手心上吐了口唾沫,哎了一声,抄起车把来,"明儿见啦,哥儿们!"

祥子呆呆的立在门外,看着这一老一少和那辆破车。老者一边走还一边说话,语声时高时低;路上的灯光与黑影,时明时暗。祥子听着,看着,心中感到一种向来没有过的难受。在小马儿身上,他似乎看见了自己的过去;在老者身上,似乎看到了自己的将来!他向来没有轻易撒手过一个钱,现在他觉得很痛快,为这一老一少买了十个包子。直到已看不见了他们,他才又进到屋中。大家又说笑起来,他觉得发乱,会了茶钱,又走了出来,把车拉到电影园门外去等候曹先生。

天真冷。空中浮着些灰沙,风似乎是在上面疾走,星星看不甚真,只有那几个大的,在空中微颤。地上并没有风,可是四下里发着寒气，车辙上已有几条冻裂的长缝子，土色灰白，和冰一样凉，一样坚硬。祥子在电影园外立了一会儿，已经觉出冷来，可是不愿再回到茶馆去。他要静静的独自想一想。那一老一少似乎把他的最大希望给打破——老者的车是自己的呀！自从他头一天拉车，他就决定买上自己的车，现在还是为这个志愿整天的苦奔；有了自己的车，他以为，就有了一切。哼，看看那个老头子！

他不肯要虎妞，还不是因为自己有买车的愿望？买上车，省下钱，然后一清二白的娶个老婆；哼，看看小马儿！自己有了儿子，未必不就是那样。

这样一想，对虎妞的要胁，似乎不必反抗了；反正自己跳不出圈儿去，什么样的娘们不可以要呢？况且她还许带过几辆车来呢，干吗不享几天现成的福！看透了自己，便无须小看别人，虎妞就是虎妞吧，什么也甭说了！

电影散了，他急忙的把小水筒安好，点着了灯。连小棉袄也脱了，只剩了件小褂，他想飞跑一气，跑忘了一切，摔死也没多大关系！

十一

一想到那个老者与小马儿，祥子就把一切的希望都要放下，而想乐一天是一天吧，干吗成天际咬着牙跟自己过不去呢?！穷人的命，他似乎看明白了，是枣核儿两头尖：幼小的时候能不饿死，万幸；到老了能不饿死，很难。只有中间的一段，年轻力壮，不怕饥饱劳碌，还能像个人儿似的。在这一段里，该快活快活的时候还不敢去干，地道的傻子；过了这村便没有这店！这么一想，他连虎妞的那回事儿都不想发愁了。

及至看到那个闷葫芦罐儿,他的心思又转过来。不,不能随便;只差几十块钱就能买上车了,不能前功尽弃;至少也不能把罐儿里那点积蓄瞎扔了,那么不容易省下来的!还是得往正路走,一定!可是,虎妞呢?还是没办法,还是得为那个可恨的二十七发愁。

愁到了无可如何,他抱着那个瓦罐儿自言自语的嘀咕:爱怎样怎样,反正这点钱是我的!谁也抢不了去!有这点钱,祥子什么也不怕!招急了我,我会跺脚一跑,有钱,腿就会活动!

街上越来越热闹了,祭灶的糖瓜摆满了街,走到哪里也可以听到"抚糖来,抚糖"的声音。祥子本来盼着过年,现在可是一点也不起劲,街上越乱,他的心越紧,那可怕的二十七就在眼前了!他的眼陷下去,连脸上那块疤都有些发暗。拉着车,街上是那么乱,地上是那么滑,他得分外的小心。心事和留神两气夹攻,他觉得精神不够用的了,想着这个便忘了那个,时常忽然一惊,身上痒刺刺的像小孩儿在夏天炸了痱子似的。

祭灶那天下午,溜溜的东风带来一天黑云。天气忽然暖了一些。到快掌灯的时候,风更小了些,天上落着稀疏的雪花。卖糖瓜的都着了急,天暖,再加上雪花,大家一劲儿往糖上撒白土子,还怕都粘在一处。雪花落了不多,变成了小雪粒,刷刷的轻响,落白了地。七点以后,铺户与人家开始祭灶,香光炮影之中夹着密密的小雪,热闹中带出点阴森的气象。街上的人都显出点惊急的样子,步行的,坐车的,都急于回家祭神,可是地上湿滑,又不敢放开步走。卖糖的小贩急于把应节的货物措出去,上气不接下气的喊叫,听着怪震心的。

大概有九点钟了,祥子拉着曹先生由西城回家。过了西单牌楼那一段热闹街市,往东入了长安街,人马渐渐稀少起来。坦平的柏油马路上铺着一层薄雪,被街灯照得有点闪眼。偶尔过来辆汽车,灯光远射,小雪粒在灯光里带着点黄亮,像洒着万颗金砂。快到新华门那一带,路本来极宽,加上薄雪,更教人眼宽神爽,而且一切都仿佛更严肃了些。"长安牌楼",新华门的门楼,南海的红墙,都戴上了素冠,配着朱柱红墙,静静的在灯光下展示着故都的尊严。此时此地,令人感到北平仿佛并没有居民,直是一片琼宫玉宇,只有些老松默默的接着雪花。祥子没工夫看这些美景,一看眼前的"玉路",他只想一步便跑到家中;那直,白,冷静的大路似乎使他的心眼中一直的看到家门。可是他不能快跑,地上的雪虽不厚,但是拿脚,一会儿鞋底上就粘成一厚层;跺下去,一会儿又粘上了。霰粒非常的小,可是沉重有分量,既拿脚,又迷眼,他不能飞快的跑。雪粒打在身上也不容易化,他的衣肩上已积了薄薄的一层,虽然不算什么,可是湿渌渌的使他觉得别扭。这一带没有什么铺户,可是远处的炮声还继续不断,时时的在黑空中射起个双响或五鬼闹判儿。火花散落,空中越发显着黑,黑得几乎可怕。他听着炮声,看见空中的火花与黑暗,他想立刻到家。可是他不敢放开了腿,别扭!

更使他不痛快的是由西城起,他就觉得后面有辆自行车儿跟着他。到了西长安街,街上清静了些,更觉出后面的追随——车辆轧着薄雪,虽然声音不大,可是觉得出来。祥子,和别的车夫一样,最讨厌自行车。汽车可恶,但是它的声响大,老远的便可躲开。自行车是见缝子就钻,而且东摇西摆,看着就眼晕。外带着还是别出错儿,出了错儿总是洋车夫不对,巡警们心中的算盘是无论如何洋车夫总比骑车的好对付,所以先派洋车夫的不是。好几次,祥子很想抽冷子闸住车,摔后头这小子一交。但是他不敢,拉车的得到处忍气。每当要跺一跺鞋底儿的时候,他得喊声:"闸住!"到了南海前门,街道是那么宽,那辆脚踏车还紧紧的跟在后面。祥子更上了火,他故意的把车停住了,撑了撑肩上的雪。他立住,那辆自行车从车旁蹭了过去。车上的人还回头看了看。祥子故意的磨烦,等自行车走出老远才抄起车把来,骂了句:"讨厌!"

曹先生的"人道主义"使他不肯安那御风的棉车棚子,就是那帆布车棚也非到赶上大雨不准支上,为是教车夫省点力气。这点小雪,他以为没有支起车棚的必要,况且他还贪图着看看夜间的雪景呢。他也注意到这辆自行车,等祥子骂完,他低声的说,"要是他老跟着,到家门口别停住,上黄化门左先生那里去;别慌!"

祥子有点慌。他只知道骑自行车的讨厌,还不晓得其中还有可怕的——既然曹先生都不敢家去,这个家伙一定来历不小!他跑了几十步,便追上了那个人;故意的等着他与曹先生呢。自行车把祥子让过去,祥子看了车上的人一眼。一眼便看明白了,侦缉队上的。他常在茶馆里碰到队里的人,虽然没说过话儿,可是晓得他们的神气与打扮。这个的打扮,他看着眼熟:青大袄,呢帽,帽子戴得很低。

到了南长街口上,祥子乘着拐弯儿的机会,向后溜了一眼,那个人还跟着呢。他几乎忘了地上的雪,脚底下加了劲。直长而白亮的路,只有些冷冷的灯光,背后追着个侦探!祥子没有过这种经验,他冒了汗。到了公园后门,他回了回头,还跟着呢!到了家门口,他不敢站住,又有点舍不得走;曹先生一声也不响,他只好继续往北跑。一气跑到北口,自行车还跟着呢!他进了小胡同,还跟着!出了胡同,还跟着!上黄化门去,本不应当进小胡同,直到他走到胡同的北口才明白过来,他承认自己是有点迷头,也就更生气。

跑到景山背后,自行车往北向后门去了。祥子擦了把汗。雪小了些,可是雪粒中又有了几片雪花。祥子似乎喜爱雪花,大大方方的在空中飞舞,不像雪粒那么使人别气。他回头问了声:

"上哪儿，先生？"

"还到左宅。有人跟你打听我，你说不认识！"

"是啦！"祥子心中打开了鼓，可是不便细问。

到了左家，曹先生叫祥子把车拉进去，赶紧关上门。曹先生还很镇定，可是神色不大好看。嘱咐完了祥子，他走进去。祥子刚把车拉进门洞来，放好，曹先生又出来了，同着左先生；祥子认识，并且知道左先生是宅上的好朋友。

"祥子，"曹先生的嘴动得很快，"你坐汽车回去。告诉太太我在这儿呢。教她们也来，坐汽车来，另叫一辆，不必教你坐去的这辆等着。明白？好！告诉太太带着应用的东西，和书房里那几张画儿。听明白了？我这就给太太打电话，为是再告诉你一声，怕她一着急，把我的话忘了，你好提醒她一声。"

"我去好不好？"左先生问了声。

"不必！刚才那个人未必一定是侦探，不过我心里有那回事儿，不能不防备一下。你先叫辆汽车来好不好？"

左先生去打电话叫车。曹先生又嘱咐了祥子一遍："汽车来到，我这给了钱。教太太快收拾东西；别的都不要紧，就是千万带着小孩子的东西，和书房里那几张画，那几张画！等太太收拾好，教高妈打电要辆车，上这儿来。这都明白了？等她们走后，你把大门锁好，搬到书房去睡，那里有电话。你会打电？"

"不会往外打，会接。"其实祥子连接电话也不大喜欢，不过不愿教曹先生着急，只好这么答应下来。

"那就行！"曹先生接着往下说，说得还是很快："万一有个动静，你别去开门！我们都走了，剩下你一个，他们决不放手你！见事不好的话，你灭了灯，打后院跳到王家去。王家的人你认得？对！在王家藏会儿再走。我的东西，你自己的东西都不用管，跳墙就走，省得把你拿了去！你若丢了东西，将来我赔上。

先给你这五块钱拿着。好，我去给太太打电话，回头你再对她说一遍。不必说拿人，刚才那个骑车的也许是侦探，也许不是；你也先别着慌！"

祥子心中很乱，好像有许多要问的话，可是因急于记住曹先生所嘱咐的，不敢再问。

汽车来了，祥子楞头磕脑的坐进去。雪不大不小的落着，车外边的东西看不大真，他直挺着腰板坐着，头几乎顶住车棚。他要思索一番，可是眼睛只顾看车前的红箭头，红得那么鲜灵可爱。驶车的面前的那把小刷子，自动的左右摆着，刷去玻璃上的哈气，也颇有趣。刚似乎把这看腻了，车已到了家门，心中怪不得劲的下了车。

刚要按街门的电铃，像从墙里钻出个人来似的，揪住他的腕子。祥子本能的想往出夺手，可是已经看清那个人，他不动了，正是刚才骑自行车的那个侦探。

"祥子，你不认识我了？"侦探笑着松了手。

祥子咽了口气，不知说什么好。

"你不记得当初你教我们拉到西山去？我就是那个孙排长。想起来了吧？"

"啊，孙排长！"祥子想不起来。他被大兵们拉到山上去的时候，顾不得看谁是排长，还是连长。

"你不记得我，我可记得你；你脸上那块疤是个好记号。我刚才跟了你半天，起初也有点不敢认你，左看右看，这块疤不能有错！"

"有事吗？"祥子又要去按电铃。

"自然是有事，并且是要紧的事！咱们进去说好不好！"孙排长——现在是侦探——伸手按了铃。

"我有事！"祥子的头上忽然冒了汗，心里发着狠儿说："躲他还不行呢,怎能往里请呢!"

"你不用着急,我来是为你好!"侦探露出点狡猾的笑意。赶到高妈把门开开,他一脚迈进去:"劳驾劳驾!"没等祥子和高妈过一句话,扯着他便往里走,指着门房:"你在这儿住?"进了屋,他四下里看了一眼:"小屋还怪干净呢!你的事儿不坏!"

"有事吗?我忙!"祥子不能再听这些闲盘儿。

"没告诉你吗,有要紧的事!"孙侦探还笑着,可是语气非常的严厉。"干脆对你说吧,姓曹的是乱党,拿住就枪毙,他还是跑不了!咱们总算有一面之交,在兵营里你伺候过我;再说咱们又都是街面上的人,所以我担着好大的处分来给你送个信!你要是晚跑一步,回来是堵窝儿掏,谁也跑不了。咱们卖力气吃饭,跟他们打哪门子挂误官司?这话对不对?"

"对不起人呀!"祥子还想着曹先生所嘱托的话。

"对不起谁呀?"孙侦探的嘴角上带笑,而眼角棱棱着。"祸是他们自己闯的,你对不起谁呀?他们敢作敢当,咱们跟着受罪,才合不着!不用说别的,把你圈上三个月,你野鸟似的惯了,楞教你坐黑屋子,你受得了受不了?再说,他们下狱,有钱打点,受不了罪;你呀,我的好兄弟,手里没硬的,准拴在尿桶上!这还算小事,碰巧了他们花钱一运动,闹个几年徒刑;官面上交待不下去,要不把你垫了背才怪。咱们不招谁不惹谁的,临完上天桥吃黑枣,冤不冤?你是明白人,明白人不吃眼前亏。对得起人喽,又!告诉你吧,好兄弟,天下就没有对得起咱们苦哥儿们的事!"

祥子害了怕。想起被大兵拉去的苦处,他会想象到下狱的滋味。"那么我得走,不管他们?"

"你管他们,谁管你呢?!"

祥子没话答对。楞了会儿,连他的良心也点了头:"好,我走!"

"就这么走吗?"孙侦探冷笑了一下。

祥子又迷了头。

"祥子,我的好伙计!你太傻了!凭我作侦探的,肯把你放了走?"

"那——"祥子急得不知说什么好了。

"别装傻!"孙侦探的眼盯住祥子的:"大概你也有个积蓄,拿出来买条命!我一个月还没你挣的多,得吃得穿得养家,就仗着点外找儿,跟你说知心话!你想想,我能一撒巴掌把你放了不能?哥儿们的交情是交情,没交情我能来劝你吗?可是事情是事情,我不图点什么,难道教我一家子喝西北风?外场人用不着费话,你说真的吧!"

"得多少?"祥子坐在了床上。

"有多少拿多少,没准价儿!"

"我等着坐狱得了!"

"这可是你说的?可别后悔?"孙侦探的手伸入棉袍中,"看这个,祥子!我马上就可以拿你,你要拒捕的话,我开枪!我要马上把你带走,不要说钱呀,连你这身衣裳都一进狱门就得剥下来。你是明白人,自己合计合计得了!"

"有工夫挤我,干吗不挤挤曹先生?"祥子吭吃了半天才说出来。

"那是正犯,拿住呢有点赏,拿不住担'不是'。你,你呀,我的傻兄弟,把你放了像放个屁;把你杀了像抹个臭虫!拿钱呢,你走你的;不拿,好,天桥见!别麻烦,来干脆的,这么大的人!再说,这点钱也不能我一个人独吞了,伙计们都得沾补点儿,不定分上几个子儿呢。这么便宜买条命还不干,我可就没了法!你有多少钱?"

祥子立起来，脑筋跳起多高，攥上了拳头。

"动手没你的，我先告诉你，外边还有一大帮人呢！快着，拿钱！我看面子，你别不知好歹！"孙侦探的眼神非常的难看了。

"我招谁惹谁了?!"祥子带着哭音，说完又坐在床沿上。

"你谁也没招；就是碰在点儿上了！人就是得胎里富，咱们都是底儿上的。什么也甭再说了！"孙侦探摇了摇头，似有无限的感慨。"得了，自当是我委屈了你，别再磨烦了！"

祥子又想了会儿，没办法。他的手哆嗦着，把闷葫芦罐儿从被子里掏了出来。

"我看看！"孙侦探笑了，一把将瓦罐接过来，往墙上一碰。

祥子看着那些钱洒在地上，心要裂开。

"就是这点？"

祥子没出声，只剩了哆嗦。

"算了吧！我不赶尽杀绝，朋友是朋友。你可也得知道，这些钱儿买一条命，便宜事儿！"

祥子还没出声，哆嗦着要往起裹被褥。

"那也别动！"

"这么冷的……"祥子的眼瞪得发了火。

"我告诉你别动，就别动！滚！"

祥子咽了口气，咬了咬嘴唇，推门走出来。

雪已下了寸多厚，祥子低着头走。处处洁白，只有他的身后留着些大黑脚印。

十二

祥子想找个地方坐下，把前前后后细想一遍，哪怕想完只能哭一场呢，也好知道哭的是什么；事情变化得太快了，他的脑子已追赶不上。没有地方给他坐，到处是雪。小茶馆们已都上了门，十点多了；就是开着，他也不肯进去，他愿意找个清静地方，他知道自己眼眶中转着的泪随时可以落下来。

既没地方坐一坐，只好慢慢的走吧；可是，上哪里去呢？这个银白的世界，没有他坐下的地方，也没有他的去处；白茫茫的一片，只有饿着肚子的小鸟，与走投无路的人，知道什么叫作哀叹。

上哪儿去呢？这就成个问题，先不用想到别的了！下小店？不行！凭他这一身衣服，就能半夜里丢失点什么，先不说店里的虱子有多么可怕。上大一点的店？去不起，他手里只有五块钱，而且是他的整部财产。上澡堂子？十二点上门，不能过夜。没地方去。

因为没地方去，才越觉得自己的窘迫。在城里混了这几年了，只落得一身衣服，和五块钱；连被褥都混没了！由这个，他想到了明天，明天怎办呢？拉车，还去拉车，哼，拉车的结果只是找不到个住处，只是剩下点钱被人家抢了去！作小买卖，只有五块钱的本钱，而连挑子扁担都得现买，况且哪个买卖准能挣出嚼谷呢？拉车可以平地弄个三毛四毛的，作小买卖既要本钱，而且没有准能赚出三餐的希望。等把本钱都吃进去，再去拉车，还不是脱了裤子放屁，白白赔上五块钱？这五块钱不能轻易放手一角一分，这是最后的指望！当仆人去，不在行：伺候人，不会；洗衣裳作饭，不会！什么也不行，什么也不会，自己只是个傻大黑粗的废物！

不知不觉的，他来到了中海。到桥上，左右空旷，一眼望去，全是雪花。他这才似乎知道了雪还没住，摸一摸头上，毛线织的帽子上已经很湿。桥上没人，连岗警也不知躲在哪里去了，有几盏电灯被雪花打的仿佛不住的眨眼。祥子看看四外的雪,心中茫然。

他在桥上立了许久,世界像是已经死去,没一点声音,没一点动静,灰白的雪花似乎得了机会,慌乱的,轻快的,一劲儿往下落,要人不知鬼不觉的把世界埋上。在这种静寂中,祥子听见自己的良心的微语。先不要管自己吧,还是得先回去看看曹家的人。只剩下曹太太与高妈,没一个男人!难道那最后的五块钱不是曹先生给的么?不敢再思索,他拔起腿就往回走,非常的快。

门外有些脚印,路上有两条新印的汽车道儿。难道曹太太已经走了吗?那个姓孙的为什么不拿她们呢?

不敢过去推门,恐怕又被人捉住。左右看,没人,他的心跳起来,试试看吧,反正也无家可归,被人逮住就逮住吧。轻轻推了推门,门开着呢。顺着墙根走了两步,看见了自己屋中的灯亮儿,自己的屋子!他要哭出来。弯着腰走过去,到窗外听了听,屋内咳嗽了一声,高妈的声音!他拉开了门。

"谁?哟,你!可吓死我了!"高妈捂着心口,定了定神,坐在了床上。"祥子,怎么回事呀?"

祥子回答不出,只觉得已经有许多年没见着她了似的,心中堵着一团热气。

"这是怎么啦?"高妈也要哭的样子的问:"你还没回来,先生打来电,叫我们上左宅,还说你马上就来。你来了,不是我给你开的门吗?我一瞧,你还同着个生人,我就一言没发呀,赶紧进去帮助太太收拾东西。你始终也没进去。黑灯下火的教我和太太瞎抓,少爷已经睡得香香的,生又从热被窝里往外抱。包好了包,又上书房去摘画儿,你是始终不照面儿,你是怎么啦?我问你!糙糙的收拾好了,我出来看你,好,你没影儿啦!太太气得——一半也是急得——直哆嗦。我只好打电叫车吧。可是我们不能就这么'空城计'，全走了哇。好，我跟太太横打了鼻梁①，我说太太走吧，我看着。祥子回来呢，我马上赶到左宅去；不回来呢，我认了命！这是怎会说的！你是怎回事，说呀！"

祥子没的说。

"说话呀！楞着算得了事吗？到底是怎回事？"

"你走吧！"祥子好容易找到了一句话："走吧！"

"你看家？"高妈的气消了点。

"见了先生，你就说，侦探逮住了我，可又，可又，没逮住我！"

"这像什么话呀？"高妈气得几乎要笑。

"你听着！"祥子倒挂了气："告诉先生快跑，侦探说了，准能拿住先生。左宅也不是平安的地方。快跑！你走了，我跳到王家去，睡一夜。我把这块的大门锁上。明天，我去找我的事。对不起曹先生！"

"越说我越胡涂！"高妈叹了口气。"得啦，我走，少爷还许冻着了呢，赶紧看看去！见了先生，我就说祥子说啦，教先生快跑。今个晚上祥子锁上大门，跳到王家去睡；明天他去找事。是这么着不是？"

祥子万分惭愧的点了点头。

高妈走后，祥子锁好大门，回到屋中。破闷葫芦罐还在地上扔着，他拾起块瓦片看了看，照旧扔在地上。床上的铺盖并没有动。奇怪，到底是怎回事呢？难道孙侦探并非真的侦探？不能！曹先生要是没看出点危险来，何至于弃家逃走？不明白！不明白！他不知不觉的坐在了床沿上。刚一坐下，好似惊了似的又立起来。不能在此久停！假若那个姓孙的再回来呢？！心中极快的

---

① 横打了鼻梁：表示保证。

转了转：对不住曹先生，不过高妈带回信去教他快跑，也总算过得去了。论良心，祥子并没立意欺人，而且自己受着委屈。自己的钱先丢了，没法再管曹先生的。自言自语的，他这样一边叨唠，一边儿往起收拾铺盖。

扛起铺盖，灭了灯，他奔了后院。把铺盖放下，手扒住墙头低声的叫："老程！老程！"老程是王家的车夫。没人答应，祥子下了决心，先跳过去再说。把铺盖扔过去，落在雪上，没有什么声响。他的心跳了一阵。紧跟着又爬上墙头，跳了过去。在雪地上拾起铺盖，轻轻的去找老程。他知道老程的地方。大家好像都已睡了，全院中一点声儿也没有。祥子忽然感到作贼并不是件很难的事，他放了点胆子，脚踏实地的走，雪很瓷实，发着一点点响声。找到了老程的屋子，他咳嗽了一声。老程似乎是刚躺下："谁？"

"我，祥子！你开开门！"祥子说得非常的自然，柔和，好像听见了老程的声音，就像听见个亲人的安慰似的。

老程开了灯，披着件破皮袄，开了门："怎么啦？祥子！三更半夜的！"

祥子进去，把铺盖放在地上，就势儿坐在上面，又没了话。

老程有三十多岁，脸上与身上的肉都一疙瘩一块的，硬得出棱儿。平日，祥子与他并没有什么交情，不过是见面总点头说话儿。有时候，王太太与曹太太一同出去上街，他俩更有了在一处喝茶与休息的机会。祥子不十分佩服老程，老程跑得很快，可是慌里慌张，而且手老拿不稳车把似的。在为人上，老程虽然怪好的，可是有了这个缺点，祥子总不能完全钦佩他。

今天，祥子觉得老程完全可爱了。坐在那儿，说不出什么来，心中可是感激，亲热。刚才，立在中海的桥上；现在，与个熟人坐在屋里；变动的急剧，使他心中发空；同时也发着些热气。

老程又钻到被窝中去，指着破皮袄说："祥子抽烟吧，兜儿里有，别野的。"别墅牌的烟自从一出世就被车夫们改为"别野"的。

祥子本不吸烟，这次好似不能拒绝，拿了支烟放在唇间吧唧着。

"怎么啦？"老程问："辞了工？"

"没有，"祥子依旧坐在铺盖上，"出了乱子！曹先生一家子全跑啦，我也不敢独自看家！"

"什么乱子？"老程又坐起来。

"说不清呢，反正乱子不小，连高妈也走了！"

"四门大开，没人管？"

"我把大门给锁上了！"

"哼！"老程寻思了半天，"我告诉王先生一声儿去好不好？"说着，就要披衣裳。

"明天再说吧，事情简直说不清！"祥子怕王先生盘问他。

祥子说不清的那点事是这样：曹先生在个大学里教几点钟功课。学校里有个叫阮明的学生，一向跟曹先生不错，时常来找他谈谈。曹先生是个社会主义者，阮明的思想更激烈，所以二人很说得来。不过，年纪与地位使他们有点小冲突：曹先生以教师的立场看，自己应当尽心的教书，而学生应当好好的交待功课，不能因为私人的感情而在成绩上马马虎虎。在阮明看呢，在这种破乱的世界里，一个有志的青年应当作些革命的事业，功课好坏可以暂且不管。他和曹先生来往，一来是为彼此还谈得来，二来是希望因为感情而可以得到够升级的分数，不论自己的考试成绩坏到什么地步。乱世的志士往往有些无赖，历史上有不少这样可原谅的例子。

到考试的时候，曹先生没有给阮明及格的分数。阮明的成绩，即使曹先生给他及格，也很富余的够上了停学。可是他特别的恨曹先生。他以为曹先生太不懂面子；面子，在中国是与革命有同等价值的。因为急于作些什么，阮明轻看学问。因为轻看学问，慢慢他习惯于懒惰，想不用任何的劳力而获得大家的钦佩与爱护；无论怎说，自己的思想是前进的呀！曹先生没有给他及格的分数，分明是不了解一个有志的青年；那么，平日可就别彼此套近乎呀！既然平日交情不错，而到考试的时候使人难堪，他以为曹先生为人阴险。成绩是无可补救了，停学也无法反抗，他想在曹先生身上泄泄怒气。既然自己失了学，那么就拉个教员来陪绑。这样，既能有些事作，而且可以表现出自己的厉害。阮明不是什么好惹的！况且，若是能由这回事而打入一个新团体去，也总比没事可作强一些。

他把曹先生在讲堂上所讲的，和平日与他闲谈的，那些关于政治与社会问题的话编辑了一下，到党部去告发——曹先生在青年中宣传过激的思想。

曹先生也有个耳闻，可是他觉得很好笑。他知道自己的那点社会主义是怎样的不彻底，也晓得自己那点传统的美术爱好是怎样的妨碍着激烈的行动。可笑，居然落了个革命的导师的称号！可笑，所以也就不大在意，虽然学生和同事的都告诉他小心一些。镇定并不能——在乱世——保障安全。

寒假是肃清学校的好机会，侦探们开始忙着调查与逮捕。曹先生已有好几次觉得身后有人跟着。身后的人影使他由嬉笑改为严肃。他须想一想了：为造声誉，这是个好机会；下几天狱比放个炸弹省事，稳当，而有同样的价值。下狱是作要人的一个资格。可是，他不肯。他不肯将计就计的为自己造成虚假的名誉。凭着良心，他恨自己不能成个战士；凭着良心，他也不肯作冒牌的战士。他找了左先生去。

左先生有主意："到必要的时候，搬到我这儿来，他们还不至于搜查我来!"左先生认识人;人比法律更有力。"你上这儿来住几天,躲避躲避。总算我们怕了他们。然后再去疏通,也许还得花上俩钱。面子足,钱到手,你再回家也就没事了。"

孙侦探知道曹先生常上左宅去,也知道一追紧了的时候他必定到左宅去。他们不敢得罪左先生,而得吓唬就吓唬曹先生。多嗒把他赶到左宅去,他们才有拿钱的希望,而且很够面子。敲祥子,并不在侦探们的计划内,不过既然看见了祥子,带手儿的活,何必不先拾个十头八块的呢?

对了,祥子是遇到"点儿"上,活该。谁都有办法,哪里都有缝子,只有祥子跑不了,因为他是个拉车的。一个拉车的吞的是粗粮,冒出来的是血;他要卖最大的力气,得最低的报酬;要立在人间的最低处,等着一切人一切法一切困苦的击打。

把一支烟烧完,祥子还是想不出道理来,他像被厨子提在手中的鸡,只知道缓一口气就好,没有别的主意。他很愿意和老程谈一谈,可是没话可说,他的话不够表现他的心思的,他领略了一切苦处,他的口张不开,像个哑吧。买车,车丢了;省钱,钱丢了;自己一切的努力只为别人来欺侮!谁也不敢招惹,连条野狗都得躲着,临完还是被人欺侮得出不来气!

先不用想过去的事吧,明天怎样呢?曹宅是不能再回去,上哪里去呢?"我在这儿睡一夜,行吧?"他问了句,好像条野狗找到了个避风的角落,暂且先忍一会儿;不过就是这点事也得要看明白了,看看妨碍别人与否。

"你就在这儿吧,冰天雪地的上哪儿去?地上行吗?上来挤挤也行呀!"

祥子不肯上去挤,地上就很好。

老程睡去,祥子来回的翻腾,始终睡不着。地上的凉气一会儿便把褥子冰得像一张铁,他蜷着腿,腿肚子似乎还要转筋。门缝子进来的凉风,像一群小针似的往头上刺。他狠狠的闭着眼,蒙上了头,睡不着。听着老程的呼声,他心中急躁,恨不能立起来打老程一顿才痛快。越来越冷,冻得嗓子中发痒,又怕把老程咳嗽醒了。

睡不着,他真想偷偷的起来,到曹宅再看看。反正事情是吹了,院中又没有人,何不去拿几件东西呢?自己那么不容易省下的几个钱,被人抢去,为曹宅的事而被人抢去,为什么不可以去偷些东西呢。为曹宅的事丢了钱,再由曹宅给赔上,不是正合适么?这么一想,他的眼亮起来,登时忘记了冷;走哇!那么不容易得到的钱,丢了,再这么容易得回来,走!

已经坐起来,又急忙的躺下去,好像老程看着他呢!心中跳了起来。不,不能当贼,不能!刚才为自己脱干净,没去作到曹先生所嘱咐的,已经对不起人;怎能再去偷他呢?不能去!穷死,不偷!

怎知道别人不去偷呢?那个姓孙的拿走些东西又有谁知道呢?他又坐了起来。远处有个狗叫了几声。他又躺下去。还是不能去,别人去偷,偷吧,自己的良心无愧。自己穷到这样,不能再教心上多个黑点儿!

再说,高妈知道他到王家来,要是夜间丢了东西,是他也得是他,不是他也得是他!他不但不肯去偷了,而且怕别人进去了。真要是在这一夜里丢了东西,自己跳到黄河里也洗不清!他不冷了,手心上反倒见了点汗。怎办呢?跳回宅里去看着?不敢。自己的命是拿钱换出来的,不能再自投罗网。不去,万一丢了东西呢?

想不出主意。他又坐起来,弓着腿坐着,头几乎挨着了膝。头很沉,眼也要闭上,可是不敢睡。夜是那么长,只没有祥子闭一闭眼的时间。

坐了不知多久，主意不知换了多少个。他忽然心中一亮，伸手去推老程："老程！老程！醒醒！"

"干吗？"老程非常的不愿睁开眼："撒尿，床底下有夜壶。"

"你醒醒！开开灯！"

"有贼是怎着？"老程迷迷忽忽的坐起来。

"你醒明白了？"

"嗯！"

"老程，你看看！这是我的铺盖，这是我的衣裳，这是曹先生给的五块钱；没有别的了？"

"没了；干吗？"老程打了个哈欠。

"你醒明白了？我的东西就是这些，我没拿曹家一草一木？"

"没有！咱哥儿们，久吃宅门的，手儿粘赘还行吗？干得着，干；干不着，不干；不能拿人家东西！就是这个事呀？"

"你看明白了？"

老程笑了："没错儿！我说，你不冷呀？"

"行！"

十三

因有雪光，天仿佛亮得早了些。快到年底，不少人家买来鸡喂着，鸡的鸣声比往日多了几倍。处处鸡啼，大有些丰年瑞雪的景况。祥子可是一夜没睡好。到后半夜，他忍了几个盹儿，迷迷糊糊的，似睡不睡的，像浮在水上那样忽起忽落，心中不安。越睡越冷，听到了四外的鸡叫，他实在撑不住了。不愿惊动老程，他蜷着腿，用被子堵上嘴咳嗽，还不敢起来。忍着，等着，心中非常的焦躁。好容易等到天亮，街上有了大车的轮声与赶车人的呼吡，他坐了起来。坐着也是冷，他立起来，系好了钮扣，开开一点门缝向外看了看。雪并没有多少厚，大概在半夜里就不下了；天似乎已晴，可是灰渌渌的看不甚清，连雪上也有一层很淡的灰影似的。一眼，他看到昨夜自己留下的大脚印，虽然又被雪埋上，可是一坑坑的还看得很真。

一来为有点事作，二来为消灭痕迹，他一声没出，在屋角摸着把笤帚，去扫雪。雪沉，不甚好扫，一时又找不到大的竹帚，他把腰弯得很低，用力去刮搭；上层的扫去，贴地的还留下一些雪粒，好像已抓住了地皮。直了两回腰，他把整个的外院全扫完，把雪都堆在两株小柳树的底下。他身上见了点汗，暖和，也轻松了一些。跺了跺脚，他吐了口长气，很长很白。

进屋，把笤帚放在原处，他想往起收拾铺盖。老程醒了，打了个哈欠，口还没并好，就手就说了话："不早啦吧？"说得音调非常的复杂。说完，擦了擦泪，顺手向皮袄袋里摸出支烟来。吸了两口烟，他完全醒明白了。"祥子，你先别走！等我去打点开水，咱们热热的来壶茶喝。这一夜横是够你受的！"

"我去吧？"祥子也递个和气。但是，刚一说出，他便想起昨夜的恐怖，心中忽然堵成了一团。

"不；我去！我还得请请你呢！"说着，老程极快的穿上衣裳，钮扣通体没扣，只将破皮袄上拢了根搭包，叼着烟卷跑出去："喝！院子都扫完了？你真成！请请你！"

祥子稍微痛快了些。

待了会儿，老程回来了，端着两大碗甜浆粥，和不知多少马蹄烧饼与小焦油炸鬼。"没沏茶，先喝点粥吧，来，吃吧；不够，再去买；没钱，咱赊得出来；干苦活儿，就是别缺着嘴，来！"

天完全亮了，屋中冷清清的明亮，二人抱着碗喝起来，声响很大而甜美。谁也没说话，一气把烧饼油鬼吃净。

"怎样?"老程剔着牙上的一个芝麻。

"该走了!"祥子看着地上的铺盖卷。

"你说说,我到底还没明白是怎回子事!"老程递给祥子一支烟,祥子摇了摇头。

想了想,祥子不好意思不都告诉给老程了。结结巴巴的,他把昨夜晚的事说了一遍,虽然很费力,可是说得不算不完全。

老程撇了半天嘴,似乎想过点味儿来。"依我看哪,你还是找曹先生去。事情不能就这么搁下,钱也不能就这么丢了!你刚才不是说,曹先生嘱咐了你,教你看事不好就跑?那么,你一下车就教侦探给堵住,怪谁呢?不是你不忠心哪,是事儿来得太邪,你没法儿不先顾自己的命!教我看,这没有什么对不起人的地方。你去,找曹先生去,把前后的事一五一十都对他实说,我想,他必不能怪你,碰巧还许赔上你的钱!你走吧,把铺盖放在这儿,早早的找他去。天短,一出太阳就得八点,赶紧走你的!"

祥子活了心,还有点觉得对不起曹先生,可是老程说得也很近情理——侦探拿枪堵住自己,怎能还顾得曹家的事呢?

"走吧!"老程又催了句。"我看昨个晚上你是有点绕住了;遇上急事,谁也保不住迷头。我现在给你出的道儿准保不错,我比你岁数大点,总多经过些事儿。走吧,这不是出了太阳?"

朝阳的一点光,借着雪,已照明了全城。蓝的天,白的雪,天上有光,雪上有光,蓝白之间闪起一片金花,使人痛快得睁不开眼!祥子刚要走,有人敲门。老程出去看,在门洞儿里叫:"祥子!找你的!"

左宅的王二,鼻子冻得滴着清水,在门洞儿里跺去脚上的雪。老程见祥子出来,让了句:"都里边坐!"三个人一同来到屋中。

"那什么,"王二搓着手说,"我来看房,怎么进去呀,大门锁着呢。那什么,雪后寒,真冷!那什么,曹先生,曹太太,都一清早就走了；上天津，也许是上海，我说不清。左先生嘱咐我来看房。那什么，可真冷！"

祥子忽然的想哭一场！刚要依着老程的劝告，去找曹先生，曹先生会走了。楞了半天，他问了句："曹先生没说我什么？"

"那什么，没有。天还没亮，就都起来了，简直顾不得说话了。火车是，那什么，七点四十分就开！那什么，我怎么过那院去？"王二急于要过去。

"跳过去！"祥子看了老程一眼，仿佛是把王二交给了老程，他拾起自己的铺盖卷来。

"你上哪儿？"老程问。

"人和厂子，没有别的地方可去！"这一句话说尽了祥子心中的委屈，羞愧，与无可如何。他没别的办法，只好去投降！一切的路都封上了，他只能在雪白的地上去找那黑塔似的虎妞。他顾体面，要强，忠实，义气；都没一点用处，因为有条"狗"命！

老程接了过来："你走你的吧。这不是当着王二，你一草一木也没动曹宅的！走吧。到这条街上来的时候，进来聊会子，也许我打听出来好事，还给你荐呢。你走后，我把王二送到那边去。有煤呀？"

"煤，劈柴，都在后院小屋里。"祥子扛起来铺盖。

街上的雪已不那么白了，马路上的被车轮轧下去，露出点冰的颜色来。土道上的，被马踏的已经黑一块白一块，怪可惜的。祥子没有想什么，只管扛着铺盖往前走。一气走到了人和车厂。他不敢站住，只要一站住，他知道就没有勇气进去。他一直的走进去，脸上热得发烫。他编好了一句话，要对虎妞说："我来了，瞧着办吧！怎办都好，我没了法儿！"及至见了她，他把这句话在心中转了好几次，始终说不出来，他的嘴没有那么便利。

虎妞刚起来，头发髭髭着，眼泡儿浮肿着些，黑脸上起着一层小白的鸡皮疙瘩,像拔去毛的冻鸡。

"哟!你回来啦!"非常的亲热,她的眼中笑得发了些光。

"赁给我辆车!"祥子低着头看鞋头上未化净的一些雪。

"跟老头子说去,"她低声的说,说完向东间一努嘴。

刘四爷正在屋里喝茶呢,面前放着个大白炉子,火苗有半尺多高。见祥子进来,他半恼半笑的说:"你这小子还活着哪?!忘了我啦!算算,你有多少天没来了?事情怎样?买上车没有?"

祥子摇了摇头,心中刺着似的疼。"还得给我辆车拉,四爷!"

"哼,事又吹了!好吧,自己去挑一辆!"刘四爷倒了碗茶,"来,先喝一碗。"

祥子端起碗来,立在火炉前面,大口的喝着。茶非常的烫,火非常的热,他觉得有点发困。把碗放下,刚要出来,刘四爷把他叫住了。

"等等走,你忙什么?告诉你:你来得正好。二十七是我的生日,我还要搭个棚呢,请请客。你帮几天忙好了,先不必去拉车。他们,"刘四爷向院中指了指,"都不可靠,我不愿意教他们吊儿啷当的瞎起哄。你帮帮好了。该干什么就干,甭等我说。先去扫扫雪,晌午我请你吃火锅。"

"是了,四爷!"祥子想开了,既然又回到这里,一切就都交给刘家父女吧;他们爱怎么调动他,都好,他认了命!

"我说是不是?"虎姑娘拿着时候①进来了,"还是祥子,别人都差点劲儿。"

刘四爷笑了。祥子把头低得更往下了些。

"来,祥子!"虎妞往外叫他,"给你钱,先去买扫帚,要竹子的,好扫雪。得赶紧扫,今天搭棚的就来。"走到她的屋里,

---

① 拿着时候:估摸着抓住了适当的时刻。

她一边给祥子数钱,一边低声的说:"精神着点!讨老头子的喜欢!咱们的事有盼望!"

祥子没言语,也没生气。他好像是死了心,什么也不想,给它个混一天是一天。有吃就吃,有喝就喝,有活儿就作,手脚不闲着,几转就是一天,自己顶好学拉磨的驴,一问三不知,只会拉着磨走。

他可也觉出来,自己无论如何也不会很高兴。虽然不肯思索,不肯说话,不肯发脾气,但是心中老堵一块什么,在工作的时候暂时忘掉,只要有会儿闲工夫,他就觉出来这块东西——绵软,可是老那么大;没有什么一定的味道,可是噎得慌,像块海绵似的。心中堵着这块东西,他强打精神去作事,为是把自己累得动也不能动,好去闷睡。把夜里的事交给梦,白天的事交给手脚,他仿佛是个能干活的死人。他扫雪,他买东西,他去定煤气灯,他刷车,他搬桌椅,他吃刘四爷的犒劳饭,他睡觉,他什么也不知道,口里没话,心里没思想,只隐隐的觉到那块海绵似的东西!

地上的雪扫净,房上的雪渐渐化完,棚匠"喊高儿"上了房,支起棚架子。讲好的是可着院子①的暖棚,三面挂檐,三面栏杆,三面玻璃窗户。棚里有玻璃隔扇,挂面屏,见木头就包红布。正门旁门一律挂彩子,厨房搭在后院。刘四爷,因为庆九,要热热闹闹的办事,所以第一要搭个体面的棚。天短,棚匠只扎好了棚身,上了栏杆和布,棚里的花活和门上的彩子,得到第二天早晨来挂。刘四爷为这个和棚匠大发脾气,气得脸上飞红。因为这个,他派祥子去催煤气灯,厨子,千万不要误事。其实这两件绝不会误下,可是老头子不放心。祥子为这个刚跑回来,刘四爷又教他去给借麻将

---

① 可着院子:和院子一样大小。

牌，借三四副，到日子非痛痛快快的赌一下不可。借来牌，又被派走去借留声机，作寿总得有些响声儿。祥子的腿没停住一会儿，一直跑到夜里十一点。拉惯了车，空着手儿走比跑还累得慌；末一趟回来，他，连他，也有点抬不起脚来了。

"好小子！你成！我要有你这么个儿子，少教我活几岁也是好的！歇着去吧，明天还有事呢！"

虎妞在一旁，向祥子挤了挤眼。

第二天早上，棚匠来找补活。彩屏悬上，画的是"三国"里的战景，三战吕布，长坂坡，火烧连营等等，大花脸二花脸都骑马持着刀枪。刘老头子仰着头看了一遍，觉得很满意。紧跟着家伙铺来卸家伙：棚里放八个座儿，围裙椅垫凳套全是大红绣花的。一份寿堂，放在堂屋，香炉蜡扦都是景泰蓝的，桌前放了四块红毡子。刘老头子马上教祥子去请一堂苹果，虎妞背地里掖给他两块钱，教他去叫寿桃寿面，寿桃上要一份儿八仙人，作为是祥子送的。苹果买到，马上摆好；待了不大会儿，寿桃寿面也来到，放在苹果后面，大寿桃点着红嘴，插着八仙人，非常大气。

"祥子送的，看他多么有心眼！"虎妞堵着爸爸的耳根子吹嘘，刘四爷对祥子笑了笑。

寿堂正中还短着个大寿字，照例是由朋友们赠送，不必自己预备。现在还没有人送来，刘四爷性急，又要发脾气："谁家的红白事，我都跑到前面，到我的事情上了，给我个干撂台，×他妈妈的！"

"明天二十六，才落座儿，忙什么呀？"虎妞喊着劝慰。

"我愿意一下子全摆上；这么零零碎碎的看着揪心！我说祥子，水月灯①今天就得安好，要是过四点还不来，我剐了他们！"

---

① 水月灯：煤气灯。

"祥子，你再去催！"虎妞故意倚重他，总在爸的面前喊祥子作事。祥子一声不出，把话听明白就走。

"也不是我说，老爷子，"她撇着点嘴说，"要是有儿子，不像我就得像祥子！可惜我错投了胎。那可也无法。其实有祥子这么个干儿子也不坏！看他，一天连个屁也不放，可把事都作了！"

刘四爷没答碴儿，想了想："话匣子呢？唱唱！"

不知道由哪里借来的破留声机，每一个声音都像踩了猫尾巴那么叫得钻心！刘四爷倒不在乎，只要有点声响就好。

到下午，一切都齐备了，只等次日厨子来落座儿。刘四爷各处巡视了一番，处处花红柳绿，自己点了点头。当晚，他去请了天顺煤铺的先生给管账，先生姓冯，山西人，管账最仔细。冯先生马上过来看了看，叫祥子去买两份红账本，和一张顺红笺。把红笺裁开，他写了些寿字，贴在各处。刘四爷觉得冯先生真是心细，当时要再约两手，和冯先生打几圈麻将。冯先生晓得刘四爷的厉害，没敢接碴儿。

牌没打成，刘四爷挂了点气，找来几个车夫，"开宝，你们有胆子没有？"

大家都愿意来，可是没胆子和刘四爷来，谁不知道他从前开过宝局！

"你们这群玩艺，怎么活着来的！"四爷发了脾气。"我在你们这么大岁数的时候，兜里没一个小钱也敢干，输了再说；来！"

"来铜子儿的？"一个车夫试着步儿问。

"留着你那铜子吧，刘四不哄孩子玩！"老头子一口吞了一杯茶，摸了摸秃脑袋。"算了，请我来也不来了！我说，你们去告诉大伙儿：明天落座儿，晚半天就有亲友来，四点以前都收车，不能出来进去的拉着车乱挤！明天的车份儿不要了，四点收车。白教你们拉一天车，都心里给我多念道点吉祥话儿，别没良心！

后天正日子,谁也不准拉车。早八点半,先给你们摆,六大碗,俩七寸,四个便碟,一个锅子;对得起你们!都穿上大褂,谁短撅撅的进来把谁踢出去!吃完,都给我滚,我好招待亲友。亲友们吃三个海碗,六个冷荤,六个炒菜,四大碗,一个锅子。我先交待明白了,别看着眼馋。亲友是亲友;我不要你们什么。有人心的给我出十大枚的礼,我不嫌少;一个子儿不拿,干给我磕三个头,我也接着。就是得规规矩矩,明白了没有?晚上愿意还吃我,六点以后回来,剩多剩少全是你们的;早回来可不行!听明白了没有?"

"明天有拉晚儿的,四爷,"一个中年的车夫问,"怎么四点就收车呢?"

"拉晚的十一点以后再回来!反正就别在棚里有人的时候乱挤!你们拉车,刘四并不和你们同行,明白?"

大家都没的可说了,可是找不到个台阶走出去,立在那里又怪发僵;刘四爷的话使人人心中窝住一点气愤不平。虽然放一天车份是个便宜,可是谁肯白吃一顿,至少还不得出上四十铜子的礼;况且刘四的话是那么难听,仿佛他办寿,他们就得老鼠似的都藏起去。再说,正日子二十七不准大家出车,正赶上年底有买卖的时候,刘四牺牲得起一天的收入,大家陪着"泡"一天可受不住呢!大家敢怒而不敢言的在那里立着,心中并没有给刘四爷念着吉祥话儿。

虎妞扯了祥子一下,祥子跟她走出来。

大家的怒气仿佛忽然找到了出路,都瞪着祥子的后影。这两天了,大家都觉得祥子是刘家的走狗,死命的巴结,任劳任怨的当碎催①。祥子一点也不知道这个,帮助刘家作事,为是支走心

---

① 碎催:打杂活的。

中的烦恼；晚上没话和大家说，因为本来没话可说。他们不知道他的委屈，而以为他是巴结上了刘四爷，所以不屑于和他们交谈。虎妞的照应祥子，在大家心中特别的发着点酸味，想到目前的事，刘四爷不准他们在喜棚里来往，可是祥子一定可以吃一整天好的；同是拉车的，为什么有三六九等呢？看，刘姑娘又把祥子叫出去！大家的眼跟着祥子，腿也想动，都搭讪着走出来。刘姑娘正和祥子在煤气灯底下说话呢，大家彼此点了点头。

十四

刘家的事办得很热闹。刘四爷很满意有这么多人来给他磕头祝寿。更足以自傲的是许多老朋友也赶着来贺喜。由这些老友，他看出自己这场事不但办得热闹，而且"改良"。那些老友的穿戴已经落伍，而四爷的皮袍马褂都是新作的。以职业说，有好几位朋友在当年都比他阔，可是现在——经过这二三十年来的变迁——已越混越低，有的已很难吃上饱饭。看着他们，再看看自己的喜棚，寿堂，画着长坂坡的挂屏，与三个海碗的席面，他觉得自己确是高出他们一头，他"改了良"。连赌钱，他都预备下麻将牌，比押宝就透着文雅了许多。

可是，在这个热闹的局面中，他也感觉到一点凄凉难过。过惯了独身的生活，他原想在寿日来的人不过是铺户中的掌柜与先生们，和往日交下的外场光棍。没想到会也来了些女客。虽然虎妞能替他招待，可是他忽然感到自家的孤独，没有老伴儿，只有个女儿，而且长得像个男子。假若虎妞是个男子，当然早已成了家，有了小孩，即使自己是个老鳏夫，或者也就不这么孤苦伶仃的了。是的，自己什么也不缺，只缺个儿子。自己的寿数越大，有儿子的希望便越小，祝寿本是件喜事，可是又似乎应落泪。不管自己怎样改了良，没人继续自己的事业，一切还不是白饶？

上半天，他非常的喜欢，大家给他祝寿，他大模大样的承受，仿佛觉出自己是鳌里夺尊的一位老英雄。下半天，他的气儿塌下点去。看看女客们携来的小孩子们，他又羡慕，又忌妒，又不敢和孩子们亲近，不亲近又觉得自己别扭。他要闹脾气，又不肯登时发作，他知道自己是外场人，不能在亲友面前出丑。他愿意快快把这一天过去，不再受这个罪。

还有点美中不足的地方，早晨给车夫们摆饭的时节，祥子几乎和人打起来。

八点多就开了饭，车夫们都有点不愿意。虽然昨天放了一天的车份儿，可是今天谁也没空着手来吃饭，一角也罢，四十子儿也罢，大小都有份儿礼金。平日，大家是苦汉，刘四是厂主；今天，据大家看，他们是客人，不应当受这种待遇。况且，吃完就得走，还不许拉出车去，大年底下的！

祥子准知道自己不在吃完就滚之列，可是他愿意和大家一块儿吃。一来是早吃完好去干事，二来是显着和气。和大家一齐坐下，大家把对刘四的不满意都挪到他身上来。刚一落座，就有人说了："哎，您是贵客呀，怎和我们坐在一处？"祥子傻笑了一下，没有听出来话里的意味。这几天了，他自己没开口说过闲话，所以他的脑子也似乎不大管事了。

大家对刘四不敢发作，只好多吃他一口吧；菜是不能添，酒可是不能有限制，喜酒！他们不约而同的想拿酒杀气。有的闷喝，有的猜开了拳；刘老头子不能拦着他们猜拳。祥子看大家喝，他不便太不随群，也就跟着喝了两盅。喝着喝着，大家的眼睛红起来，嘴不再受管辖。有的就说："祥子，骆驼，你这差事美呀！足吃一天，伺候着老爷小姐！赶明儿你不必拉车了，顶好跟包去!"祥子听出点意思来,也还没往心中去;从他一进人和厂,他就决定不再充什么英雄好汉,一切都听天由命。谁爱说什么,就说什么。他纳住了气。有的又说了:"人家祥子是另走一路,咱们凭力气挣钱,人家祥子是内功!"大家全哈哈的笑起来。祥子觉出大家是"咬"他,但是那么大的委屈都受了,何必管这几句闲话呢,他还没出声。邻桌的人看出便宜来,有的伸着脖子叫:"祥子,赶明儿你当了厂主,别忘了哥儿们哪!"祥子还没言语,本桌上的人又说了:"说话呀,骆驼!"

祥子的脸红起来,低声说了句:"我怎能当厂主?!"

"哼,你怎么不能呢,眼看着就咚咚嚓①啦!"

祥子没绕搭过来,"咚咚嚓"是什么意思,可是直觉的猜到那是指着他与虎妞的关系而言。他的脸慢慢由红而白,把以前所受过的一切委屈都一下子想起来,全堵在心上。几天的容忍缄默似乎不能再维持,像憋足了的水,遇见个出口就要激冲出去。正当这个工夫,一个车夫又指着他的脸说:"祥子,我说你呢,你才真是'哑巴吃扁食——心里有数儿'呢。是不是,你自己说,祥子?祥子?"

祥子猛地立了起来,脸上煞白,对着那个人问:"出去说,你敢不敢?"

大家全楞住了。他们确是有心"咬"他,撇些闲盘儿,可是并没预备打架。

忽然一静,像林中的啼鸟忽然看见一只老鹰。祥子独自立在那里,比别人都高着许多,他觉出自己的孤立。但是气在心头,他仿佛也深信就是他们大家都动手,也不是他的对手。他钉了一句:"有敢出去的没有?"

---

① 咚咚嚓:娶亲时的敲鼓奏乐声。

大家忽然想过味儿来，几乎是一齐的："得了，祥子，逗着你玩呢！"

刘四爷看见了："坐下，祥子！"然后向大家，"别瞧谁老实就欺侮谁，招急了我把你们全踢出去！快吃！"

祥子离了席。大家用眼梢儿撩着刘老头子，都拿起饭来。不大一会儿，又喊喊喳喳的说起来，像危险已过的林鸟，又轻轻的啾啾。

祥子在门口蹲了半天，等着他们。假若他们之中有敢再说闲话的，揍！自己什么都没了，给它个不论秧子吧！

可是大家三五成群的出来，并没再找寻他。虽然没打成，他到底多少出了点气。继而一想，今天这一举，可是得罪了许多人。平日，自己本来就没有知己的朋友，所以才有苦无处去诉；怎能再得罪人呢？他有点后悔。刚吃下去的那点东西在胃中横着，有点发痛。他立起来，管它呢，人家那三天两头打架闹饥荒的不也活得怪有趣吗？老实规矩就一定有好处吗？这么一想，他心中给自己另画出一条路来，在这条路上的祥子，与以前他所希望的完全不同了。这是个见人就交朋友，而处处占便宜，喝别人的茶，吸别人的烟，借了钱不还，见汽车不躲，是个地方就撒尿，成天际和巡警们要骨头，拉到"区"里去住两三天不算什么。是的，这样的车夫也活着，也快乐，至少是比祥子快乐。好吧，老实，规矩，要强，既然都没用，变成这样的无赖也不错。不但是不错，祥子想，而且是有些英雄好汉的气概，天不怕，地不怕，绝对不低着头吃哑巴亏。对了！应当这么办！坏嘎嘎是好人削成的。

反倒有点后悔，这一架没能打成。好在不忙，从今以后，对谁也不再低头。

刘四爷的眼里不揉沙子。把前前后后所闻所见的都搁在一处，他的心中已明白了八九成。这几天了，姑娘特别的听话，哼，因为祥子回来了！看她的眼，老跟着他。老头子把这点事存在心里，就更觉得凄凉难过。想想看吧，本来就没有儿子，不能火火炽炽的凑起个家庭来；姑娘再跟人一走！自己一辈子算是白费了心机！祥子的确不错，但是提到儿婿两当，还差得多呢；一个臭拉车的！自己奔波了一辈子，打过群架，跪过铁索，临完教个乡下脑袋连女儿带产业全搬了走？没那个便宜事！就是有，也甭想由刘四这儿得到！刘四自幼便是放屁崩坑儿的人！

下午三四点钟还来了些拜寿的，老头子已觉得索然无味，客人越称赞他硬朗有造化，他越觉得没什么意思。

到了掌灯以后，客人陆续的散去，只有十几位住得近的和交情深的还没走，凑起麻将来。看着院内的空棚，被水月灯照得发青，和撤去围裙的桌子，老头子觉得空寂无聊，仿佛看到自己死了的时候也不过就是这样，不过是把喜棚改作白棚而已，棺材前没有儿孙们穿孝跪灵，只有些不相干的人们打麻将守夜！他真想把现在未走的客人们赶出去；乘着自己有口活气，应当发发威！可是，到底不好意思拿朋友杀气。怒气便拐了弯儿，越看姑娘越不顺眼。祥子在棚里坐着呢，人模狗样的，脸上的疤被灯光照得像块玉石。老头子怎看这一对儿，怎别扭！

虎姑娘一向野调无腔惯了，今天头上脚下都打扮着，而且得装模作样的应酬客人，既为讨大家的称赞，也为在祥子面前露一手儿。上半天倒觉得这怪有个意思，赶到过午，因有点疲乏，就觉出讨厌，也颇想找谁叫骂一场。到了晚上，她连半点耐性也没有了，眉毛自己叫着劲，老直立着。

七点多钟了，刘四爷有点发困，可是不服老，还不肯去睡。大家请他加入打几圈儿牌，他不肯说精神来不及，而说打牌不痛快，押宝或牌九才合他的脾味。大家不愿中途改变，他只好在一旁坐着。为打起点精神,他还要再喝几盅,口口声声说自己没吃饱,而且抱怨厨子赚钱太多了,菜并不丰满。由这一点上说起,他把白天所觉到的满意之处,全盘推翻:棚,家伙座儿①,厨子,和其他的一切都不值那么些钱,都捏了他的大头,都冤枉!

管账的冯先生,这时候,已把账杀好:进了二十五条寿幛,三堂寿桃寿面,一坛儿寿酒,两对寿烛,和二十来块钱的礼金。号数不少,可是多数的是给四十铜子或一毛大洋。

听到这个报告,刘四爷更火啦。早知道这样,就应该预备"炒菜面"!三个海碗的席吃着,就出一毛钱的人情?这简直是拿老头子当冤大脑袋!从此再也不办事,不能赔这份窝囊钱!不用说,大家连亲带友,全想白吃他一口;六十九岁的人了,反倒聪明一世,胡涂一时,教一群猴儿王八蛋给吃了!老头子越想越气,连白天所感到的满意也算成了自己的胡涂;心里这么想,嘴里就念道着,带着许多街面上已不通行的咒骂。

朋友们还没走净,虎妞为顾全大家的面子,想拦拦父亲的撒野。可是,一看大家都注意手中的牌,似乎并没理会老头子叨唠什么,她不便于开口,省得反把事儿弄明了。由他叨唠去吧,都给他个装聋,也就过去了。

哪知道,老头子说着说着绕到她身上来。她决定不吃这一套!他办寿,她跟着忙乱了好几天,反倒没落出好儿来,她不能容让!六十九,七十九也不行,也得讲理!她马上还了回去:

"你自己要花钱办事,碍着我什么啦?"

老头子遇到了反攻,精神猛然一振。"碍着你什么了?简直的就跟你!你当我的眼睛不管闲事哪?"

"你看见什么啦?我受了一天的累,临完拿我杀气呀,先等等!

---

① 家伙座儿:成套的桌椅食具。

说吧,你看见了什么?"虎姑娘的疲乏也解了,嘴非常的灵便。

"你甭看着我办事,你眼儿热!看见?我早就全看见了,哼!"

"我干吗眼儿热呀?!"她摇晃着头说。"你到底看见了什么?"

"那不是?!"刘四往棚里一指——祥子正弯着腰扫地呢。

"他呀?"虎妞心里哆嗦了一下,没想到老头的眼睛会这么尖。"哼!他怎样?"

"不用揣着明白的,说胡涂的!"老头子立了起来。"要他没我,要我没他,干脆的告诉你得了。我是你爸爸!我应当管!"

虎妞没想到事情破的这么快,自己的计划才使了不到一半,而老头子已经点破了题!怎办呢?她的脸红起来,黑红,加上半残的粉,与青亮的灯光,好像一块煮老了的猪肝,颜色复杂而难看。她有点疲乏;被这一激,又发着肝火,想不出主意,心中很乱。她不能就这么窝回去,心中乱也得马上有办法。顶不妥当的主意也比没主意好,她向来不在任何人面前服软!好吧,爽性来干脆的吧,好坏都凭这一锤子了!

"今儿个都说清了也好,就打算是这么笔账儿吧,你怎样呢?我倒要听听!这可是你自己找病,别说我有心气你!"

打牌的人们似乎听见他们父女吵嘴,可是舍不得分心看别的,为抵抗他们的声音,大家把牌更摔得响了一些,而且嘴里叫唤着红的,碰……

祥子把事儿已听明白,照旧低着头扫地,他心中有了底;说翻了,揍!

"你简直的是气我吗!"老头子的眼已瞪得极圆。"把我气死,你好去倒贴儿?甭打算,我还得活些年呢!"

"甭摆闲盘,你怎办吧?"虎妞心里噗通,嘴里可很硬。

"我怎办?不是说过了,有他没我,有我没他!我不能都便宜了个臭拉车的!"

祥子把笤帚扔了,直起腰来,看准了刘四,问:"说谁呢?"

刘四狂笑起来:"哈哈,你这小子要造反吗?说你哪,说谁!你给我马上滚!看着你不错,赏你脸,你敢在太岁头上动土,我是干什么的,你也不打听打听!滚!永远别再教我瞧见你,上他妈的这儿找便宜来啦,啊?"

老头子的声音过大了,招出几个车夫来看热闹。打牌的人们以为刘四爷又和个车夫吵闹,依旧不肯抬头看看。

祥子没有个便利的嘴,想要说的话很多,可是一句也不到舌头上来。他呆呆的立在那里,直着脖子咽唾沫。

"给我滚!快滚!上这儿来找便宜?我往外掏坏的时候还没有你呢,哼!"老头子有点纯为唬吓祥子而唬吓了,他心中恨祥子并不像恨女儿那么厉害,就是生着气还觉得祥子的确是个老实人。

"好了,我走!"祥子没话可说,只好赶紧离开这里;无论如何,斗嘴他是斗不过他们的。

车夫们本来是看热闹,看见刘四爷骂祥子,大家还记着早晨那一场,觉得很痛快。及至听到老头子往外赶祥子,他们又向着他了——祥子受了那么多的累,过河拆桥,老头子翻脸不认人,他们替祥子不平。有的赶过来问:"怎么了,祥子?"祥子摇了摇头。

"祥子你等等走!"虎妞心中打了个闪似的,看清楚:自己的计划是没多大用处了,急不如快,得赶紧抓住祥子,别鸡也飞蛋也打了!"咱们俩的事,一条绳拴着俩蚂蚱,谁也跑不了!你等等,等我说明白了!"她转过头来,冲着老头子:"干脆说了吧,我已经有了,祥子的!他上哪儿我也上哪儿!你是把我给他呢?还是把我们俩一齐赶出去?听你一句话!"

虎妞没想到事情来得这么快,把最后的一招这么早就拿出来。刘四爷更没想到事情会弄到了这步天地。但是,事已至此,他不能服软,特别是在大家面前。"你真有脸往外说,我这个老脸都替你发烧!"他打了自己个嘴巴。"呸! 好不要脸!"

打牌的人们把手停住了,觉出点不大是味来,可是胡里胡涂,不知是怎回事,搭不上嘴;有的立起来,有的呆呆的看着自己的牌。

话都说出来,虎妞反倒痛快了:"我不要脸?别教我往外说你的事儿,你什么屎没拉过?我这才是头一回,还都是你的错儿:男大当娶,女大当聘,你六十九了,白活!这不是当着大众,"她向四下里一指,"咱们弄清楚了顶好,心明眼亮!就着这个喜棚,你再办一通儿事得了!"

"我?"刘四爷的脸由红而白,把当年的光棍劲儿全拿了出来:"我放把火把棚烧了,也不能给你用!"

"好!"虎妞的嘴唇哆嗦上了,声音非常的难听,"我卷起铺盖一走,你给我多少钱?"

"钱是我的,我爱给谁才给!"老头子听女儿说要走,心中有些难过,但是为斗这口气,他狠了心。

"你的钱?我帮你这些年了;没我,你想想,你的钱要不都填给野娘们才怪,咱们凭良心吧!"她的眼又找到祥子,"你说吧!"

祥子直挺挺的立在那里,没有一句话可说。

十五

讲动武,祥子不能打个老人,也不能打个姑娘。他的力量没地方用。耍无赖,只能想想,耍不出。论虎妞这个人,他满可以跺脚一跑。为目前这一场,她既然和父亲闹翻,而且愿意跟他走;骨子里的事没人晓得,表面上她是为祥子而牺牲;当着大家面前,他没法不拿出点英雄气儿来。他没话可说,只能立在那里，等个水落石出；至少他得作到这个，才能像个男子汉。

刘家父女只剩了彼此瞪着，已无话可讲；祥子是闭口无言。车夫们，不管向着谁吧，似乎很难插嘴。打牌的人们不能不说话了，静默得已经很难堪。不过，大家只能浮面皮的敷衍几句，劝双方不必太挂火，慢慢的说，事情没有过不去的。他们只能说这些，不能解决什么，也不想解决什么。见两方面都不肯让步，那么，清官难断家务事，有机会便溜了吧。

没等大家都溜净，虎姑娘抓住了天顺煤厂的冯先生："冯先生，你们铺子里不是有地方吗？先让祥子住两天。我们的事说办就快，不能长占住你们的地方。祥子你跟冯先生去，明天见，商量商量咱们的事。告诉你，我出回门子，还是非坐花轿不出这个门！冯先生，我可把他交给你了，明天跟你要人！"

冯先生直吸气，不愿负这个责任。祥子急于离开这里，说了句："我跑不了！"

虎姑娘瞪了老头子一眼，回到自己屋中，谮姡①着嗓子哭起来，把屋门从里面锁上。

冯先生们把刘四爷也劝进去，老头子把外场劲儿又拿出来，请大家别走，还得喝几盅："诸位放心，从此她是她，我是我，再也不吵嘴。走她的，只当我没有过这么个丫头。我外场一辈子，脸教她给丢净！倒退二十年，我把她们俩全活劈了！现在，随她去；打算跟我要一个小铜钱，万难！一个子儿不给！不给！看她怎么活着！教她尝尝，她就晓得了，到底是爸爸好，还是野汉子好！别走，再喝一盅！"

大家敷衍了几句，都急于躲避是非。

祥子上了天顺煤厂。

---

① 谮姡：念 zhā·la，尖声的意思。

事情果然办得很快。虎妞在毛家湾一个大杂院里租到两间小北房；马上找了裱糊匠糊得四白落地；求冯先生给写了几个喜字，贴在屋中。屋子糊好，她去讲轿子：一乘满天星的轿子，十六个响器，不要金灯，不要执事。一切讲好，她自己赶了身红绸子的上轿衣；在年前赶得，省得不过破五就动针。喜日定的是大年初六，既是好日子，又不用忌门。她自己把这一切都办好，告诉祥子去从头至脚都得买新的："一辈子就这么一回！"

祥子手中只有五块钱！

虎妞又瞧了眼："怎么？我交给你那三十多块呢？"

祥子没法不说实话了，把曹宅的事都告诉了她。她眨巴着眼似信似疑的："好吧，我没工夫跟你吵嘴，咱们各凭良心吧！给你这十五块吧！你要是到日子不打扮得像个新人，你可提防着！"

初六，虎妞坐上了花轿。没和父亲过一句话，没有弟兄的护送，没有亲友的祝贺；只有那些锣鼓在新年后的街上响得很热闹，花轿稳稳的走过西安门，西四牌楼，也惹起穿着新衣的人们——特别是铺户中的伙计——一些羡慕，一些感触。

祥子穿着由天桥买来的新衣，红着脸，戴着三角钱一顶的缎小帽。他仿佛忘了自己，而傻傻忽忽的看着一切，听着一切，连自己好似也不认识了。他由一个煤铺迁入裱糊得雪白的新房，不知道是怎回事：以前的事正如煤厂里，一堆堆都是黑的；现在茫然的进到新房，白得闪眼，贴着几个血红的喜字。他觉到一种嘲弄，一种白的，渺茫的，闷气。屋里，摆着虎妞原有的桌椅与床；火炉与菜案却是新的；屋角里插着把五色鸡毛的掸子。他认识那些桌椅，可是对火炉，菜案，与鸡毛掸子，又觉得生疏。新旧的器物合在一处，使他想起过去，又担心将来。一切任人摆布，他自己既像个旧的，又像是个新的，一个什么摆设，什么奇怪的东西；他不认识了自己。他想不起哭，他想不起笑，他的大手大脚在这小而暖的屋中活动着,像小木笼里一只大兔子,眼睛红红的看着外边,看着里边,空有能飞跑的腿,跑不出去!虎妞穿着红袄,脸上抹着白粉与胭脂,眼睛溜着他。他不敢正眼看她。她也是既旧又新的一个什么奇怪的东西,是姑娘,也是娘们;像女的,又像男的;像人,又像什么凶恶的走兽!这个走兽,穿着红袄,已经捉到他,还预备着细细的收拾他。谁都能收拾他,这个走兽特别的厉害,要一刻不离的守着他,向他瞪眼,向他发笑,而且能紧紧的抱住他,把他所有的力量吸尽。他没法脱逃。他摘了那顶缎小帽,呆呆的看着帽上的红结子,直到看得眼花——一转脸,墙上全是一颗颗的红点,飞旋着,跳动着,中间有一块更大的,红的,脸上发着丑笑的虎妞!

婚夕,祥子才明白:虎妞并没有怀了孕。像变戏法的,她解释给他听:"要不这么冤你一下,你怎会死心踏地的点头呢!我在裤腰上塞了个枕头!哈哈,哈哈!"她笑得流出泪来:"你个傻东西!甭提了,反正我对得起你;你是怎个人,我是怎个人?我楞和爸爸吵了,跟着你来,你还不谢天谢地?"

第二天,祥子很早就出去了。多数的铺户已经开了市,可是还有些家关着门。门上的春联依然红艳,黄的挂钱却有被风吹碎了的。街上很冷静,洋车可不少,车夫们也好似比往日精神了一些,差不离的都穿着双新鞋,车背后还有贴着块红纸儿的。祥子很羡慕这些车夫,觉得他们倒有点过年的样子,而自己是在个葫芦里憋闷了这好几天;他们都安分守己的混着,而他没有一点营生,在大街上闲晃。他不安于游手好闲,可是打算想明天的事,就得去和虎妞——他的老婆商议;他是在老婆——这么个老婆!——手里讨饭吃。空长了那么高的身量,空有那么大的力气,没用。他第一得先伺候老婆,那个红袄虎牙的东西;吸人精血的东西;他已不是人,而只是一块肉。他没了自己,只在她的牙中挣扎着,像被猫叼住的一个小鼠。他不想跟她去商议,他得走;想好了主意,给她个不辞而别。这没有什么对不起人的地方,她是会拿枕头和他变戏法的女怪!他窝心,他不但想把那身新衣扯碎,也想把自己从内到外放在清水里洗一回,他觉得混身都粘着些不洁净的,使人恶心的什么东西,教他从心里厌烦。他愿永远不再见她的面!

上哪里去呢?他没有目的地。平日拉车,他的腿随着别人的嘴走,今天,他的腿自由了,心中茫然。顺着西四牌楼一直往南,他出了宣武门;道是那么直,他的心更不会拐弯。出了城门,还往南,他看见个澡堂子。他决定去洗个澡。

脱得光光的,看着自己的肢体,他觉得非常的羞愧。下到池子里去,热水把全身烫得有些发木,他闭上了眼,身上麻麻酥酥的仿佛往外放射着一些积存的污浊。他几乎不敢去摸自己,心中空空的,头上流下大汗珠来。一直到呼吸已有些急促,他才懒懒的爬上来,混身通红,像个初生下来的婴儿。他似乎不敢就那么走出来,围上条大毛巾,他还觉得自己丑陋;虽然汗珠劈嗒啪嗒的往下落,他还觉得自己不干净——心中那点污秽仿佛永远也洗不掉:在刘四爷眼中,在一切知道他的人眼中,他永远是个偷娘们的人!

汗还没完全落下去,他急忙的穿上衣服,跑了出来。他怕大家看他的赤身!出了澡堂,被凉风一飕,他觉出身上的轻松。街上也比刚才热闹的多了。响晴的天空,给人人脸上一些光华。祥子的心还是揪揪着,不知上哪里去好。往南,往东,再往南,他奔了天桥去。新年后,九点多钟,铺户的徒弟们就已吃完早饭,来到此地。各色的货摊,各样卖艺的场子,都很早的摆好占好。祥子来到,此处已经围上一圈圈的人,里边打着锣鼓。他没心去看任何玩艺,他已经不会笑。

平日，这里的说相声的，耍狗熊的，变戏法的，数来宝的，唱秧歌的，说鼓书的，练把式的，都能供给他一些真的快乐，使他张开大嘴去笑。他舍不得北平，天桥得算一半儿原因。每逢望到天桥的席棚，与那一圈一圈儿的人，他便想起许多可笑可爱的事。现在他懒得往前挤，天桥的笑声里已经没了他的份儿。他躲开人群，向清静的地方走，又觉得舍不得！不，他不能离开这个热闹可爱的地方，不能离开天桥，不能离开北平。走？无路可走！他还是得回去跟她——跟她！——去商议。他不能走，也不能闲着，他得退一步想，正如一切人到了无可如何的时候都得退一步想。什么委屈都受过了，何必单在这一点上叫真儿呢？他没法矫正过去的一切，那么只好顺着路儿往下走吧。

他站定了，听着那杂乱的人声，锣鼓响；看着那来来往往的人，车马，忽然想起那两间小屋。耳中的声音似乎没有了，眼前的人物似乎不见了，只有那两间白，暖，贴着红喜字的小屋，方方正正的立在面前。虽然只住过一夜，但是非常的熟习亲密，就是那个穿红袄的娘们仿佛也并不是随便就可以舍弃的。立在天桥，他什么也没有，什么也不是；在那两间小屋里，他有了一切。回去，只有回去才能有办法。明天的一切都在那小屋里。羞愧，怕事，难过，都没用；打算活着，得找有办法的地方去。

他一气走回来，进了屋门，大概也就刚交十一点钟。虎妞已把午饭作好：馏的馒头，熬白菜加肉丸子，一碟虎皮冻，一碟酱萝卜。别的都已摆好，只有白菜还在火上煨着，发出些极美的香味。她已把红袄脱去，又穿上平日的棉裤棉袄，头上可是戴着一小朵绒作的红花，花上还有个小金纸的元宝。祥子看了她一眼，她不像个新妇。她的一举一动都像个多年的媳妇，麻利，老到，还带着点自得的劲儿。虽然不像个新妇，可是到底使他觉出一点新的什么来；她作饭，收拾屋子；屋子里那点香味，暖气，都是他所未曾经验过的。不管她怎样，他觉得自己是有了家。一个家总有它的可爱处。他不知怎样好了。

"上哪儿啦？你！"她一边去盛白菜，一边问。

"洗澡去了。"他把长袍脱下来。

"啊！以后出去，言语一声！别这么大咧咧的甩手一走！"

他没言语。

"会哼一声不会？不会，我教给你！"

他哼了一声，没法子！他知道娶来一位母夜叉，可是这个夜叉会作饭，会收拾屋子，会骂他也会帮助他，教他怎样也不是味儿！他吃开了馒头。饭食的确是比平日的可口，热火；可是吃着不香，嘴里嚼着，心里觉不出平日狼吞虎咽的那种痛快，他吃不出汗来。

吃完饭，他躺在了炕上，头枕着手心，眼看着棚顶。

"嗨！帮着刷家伙！我不是谁的使唤丫头！"她在外间屋里叫。

很懒的他立起来，看了她一眼，走过去帮忙。他平日非常的勤紧，现在他憋着口气来作事。在车厂子的时候，他常帮她的忙，现在越看她越讨厌，他永远没恨人像恨她这么厉害，他说不上是为了什么。有气，可是不肯发作，全圈在心里；既不能和她一刀两断，吵架是没意思的。在小屋里转转着，他感到整个的生命是一部委屈。

收拾完东西，她四下里扫了一眼，叹了口气。紧跟着笑了笑。"怎样？"

"什么？"祥子蹲在炉旁，烤着手；手并不冷，因为没地方安放，只好烤一烤。这两间小屋的确像个家，可是他不知道往哪里放手放脚好。

"带我出去玩玩？上白云观？不，晚点了；街上蹓蹓去？"她要充分的享受新婚的快乐。虽然结婚不成个样子，可是这么无拘无束的也倒好，正好和丈夫多在一块儿，痛痛快快的玩几天。在娘家，她不缺吃，不缺穿，不缺零钱；只是没有个知心的男子。现在，她要捞回来这点缺欠，要大摇大摆的在街上，在庙会上，同着祥子去玩。

祥子不肯去。第一他觉得满世界带着老婆逛是件可羞的事，第二他以为这么来的一个老婆，只可以藏在家中；这不是什么体面的事，越少在大家眼前显排越好。还有，一出去，哪能不遇上熟人，西半城的洋车夫们谁不晓得虎妞和祥子，他不能去招大家在他背后嘀嘀咕咕。

"商量商量好不好？"他还是蹲在那里。

"有什么可商量的？"她凑过来，立在炉子旁边。

他把手拿下去，放在膝上，呆呆的看着火苗。楞了好久，他说出一句来："我不能这么闲着！"

"受苦的命！"她笑了一声。"一天不拉车，身上就痒痒，是不是？你看老头子，人家玩了一辈子，到老了还开上车厂子。他也不拉车，也不卖力气，凭心路吃饭。你也得学着点，拉一辈子车又算老几？咱们先玩几天再说，事情也不单忙在这几天上，奔什么命？这两天我不打算跟你拌嘴，你可也别成心气我！"

"先商量商量！"祥子决定不让步。既不能跺脚一走，就得想办法作事，先必得站一头儿，不能打秋千似的来回晃悠。

"好吧，你说说！"她搬过个凳子来，坐在火炉旁。

"你有多少钱？"他问。

"是不是？我就知道你要问这个嘛！你不是娶媳妇呢，是娶那点钱，对不对？"

祥子像被一口风噎住，往下连咽了好几口气。刘老头子，和人和厂的车夫，都以为他是贪财，才勾搭上虎妞；现在，她自己这么说出来了！自己的车，自己的钱，无缘无故的丢掉，而今被压在老婆的几块钱底下；吃饭都得顺脊梁骨下去！他恨不能双手掐住她的脖子，掐！掐！掐！一直到她翻了白眼！把一切都掐死，而后自己抹了脖子。他们不是人，得死；他自己不是人，也死；大家不用想活着！

祥子立起来，想再出去走走；刚才就不应当回来。

看祥子的神色不对，她又软和了点儿："好吧，我告诉你。我手里一共有五百来块钱。连轿子，租房——三份儿①，糊棚，作衣裳，买东西，带给你，归了包堆②花了小一百，还剩四百来块。我告诉你，你不必着急。咱们给它个得乐且乐。你呢，成年际拉车出臭汗，也该漂漂亮亮的玩几天；我呢，当了这么些年老姑娘，也该痛快几天。等到快把钱花完，咱们还是求老头子去。我呢，那天要是不跟他闹翻了，决走不出来。现在我气都消了，爸爸到底是爸爸。他呢，只有我这么个女儿，你又是他喜爱的人，咱们服个软，给他陪个'不是'，大概也没有过不去的事。这多么现成！他有钱，咱们正当正派的承受过来，一点没有不合理的地方；强似你去给人家当牲口！过两天，你就先去一趟；他也许不见你。一次不见，再去第二次；面子都给他，他也就不能不回心转意了。然后我再去，好歹的给他几句好听的，说不定咱们就能都搬回去。咱们一搬回去，管保挺起胸脯，谁也不敢斜眼看咱们；咱们要是老在这儿忍着，就老是一对黑人儿，你说是不是？"

祥子没有想到过这个。自从虎妞到曹宅找他，他就以为娶过她来，用她的钱买上车，自己去拉。虽然用老婆的钱不大体面，但是他与她的关系既是种有口说不出的关系，也就无可如何了。他没想到虎妞还有这么一招。把长脸往下一拉呢，自然这的确是

---

① 三份儿：租房第一个月得先付三个月的租金。
② 归了包堆：一共加起来。

个主意,可是祥子不是那样的人。前前后后的一想,他似乎明白了点:自己有钱,可以教别人白白的抢去,有冤无处去诉。赶到别人给你钱呢,你就非接受不可;接受之后,你就完全不能再拿自己当个人,你空有心胸,空有力量,得去当人家的奴隶:作自己老婆的玩物,作老丈人的奴仆。一个人仿佛根本什么也不是,只是一只鸟,自己去打食,便会落到网里。吃人家的粮米,便得老老实实的在笼儿里,给人家啼唱,而随时可以被人卖掉!

他不肯去找刘四爷。跟虎妞,是肉在肉里的关系;跟刘四,没有什么关系。已经吃了她的亏,不能再去央告她的爸爸!"我不愿意闲着!"他只说了这么一句,为是省得费话与吵嘴。

"受累的命吗!"她敲着撩着的说。"不爱闲着,作个买卖去。"

"我不会!赚不着钱!我会拉车,我爱拉车!"祥子头上的筋都跳起来。

"告诉你吧,就是不许你拉车!我就不许你混身臭汗,臭烘烘的上我的炕!你有你的主意,我有我的主意,看吧,看谁别扭得过谁!你娶老婆,可是我花的钱,你没往外掏一个小钱。想想吧,咱俩是谁该听谁的?"

祥子又没了话。

十六

闲到元宵节,祥子没法再忍下去了。

虎妞很高兴。她张罗着煮元宵,包饺子,白天逛庙,晚上逛灯。她不许祥子有任何主张,可是老不缺着他的嘴,变法儿给他买些作些新鲜的东西吃。大杂院里有七八户人家,多数的都住着一间房;一间房里有的住着老少七八口。这些人有的拉车,有的作小买卖，有的当巡警，有的当仆人。各人有各人的事，谁也没个空闲，连小孩子们也都提着小筐，早晨去打粥，下午去拾煤核。只有那顶小的孩子才把屁股冻得通红的在院里玩耍或打架。炉灰尘土脏水就都倒在院中，没人顾得去打扫，院子当中间儿冻满了冰，大孩子拾煤核回来拿这当作冰场，嚷闹着打冰出溜玩。顶苦的是那些老人与妇女。老人们无衣无食，躺在冰凉的炕上，干等着年轻的挣来一点钱，好喝碗粥，年轻卖力气的也许挣得来钱，也许空手回来，回来还要发脾气，找着缝儿吵嘴。老人们空着肚子得拿眼泪当作水，咽到肚中去。那些妇人们，既得顾着老的，又得顾着小的，还得敷衍年轻挣钱的男人。她们怀着孕也得照常操作，只吃着窝窝头与白薯粥；不，不但要照常工作，还得去打粥，兜揽些活计——幸而老少都吃饱了躺下，她们得抱着个小煤油灯给人家洗，作，缝缝补补。屋子是那么小，墙是那么破，冷风从这面的墙缝钻进来，一直从那面出去，把所有的一点暖气都带了走。她们的身上只挂着些破布，肚子盛着一碗或半碗粥，或者还有个六七个月的胎。她们得工作，得先尽着老的少的吃饱。她们浑身都是病，不到三十岁已脱了头发，可是一时一刻不能闲着，从病中走到死亡；死了，棺材得去向"善人"们募化。那些姑娘们，十六七岁了，没有裤子，只能围着块什么破东西在屋中——天然的监狱——帮着母亲作事，赶活。要到茅房去，她们得看准了院中无人才敢贼也似的往外跑；一冬天，她们没有见过太阳与青天。那长得丑的，将来承袭她们妈妈的一切；那长得有个模样的，连自己也知道，早晚是被父母卖出，"享福去"！

就是在个这样的杂院里，虎妞觉得很得意。她是唯一的有吃有穿，不用着急，而且可以走走逛逛的人。她高扬着脸，出来进去，既觉出自己的优越，并且怕别人沾惹她，她不理那群苦人。来到这里作小买卖的，几乎都是卖那顶贱的东西，什么刮骨肉，冻白菜，生豆汁，驴马肉，都来这里找照顾主。自从虎妞搬来，什么卖羊头肉的，熏鱼的，硬面饽饽的，卤煮炸豆腐的，也在门前吆喊两声。她端着碗，扬着脸，往屋里端这些零食，小孩子们都把铁条似的手指伸在口里看着她，仿佛她是个什么公主似的。她是来享受，她不能，不肯，也不愿，看别人的苦处。

祥子第一看不上她的举动，他是穷小子出身，晓得什么叫困苦。他不愿吃那些零七八碎的东西，可惜那些钱。第二，更使他难堪的，是他琢磨出点意思来：她不许他去拉车，而每天好菜好饭的养着他，正好像养肥了牛好往外挤牛奶！他完全变成了她的玩艺儿。他看见过：街上的一条瘦老的母狗，当跑腿的时候，也选个肥壮的男狗。想起这个，他不但是厌恶这种生活，而且为自己担心。他晓得一个卖力气的汉子应当怎样保护身体，身体是一切。假若这么活下去，他会有一天成为一个干骨头架子，还是这么大，而膛儿里全是空的。他哆嗦起来。打算要命，他得马上去拉车，出去跑，跑一天，回来倒头就睡，人事不知；不吃她的好东西，也就不伺候着她玩。他决定这么办，不能再让步；她愿出钱买车呢，好；她不愿意，他会去赁车拉。一声没出，他想好就去赁车了。

十七那天，他开始去拉车，赁的是"整天儿"。拉过两个较长的买卖，他觉出点以前未曾有过的毛病，腿肚子发紧，胯骨轴儿发酸。他晓得自己的病源在哪里，可是为安慰自己，他以为这大概也许因为二十多天没拉车，把腿搁生了；跑过几趟来，把腿蹓开，或者也就没事了。

又拉上个买卖，这回是帮儿车，四辆一同走。抄起车把来，大家都让一个四十多岁的高个子在前头走。高个子笑了笑，依了实，他知道那三辆车都比他自己"棒"。他可是卖了力气，虽然明知跑不过后面的三个小伙子，可是不肯倚老卖老。跑出一里多地，后面夸了他句："怎么着，要劲儿吗？还真不离！"他喘着答了句："跟你们哥儿们走车，慢了还行？！"他的确跑得不慢，连祥子也得掏七八成劲儿才跟得上他。他的跑法可不好看：高个子，他塌不下腰去，腰和背似乎是块整的木板，所以他的全身得整个的往前扑着；身子向前，手就显着靠后；不像跑，而像是拉着点东西往前钻。腰死板，他的胯骨便非活动不可；脚几乎是拉拉在地上，加紧的往前扭。扭着真不慢，可是看着就知道他极费力。到拐弯抹角的地方，他整着身子硬拐，大家都替他攥着把汗；他老像是只管身子往前钻，而不管车过得去过不去。

拉到了，他的汗劈嗒啪嗒的从鼻尖上，耳朵唇上，一劲儿往下滴嗒。放下车，他赶紧直了直腰，咧了咧嘴。接钱的时候，手都哆嗦得要拿不住东西似的。

在一块儿走过一趟车便算朋友，他们四个人把车放在了一处。祥子们擦擦汗，就照旧说笑了。那个高个子独自蹓了半天，干嗽了一大阵，吐出许多白沫子来，才似乎缓过点儿来，开始跟他们说话儿：

"完了！还有那个心哪；腰，腿，全不给劲喽！无论怎么提腰，腿抬不起来；干着急！"

"刚才那两步就不离，你当是慢哪！"一个二十多岁矮身量的小伙子接过来："不屈心，我们三个都够棒的，谁没出汗？"

高个子有点得意，可又惭愧似的，叹了口气。

"就说你这个跑法，差不离的还真得教你给撅①了，你信不信？"另一个小伙子说。"岁数了，不是说着玩的。"

高个子微笑着，摇了摇头："也还不都在乎岁数，哥儿们！我告诉你一句真的，干咱们这行儿的，别成家，真的！"看大家

---

① 撅：比下去了，比输了。

都把耳朵递过来,他放小了点声儿:"一成家,黑天白日全不闲着,玩完!瞧瞧我的腰,整的,没有一点活软气!还是别跑紧了,一咬牙就咳嗽,心口窝辣蒿蒿的!甭说了,干咱们这行儿的就得它妈的打一辈子光棍儿!连它妈的小家雀儿都一对一对儿的,不许咱们成家!还有一说,成家以后,一年一个孩子,我现在有五个了!全张着嘴等着吃!车份大,粮食贵,买卖苦,有什么法儿呢!不如打一辈子光棍,犯了劲上白房子,长上杨梅大疮,认命!一个人,死了就死了!这玩艺一成家,连大带小,好几口儿,死了也不能闭眼!你说是不是?"他问祥子。

祥子点了点头,没说出话来。

这阵儿,来了个座儿,那个矮子先讲的价钱,可是他让了,叫着高个子:"老大哥,你拉去吧!这玩艺家里还有五个孩子呢!"

高个子笑了:"得,我再奔一趟!按说可没有这么办的!得了,回头好多带回几个饼子去!回头见了,哥儿们!"

看着高个子走远了,矮子自言自语地说:"混它妈的一辈子,连个媳妇都摸不着!人家它妈的宅门里,一人搂着四五个娘们!"

"先甭提人家,"另个小伙子把话接过去。"你瞧干这个营生的,还真得留神,高个子没说错。你就这么说吧,成家为干吗?能摆着当玩艺儿看?不能!好,这就是楼子①!成天啃窝窝头,两气夹攻,多么棒的小伙子也得趴下!"

听到这儿,祥子把车拉了起来,搭讪着说了句:"往南放放,这儿没买卖。"

"回见!"那两个年轻的一齐说。

祥子仿佛没有听见。一边走一边踢腿,胯骨轴的确还有点发酸!本想收车不拉了,可是简直没有回家的勇气。家里的不是个

---

① 楼子:毛病。

老婆，而是个吸人血的妖精！

天已慢慢长起来，他又转晃了两三趟，才刚到五点来钟。他交了车，在茶馆里又耗了会儿。喝了两壶茶，他觉出饿来，决定在外面吃饱再回家。吃了十二两肉饼，一碗红豆小米粥，一边打着响嗝一边慢慢往家走。准知道家里有个雷等着他呢，可是他很镇定；他下了决心：不跟她吵，不跟她闹，倒头就睡，明天照旧出来拉车，她爱怎样怎样！

一进屋门，虎妞在外间屋里坐着呢，看了他一眼，脸沉得要滴下水来。祥子打算合合稀泥，把长脸一拉，招呼她一声。可是他不惯作这种事，他低着头走进里屋去。她一声没响，小屋里静得像个深山古洞似的。院中街坊的咳嗽，说话，小孩子哭，都听得极真，又像是极远，正似在山上听到远处的声音。

俩人谁也不肯先说话，闭着嘴先后躺下了，像一对永不出声的大龟似的。睡醒一觉，虎妞说了话，语音带出半恼半笑的意思："你干什么去了？整走了一天！"

"拉车去了！"他似睡似醒的说，嗓子里仿佛堵着点什么。

"呕！不出臭汗去，心里痒痒，你个贱骨头！我给你炒下的菜，你不回来吃，绕世界胡塞去舒服？你别把我招翻了，我爸爸是光棍出身，我什么事都作得出来！明天你敢再出去，我就上吊给你看看，我说得出来，就行得出来！"

"我不能闲着！"

"你不会找老头子去？"

"不去！"

"真豪横！"

祥子真挂了火，他不能还不说出心中的话，不能再忍："拉车，买上自己的车，谁拦着我，我就走，永不回来了！"

"嗯——"她鼻中旋转着这个声儿，很长而曲折。在这个声音里,她表示出自傲与轻视祥子的意思来,可是心中也在那儿绕了个弯儿。她知道祥子是个——虽然很老实——硬汉。硬汉的话是向不说着玩的。好容易捉到他,不能随便的放手。他是理想的人:老实,勤俭,壮实;以她的模样年纪说,实在不易再得个这样的宝贝。能刚能柔才是本事,她得溅泚①他一把儿:"我也知道你是要强啊,可是你也得知道我是真疼你。你要是不肯找老头子去呢,这么办:我去找。反正就是他的女儿,丢个脸也没什么的。"

"老头要咱们,我也还得去拉车!"祥子愿把话说到了家。

虎妞半天没言语。她没想到祥子会这么聪明。他的话虽然是这么简单,可是显然的说出来他不再上她的套儿,他并不是个蠢驴。因此,她才越觉得有点意思,她颇得用点心思才能拢得住这个急了也会尥蹶子②的大人,或是大东西。她不能太逼紧了,找这么个大东西不是件很容易的事。她得松一把,紧一把,教他老逃不出她的手心儿去。"好吧,你爱拉车,我也无法。你得起誓,不能去拉包车,天天得回来;你瞧,我要是一天看不见你,我心里就发慌!答应我,你天天晚上准早早的回来!"

祥子想起白天高个子的话!睁着眼看着黑暗,看见了一群拉车的,作小买卖的,卖苦力气的,腰背塌不下去,拉拉着腿。他将来也是那个样。可是他不便于再别扭她,只要能拉车去,他已经算得到一次胜利。"我老拉散座!"他答应下来。

虽然她那么说,她可是并不很热心找刘四爷去。父女们在平日自然也常拌嘴,但是现在的情形不同了,不能那么三说两说就一天云雾散,因为她已经不算刘家的人。出了嫁的女人跟娘家父母总多少疏远一些。她不敢直入公堂的回去。万一老头子真翻脸

---

① 溅泚:念 mā·sɑ,用手轻微地抹,这里指怀柔笼络。
② 尥蹶子:尥,读 liào。尥蹶子,骡马等跳起来用后腿向后踢。

不认人呢，她自管会闹，他要是死不放手财产，她一点法儿也没有。就是有人在一旁调解着，到了无可如何的时候，也只能劝她回来，她有了自己的家。

祥子照常去拉车，她独自在屋中走来走去，几次三番的要穿好衣服找爸爸去，心想到而手懒得动。她为了难。为自己的舒服快乐，非回去不可；为自己的体面，以不去为是。假若老头子消了气呢，她只要把祥子拉到人和厂去，自然会教他有事作，不必再拉车，而且稳稳当当的能把爸爸的事业拿过来。她心中一亮。假若老头子硬到底呢？她丢了脸，不，不但丢了脸，而且就得认头作个车夫的老婆了；她，哼！和杂院里那群妇女没有任何分别了。她心中忽然漆黑。她几乎后悔嫁了祥子，不管他多么要强，爸爸不点头，他一辈子是个拉车的。想到这里，她甚至想独自回娘家，跟祥子一刀两断，不能为他而失去自己的一切。继而一想，跟着祥子的快活，又不是言语所能形容的。她坐在炕头上，呆呆的，渺茫的，追想婚后的快乐；全身像一朵大的红花似的，香暖的在阳光下开开。不，舍不得祥子。任凭他去拉车，他去要饭，也得永远跟着他。看，看院里那些妇女，她们要是能受，她也就能受。散了，她不想到刘家去了。

祥子，自从离开人和厂，不肯再走西安门大街。这两天拉车，他总是出门就奔东城，省得西城到处是人和厂的车，遇见怪不好意思的。这一天，可是，收车以后，他故意的由厂子门口过，不为别的，只想看一眼。虎妞的话还在他心中，仿佛他要试验试验有没有勇气回到厂中来，假若虎妞能跟老头子说好了的话；在回到厂子以前，先试试敢走这条街不敢。把帽子往下拉了拉，他老远的就溜着厂子那边，唯恐被熟人看见。远远的看见了车门的灯光，他心中不知怎的觉得非常的难过。想起自己初到这里来的光景，想起虎妞的诱惑，想起寿日晚间那一场。这些，都非常的清楚，像一些图画浮在眼前。在这些图画之间，还另外有一些，清楚而简短的夹在这几张中间：西山，骆驼，曹宅，侦探……都分明的，可怕的，联成一片。这些图画是那么清楚，他心中反倒觉得有些茫然，几乎像真是看着几张画儿，而忘了自己也在里边。及至想到自己与它们的关系，他的心乱起来，它们忽然上下左右的旋转，零乱而迷糊，他无从想起到底为什么自己应当受这些折磨委屈。这些场面所占的时间似乎是很长，又似乎是很短，他闹不清自己是该多大岁数了。他只觉得自己，比起初到人和厂的时候来，老了许多许多。那时候，他满心都是希望；现在，一肚子都是忧虑。不明白是为什么，可是这些图画决不会欺骗他。

眼前就是人和厂了，他在街的那边立住，呆呆的看着那盏极明亮的电灯。看着看着，猛然心里一动。那灯下的四个金字——人和车厂——变了样儿！他不识字，他可是记得头一个字是什么样子：像两根棍儿联在一处，既不是个叉子，又没作成个三角，那么个简单而奇怪的字。由声音找字，那大概就是"人"。这个"人"改了样儿，变成了"仁"——比"人"更奇怪的一个字。他想不出什么道理来。再看东西间——他永远不能忘了的两间屋子——都没有灯亮。

立得他自己都不耐烦了，他才低着头往家走。一边走着一边寻思，莫非人和厂倒出去了？他得慢慢的去打听，先不便对老婆说什么。回到家中，虎妞正在屋里嗑瓜子儿解闷呢。

"又这么晚！"她的脸上没有一点好气儿。"告诉你吧，这么着下去我受不了！你一出去就是一天，我连窝儿不敢动，一院子穷鬼，怕丢了东西。一天到晚连句话都没地方说去，不行，我不是木头人。你想主意得了，这么着不行！"

祥子一声没出。

"你说话呀！成心逗人家的火是怎么着？你有嘴没有？有嘴没

有?"她的话越说越快,越脆,像一挂小炮似的连连的响。

祥子还是没有话说。

"这么着得了,"她真急了,可是又有点无可如何他的样子,脸上既非哭,又非笑,那么十分焦躁而无法尽量的发作。"咱们买两辆车赁出去,你在家里吃车份儿行不行?行不行?"

"两辆车一天进上三毛钱,不够吃的!赁出一辆,我自己拉一辆,凑合了!"祥子说得很慢,可是很自然;听说买车,他把什么都忘了。

"那还不是一样?你还是不着家儿!"

"这么着也行,"祥子的主意似乎都跟着车的问题而来,"把一辆赁出去,进个整天的份儿。那一辆,我自己拉半天,再赁出半天去。我要是拉白天,一早儿出去,三点钟就回来;要拉晚儿呢,三点才出去,夜里回来。挺好!"

她点了点头。"等我想想吧,要是没有再好的主意,就这么办啦。"

祥子心中很高兴。假若这个主意能实现,他算是又拉上了自己的车。虽然是老婆给买的,可是慢慢的攒钱,自己还能再买车。直到这个时候,他才觉出来虎妞也有点好处,他居然向她笑了笑,一个天真的,发自内心的笑,仿佛把以前的困苦全一笔勾销,而笑着换了个新的世界,像换一件衣服那么容易,痛快!

十七

祥子慢慢地把人和厂的事打听明白:刘四爷把一部分车卖出去,剩下的全倒给了西城有名的一家车主。祥子能猜想得出,老头子的岁数到了,没有女儿帮他的忙,他弄不转这个营业,所以干脆把它收了，自己拿着钱去享福。他到哪里去了呢？祥子可是没有打听出来。

对这个消息，他说不上是应当喜欢，还是不喜欢。由自己的志向与豪横说，刘四爷既决心弃舍了女儿，虎妞的计划算是全盘落了空；他可以老老实实的去拉车挣饭吃，不依赖着任何人。由刘四爷那点财产说呢，又实在有点可惜；谁知道刘老头子怎么把钱攥出去呢，他和虎妞连一个铜子也没沾润着。

可是，事已至此，他倒没十分为它思索，更说不到动心。他是这么想，反正自己的力气是自己的，自己肯卖力挣钱，吃饭是不成问题的。他一点没带着感情，简单地告诉了虎妞。

她可动了心。听到这个，她马上看清楚了自己的将来——完了！什么全完了！自己只好作一辈子车夫的老婆了！她永远逃不出这个大杂院去！她想到爸爸会再娶上一个老婆，而决没想到会这么抖手一走。假若老头子真娶上个小老婆，虎妞会去争财产，说不定还许联络好了继母，而自己得点好处……主意有的是，只要老头子老开着车厂子。决没想到老头子会这么坚决，这么毒辣，把财产都变成现钱，偷偷的藏起去！原先跟他闹翻，她以为不过是一种手段，必会不久便言归于好，她晓得人和厂非有她不行；谁能想到老头子会撒手了车厂子呢?!

春已有了消息，树枝上的鳞苞已显着红肥。但在这个大杂院里，春并不先到枝头上，这里没有一棵花木。在这里，春风先把院中那块冰吹得起了些小麻子坑儿，从秽土中吹出一些腥臊的气味，把鸡毛蒜皮与碎纸吹到墙角，打着小小的旋风。杂院里的人们，四时都有苦恼。那老人们现在才敢出来晒晒暖；年轻的姑娘们到现在才把鼻尖上的煤污减去一点，露出点红黄的皮肤来；那些妇女们才敢不甚惭愧的把孩子们赶到院中去玩玩；那些小孩子们才敢扯着张破纸当风筝，随意的在院中跑，而不至把小黑手儿冻得裂开几道口子。但是，粥厂停了锅，放赈的停了米，行善的停止了放钱；把苦人们仿佛都交给了春风与春光！正是春麦刚绿如小草，陈粮缺欠的时候，粮米照例的长了价钱。天又加长，连老人们也不能老早的就躺下，去用梦欺骗着饥肠。春到了人间，在这大杂院里只增多了困难。长老了的虱子——特别的厉害——有时爬到老人或小儿的棉花疙疸外，领略一点春光！

虎妞看着院中将化的冰，与那些破碎不堪的衣服，闻着那复杂而微有些热气的味道，听着老人们的哀叹与小儿哭叫，心中凉了半截。在冬天，人都躲在屋里，脏东西都冻在冰上；现在，人也出来，东西也显了原形，连碎砖砌的墙都往下落土，似乎预备着到了雨天便塌倒。满院花花绿绿，开着穷恶的花，比冬天要更丑陋着好几倍。哼，单单是在这时候，她觉到她将永远住在此地；她那点钱有花完的时候，而祥子不过是个拉车的！

教祥子看家，她上南苑去找姑妈，打听老头子的消息。姑妈说四爷确是到她家来过一趟，大概是正月十二那天吧，一来是给她道谢，二来为告诉她，他打算上天津，或上海，玩玩去。他说：混了一辈子而没出过京门，到底算不了英雄，乘着还有口气儿，去到各处见识见识。再说，他自己也没脸再在城里混，因为自己的女儿给他丢了人。姑妈的报告只是这一点，她的评断就更简单：老头子也许真出了外，也许光这么说说，而在什么僻静地方藏着呢；谁知道！

回到家，她一头扎在炕上，门门的哭起来，一点虚伪狡诈也没有的哭了一大阵，把眼泡都哭肿。

哭完，她抹着泪对祥子说："好，你豪横！都得随着你了！我这一宝押错了地方。嫁鸡随鸡，什么也甭说了。给你一百块钱，你买车拉吧！"

在这里，她留了个心眼：原本想买两辆车，一辆让祥子自拉，一辆赁出去。现在她改了主意，只买一辆，教祥子去拉；其余的钱还是在自己手中拿着。钱在自己的手中，势力才也在自己身上，她不肯都掏出来；万一祥子——在把钱都买了车之后——变了心呢？这不能不防备！再说呢，刘老头子这样一走，使她感到什么也不可靠，明天的事谁也不能准知道，顶好是得乐且乐，手里得有俩钱，爱吃口什么就吃口，她一向是吃惯了零嘴的。拿祥子挣来的——他是头等的车夫——过日子，再有自己的那点钱垫补着自己零花，且先顾眼前欢吧。钱有花完的那一天，人可是也不会永远活着！嫁个拉车的——虽然是不得已——已经是委屈了自己，不能再天天手背朝下跟他要钱，而自己袋中没一个铜子。这个决定使她又快乐了点，虽然明知将来是不得了，可是目前总不会立刻就头朝了下；仿佛是走到日落的时候，远处已然暗淡，眼前可是还有些亮儿，就趁着亮儿多走几步吧。

祥子没和她争辩，买一辆就好，只要是自己的车，一天好歹也能拉个六七毛钱，可以够嚼谷。不但没有争辩，他还觉得有些高兴。过去所受的辛苦，无非为是买上车。现在能再买上，那还有什么可说呢？自然，一辆车而供给两个人儿吃，是不会剩下钱的；这辆车有拉旧了的时候，而没有再制买新车的预备，危险！可是，买车既是那么不易，现在能买上也就该满意了，何必想到那么远呢！

杂院里的二强子正要卖车。二强子在去年夏天把女儿小福子——十九岁——卖给了一个军人。卖了二百块钱。小福子走后，二强子颇阔气了一阵，把当都赎出来，还另外作了几件新衣，全家都穿得怪齐整的。二强嫂是全院里最矮最丑的妇人，囔脑门，大腮帮，头上没有什么头发，牙老露在外边，脸上被雀斑占满，看着令人恶心。她也红着眼皮，一边哭着女儿，一边穿上新蓝大衫。二强子的脾气一向就暴，卖了女儿之后，常喝几盅酒；酒后眼泪在眼圈里，就特别的好找毛病。二强嫂虽然穿上新大衫，也吃口饱饭，可是乐不抵苦，挨揍的次数比以前差不多增加了一倍。二强子四十多了，打算不再去拉车。于是买了副筐子，弄了个杂货挑子，瓜果梨桃，花生烟卷，货很齐全。作了两个月的买卖，粗粗的一搂账，不但是赔，而且赔得很多。拉惯了车，他不会对付买卖；拉车是一冲一撞的事，成就成，不成就拉倒；作小买卖得苦对付，他不会。拉车的人晓得怎么赊东西，所以他磨不开脸不许熟人们欠账；欠下，可就不容易再要回来。这样，好照顾主儿拉不上，而与他交易的都贪着赊了不给，他没法不赔钱。赔了钱，他难过；难过就更多喝酒。醉了，在外面时常和巡警们吵，在家里拿老婆孩子杀气。得罪了巡警，打了老婆，都因为酒。酒醒过来，他非常的后悔，苦痛。再一想，这点钱是用女儿换来的，白白的这样赔出去，而且还喝酒打人，他觉得自己不是人。在这种时候，他能懊睡一天，把苦恼交给了梦。

  他决定放弃了买卖，还去拉车，不能把那点钱全白白的糟践了。他买上了车。在他醉了的时候，他一点情理不讲。在他清醒的时候，他顶爱体面。因为爱体面，他往往摆起穷架子，事事都有个谱儿。买了新车，身上也穿得很整齐，他觉得他是高等的车夫，他得喝好茶叶，拉体面的座儿。他能在车口上，亮着自己的车，和身上的白裤褂，和大家谈天，老不屑于张罗买卖。他一会儿啪啪的用新蓝布掸子抽抽车，一会儿跺跺自己的新白底双脸鞋，一会儿眼看着鼻尖，立在车旁微笑，等着别人来夸奖他的车，然后就引起话头，说上没完。他能这样白"泡"一两天。及至他拉上了个好座儿，他的腿不给他的车与衣服作劲，跑不动！这个，又使他非常的难过。一难过就想到女儿，只好去喝酒。这么样，他的钱全白垫出去，只剩下那辆车。

  在立冬前后吧，他又喝醉。一进屋门，两个儿子——一个十三，一个十一岁——就想往外躲。这个招翻了他，给他们一人一脚。二强嫂说了句什么，他奔了她去，一脚踹在小肚子上，她躺在地上半天没出声。两个孩子急了，一个拿起煤铲，一个抄起擀面杖，和爸爸拚了命。三个打在一团，七手八脚的又踩了二强嫂几下。街坊们过来，好容易把二强子按倒在炕上，两个孩子抱着妈妈哭起来。二强嫂醒了过来，可是始终不能再下地。到腊月初三，她的呼吸停止了，穿着卖女儿时候作的蓝大衫。二强嫂的娘家不答应，非打官司不可。经朋友们死劝活劝，娘家的人们才让了步，二强子可也答应下好好的发送她，而且给她娘家人十五块钱。他把车押出去，押了六十块钱。转过年来，他想出手那辆车，他没有自己把它赎回来的希望。在喝醉的时候，他倒想卖个儿子，但是绝没人要。他也曾找过小福子的丈夫，人家根本不承认他这么个老丈人，别的话自然不必再说。

  祥子晓得这辆车的历史，不很喜欢要它，车多了去啦，何必单买这一辆，这辆不吉祥的车，这辆以女儿换来，而因打死老婆才出手的车！虎妞不这么看，她想用八十出头买过来，便宜！车才拉过半年来的，连皮带的颜色还没怎么变，而且地道是西城的名厂德成家造的。买辆七成新的，还不得个五六十块吗？她舍不得这个便宜。她也知道过了年不久，处处钱紧，二强子不会卖上大价儿，而又急等着用钱。她亲自去看了车，亲自和二强子讲了价，过了钱；祥子只好等着拉车，没说什么，也不便说什么，钱既不是他自己的。把车买好，他细细看了看，的确骨力硬棒。可是他总觉得有点别扭。最使他不高兴的是黑漆的车身，而配着一身白铜活，在二强子打这辆车的时候，原为黑白相映，显着漂亮；祥子老觉得这有点丧气，像穿孝似的。他很想换一份套子，换上土黄或月白色儿的，或者足以减去一点素净劲儿。可是他没和虎妞商议，省得又招她一顿闲话。

拉出这辆车去，大家都特别注意，有人竟自管它叫作"小寡妇"。祥子心里不痛快。他变着法儿不去想它，可是车是一天到晚的跟着自己，他老毛毛咕咕的，似乎不知哪时就要出点岔儿。有时候忽然想起二强子，和二强子的遭遇，他仿佛不是拉着辆车，而是拉着口棺材似的。在这辆车上，他时时看见一些鬼影，仿佛是。

可是，自从拉上这辆车，并没有出什么错儿，虽然他心中嘀嘀咕咕的不安。天是越来越暖和了，脱了棉的，几乎用不着夹衣，就可以穿单裤单褂了；北平没有多少春天。天长得几乎使人不耐烦了，人人觉得困倦。祥子一清早就出去，转转到四五点钟，已经觉得卖够了力气。太阳可是还老高呢。他不愿再跑，可又不肯收车，犹疑不定的打着长而懒的哈欠。

天是这么长，祥子若是觉得疲倦无聊，虎妞在家中就更寂寞。冬天，她可以在炉旁取暖，听着外边的风声，虽然苦闷，可是总还有点"不出去也好"的自慰。现在，火炉搬到檐下，在屋里简直无事可作。院里又是那么脏臭，连棵青草也没有。到街上去，又不放心街坊们，就是去买趟东西也得直去直来，不敢多散逛一会儿。她好像圈在屋里的一个蜜蜂，白白的看着外边的阳光而飞不出去。跟院里的妇女们，她谈不到一块儿。她们所说的是家长里短，而她是野调无腔的惯了，不爱说，也不爱听这些个。她们的委屈是由生活上的苦痛而来，每一件小事都可以引下泪来；她的委屈是一些对生活的不满意，她无泪可落，而是想骂谁一顿，出出闷气。她与她们不能彼此了解，所以顶好各干各的，不必过话①。

一直到了四月半，她才有了个伴儿。二强子的女儿小福子回

---

① 过话：说话、交谈、沟通。

来了。小福子的"人"是个军官。他到处都安一份很简单的家，花个一百二百的弄个年轻的姑娘，再买份儿大号的铺板与两张椅子，便能快乐的过些日子。等军队调遣到别处，他撒手一走，连人带铺板放在原处。花这么一百二百的，过一年半载，并不吃亏，单说缝缝洗洗衣服，作饭，等等的小事，要是雇个仆人，连吃带挣的月间不也得花个十块八块的吗？这么娶个姑娘呢，既是仆人，又能陪着睡觉，而且准保干净没病。高兴呢，给她裁件花布大衫，块儿多钱的事。不高兴呢，教她光眼子在家里蹲着，她也没什么办法。等到他开了差呢，他一点也不可惜那份铺板与一两把椅子，因为欠下的两个月房租得由她想法子给上，把铺板什么折卖了还许不够还这笔账的呢。

  小福子就是把铺板卖了，还上房租，只穿着件花洋布大衫，戴着一对银耳环，回到家中来的。

  二强子在卖了车以后，除了还上押款与利钱，还剩下二十来块。有时候他觉得是中年丧妻，非常的可怜；别人既不怜惜他，他就自己喝盅酒，喝口好东西，自怜自慰。在这种时候，他仿佛跟钱有仇似的，拚命的乱花。有时候他又以为更应当努力去拉车，好好的把两个男孩拉扯大了，将来也好有点指望。在这么想到儿子的时候，他就嘎七马八的买回一大堆食物，给他们俩吃。看他俩狼吞虎咽的吃那些东西，他眼中含着泪，自言自语的说："没娘的孩子！苦命的孩子！爸爸去苦奔，奔的是孩子！我不屈心，我吃饱吃不饱不算一回事，得先让孩子吃足！吃吧！你们长大成人别忘了我就得了！"在这种时候，他的钱也不少花。慢慢的二十来块钱就全垫出去了。

  没了钱，再赶上他喝了酒，犯了脾气，他一两天不管孩子们吃了什么。孩子们无法，只好得自己去想主意弄几个铜子，买点东西吃。他们会给办红白事的去打执事，会去跟着土车拾些碎铜烂纸,有时候能买上几个烧饼,有时候只能买一斤麦茬白薯,连皮带须子都吞了下去,有时候俩人才有一个大铜子,只好买了落花生或铁蚕豆,虽然不能挡饥,可是能多嚼一会儿。

小福子回来了,他们见着了亲人,一人抱着她一条腿,没有话可说,只流着泪向她笑。妈妈没有了,姐姐就是妈妈!

二强子对女儿回来,没有什么表示。她回来,就多添了个吃饭的。可是,看着两个儿子那样的欢喜,他也不能不承认家中应当有个女的,给大家作作饭,洗洗衣裳。他不便于说什么,走到哪儿算哪儿吧。

小福子长得不难看。虽然原先很瘦小,可是自从跟了那个军官以后,很长了些肉,个子也高了些。圆脸,眉眼长得很匀调,没有什么特别出色的地方,可是结结实实的并不难看。上唇很短,无论是要生气,还是要笑,就先张了唇,露出些很白而齐整的牙来。那个军官就是特别爱她这些牙。露出这些牙,她显出一些呆傻没主意的样子,同时也仿佛有点娇憨。这点神气使她——正如一切贫而不难看的姑娘——像花草似的,只要稍微有点香气或颜色,就被人挑到市上去卖掉。

虎妞,一向不答理院中的人们,可是把小福子看成了朋友。小福子第一是长得有点模样,第二是还有件花洋布的长袍,第三是虎妞以为她既嫁过了军官,总得算见过了世面,所以肯和她来往。妇女们不容易交朋友,可是要交往就很快;没有几天,她俩已成了密友。虎妞爱吃零食,每逢弄点瓜子儿之类的东西,总把小福子喊过来,一边说笑,一边吃着。在说笑之中,小福子愚傻的露出白牙,告诉好多虎妞所没听过的事。随着军官,她并没享福,可是军官高了兴,也带她吃回饭馆,看看戏,所以她很有些事情说,说出来教虎妞羡慕。她还有许多说不出口的事:在她,这是踩躏;在虎妞,这是些享受。虎妞央告着她说,她不好意思讲，可是又不好意思拒绝。她看过春宫，虎妞就没看见过。诸如此类的事，虎妞听了一遍，还爱听第二遍。她把小福子看成个最可爱，最可羡慕，也值得嫉妒的人。听完那些，再看自己的模样，年岁，与丈夫，她觉得这一辈子太委屈。她没有过青春，而将来也没有什么希望，现在呢，祥子又是那么死砖头似的一块东西！越不满意祥子，她就越爱小福子，小福子虽然是那么穷，那么可怜，可是在她眼中是个享过福，见过阵式的，就是马上死了也不冤。在她看，小福子就足代表女人所应有的享受。

小福子的困苦，虎妞好像没有看见。小福子什么也没有带回来，她可是得——无论爸爸是怎样的不要强——顾着两个兄弟。她哪儿去弄钱给他俩预备饭呢？

二强子喝醉，有了主意："你要真心疼你的兄弟，你就有法儿挣钱养活他们！都指着我呀，我成天际去给人家当牲口，我得先吃饱；我能空着肚子跑吗？教我一个跟头摔死，你看着可乐是怎着？你闲着也是闲着，有现成的，不卖等什么？"

看看醉猫似的爸爸，看看自己，看看两个饿得像老鼠似的弟弟，小福子只剩了哭。眼泪感动不了父亲，眼泪不能喂饱了弟弟，她得拿出更实在的来。为教弟弟们吃饱，她得卖了自己的肉。搂着小弟弟，她的泪落在他的头发上，他说："姐姐，我饿！"姐姐！姐姐是块肉，得给弟弟吃！

虎妞不但不安慰小福子，反倒愿意帮她的忙：虎妞愿意拿出点资本，教她打扮齐整，挣来钱再还给她。虎妞愿意借给她地方，因为她自己的屋子太脏，而虎妞的多少有个样子，况且是两间，大家都有个转身的地方。祥子白天既不会回来，虎妞乐得的帮忙朋友，而且可以多看些，多明白些，自己所缺乏的，想作也作不到的事。每次小福子用房间，虎妞提出个条件，须给她两毛钱。朋友是朋友，事情是事情，为小福子的事，她得把屋子收拾得好好的，既须劳作，也得多花些钱，难道置买笤帚簸箕什么的不得花钱么？两毛钱绝不算多，因为彼此是朋友，所以才能这样见情面。

小福子露出些牙来，泪落在肚子里。

祥子什么也不知道，可是他又睡不好觉了。虎妞"成全"了小福子，也要在祥子身上找到失去了的青春。

十八

到了六月，大杂院里在白天简直没什么人声。孩子们抓早儿提着破筐去拾所能拾到的东西；到了九点，毒花花的太阳已要将他们的瘦脊背晒裂，只好拿回来所拾得的东西，吃些大人所能给他们的食物。然后，大一点的要是能找到世界上最小的资本，便去连买带拾，凑些冰核去卖。若找不到这点资本，便结伴出城到护城河里去洗澡，顺手儿在车站上偷几块煤，或捉些蜻蜓与知了儿卖与那富贵人家的小儿。那小些的，不敢往远处跑，都到门外有树的地方，拾槐虫，挖"金钢"① 什么的去玩。孩子都出去，男人也都出去，妇女们都赤了背在屋中，谁也不肯出来；不是怕难看，而是因为院中的地已经晒得烫脚。

直到太阳快落，男人与孩子们才陆续的回来，这时候院中有了墙影与一些凉风，而屋里圈着一天的热气，像些火笼；大家都在院中坐着，等着妇女们作饭。此刻，院中非常的热闹，好像是个没有货物的集市。大家都受了一天的热，红着眼珠，没有好脾气；肚子又饿，更个个急叉白脸。一句话不对路，有的便要打孩

---

① 金钢：槐虫的蛹。

子,有的便要打老婆;即使打不起来,也骂个痛快。这样闹哄,一直到大家都吃过饭。小孩有的躺在院中便睡去,有的到街上去撒欢。大人们吃饭之后,脾气和平了许多,爱说话的才三五成团,说起一天的辛苦。那吃不上饭的,当已无处去当,卖已无处去卖——即使有东西可当或卖——因为天色已黑上来。男的不管屋中怎样的热,一头扎在炕上,一声不出,也许大声的叫骂。女的含着泪向大家去通融,不定碰多少钉子,才借到一张二十枚的破纸票。攥着这张宝贝票子,她出去弄点杂合面来,勾一锅粥给大家吃。

虎妞与小福子不在这个生活秩序中。虎妞有了孕,这回是真的。祥子清早就出去,她总得到八九点钟才起来;怀孕不宜多运动是传统的错谬信仰,虎妞既相信这个,而且要借此表示出一些身分:大家都得早早的起来操作,唯有她可以安闲自在的爱躺到什么时候就躺到什么时候。到了晚上,她拿着个小板凳到街门外有风的地方去坐着,直到院中的人差不多都睡了才进来,她不屑于和大家闲谈。

小福子也起得晚,可是她另有理由。她怕院中那些男人们斜着眼看她,所以等他们都走净,才敢出屋门。白天,她不是找虎妞来,便是出去走走,因为她的广告便是她自己。晚上,为躲着院中人的注目,她又出去在街上转,约摸着大家都躺下,她才偷偷的溜进来。

在男人里,祥子与二强子是例外。祥子怕进这个大院,更怕往屋里走。院里众人的穷说,使他心里闹得慌,他愿意找个清静的地方独自坐着。屋里呢,他越来越觉得虎妞像个母老虎。小屋里是那么热,憋气,再添上那个老虎,他一进去就仿佛要出不来气。前些日子,他没法不早回来,为是省得虎妞吵嚷着跟他闹。近来,有小福子作伴儿,她不甚管束他了,他就晚回来一些。

二强子呢，近来几乎不大回家来了。他晓得女儿的营业，没脸进那个街门。但是他没法拦阻她，他知道自己没力量养活着儿女们。他只好不再回来，作为眼不见心不烦。有时候他恨女儿，假若小福子是个男的，管保不用这样出丑；既是个女胎，干吗投到他这里来！有时候他可怜女儿，女儿是卖身养着两个弟弟！恨吧疼吧，他没办法。赶到他喝了酒，而手里没了钱，他不恨了，也不可怜了，他回来跟她要钱。在这种时候，他看女儿是个会挣钱的东西，他是作爸爸的，跟她要钱是名正言顺。这时候他也想起体面来：大家不是轻看小福子吗，她的爸爸也没饶了她呀，他逼着她拿钱，而且骂骂咧咧，似乎是骂给大家听——二强子没有错儿，小福子天生的不要脸。

他吵，小福子连大气也不出。倒是虎妞一半骂一半劝，把他对付走，自然他手里得多少拿去点钱。这种钱只许他再去喝酒，因为他要是清醒着看见它们，他就会去跳河或上吊。

六月十五那天，天热得发了狂。太阳刚一出来，地上已像下了火。一些似云非云，似雾非雾的灰气低低的浮在空中，使人觉得憋气。一点风也没有。祥子在院中看了看那灰红的天，打算去拉晚儿——过下午四点再出去；假若挣不上钱的话，他可以一直拉到天亮：夜间无论怎样也比白天好受一些。

虎妞催着他出去，怕他在家里碍事，万一小福子拉来个客人呢。"你当在家里就好受哪？屋子里一到晌午连墙都是烫的！"

他一声没出，喝了瓢凉水，走了出去。

街上的柳树，像病了似的，叶子挂着层灰土在枝上打着卷；枝条一动也懒得动的，无精打采的低垂着。马路上一个水点也没有，干巴巴的发着些白光。便道上尘土飞起多高，与天上的灰气联接起来，结成一片毒恶的灰沙阵，烫着行人的脸。处处干燥，处处烫手，处处憋闷，整个的老城像烧透的砖窑，使人喘不出气。狗趴在地上吐出红舌头,骡马的鼻孔张得特别的大,小贩们不敢吆喝,柏油路化开;甚至于铺户门前的铜牌也好像要被晒化。街上异常的清静,只有铜铁铺里发出使人焦躁的一些单调的叮叮当当。拉车的人们,明知不活动便没有饭吃,也懒得去张罗买卖:有的把车放在有些阴凉的地方,支起车棚,坐在车上打盹;有的钻进小茶馆去喝茶;有的根本没拉出车来,而来到街上看看,看看有没有出车的可能。那些拉着买卖的,即使是最漂亮的小伙子,也居然甘于丢脸,不敢再跑,只低着头慢慢的走。每一个井台都成了他们的救星,不管刚拉了几步,见井就奔过去;赶不上新汲的水,便和驴马们同在水槽里灌一大气。还有的,因为中了暑,或是发痧,走着走着,一头栽在地上,永不起来。

连祥子都有些胆怯了!拉着空车走了几步,他觉出由脸到脚都被热气围着,连手背上都流了汗。可是,见了座儿,他还想拉,以为跑起来也许倒能有点风。他拉上了个买卖,把车拉起来,他才晓得天气的厉害已经到了不允许任何人工作的程度。一跑,便喘不过气来,而且嘴唇发焦,明知心里不渴,也见水就想喝。不跑呢,那毒花花的太阳把手和脊背都要晒裂。好歹的拉到了地方,他的裤褂全裹在了身上。拿起芭蕉扇搧搧,没用,风是热的。他已经不知喝了几气凉水,可是又跑到茶馆去。两壶热茶喝下去,他心里安静了些。茶由口中进去,汗马上由身上出来,好像身上已是空膛的,不会再藏储一点水分。他不敢再动了。

坐了好久,他心中腻烦了。既不敢出去,又没事可作,他觉得天气仿佛成心跟他过不去。不,他不能服软。他拉车不止一天了,夏天这也不是头一遭,他不能就这么白白的"泡"一天。想出去,可是腿真懒得动,身上非常的软,好像洗澡没洗痛快那样,汗虽出了不少,而心里还不畅快。又坐了会儿,他再也坐不住了,反正坐着也是出汗,不如爽性出去试试。

一出来，才晓得自己的错误。天上那层灰气已散，不甚憋闷了，可是阳光也更厉害了许多：没人敢抬头看太阳在哪里，只觉得到处都闪眼，空中，屋顶上，墙壁上，地上，都白亮亮的，白里透着点红；由上至下整个的像一面极大的火镜，每一条光都像火镜的焦点，晒得东西要发火。在这个白光里，每一个颜色都刺目，每一个声响都难听，每一种气味都混含着由地上蒸发出来的腥臭。街上仿佛已没了人，道路好像忽然加宽了许多，空旷而没有一点凉气，白花花的令人害怕。祥子不知怎么是好了，低着头，拉着车，极慢的往前走，没有主意，没有目的，昏昏沉沉的，身上挂着一层粘汗，发着馊臭的味儿。走了会儿，脚心和鞋袜粘在一块，好像踩着块湿泥，非常的难过。本来不想再喝水，可是见了井不由的又过去灌了一气，不为解渴，似乎专为享受井水那点凉气，由口腔到胃中，忽然凉了一下，身上的毛孔猛的一收缩，打个冷战，非常舒服。喝完，他连连的打嗝，水要往上漾！

走一会儿，坐一会儿，他始终懒得张罗买卖。一直到了正午，他还觉不出饿来。想去照例的吃点什么，看见食物就要恶心。胃里差不多装满了各样的水，有时候里面会轻轻的响，像骡马似的喝完水肚子里光光光的响动。

拿冬与夏相比，祥子总以为冬天更可怕。他没想到过夏天这么难受。在城里过了不止一夏了，他不记得这么热过。是天气比往年热呢，还是自己的身体虚呢？这么一想，他忽然的不那么昏昏沉沉的了，心中仿佛凉了一下。自己的身体，是的，自己的身体不行了！他害了怕，可是没办法。他没法赶走虎妞，他将要变成二强子，变成那回遇见的那个高个子，变成小马儿的祖父。祥子完了！

正在午后一点的时候，他又拉上个买卖。这是一天里最热的时候，又赶上这一夏里最热的一天，可是他决定去跑一趟。他不管太阳下是怎样的热了：假若拉完一趟而并不怎样呢，那就证明自己的身子并没坏；设若拉不下来这个买卖呢，那还有什么可说的，一个跟头栽死在那发着火的地上也好！

刚走了几步，他觉到一点凉风，就像在极热的屋里由门缝进来一点凉气似的。他不敢相信自己；看看路旁的柳枝，的确是微微的动了两下。街上突然加多了人，铺户中的人争着往外跑，都攥着把蒲扇遮着头，四下里找："有了凉风！有了凉风！凉风下来了！"大家几乎要跳起来嚷着。路旁的柳树忽然变成了天使似的，传达着上天的消息："柳条儿动了！老天爷，多赏点凉风吧！"

还是热，心里可镇定多了。凉风，即使是一点点，给了人们许多希望。几阵凉风过去，阳光不那么强了，一阵亮，一阵稍暗，仿佛有片飞沙在上面浮动似的。风忽然大起来，那半天没有动作的柳条像猛的得到什么可喜的事，飘洒的摇摆，枝条都像长出一截儿来。一阵风过去，天暗起来，灰尘全飞到半空。尘土落下一些，北面的天边见了墨似的乌云。祥子身上没了汗，向北边看了一眼，把车停住，上了雨布，他晓得夏天的雨是说来就来，不容工夫的。

刚上好了雨布，又是一阵风，黑云滚似的已遮黑半边天。地上的热气与凉风搀合起来，夹杂着腥臊的干土，似凉又热；南边的半个天响晴白日，北边的半个天乌云如墨，仿佛有什么大难来临，一切都惊慌失措。车夫急着上雨布，铺户忙着收幌子，小贩们慌手忙脚的收拾摊子，行路的加紧往前奔。又一阵风。风过去，街上的幌子，小摊，与行人，仿佛都被风卷了走，全不见了，只剩下柳枝随着风狂舞。

云还没铺满了天，地上已经很黑，极亮极热的晴午忽然变成黑夜了似的。风带着雨星，像在地上寻找什么似的，东一头西一头的乱撞。北边远处一个红闪，像把黑云掀开一块，露出一大片血似的。风小了，可是利飕有劲，使人颤抖。一阵这样的风过去，一切都不知怎好似的，连柳树都惊疑不定的等着点什么。又一个闪，正在头上，白亮亮的雨点紧跟着落下来，极硬的砸起许多尘土，土里微带着雨气。大雨点砸在祥子的背上几个，他哆嗦了两下。雨点停了，黑云铺匀了满天。又一阵风，比以前的更厉害，柳枝横着飞，尘土往四下里走，雨道往下落；风，土，雨，混在一处，联成一片，横着竖着都灰茫茫冷飕飕，一切的东西都被裹在里面，辨不清哪是树，哪是地，哪是云，四面八方全乱，全响，全迷糊。风过去了，只剩下直的雨道，扯天扯地的垂落，看不清一条条的，只是那么一片，一阵，地上射起了无数的箭头，房屋上落下万千条瀑布。几分钟，天地已分不开，空中的河往下落，地上的河横流，成了一个灰暗昏黄，有时又白亮亮的，一个水世界。

祥子的衣服早已湿透，全身没有一点干松地方；隔着草帽，他的头发已经全湿。地上的水过了脚面，已经很难迈步；上面的雨直砸着他的头与背，横扫着他的脸，裹着他的裆。他不能抬头，不能睁眼，不能呼吸，不能迈步。他像要立定在水中，不知道哪是路，不晓得前后左右都有什么，只觉得透骨凉的水往身上各处浇。他什么也不知道了，只心中茫茫的有点热气，耳旁有一片雨声。他要把车放下，但是不知放在哪里好。想跑，水裹住他的腿。他就那么半死半活的，低着头一步一步的往前曳。坐车的仿佛死在了车上，一声不出的任着车夫在水里挣命。

雨小了些，祥子微微直了直脊背，吐出一口气："先生，避避再走吧！"

"快走！你把我扔在这儿算怎回事？"坐车的跺着脚喊。

祥子真想硬把车放下，去找个地方避一避。可是，看看身上，已经全往下流水，他知道一站住就会哆嗦成一团。他咬上了牙,蹚着水不管高低深浅的跑起来。刚跑出不远,天黑了一阵,紧跟着一亮,雨又迷住他的眼。

拉到了,坐车的连一个铜板也没多给。祥子没说什么,他已顾不过命来。

雨住一会儿,又下一阵儿,比以前小了许多。祥子一气跑回了家。抱着火,烤了一阵,他哆嗦得像风雨中的树叶。虎妞给他冲了碗姜糖水,他傻子似的抱着碗一气喝完。喝完,他钻了被窝,什么也不知道了,似睡非睡的,耳中刷刷的一片雨声。

到四点多钟,黑云开始显出疲乏来,绵软无力的打着不甚红的闪。一会儿,西边的云裂开,黑的云峰镶上金黄的边,一些白气在云下奔走;闪都到南边去,曳着几声不甚响亮的雷。又待了一会儿,西边的云缝露出来阳光,把带着雨水的树叶照成一片金绿。东边天上挂着一双七色的虹,两头插在黑云里,桥背顶着一块青天。虹不久消散了,天上已没有一块黑云,洗过了的蓝空与洗过了的一切,像由黑暗里刚生出一个新的,清凉的,美丽的世界。连大杂院里的水坑上也来了几个各色的蜻蜓。

可是,除了孩子们赤着脚追逐那些蜻蜓,杂院里的人们并顾不得欣赏这雨后的晴天。小福子屋的后檐墙塌了一块,姐儿三个忙着把炕席揭起来,堵住窟窿。院墙塌了好几处,大家没工夫去管,只顾了收拾自己的屋里:有的台阶太矮,水已灌到屋中,大家七手八脚的拿着簸箕破碗往外淘水。有的倒了山墙,设法去填堵。有的屋顶漏得像个喷壶,把东西全淋湿,忙着往出搬运,放在炉旁去烤,或搁在窗台上去晒。在正下雨的时候,大家躲在那随时可以塌倒而把他们活埋了的屋中,把命交给了老天;雨后,他们算计着,收拾着,那些损失;虽然大雨过去,一斤粮食也许落一半个铜子,可是他们的损失不是这个所能偿补的。他们花着房钱,可是永远没人来修补房子;除非塌得无法再住人,才来一两个泥水匠,用些素泥碎砖稀松的堵砌上——预备着再塌。房钱交不上,全家便被撵出去,而且扣了东西。房子破,房子可以砸死人,没人管。他们那点钱,只能租这样的屋子;破,危险,都活该!

最大的损失是被雨水激病。他们连孩子带大人都一天到晚在街上找生意,而夏天的暴雨随时能浇在他们的头上。他们都是卖力气挣钱,老是一身热汗,而北方的暴雨是那么急,那么凉,有时夹着核桃大的冰雹;冰凉的雨点,打在那开张着的汗毛眼上,至少教他们躺在炕上,发一两天烧。孩子病了,没钱买药;一场雨,催高了田中的老玉米与高粱,可是也能浇死不少城里的贫苦儿女。大人们病了,就更了不得;雨后,诗人们吟咏着荷珠与双虹;穷人家,大人病了,便全家挨了饿。一场雨,也许多添几个妓女或小贼,多有些人下到监狱去;大人病了,儿女们作贼作娼也比饿着强!雨下给富人,也下给穷人;下给义人,也下给不义的人。其实,雨并不公道,因为下落在一个没有公道的世界上。

祥子病了。大杂院里的病人并不止于他一个。

十九

祥子昏昏沉沉的睡了两昼夜,虎妞着了慌。到娘娘庙,她求了个神方:一点香灰之外,还有两三味草药。给他灌下去,他的确睁开眼看了看,可是待了一会儿又睡着了,嘴里唧唧咕咕的不晓得说了些什么。虎妞这才想起去请大夫。扎了两针,服了剂药,他清醒过来,一睁眼便问:"还下雨吗?"

第二剂药煎好,他不肯吃。既心疼钱,又恨自己这样的不济,居然会被一场雨给激病,他不肯喝那碗苦汁子。为证明他用不着吃药,他想马上穿起衣裳就下地。可是刚一坐起来,他的头像有块大石头赘着,脖子一软,眼前冒了金花,他又倒下了。什么也无须说了,他接过碗来,把药吞下去。

他躺了十天。越躺着越起急,有时候他趴在枕头上,有泪无声的哭。他知道自己不能去挣钱,那么一切花费就都得由虎妞往外垫;多咱把她的钱垫完,多咱便全仗着他的一辆车子;凭虎妞的爱花爱吃,他供给不起,况且她还有了孕呢!越起不来越爱胡思乱想,越想越愁得慌,病也就越不容易好。

刚顾过命来,他就问虎妞:"车呢?"

"放心吧,赁给丁四拉着呢!"

"啊!"他不放心他的车,唯恐被丁四,或任何人,给拉坏。可是自己既不能下地,当然得赁出去,还能闲着吗?他心里计算:自己拉,每天好歹一背拉①总有五六毛钱的进项。房钱,煤米柴炭,灯油茶水,还先别算添衣服,也就将够两个人用的,还得处处抠搜②,不能像虎妞那么满不在乎。现在,每天只进一毛多钱的车租,得干赔上四五毛,还不算吃药。假若病老不好,该怎办呢?是的,不怪二强子喝酒,不怪那些苦朋友们胡作非为,拉车这条路是死路!不管你怎样卖力气,要强,你可就别成家,别生病,别出一点岔儿。哼!他想起来,自己的头一辆车,自己攒下的那点钱,又招谁惹谁了?不因生病,也不是为成家,就那么无情无理的丢了!好也不行,歹也不行,这条路上只有死亡,而且说不定哪时就来到,自己一点也不晓得。想到这里,由忧愁改为颓废,嗐,干它的去,起不来就躺着,反正是那么回事!他什么也不想了,静静的躺着。不久他又忍不下去了,想马上起来,还得去苦奔;道路是死的,人心是活的,在入棺材以前总是

---

① 背拉:平均。

② 抠搜:节俭。

不断的希望着。可是，他立不起来。只好无聊的，乞怜的，要向虎妞说几句话：

"我说那辆车不吉祥，真不吉祥！"

"养你的病吧！老说车，车迷！"

他没再说什么。对了，自己是车迷！自从一拉车，便相信车是一切，敢情……

病刚轻了些，他下了地。对着镜子看了看，他不认得镜中的人了：满脸胡子拉碴，太阳与腮都瘪进去，眼是两个深坑，那块疤上有好多皱纹！屋里非常的热闷，他不敢到院中去，一来是腿软得像没了骨头，二来是怕被人家看见他。不但在这个院里，就是东西城各车口上，谁不知道祥子是头顶头的棒小伙子。祥子不能就是这个样的病鬼！他不肯出去。在屋里，又憋闷得慌。他恨不能一口吃壮起来，好出去拉车。可是，病是毁人的，它的来去全由着它自己。

歇了有一个月，他不管病完全好了没有，就拉上车。把帽子戴得极低，为是教人认不出来他，好可以缓着劲儿跑。"祥子"与"快"是分不开的，他不能大模大样的慢慢蹭，教人家看不起。

身子本来没好利落，又贪着多拉几号，好补上病中的亏空，拉了几天，病又回来了。这回添上了痢疾。他急得抽自己的嘴巴，没用，肚皮似乎已挨着了腰，还泻。好容易痢疾止住了，他的腿连蹲下再起来都费劲，不用说想去跑一阵了。他又歇了一个月！他晓得虎妞手中的钱大概快垫完了！

到八月十五，他决定出车，这回要是再病了，他起了誓，他就去跳河！

在他第一次病中，小福子时常过来看看。祥子的嘴一向干不过虎妞，而心中又是那么憋闷，所以有时候就和小福子说几句。这个，招翻了虎妞。祥子不在家，小福子是好朋友；祥子在家，小福子是，按照虎妞的想法，"来吊棒①！好不要脸！"她力逼着小福子还上欠着她的钱，"从此以后，不准再进来！"

小福子失去了招待客人的地方，而自己的屋里又是那么破烂——炕席堵着后檐墙，她无可如何，只得到"转运公司"②去报名。可是，"转运公司"并不需要她这样的货。人家是介绍"女学生"与"大家闺秀"的，门路高，用钱大，不要她这样的平凡人物。她没了办法。想去下窑子，既然没有本钱，不能混自家的买卖，当然得押给班儿里。但是，这样办就完全失去自由，谁照应着两个弟弟呢？死是最简单容易的事，活着已经是在地狱里。她不怕死，可也不想死，因为她要作些比死更勇敢更伟大的事。她要看着两个弟弟都能挣上钱，再死也就放心了。自己早晚是一死，但须死一个而救活了俩！想来想去，她只有一条路可走：贱卖。肯进她那间小屋的当然不肯出大价钱，好吧，谁来也好吧，给个钱就行。这样，倒省了衣裳与脂粉；来找她的并不敢希望她打扮得怎么够格局，他们是按钱数取乐的；她年纪很轻，已经是个便宜了。

虎妞的身子已不大方便，连上街买趟东西都怕有些失闪，而祥子一走就是一天，小福子又不肯过来，她寂寞得像个被拴在屋里的狗。越寂寞越恨，她以为小福子的减价出售是故意的气她。她才不能吃这个瘪子③：坐在外间屋，敞开门，她等着。有人往小福子屋走，她便扯着嗓子说闲话，教他们难堪，也教小福子吃不住。小福子的客人少了，她高了兴。

小福子晓得这么下去，全院的人慢慢就会都响应虎妞，而把

---

① 吊棒：调情。
② 转运公司：这里指给暗娼介绍生意的地方。
③ 吃瘪子：作难，处境尴尬。

自己撑出去。她只是害怕，不敢生气，落到她这步天地的人晓得把事实放在气和泪的前边。她带着小弟弟过来，给虎妞下了一跪。什么也没说，可是神色也带出来：这一跪要还不行的话，她自己不怕死，谁可也别想活着！最伟大的牺牲是忍辱，最伟大的忍辱是预备反抗。

虎妞倒没了主意。怎想怎不是味儿，可是带着那么个大肚子，她不敢去打架。武的既拿不出来，只好给自己个台阶：她是逗着小福子玩呢，谁想弄假成真，小福子的心眼太死。这样解释开，她们又成了好友，她照旧给小福子维持一切。

自从中秋出车，祥子处处加了谨慎，两场病教他明白了自己并不是铁打的。多挣钱的雄心并没完全忘掉，可是屡次的打击使他认清楚了个人的力量是多么微弱；好汉到时候非咬牙不可，但咬上牙也会吐了血！痢疾虽然已好，他的肚子可时时的还疼一阵。有时候腿脚正好蹚开了，想试着步儿加点速度，肚子里绳绞似的一拧，他缓了步，甚至于忽然收住脚，低着头，缩着肚子，强忍一会儿。独自拉着座儿还好办，赶上拉帮儿车的时候，他猛孤仃的收住步，使大家莫名其妙，而他自己非常的难堪。自己才二十多岁，已经这么闹笑话，赶到三四十岁的时候，应当怎样呢？这么一想，他轰的一下冒了汗！

为自己的身体，他很愿再去拉包车。到底是一工儿活有个缓气的时候；跑的时候要快，可是休息的工夫也长，总比拉散座儿轻闲。他可也准知道，虎妞绝对不会放手他，成了家便没了自由，而虎妞又是特别的厉害。他认了背运。

半年来的，由秋而冬，他就那么一半对付，一半挣扎，不敢大意，也不敢偷懒，心中憋憋闷闷的，低着头苦奔。低着头，他不敢再像原先那么楞葱似的，什么也不在乎了。至于挣钱，他还是比一般的车夫多挣着些。除非他的肚子正绞着疼，他总不肯空放走一个买卖，该拉就拉，他始终没染上恶习。什么故意的绷大价，什么中途倒车，什么死等好座儿，他都没学会。这样，他多受了累，可是天天准进钱。他不取巧，所以也就没有危险。

可是，钱进得太少，并不能剩下。左手进来，右手出去，一天一个干净。他连攒钱都想也不敢想了。他知道怎样省着，虎妞可会花呢。虎妞的"月子"是转过年二月初的。自从一入冬，她的怀已显了形，而且爱故意的往外腆着，好显出自己的重要。看着自己的肚子，她简直连炕也懒得下。作菜作饭全托付给了小福子，自然那些剩汤腊水的就得教小福子拿去给弟弟们吃。这个，就费了许多。饭菜而外，她还得吃零食，肚子越显形，她就觉得越须多吃好东西；不能亏着嘴。她不但随时的买零七八碎的，而且嘱咐祥子每天给她带回点儿来。祥子挣多少，她花多少，她的要求随着他的钱涨落。祥子不能说什么。他病着的时候，花了她的钱，那么一还一报，他当然也得给她花。祥子稍微紧一紧手，她马上会生病，"怀孕就是害九个多月的病，你懂得什么？"她说的也是真话。

到过新年的时候，她的主意就更多了。她自己动不了窝，便派小福子一趟八趟的去买东西。她恨自己出不去，又疼爱自己而不肯出去，不出去又憋闷的慌，所以只好多买些东西来看着还舒服些。她口口声声不是为她自己买而是心疼祥子："你苦奔了一年，还不吃一口哪？自从病后，你就没十分足壮起来；到年底下还不吃，等饿得像个瘪臭虫哪？"祥子不便辩驳，也不会辩驳；及至把东西作好，她一吃便是两三大碗。吃完，又没有运动，她撑得慌，抱着肚子一定说是犯了胎气！

过了年，她无论如何也不准祥子在晚间出去，她不定哪时就生养，她害怕。这时候，她才想起自己的实在岁数来，虽然还不肯明说，可是再也不对他讲，"我只比你大'一点'了"。她这么闹哄，祥子迷了头。生命的延续不过是生儿养女，祥子心里不由的有点喜欢，即使一点也不需要一个小孩，可是那个将来到自己身上，最简单而最玄妙的"爸"字，使铁心的人也得要闭上眼想一想，无论怎么想，这个字总是动心的。祥子，笨手笨脚的，想不到自己有什么好处和可自傲的地方；一想到这个奇妙的字，他忽然觉出自己的尊贵，仿佛没有什么也没关系，只要有了小孩，生命便不会是个空的。同时，他想对虎妞尽自己所能的去供给，去伺候，她现在已不是"一"个人；即使她很讨厌，可是在这件事上她有一百成的功劳。不过，无论她有多么大的功劳，她的闹腾劲儿可也真没法受。她一会儿一个主意，见神见鬼的乱哄，而祥子必须出去挣钱，需要休息，即使钱可以乱花，他总得安安顿顿的睡一夜，好到明天再去苦曳。她不准他晚上出去，也不准他好好的睡觉，他一点主意也没有，成天际晕晕忽忽的，不知怎样才好。有时候欣喜，有时候着急，有时候烦闷，有时候为欣喜而又要惭愧，有时候为着急而又要自慰，有时候为烦闷而又要欣喜，感情在他心中绕着圆圈，把个最简单的人闹得不知道了东西南北。有一回，他竟自把座儿拉过了地方，忘了人家雇到哪里！

　　灯节左右，虎妞决定教祥子去请收生婆，她已支持不住。收生婆来到，告诉她还不到时候，并且说了些要临盆时的征象。她忍了两天，就又闹腾起来。把收生婆又请来，还是不到时候。她哭着喊着要去寻死，不能再受这个折磨。祥子一点办法没有，为表明自己尽心，只好依了她的要求，暂不去拉车。

　　一直闹到月底，连祥子也看出来，这是真到了时候，她已经不像人样了。收生婆又来到，给祥子一点暗示，恐怕要难产。虎妞的岁数，这又是头胎，平日缺乏运动，而胎又很大，因为孕期里贪吃油腻；这几项合起来，打算顺顺当当的生产是希望不到的。况且一向没经过医生检查过，胎的部位并没有矫正过；收生婆没有这份手术,可是会说:就怕是横生逆产呀!

在这杂院里,小孩的生与母亲的死已被大家习惯的并为一谈。可是虎妞比别人都更多着些危险,别个妇人都是一直到临盆那一天还操作活动,而且吃得不足,胎不会很大,所以倒能容易产生。她们的危险是在产后的失调,而虎妞却与她们正相反。她的优越正是她的祸患。

祥子,小福子,收生婆,连着守了她三天三夜。她把一切的神佛都喊到了,并且许下多少誓愿,都没有用。最后,她嗓子已哑,只低唤着"妈哟!妈哟!"收生婆没办法,大家都没办法,还是她自己出的主意,教祥子到德胜门外去请陈二奶奶——顶着一位虾蟆大仙。陈二奶奶非五块钱不来,虎妞拿出最后的七八块钱来:"好祥子,快快去吧!花钱不要紧!等我好了,我乖乖的跟你过日子!快去吧!"

陈二奶奶带着"童儿"——四十来岁的一位黄脸大汉——快到掌灯的时候才来到。她有五十来岁,穿着蓝绸子袄,头上戴着红石榴花,和全份的镀金首饰。眼睛直勾勾的,进门先净了手,而后上了香;她自己先磕了头,然后坐在香案后面,呆呆的看着香苗。忽然连身子都一摇动,打了个极大的冷战,垂下头,闭上眼,半天没动静。屋中连落个针都可以听到,虎妞也咬上牙不敢出声。慢慢的,陈二奶奶抬起头来,点着头看了看大家;"童儿"扯了扯祥子,教他赶紧磕头。祥子不知道自己信神不信,只觉得磕头总不会出错儿。迷迷忽忽的,他不晓得磕了几个头。立起来,他看着那对直勾勾的"神"眼,和那烧透了的红亮香苗,闻着香烟的味道,心中渺茫的希望着这个阵式里会有些好处,呆呆的,他手心上出着凉汗。

虾蟆大仙说话老声老气的,而且有些结巴:"不,不,不要紧!画道催,催,催生符!"

"童儿"急忙递过黄绵纸,大仙在香苗上抓了几抓,而后沾着唾沫在纸上画。

画完符,她又结结巴巴的说了几句:大概的意思是虎妞前世里欠这孩子的债,所以得受些折磨。祥子晕头打脑的没甚听明白,可是有些害怕。

陈二奶奶打了个长大的哈欠,闭目楞了会儿,仿佛是大梦初醒的样子睁开了眼。"童儿"赶紧报告大仙的言语。她似乎很喜欢:"今天大仙高兴,爱说话!"然后她指导着祥子怎样教虎妞喝下那道神符,并且给她一丸药,和神符一同服下去。

陈二奶奶热心的等着看看神符的效验,所以祥子得给她预备点饭。祥子把这个托付给小福子去办。小福子给买来热芝麻酱烧饼和酱肘子;陈二奶奶还嫌没有盅酒吃。

虎妞服下去神符,陈二奶奶与"童儿"吃过了东西,虎妞还是翻滚的闹。直闹了一点多钟,她的眼珠已慢慢往上翻。陈二奶奶还有主意,不慌不忙的教祥子跪一股高香。祥子对陈二奶奶的信心已经剩不多了。但是既花了五块钱,爽性就把她的方法都试验试验吧;既不肯打她一顿,那么就依着她的主意办好了,万一有些灵验呢!

直挺挺的跪在高香前面,他不晓得求的是什么神,可是他心中想要虔诚。看着香火的跳动,他假装在火苗上看见了一些什么形影,心中便祷告着。香越烧越矮,火苗当中露出些黑道来,他把头低下去,手扶在地上,迷迷胡胡的有些发困,他已两三天没得好好的睡了。脖子忽然一软,他唬了一跳,再看,香已烧得剩了不多。他没管到了该立起来的时候没有,挂着地就慢慢立起来,腿已有些发木。

陈二奶奶和"童儿"已经偷偷的溜了。

祥子没顾得恨她,而急忙过去看虎妞,他知道事情到了极不好办的时候。虎妞只剩了大口的咽气，已经不会出声。收生婆告诉他，想法子到医院去吧，她的方法已经用尽。

祥子心中仿佛忽然的裂了，张着大嘴哭起来。小福子也落着泪，可是处在帮忙的地位，她到底心里还清楚一点。"祥哥！先别哭！我去上医院问问吧？"

没管祥子听见了没有，她抹着泪跑出去。

她去了有一点钟。跑回来，她已喘得说不上来话。扶着桌子，她干嗽了半天才说出来：医生来一趟是十块钱，只是看看，并不管接生。接生是二十块。要是难产的话，得到医院去，那就得几十块了。"祥哥！你看怎办呢？！"

祥子没办法，只好等着该死的就死吧！

愚蠢与残忍是这里的一些现象；所以愚蠢，所以残忍，却另有原因。

虎妞在夜里十二点，带着个死孩子，断了气。

二十

祥子的车卖了！

钱就和流水似的，他的手已拦不住；死人总得抬出去，连开张殃榜也得花钱。

祥子像傻了一般，看着大家忙乱，他只管往外掏钱。他的眼红得可怕，眼角堆着一团黄白的眵目糊；耳朵发聋，楞楞磕磕的随着大家乱转，可不知道自己作的是什么。

跟着虎妞的棺材往城外走，他这才清楚了一些，可是心里还顾不得思索任何事情。没有人送殡，除了祥子，就是小福子的两个弟弟，一人手中拿着薄薄的一打儿纸钱，沿路撒给那拦路鬼。

楞楞磕磕的，祥子看着杠夫把棺材埋好，他没有哭。他的脑中像烧着一把烈火，把泪已烧干，想哭也哭不出。呆呆的看着，他几乎不知那是干什么呢。直到"头儿"过来交待，他才想起回家。

屋里已被小福子给收拾好。回来，他一头倒在炕上，已经累得不能再动。眼睛干巴巴的闭不上，他呆呆的看着那些雨漏痕迹的顶棚。既不能睡去，他坐了起来。看了屋中一眼，他不敢再看。心中不知怎样好。他出去买了包"黄狮子"烟来。坐在炕沿上，点着了一支烟；并不爱吸。呆呆的看着烟头上那点蓝烟，忽然泪一串串的流下来，不但想起虎妞，也想起一切。到城里来了几年，这是他努力的结果，就是这样，就是这样！他连哭都哭不出声来！车，车，车是自己的饭碗。买，丢了；再买，卖出去；三起三落，像个鬼影，永远抓不牢，而空受那些辛苦与委屈。没了，什么都没了，连个老婆也没了！虎妞虽然厉害，但是没了她怎能成个家呢？看着屋中的东西，都是她的，她本人可是埋在了城外！越想越恨，泪被怒火截住，他狠狠的吸那支烟，越不爱吸越偏要吸。把烟吸完，手捧着头，口中与心中都发辣，要狂喊一阵，把心中的血都喷出来才痛快。

不知道什么工夫，小福子进来了，立在外间屋的菜案前，呆呆的看着他。

他猛一抬头，看见了她，泪极快的又流下来。此时，就是他看见只狗，他也会流泪；满心的委屈，遇见个活的东西才想发泄；他想跟她说说，想得到一些同情。可是，话太多，他的嘴反倒张不开了。

"祥哥！"她往前凑了凑，"我把东西都收拾好了。"

他点了点头，顾不及谢谢她；悲哀中的礼貌是虚伪。

"你打算怎办呢？"

"啊？"他好像没听明白，但紧跟着他明白过来，摇了摇头——他顾不得想办法。

她又往前走了两步,脸上忽然红起来,露出几个白牙,可是话没能说出。她的生活使她不能不忘掉羞耻,可是遇到正经事,她还是个有真心的女人;女子的心在羞耻上运用着一大半。"我想……"她只说出这么点来。她心中的话很多;脸一红,它们全忽然的跑散,再也想不起来。

人间的真话本来不多,一个女子的脸红胜过一大片话;连祥子也明白了她的意思。在他的眼里,她是个最美的女子,美在骨头里,就是她满身都长了疮,把皮肉都烂掉,在他心中她依然很美。她美,她年轻,她要强,她勤俭。假若祥子想再娶,她是个理想的人。他并不想马上就续娶,他顾不得想任何的事。可是她既然愿意,而且是因为生活的压迫不能不马上提出来,他似乎没有法子拒绝。她本人是那么好,而且帮了他这么多的忙,他只能点头,他真想过去抱住她,痛痛快快的哭一场,把委屈都哭净,而后与她努力同心的再往下苦奔。在她身上,他看见了一个男人从女子所能得的与所应得的安慰。他的口不大爱说话,见了她,他愿意随便的说;有她听着,他的话才不至于白说;她的一点头,或一笑,都是最美满的回答,使他觉得真是成了"家"。

正在这个时候,小福子的二弟弟进来了:"姐姐!爸爸来了!"

她皱了皱眉。她刚推开门,二强子已走到院中。"你上祥子屋里干什么去了?"二强子的眼睛瞪圆,两脚拌着蒜,东一晃西一晃的扑过来:"你卖还卖不够,还得白教祥子玩?你个不要脸的东西!"

祥子,听到自己的名字,赶了出来,立在小福子的身后。"我说祥子,"二强子歪歪拧拧的想挺起胸脯,可是连立也立不稳:"我说祥子,你还算人吗?你占谁的便宜也罢,单占她的便宜?什么玩艺!"

祥子不肯欺负个醉鬼，可是心中的积郁使他没法管束住自己的怒气。他赶上一步去。四只红眼睛对了光，好像要在空气中激触，发出火花。祥子一把扯住二强子的肩，就像提拉着个孩子似的，掷出老远。

良心的谴责，借着点酒，变成狂暴；二强子的醉本来多少有些假装。经这一摔，他醒过来一半。他想反攻，可是明知不是祥子的对手。就这么老老实实的出去，又十分的不是味儿。他坐在地上，不肯往起立，又不便老这么坐着。心中十分的乱，嘴里只好随便的说了："我管教儿女，与你什么相干？揍我？你姥姥！你也得配！"

祥子不愿还口，只静静的等着他反攻。

小福子含着泪，不知怎样好。劝父亲是没用的，看着祥子打他也于心不安。她将全身都摸索到了，凑出十几个铜子儿来，交给了弟弟。弟弟平日绝不敢挨近爸爸的身，今天看爸爸是被揍在地上，胆子大了些。"给你，走吧！"

二强子棱棱着眼把钱接过去，一边往起立，一边叨唠："放着你们这群丫头养的！招翻了太爷，妈的弄刀全宰了你们！"快走到街门了，他喊了声"祥子！搁着这个碴儿，咱们外头见！"

二强子走后，祥子和小福子一同进到屋中。

"我没法子！"她自言自语的说了这么句，这一句总结了她一切的困难，并且含着无限的希望——假如祥子愿意娶她，她便有了办法。

祥子，经过这一场，在她的身上看出许多黑影来。他还喜欢她，可是负不起养着她两个弟弟和一个醉爸爸的责任！他不敢想虎妞一死，他便有了自由；虎妞也有虎妞的好处，至少是在经济上帮了他许多。他不敢想小福子要是死吃他一口，可是她这一家人都不会挣饭吃也千真万确。爱与不爱，穷人得在金钱上决定，

"情种"只生在大富之家。

他开始收拾东西。

"你要搬走吧?"小福子连嘴唇全白了。

"搬走!"他狠了心,在没有公道的世界里,穷人仗着狠心维持个人的自由,那很小很小的一点自由。

看了他一眼,她低着头走出去。她不恨,也不恼,只是绝望。

虎妞的首饰与好一点的衣服,都带到棺材里去。剩下的只是一些破旧的衣裳,几件木器,和些盆碗锅勺什么的。祥子由那些衣服中拣出几件较好的来,放在一边;其余的连衣报带器具全卖。他叫来个"打鼓儿的"①,一口价卖了十几块钱。他急于搬走,急于打发了这些东西,所以没心思去多找几个人来慢慢的绷着价儿②。"打鼓儿的"把东西收拾了走,屋中只剩下他的一份铺盖和那几件挑出来的衣服,在没有席的炕上放着。屋中全空,他觉得痛快了些,仿佛摆脱开了许多缠绕,而他从此可以远走高飞了似的。可是,不大一会儿,他又想起那些东西。桌子已被搬走,桌腿儿可还留下一些痕迹——一堆堆的细土,贴着墙根形成几个小四方块。看着这些印迹,他想起东西,想起人,梦似的都不见了。不管东西好坏,不管人好坏,没了它们,心便没有地方安放。他坐在了炕沿上,又掏出支"黄狮子"来。

随着烟卷,他带出一张破毛票儿来。有意无意的他把钱全掏了出来;这两天了,他始终没顾到算一算账。掏出一堆来,洋钱,毛票,铜子票,铜子,什么也有。堆儿不小,数了数,还不到二十块。凑上卖东西的十几块,他的财产全部只是三十多块钱。

把钱放在炕砖上,他瞪着它们,不知是哭好,还是笑好。屋

---

① 打鼓儿的:收旧货的。
② 绷着价儿:等着高价。

里没有人,没有东西,只剩下他自己与这一堆破旧霉污的钱。这是干什么呢?

长叹了一声,无可如何的把钱揣在怀里,然后他把铺盖和那几件衣服抱起来,去找小福子。

"这几件衣裳,你留着穿吧!把铺盖存在这一会儿,我先去找好车厂子,再来取。"不敢看小福子,他低着头一气说完这些。

她什么也没说,只答应了两声。

祥子找好车厂,回来取铺盖,看见她的眼已哭肿。他不会说什么,可是设尽方法想出这么两句:"等着吧!等我混好了,我来!一定来!"

她点了点头,没说什么。

祥子只休息了一天,便照旧去拉车。他不像先前那样火着心拉买卖了,可也不故意的偷懒,就那么淡而不厌的一天天的混。这样混过了一个来月,他心中觉得很平静。他的脸腮满起来一些,可是不像原先那么红扑扑的了;脸色发黄,不显着足壮,也并不透出瘦弱。眼睛很明,可没有什么表情,老是那么亮亮的似乎挺有精神,又似乎什么也没看见。他的神气很像风暴后的树,静静的立在阳光里,一点不敢再动。原先他就不喜欢说话,现在更不爱开口了。天已很暖,柳枝上已挂满嫩叶,他有时候向阳放着车,低着头自言自语的嘴微动着,有时候仰面承受着阳光,打个小盹;除了必须开口,他简直的不大和人家过话。

烟卷可是已吸上了瘾。一坐在车上,他的大手便向脚垫下面摸去。点着了支烟,他极缓慢的吸吐,眼随着烟圈儿向上看,呆呆的看着,然后点点头,仿佛看出点意思来似的。

拉起车来,他还比一般的车夫跑得麻利,可是他不再拚命的跑。在拐弯抹角和上下坡儿的时候,他特别的小心。几乎是过度的小心。有人要跟他赛车,不论是怎样的逗弄激发,他低着头一声也不出,依旧不快不慢的跑着。他似乎看透了拉车是怎回事,不再想从这里得到任何的光荣与称赞。

在厂子里,他可是交了朋友;虽然不大爱说话,但是不出声的雁也喜欢群飞。再不交朋友,他的寂寞恐怕就不是他所能忍受的了。他的烟卷盒儿,只要一掏出来,便绕着圈儿递给大家。有时候人家看他的盒里只剩下一支,不好意思伸手,他才简截的说:"再买!"赶上大家赌钱,他不像从前那样躲在一边,也过来看看,并且有时候押上一注,输赢都不在乎的,似乎只为向大家表示他很合群,很明白大家奔忙了几天之后应当快乐一下。他们喝酒,他也陪着;不多喝,可是自己出钱买些酒菜让大家吃。以前他所看不上眼的事,现在他都觉得有些意思——自己的路既走不通,便没法不承认别人作得对。朋友之中若有了红白事,原先他不懂得行人情,现在他也出上四十铜子的份子,或随个"公议儿"。不但是出了钱,他还亲自去吊祭或庆贺,因为他明白了这些事并非是只为糟蹋钱,而是有些必须尽到的人情。在这里人们是真哭或真笑,并不是瞎起哄。

那三十多块钱,他可不敢动。弄了块白布,他自己笨手八脚的拿个大针把钱缝在里面,永远放在贴着肉的地方。不想花,也不想再买车,只是带在身旁,作为一种预备——谁知道将来有什么灾患呢!病,意外的祸害,都能随时的来到自己身上,总得有个预备。人并不是铁打的,他明白过来。

快到立秋,他又拉上了包月。这回,比以前所混过的宅门里的事都轻闲;要不是这样,他就不会应下这个事来。他现在懂得选择事情了,有合适的包月才干;不然,拉散座也无所不可,不像原先那样火着心往宅门里去了。他晓得了自己的身体是应该保重的,一个车夫而想拚命——像他原先那样——只有丧了命而得不到任何好处。经验使人知道怎样应当油滑一些,因为命只有一条啊！

　　这回他上工的地方是在雍和宫附近。主人姓夏，五十多岁，知书明礼；家里有太太和十二个儿女。最近娶了个姨太太，不敢让家中知道，所以特意的挑个僻静地方另组织了个小家庭。在雍和宫附近的这个小家庭，只有夏先生和新娶的姨太太；此外还有一个女仆，一个车夫——就是祥子。

　　祥子很喜欢这个事。先说院子吧，院中一共才有六间房，夏先生住三间，厨房占一间，其余的两间作为下房。院子很小，靠着南墙根有棵半大的小枣树，树尖上挂着十几个半红的枣儿。祥子扫院子的时候，几乎两三笤帚就由这头扫到那头，非常的省事。没有花草可浇灌，他很想整理一下那棵枣树，可是他晓得枣树是多么任性，歪歪拧拧的不受调理，所以也就不便动手。

　　别的工作也不多。夏先生早晨到衙门去办公，下午五点才回来，祥子只须一送一接；回到家，夏先生就不再出去，好像避难似的。夏太太倒常出去，可是总在四点左右就回来，好让祥子去接夏先生——接回他来，祥子一天的工作就算交待了。再说，夏太太所去的地方不过是东安市场与中山公园什么的，拉到之后，还有很大的休息时间。这点事儿，祥子闹着玩似的就都作了。

　　夏先生的手很紧，一个小钱也不肯轻易撒手；出来进去，他目不旁视，仿佛街上没有人，也没有东西。太太可手松，三天两头的出去买东西；若是吃的，不好吃便给了仆人；若是用品，等到要再去买新的时候，便先把旧的给了仆人，好跟夏先生交涉要钱。夏先生一生的使命似乎就是鞠躬尽瘁的把所有的精力与金钱全敬献给姨太太；此外，他没有任何生活与享受。他的钱必须借着姨太太的手才会出去，他自己不会花，更说不到给人——据说，他的原配夫人与十二个儿女住在保定，有时候连着四五个月得不到他的一个小钱。

祥子讨厌这位夏先生：成天际弯弯着腰，缩缩着脖，贼似的出入，眼看着脚尖，永远不出声，不花钱，不笑，连坐在车上都像个瘦猴；可是偶尔说一两句话，他会说得极不得人心，仿佛谁都是混账，只有他自己是知书明礼的君子人。祥子不喜欢这样的人。可是他把"事"看成了"事"，只要月间进钱，管别的干什么呢？！况且太太还很开通，吃的用的都常得到一些；算了吧，直当是拉着个不通人情的猴子吧。

对于那个太太，祥子只把她当作个会给点零钱的女人，并不十分喜爱她。她比小福子美多了，而且香粉香水的沤着，绫罗绸缎的包着，更不是小福子所能比上的。不过，她虽然长得美，打扮得漂亮，可是他不知为何一看见她便想起虎妞来；她的身上老有些地方像虎妞，不是那些衣服，也不是她的模样，而是一点什么态度或神味，祥子找不到适当的字来形容。只觉得她与虎妞是，用他所能想出的字，一道货。她很年轻，至多也就是二十二三岁，可是她的气派很老到，绝不像个新出嫁的女子，正像虎妞那样永远没有过少女的腼腆与温柔。她烫着头，穿着高跟鞋，衣服裁得正好能帮忙她扭得有棱有角的。连祥子也看得出，她虽然打扮得这样入时，可是她没有一般的太太们所有的气度。但是她又不像是由妓女出身。祥子摸不清她是怎回事。他只觉得她有些可怕，像虎妞那样可怕。不过，虎妞没有她这么年轻，没有她这么美好；所以祥子就更怕她，仿佛她身上带着他所尝受过的一切女性的厉害与毒恶。他简直不敢正眼看她。

在这儿过了些日子，他越发的怕她了。拉着夏先生出去，祥子没见过他花什么钱；可是，夏先生也有时候去买东西——到大药房去买药。祥子不晓得他买的是什么药；不过，每逢买了药来，他们夫妇就似乎特别的喜欢，连大气不出的夏先生也显着特别的精神。精神了两三天，夏先生又不大出气了，而且腰弯得更深了些，很像由街上买来的活鱼，乍放在水中欢炽一会儿，不久便又老实了。一看到夏先生坐在车上像个死鬼似的，祥子便知道又到了上药房的时候。他不喜欢夏先生，可是每逢到药房去，他不由的替这个老瘦猴难过。赶到夏先生拿着药包回到家中，祥子便想起虎妞，心中说不清的怎么难受。他不愿意怀恨着死鬼，可是看看自己，看看夏先生，他没法不怨恨她了；无论怎说，他的身体是不像从前那么结实了，虎妞应负着大部分的责任。

他很想辞工不干了。可是，为这点不靠边的事而辞工，又仿佛不像话；吸着"黄狮子"，他自言自语的说，"管别人的闲事干吗？！"

二十一

菊花下市的时候，夏太太因为买了四盆花，而被女仆杨妈摔了一盆，就和杨妈吵闹起来。杨妈来自乡间，根本以为花草算不了什么重要的东西；不过，既是打了人家的物件，不管怎么不重要，总是自己粗心大意，所以就一声没敢出。及至夏太太闹上没完，村的野的一劲儿叫骂，杨妈的火儿再也按不住，可就还了口。乡下人急了，不会拿着尺寸说话，她抖着底儿把最粗野的骂出来。夏太太跳着脚儿骂了一阵，教杨妈马上卷铺盖滚蛋。

祥子始终没过来劝解，他的嘴不会劝架，更不会劝解两个妇人的架。及至他听到杨妈骂夏太太是暗门子，千人骑万人摸的臭×，他知道杨妈的事必定吹了。同时也看出来，杨妈要是吹了，他自己也得跟着吹；夏太太大概不会留着个知道她的历史的仆人。杨妈走后，他等着被辞；算计着，大概新女仆来到就是他该卷铺盖的时候了。他可是没为这个发愁，经验使他冷静的上工辞工,犯不着用什么感情。

可是,杨妈走后,夏太太对祥子反倒非常的客气。没了女仆,她得自己去下厨房做饭。她给祥子钱,教他出去买菜。买回来,她嘱咐他把什么该剥了皮,把什么该洗一洗。他剥皮洗菜,她就切肉煮饭,一边作事,一边找着话跟他说。她穿着件粉红的卫生衣,下面衬着条青裤子,脚上趿拉着双白缎子绣花的拖鞋。祥子低着头笨手笨脚的工作,不敢看她,可是又想看她,她的香水味儿时时强烈的流入他的鼻中,似乎是告诉他非看看她不可,像香花那样引逗蜂蝶。

祥子晓得妇女的厉害,也晓得妇女的好处;一个虎妞已足使任何人怕女子,又舍不得女子。何况,夏太太又远非虎妞所能比得上的呢。祥子不由的看了她两眼,假若她和虎妞一样的可怕,她可是有比虎妞强着许多倍使人爱慕的地方。

这要搁在二年前,祥子决不敢看她这么两眼。现在,他不大管这个了:一来是经过妇女引诱过的,没法再管束自己。二来是他已经渐渐入了"车夫"的辙:一般车夫所认为对的,他现在也看着对;自己的努力与克己既然失败,大家的行为一定是有道理的,他非作个"车夫"不可,不管自己愿意不愿意;与众不同是行不开的。那么,拾个便宜是一般的苦人认为正当的,祥子干吗见便宜不捡着呢?他看了这个娘们两眼,是的,她只是个娘们!假如她愿意呢,祥子没法拒绝。他不敢相信她就能这么下贱,可是万一呢?她不动,祥子当然不动;她要是先露出点意思,他没主意。她已经露出点意思来了吧?要不然,干吗散了杨妈而不马上去雇人,单教祥子帮忙做饭呢?干吗下厨房还擦那么多香水呢?祥子不敢决定什么,不敢希望什么,可是心里又微微的要决定点什么,要有点什么希望。他好像是作着个不实在的好梦,知道是梦,又愿意继续往下作。生命有种热力逼着他承认自己没出息,而在这没出息的事里藏着最大的快乐——也许是最大的苦恼,谁管它!

一点希冀,鼓起些勇气;一些勇气激起很大的热力;他心中烧起火来。这里没有一点下贱,他与她都不下贱,欲火是平等的!

一点恐惧,唤醒了理智;一点理智浇灭了心火;他几乎想马上逃走。这里只有苦恼,上这条路的必闹出笑话!

忽然希冀,忽然惧怕,他心中像发了疟疾。这比遇上虎妞的时候更加难过;那时候,他什么也不知道,像个初次出来的小蜂落在蛛网上;现在,他知道应当怎样的小心,也知道怎样的大胆,他莫名其妙的要往下淌,又清清楚楚的怕掉下去!

他不轻看这位姨太太,这位暗娼,这位美人,她是一切,又什么也不是。假若他也有些可以自解的地方,他想,倒是那个老瘦猴似的夏先生可恶,应当得些恶报。有他那样的丈夫,她作什么也没过错。有他那样的主人,他——祥子——作什么也没关系。他胆子大起来。

可是,她并没理会他看了她没有。作得了饭,她独自在厨房里吃;吃完,她喊了声祥子:"你吃吧。吃完可得把家伙刷出来。下半天你接先生去的时候,就手儿买来晚上的菜,省得再出去了。明天是星期,先生在家,我出去找老妈子去。你有熟人没有,给荐一个?老妈子真难找!好吧,先吃去吧,别凉了!"

她说得非常的大方,自然。那件粉红的卫生衣忽然——在祥子眼中——仿佛素净了许多。他反倒有些失望,由失望而感到惭愧,自己看明白自己已不是要强的人,不仅是不要强的人,而且是坏人!胡胡涂涂的扒搂了两碗饭,他觉得非常的无聊。洗了家伙,到自己屋中坐下,一气不知道吸了多少根"黄狮子"!

到下午去接夏先生的时候,他不知为什么非常的恨这个老瘦猴。他真想拉得欢欢的,一撒手,把这老家伙摔个半死。他这才明白过来，先前在一个宅门里拉车，老爷的三姨太太和大少爷不甚清楚，经老爷发觉了以后，大少爷怎么几乎把老爷给毒死；他先前以为大少爷太年轻不懂事，现在他才明白过来那个老爷怎么该死。可是，他并不想杀人，他只觉得夏先生讨厌，可恶，而没有法子惩治他。他故意的上下颠动车把，摇这个老猴子几下。老猴子并没说什么，祥子反倒有点不得劲儿。他永远没作过这样的事，偶尔有理由的作出来也不能原谅自己。后悔使他对一切都冷淡了些，干吗故意找不自在呢？无论怎说，自己是个车夫，给人家好好作事就结了，想别的有什么用？

他心中平静了，把这场无结果的事忘掉；偶尔又想起来，他反觉有点可笑。

第二天，夏太太出去找女仆。出去一会儿就带回来个试工的。祥子死了心，可是心中怎想怎不是味儿。

星期一午饭后，夏太太把试工的老妈子打发了，嫌她太不干净。然后，她叫祥子去买一斤栗子来。

买了斤熟栗子回来，祥子在屋门外叫了声。

"拿进来吧，"她在屋中说。

祥子进去，她正对着镜子擦粉呢，还穿着那件粉红的卫生衣，可是换了一条淡绿的下衣。由镜子中看到祥子进来，她很快的转过身来，向他一笑。祥子忽然在这个笑容中看见了虎妞，一个年轻而美艳的虎妞。他木在了那里。他的胆气，希望，恐惧，小心，都没有了，只剩下可以大可以小的一口热气，撑着他的全体。这口气使他进就进，退便退，他已没有主张。

次日晚上，他拉着自己的铺盖，回到厂子去。

平日最怕最可耻的一件事，现在他打着哈哈似的泄露给大家——他撒不出尿来了！

大家争着告诉他去买什么药，或去找哪个医生。谁也不觉得这可耻，都同情的给他出主意，并且红着点脸而得意的述说自己这种的经验。好几位年轻的曾经用钱买来过这种病，好几位中年的曾经白拾过这个症候，好几位拉过包月的都有一些分量不同而性质一样的经验，好几位拉过包月的没有亲自经验过这个，而另有些关于主人们的故事，颇值得述说。祥子这点病使他们都打开了心，和他说些知己的话。他自己忘掉羞耻，可也不以这为荣，就那么心平气和的忍受着这点病，和受了点凉或中了些暑并没有多大分别。到疼痛的时候，他稍微有点后悔；舒服一会儿，又想起那点甜美。无论怎样呢，他不着急；生活的经验教他看轻了生命，着急有什么用呢。

这么点药，那么个偏方，揍出他十几块钱去；病并没有除了根。马马虎虎的，他以为是好了便停止住吃药。赶到阴天或换节气的时候，他的骨节儿犯疼，再临时服些药，或硬挺过去，全不拿它当作一回事。命既苦到底儿，身体算什么呢？把这个想开了，连个苍蝇还会在粪坑上取乐呢，何况这么大的一个活人。

病过去之后，他几乎变成另一个人。身量还是那么高，可是那股正气没有了，肩头故意的往前松着些，搭拉着嘴，唇间叼着支烟卷。有时候也把半截烟放在耳朵上夹着，不为那个地方方便，而专为耍个飘儿。他还是不大爱说话，可是要张口的时候也勉强的要点俏皮，即使说得不圆满利落，好歹是那么股子劲儿。心里松懈，身态与神气便吊儿郎当。

不过，比起一般的车夫来，他还不能算是很坏。当他独自坐定的时候，想起以前的自己，他还想要强，不甘心就这么溜下去。虽然要强并没有用处，可是毁掉自己也不见得高明。在这种时候，他又想起买车。自己的三十多块钱，为治病已花去十多块，花得冤枉！但是有二十来块打底儿，他到底比别人的完全扎空枪更有希望。这么一想，他很想把未吸完的半盒"黄狮子"扔掉，从此烟酒不动，咬上牙攒钱。由攒钱想到买车，由买车便想到小福子。他觉得有点对不起她，自从由大杂院出来，始终没去看看她，而自己不但没往好了混，反倒弄了一身脏病！

及至见了朋友们，他照旧吸着烟，有机会也喝点酒，把小福子忘得一干二净。和朋友们在一块，他并不挑着头儿去干什么，不过别人要作点什么，他不能不陪着。一天的辛苦与一肚子的委屈，只有和他们说说玩玩，才能暂时忘掉。眼前的舒服驱逐走了高尚的志愿，他愿意快乐一会儿，而后混天地黑的睡个大觉；谁不喜欢这样呢，生活既是那么无聊，痛苦，无望！生活的毒疮只能借着烟酒妇人的毒药麻木一会儿，以毒攻毒，毒气有朝一日必会归了心，谁不知道这个呢，可又谁能有更好的主意代替这个呢?！

越不肯努力便越自怜。以前他什么也不怕，现在他会找安闲自在：刮风下雨，他都不出车；身上有点酸痛，也一歇就是两三天。自怜便自私，他那点钱不肯借给别人一块，专为留着风天雨天自己垫着用。烟酒可以让人，钱不能借出去，自己比一切人都娇贵可怜。越闲越懒，无事可作又闷得慌，所以时时需要些娱乐，或吃口好东西。及至想到不该这样浪费光阴与金钱，他的心里永远有句现成的话，由多少经验给他铸成的一句话："当初咱倒要强过呢，有一钉点好处没有？"这句话没人能够驳倒，没人能把它解释开；那么，谁能拦着祥子不往低处去呢?！

懒，能使人脾气大。祥子现在知道怎样对人瞪眼。对车座儿，对巡警，对任何人，他决定不再老老实实的敷衍。当他勤苦卖力的时候，他没得到过公道。现在，他知道自己的汗是怎样的宝贵，能少出一滴便少出一滴；有人要占他的便宜，休想。随便的把车放下，他懒得再动，不管那是该放车的地方不是。巡警过来干涉，他动嘴不动身子，能延宕一会儿便多停一会儿。赶到看见非把车挪开不可了，他的嘴更不能闲着，他会骂。巡警要是不肯挨骂，那么，打一场也没什么，好在祥子知道自己的力气大，先把巡警揍了，再去坐狱也不吃亏。在打架的时候，他又觉出自己的力气与本事，把力气都砸在别人的肉上，他见了光明，太阳好像特别的亮起来。攒着自己的力气好预备打架，他以前连想也没想到过，现在居然成为事实了，而且是件可以使他心中痛快一会儿的事；想起来，多么好笑呢！

不要说是个赤手空拳的巡警，就是那满街横行的汽车，他也不怕。汽车迎头来了，卷起地上所有的灰土，祥子不躲，不论汽车的喇叭怎样的响，不管坐车的怎样着急。汽车也没了法，只好放慢了速度。它慢了，祥子也躲开了，少吃许多尘土。汽车要是由后边来，他也用这一招。他算清楚了，反正汽车不敢伤人，那么为什么老早的躲开，好教它把尘土都带起来呢？巡警是专为给汽车开道的，唯恐它跑得不快与带起来的尘土不多，祥子不是巡警，就不许汽车横行。在巡警眼中，祥子是头等的"刺儿头"，可是他们也不敢惹"刺儿头"。苦人的懒是努力而落了空的自然结果，苦人的耍刺儿含着一些公理。

对于车座儿，他绝对不客气。讲到哪里拉到哪里，一步也不多走。讲到胡同口"上"，而教他拉到胡同口"里"，没那个事！座儿瞪眼，祥子的眼瞪得更大。他晓得那些穿洋服的先生们是多么怕脏了衣裳，也知道穿洋服的先生们——多数的——是多么强横而吝啬。好，他早预备好了；说翻了，过去就是一把，抓住他们五六十块钱一身的洋服的袖子，至少给他们印个大黑手印！赠给他们这么个手印儿，还得照样的给钱，他们晓得那只大手有多么大的力气，那一把已将他们的小细胳臂攥得生疼。

他跑得还不慢，可是不能白白的特别加快。座儿一催，他的大脚便蹭了地："快呀，加多少钱？"没有客气，他卖的是血汗。

他不再希望随他们的善心多赏几个了,一分钱一分货,得先讲清楚了再拿出力气来。

对于车,他不再那么爱惜了。买车的心既已冷淡,对别人家的车就漠不关心。车只是辆车,拉着它呢,可以挣出嚼谷与车份便算完结了一切;不拉着它呢,便不用交车份,那么只要手里有够吃一天的钱,就无须往外拉它。人与车的关系不过如此。自然,他还不肯故意的损伤了人家的车,可是也不便分外用心的给保护着。有时候无心中的被别个车夫给碰伤了一块,他决不急里蹦跳的和人家吵闹,而极冷静的拉回厂子去,该赔五毛的,他拿出两毛来,完事。厂主不答应呢,那好办,最后的解决总出不去起打;假如厂主愿意打呢,祥子陪着!

经验是生活的肥料,有什么样的经验便变成什么样的人,在沙漠里养不出牡丹来。祥子完全入了辙,他不比别的车夫好,也不比他们坏,就是那么个车夫样的车夫。这么着,他自己觉得倒比以前舒服,别人也看他顺眼;老鸦是一边黑的,他不希望独自成为白毛儿的。

冬天又来到,从沙漠吹来的黄风一夜的工夫能冻死许多人。听着风声,祥子把头往被子里埋,不敢再起来。直到风停止住那狼嗥鬼叫的响声,他才无可如何的起来,打不定主意是出去好呢,还是歇一天。他懒得去拿那冰凉的车把,怕那噎得使人恶心的风。狂风怕日落,直到四点多钟,风才完全静止,昏黄的天上透出些夕照的微红。他强打精神,把车拉出来。揣着手,用胸部顶着车把的头,无精打采的慢慢的晃,嘴中叼着半根烟卷。一会儿,天便黑了,他想快拉上俩买卖,好早些收车。懒得去点灯,直到沿路的巡警催了他四五次,才把它们点上。

在鼓楼前,他在灯下抢着个座儿,往东城拉。连大棉袍也没脱,就那么稀里胡芦的小跑着。他知道这不像样儿,可是,不像样就不像样吧；像样儿谁又多给几个子儿呢？这不是拉车，是混；头上见了汗，他还不肯脱长衣裳，能凑合就凑合。进了小胡同，一条狗大概看穿长衣拉车的不甚顺眼，跟着他咬。他停住了车，倒攥着布掸子，拼命地追着狗打。一直把狗赶没了影，他还又等了会儿，看它敢回来不敢。狗没敢回来，祥子痛快了些："妈妈的！当我怕你呢！"

"你这算哪道拉车的呀？听我问你！"车上的人没有好气儿的问。

祥子的心一动，这个语声听着耳熟。胡同里很黑，车灯虽亮，可是光都在下边，他看不清车上的是谁。车上的人戴着大风帽，连嘴带鼻子都围在大围脖之内，只露着两个眼。祥子正在猜想。车上的人又说了话：

"你不是祥子吗？"

祥子明白了，车上的是刘四爷！他轰的一下，全身热辣辣的，不知怎样才好。

"我的女儿呢？"

"死了！"祥子呆呆的在那里立着，不晓得是自己，还是另一个人说了这两个字。

"什么？死了？"

"死了！"

"落在他妈的你手里，还有个不死？！"

祥子忽然找到了自己："你下来！下来！你太老了，禁不住我揍；下来！"

刘四爷的手颤着走下来。"埋在了哪儿？我问你！"

"管不着！"祥子拉起车来就走。

他走出老远，回头看了看，老头子——一个大黑影似的——还在那儿站着呢。

二十二

祥子忘了是往哪里走呢。他昂着头，双手紧紧握住车把，眼放着光，迈着大步往前走；只顾得走，不管方向与目的地。他心中痛快，身上轻松，仿佛把自从娶了虎妞之后所有的倒霉一股拢总都喷在刘四爷身上。忘了冷，忘了张罗买卖，他只想往前走，仿佛走到什么地方他必能找回原来的自己，那个无牵无挂，纯洁，要强，处处努力的祥子。想起胡同中立着的那块黑影，那个老人，似乎什么也不必再说了，战胜了刘四便是战胜了一切。虽然没打这个老家伙一拳，没踹他一脚，可是老头子失去唯一的亲人，而祥子反倒逍遥自在；谁说这不是报应呢！老头子气不死，也得离死差不远！刘老头子有一切，祥子什么也没有；而今，祥子还可以高高兴兴的拉车，而老头子连女儿的坟也找不到！好吧，随你老头子有成堆的洋钱，与天大的脾气，你治不服这个一天现混两个饱的穷光蛋！

越想他越高兴，他真想高声的唱几句什么，教世人都听到这凯歌——祥子又活了，祥子胜利了！晚间的冷气削着他的脸，他不觉得冷，反倒痛快。街灯发着寒光，祥子心中觉得舒畅的发热，处处是光，照亮了自己的将来。半天没吸烟了，不想再吸，从此烟酒不动，祥子要重打鼓另开张，照旧去努力自强，今天战胜了刘四，永远战胜刘四；刘四的诅咒适足以教祥子更成功，更有希望。一口恶气吐出，祥子从此永远吸着新鲜的空气。看看自己的手脚，祥子不还是很年轻么？祥子将要永远年轻，教虎妞死，刘四死，而祥子活着，快活的，要强的，活着——恶人都会遭报，都会死，那抢他车的大兵，不给仆人饭吃的杨太太，欺骗他压迫他的虎妞,轻看他的刘四,诈他钱的孙侦探,愚弄他的陈二奶奶,诱惑他的夏太太……都会死,只有忠诚的祥子活着,永远活着!

"可是,祥子你得从此好好的干哪!"他嘱咐着自己。"干吗不好好的干呢?我有志气,有力量,年纪轻!"他替自己答辩:"心中一痛快,谁能拦得住祥子成家立业呢?把前些日子的事搁在谁身上,谁能高兴,谁能不往下溜?那全过去了,明天你们会看见一个新的祥子,比以前的还要好,好的多!"

嘴里咕哝着,脚底下便更加了劲,好像是为自己的话作见证——不是瞎说,我确是有个身子骨儿。虽然闹过病,犯过见不起人的症候,有什么关系呢。心一变,马上身子也强起来,不成问题!出了一身的汗,口中觉得渴,想喝口水,他这才觉出已到了后门。顾不得到茶馆去,他把车放在城门西的"停车处",叫过提着大瓦壶,拿着黄砂碗的卖茶的小孩来,喝了两碗刷锅水似的茶;非常的难喝,可是他告诉自己,以后就得老喝这个,不能再都把钱花在好茶好饭上。这么决定好,爽性再吃点东西——不好往下咽的东西——就作为勤苦耐劳的新生活的开始。他买了十个煎包儿,里边全是白菜帮子,外边又"皮"①又牙碜②。不管怎样难吃,也都把它们吞下去。吃完,用手背抹了抹嘴。上哪儿去呢?

可以投奔的,可依靠的,人,在他心中,只有两个。打算努力自强,他得去找这两个——小福子与曹先生。曹先生是"圣人",必能原谅他,帮助他,给他出个好主意。顺着曹先生的主意去作事,而后再有小福子的帮助;他打外,她打内,必能成功,必能成功,这是无可疑的!

---

① 皮:不松脆。
② 牙碜:食物中含有杂物,吃起来像咬着沙土的感觉。

谁知道曹先生回来没有呢？不要紧，明天到北长街去打听；那里打听不着，他会上左宅去问，只要找着曹先生，什么便都好办了。好吧，今天先去拉一晚上，明天去找曹先生；找到了他，再去看小福子，告诉她这个好消息：祥子并没混好，可是决定往好里混，咱们一同齐心努力的往前奔吧！

这样计划好，他的眼亮得像个老鹰的眼，发着光向四外扫射，看见个座儿，他飞也似跑过去，还没讲好价钱便脱了大棉袄。跑起来，腿确是不似先前了，可是一股热气支撑着全身，他拚了命！祥子到底是祥子，祥子拚命跑，还是没有别人的份儿。见一辆，他开一辆，好像发了狂。汗痛快的往外流。跑完一趟，他觉得身上轻了许多，腿又有了那种弹力，还想再跑，像名马没有跑足，立定之后还踢腾着蹄儿那样。他一直跑到夜里一点才收车。回到厂中，除了车份，他还落下九毛多钱。

一觉，他睡到了天亮；翻了个身，再睁开眼，太阳已上来老高。疲乏后的安息是最甜美的享受，起来伸了个懒腰，骨节都轻脆的响，胃中像完全空了，极想吃点什么。

吃了点东西，他笑着告诉厂主："歇一天，有事。"心中计算好：歇一天，把事情都办好，明天开始新的生活。

一直的他奔了北长街去，试试看，万一曹先生已经回来了呢。一边走，一边心里祷告着：曹先生可千万回来了，别教我扑个空！头一样儿不顺当，样样儿就都不顺当！祥子改了，难道老天爷还不保佑么？

到了曹宅门外，他的手哆嗦着去按铃。等着人来开门，他的心要跳出来。对这个熟识的门，他并没顾得想过去的一切，只希望门一开，看见个熟识的脸。他等着，他怀疑院里也许没有人，要不然为什么这样的安静呢，安静得几乎可怕。忽然门里有点响动，他反倒吓了一跳。门开了，门的响声里夹着一声最可宝贵，最亲热可爱的"哟!"高妈!

"祥子?可真少见哪!你怎么瘦了?"高妈可是胖了一些。

"先生在家?"祥子顾不得说别的。

"在家呢。你可倒好,就知道有先生,仿佛咱们就谁也不认识谁!连个好儿也不问!你真成,永远是'客(怯)木匠——一锯(句)'!进来吧!你混得倒好哇?"她一边往里走,一边问。

"哼!不好!"祥子笑了笑。

"那什么,先生,"高妈在书房外面叫,"祥子来了!"

曹先生正在屋里赶着阳光移动水仙呢:"进来!"

"唉,你进去吧,回头咱们再说话儿;我去告诉太太一声;我们全时常念道你!傻人有个傻人缘,你倒别瞧!"高妈叨唠着走进去。

祥子进了书房:"先生,我来了!"想要问句好,没说出来。

"啊,祥子!"曹先生在书房里立着,穿着短衣,脸上怪善净的微笑。"坐下!那——"他想了会儿:"我们早就回来了,听老程说,你在——对,人和厂。高妈还去找了你一趟,没找到。坐下!你怎样?事情好不好?"

祥子的泪要落下来。他不会和别人谈心,因为他的话都是血作的,窝在心的深处。镇静了半天,他想要把那片血变成的简单的字,流泻出来。一切都在记忆中,一想便全想起来,他得慢慢的把它们排列好,整理好。他是要说出一部活的历史,虽然不晓得其中的意义,可是那一串委屈是真切的,清楚的。

曹先生看出他正在思索,轻轻的坐下,等着他说。

祥子低着头楞了好大半天,忽然抬头看看曹先生,仿佛若是找不到个人听他说,就不说也好似的。

"说吧!"曹先生点了点头。

祥子开始说过去的事,从怎么由乡间到城里说起。本来不想说这些没用的事,可是不说这些,心中不能痛快,事情也显着不齐全。他的记忆是血汗与苦痛砌成的,不能随便说着玩,一说起来也不愿掐头去尾。每一滴汗,每一滴血,都是由生命中流出去的,所以每一件事都有值得说的价值。

进城来,他怎样作苦工,然后怎样改行去拉车。怎样攒钱买上车,怎样丢了……一直说到他现在的情形。连他自己也觉着奇怪,为什么他能说得这么长,而且说得这么畅快。事情,一件挨着一件,全想由心中跳出来。事情自己似乎会找到相当的字眼,一句挨着一句,每一句都是实在的,可爱的,可悲的。他的心不能禁止那些事往外走,他的话也就没法停住。没有一点迟疑,混乱,他好像要一口气把整个的心都拿出来。越说越痛快,忘了自己,因为自己已包在那些话中,每句话中都有他,那要强的,委屈的,辛苦的,堕落的,他。说完,他头上见了汗,心中空了,空得舒服,像晕倒过去而出了凉汗那么空虚舒服。

"现在教我给你出主意?"曹先生问。

祥子点了点头;话已说完,他似乎不愿再张口了。

"还得拉车?"

祥子又点了点头。他不会干别的。

"既是还得去拉车,"曹先生慢慢的说,"那就出不去两条路。一条呢是凑钱买上车,一条呢是暂且赁车拉着,是不是?你手中既没有积蓄,借钱买车,得出利息,还不是一样?莫如就先赁车拉着。还是拉包月好,事情整重,吃住又都靠盘儿。我看你就还上我这儿来好啦;我的车卖给了左先生,你要来的话,得赁一辆来;好不好?"

"那敢情好!"祥子立了起来。"先生不记着那回事了?"

"哪回事?"

"那回,先生和太太都跑到左宅去!"

"呕!"曹先生笑起来。"谁记得那个!那回,我有点太慌。和太太到上海住了几个月,其实满可以不必,左先生早给说好了,那个阮明现在也作了官,对我还不错。那,大概你不知道这点儿;算了吧,我一点也没记着它。还说咱们的吧:你刚才说的那个小福子,她怎么办呢?"

"我没主意!"

"我给你想想看:你要是娶了她,在外面租间房,还是不上算;房租,煤灯炭火都是钱,不够。她跟着你去作工,哪能又那么凑巧,你拉车,她作女仆,不易找到!这倒不好办!"曹先生摇了摇头。"你可别多心,她到底可靠不可靠呢?"

祥子的脸红起来,哽吃了半天才说出来:"她没法子才作那个事,我敢下脑袋,她很好!她……"他心中乱开了:许多不同的感情凝成了一团,又忽然要裂开,都要往外跑;他没了话。

"要是这么着呀,"曹先生迟疑不决的说,"除非我这儿可以将就你们。你一个人占一间房,你们俩也占一间房;住的地方可以不发生问题。不知道她会洗洗作作的不会,假若她能作些事呢,就让她帮助高妈;太太不久就要生小孩,高妈一个人也太忙点。她呢,白吃我的饭,我可就也不给她工钱,你看怎样?"

"那敢情好!"祥子天真的笑了。

"不过,这我可不能完全作主,得跟太太商议商议!"

"没错!太太要不放心,我把她带来,教太太看看!"

"那也好,"曹先生也笑了,没想到祥子还能有这么个心眼。"这么着吧,我先和太太提一声,改天你把她带来;太太点了头,咱们就算成功!"

"那么先生,我走吧?"祥子急于去找小福子,报告这个连希望都没敢希望过的好消息。

祥子出了曹宅,大概有十一点左右吧,正是冬季一天里最可爱的时候。这一天特别的晴美,蓝天上没有一点云,日光从干凉的空气中射下,使人感到一些爽快的暖气。鸡鸣犬吠,和小贩们的吆喝声,都能传达到很远,隔着街能听到些响亮清脆的声儿,像从天上落下的鹤唳。洋车都打开了布棚,车上的铜活闪着黄光。便道上骆驼缓慢稳当的走着,街心中汽车电车疾驰,地上来往着人马,天上飞着白鸽,整个的老城处处动中有静,乱得痛快,静得痛快,一片声音,万种生活,都覆在晴爽的蓝天下面,到处静静的立着树木。

祥子的心要跳出来,一直飞到空中去,与白鸽们一同去盘旋!什么都有了:事情,工钱,小福子,在几句话里美满的解决了一切,想也没想到呀!看这个天,多么晴爽干燥,正像北方人那样爽直痛快。人遇到喜事,连天气也好了,他似乎没见过这样可爱的冬晴。为更实际的表示自己的快乐,他买了个冻结实了的柿子,一口下去,满嘴都是冰凌!扎牙根的凉,从口中慢慢凉到胸部,使他全身一颤。几口把它吃完,舌头有些麻木,心中舒服。他扯开大步,去找小福子。心中已看见了那个杂院,那间小屋,与他心爱的人;只差着一对翅膀把他一下送到那里。只要见了她,以前的一切可以一笔勾销,从此另辟一个天地。此刻的急切又超过了去见曹先生的时候,曹先生与他的关系是朋友,主仆,彼此以好换好。她不仅是朋友,她将把她的一生交给他,两个地狱中的人将要抹去泪珠而含着笑携手前进。曹先生的话能感动他,小福子不用说话就能感动他。他对曹先生说了真实的话,他将要对小福子说些更知心的话,跟谁也不能说的话都可以对她说。她,现在,就是他的命,没有她便什么也算不了一回事。他不能仅为自己的吃喝努力,他必须把她从那间小屋救拔出来,而后与他一同住在一间干净暖和的屋里,像一对小鸟似的那么快活,体面,亲热!她可以不管二强子,也可以不管两个弟弟,她必须来帮助祥子。二强子本来可以自己挣饭吃,那两个弟弟也可以对付着去俩人拉一辆车,或作些别的事了;祥子,没她可不行。他的身体,精神,事情,没有一处不需要她的。她也正需要他这么个男人。

越想他越急切,越高兴;天下的女人多了,没有一个像小福子这么好,这么合适的!他已娶过,偷过;已接触过美的和丑的,年老的和年轻的;但是她们都不能挂在他的心上,她们只是妇女,不是伴侣。不错,她不是他心目中所有的那个一清二白的姑娘,可是正因为这个,她才更可怜,更能帮助他。那傻子似的乡下姑娘也许非常的清白,可是绝不会有小福子的本事与心路。况且,他自己呢?心中也有许多黑点呀!那么,他与她正好是一对儿,谁也不高,谁也不低,像一对都有破纹,而都能盛水的罐子,正好摆在一处。

无论怎想,这是件最合适的事。想过这些,他开始想些实际的:先和曹先生支一月的工钱,给她买件棉袍,齐理齐理鞋脚,然后再带她去见曹太太。穿上新的,素净的长棉袍,头上脚下都干干净净的,就凭她的模样,年岁,气派,一定能拿得出手去,一定能讨曹太太的喜欢。没错儿!

走到了地方,他满身是汗。见了那个破大门,好像见了多年未曾回来过的老家:破门,破墙,门楼上的几棵干黄的草,都非常可爱。他进了大门,一直奔了小福子的屋子去。顾不得敲门,顾不得叫一声,他一把拉开了门。一拉开门,他本能的退了回来。炕上坐着个中年的妇人,因屋中没有火,她围着条极破的被子。祥子楞在门外,屋里出了声:"怎么啦!报丧哪?怎么不言语一声楞往人家屋里走啊?!你找谁?"

祥子不想说话。他身上的汗全忽然落下去,手扶着那扇破门,他又不敢把希望全都扔弃了:"我找小福子!"

"不知道！赶明儿你找人的时候，先问一声再拉门！什么小福子大福子的！"

坐在大门口，他楞了好大半天，心中空了，忘了他是干什么呢。慢慢的他想起一点来，这一点只有小福子那么大小，小福子在他心中走过来，又走过去，像走马灯上的纸人，老那么来回的走，没有一点作用，他似乎忘了他与她的关系。慢慢的，小福子的形影缩小了些，他的心多了一些活动。这才知道了难过。

在不准知道事情的吉凶的时候，人总先往好里想。祥子猜想着，也许小福子搬了家，并没有什么更大的变动。自己不好，为什么不常来看看她呢？惭愧令人动作，好补补自己的过错。最好是先去打听吧。他又进了大院，找住个老邻居探问了一下。没得到什么正确的消息。还不敢失望，连饭也不顾得吃，他想去找二强子；找到那两个弟弟也行。这三个男人总在街面上，不至于难找。

见人就问，车口上，茶馆中，杂院里，尽着他的腿的力量走了一天，问了一天，没有消息。

晚上，他回到车厂，身上已极疲乏，但是还不肯忘了这件事。一天的失望，他不敢再盼望什么了。苦人是容易死的，苦人死了是容易被忘掉。莫非小福子已经不在了么？退一步想，即使她没死，二强子又把她卖掉，卖到极远的地方去，是可能的；这比死更坏！

烟酒又成了他的朋友。不吸烟怎能思索呢？不喝醉怎能停止住思索呢？

二十三

祥子在街上丧胆游魂的走，遇见了小马儿的祖父。老头子已不拉车,身上的衣裳比以前更薄更破,扛着根柳木棍子,前头挂着个大瓦壶,后面悬着个破元宝筐子,筐子里有些烧饼油鬼和一大块砖头。他还认识祥子。

说起话来,祥子才知道小马儿已死了半年多,老人把那辆破车卖掉,天天就弄壶茶和些烧饼果子在车口儿上卖。老人还是那么和气可爱,可是腰弯了许多,眼睛迎风流泪,老红着眼皮像刚哭完似的。

祥子喝了他一碗茶,把心中的委屈也对他略略说了几句。

"你想独自混好?"老人评断着祥子的话:"谁不是那么想呢?可是谁又混好了呢?当初,我的身子骨儿好,心眼好,一直混到如今了,我落到现在的样儿!身子好?铁打的人也逃不出去咱们这个天罗地网。心眼好?有什么用呢!善有善报,恶有恶报,并没有这八宗事!我当年轻的时候,真叫作热心肠儿,拿别人的事当自己的作。有用没有?没有!我还救过人命呢,跳河的,上吊的,我都救过,有报应没有?没有!告诉你,我不定哪天就冻死,我算是明白了,干苦活儿的打算独自一个人混好,比登天还难。一个人能有什么蹦儿①?看见过蚂蚱吧?独自一个儿也蹦得怪远的,可是教个小孩子逮住,用线儿拴上,连飞也飞不起来。赶到成了群,打成阵,哼,一阵就把整顷的庄稼吃净,谁也没法儿治它们!你说是不是?我的心眼倒好呢,连个小孙子都守不住。他病了,我没钱给他买好药,眼看着他死在我的怀里!甭说了,什么也甭说了!——茶来!谁喝碗热的?"

祥子真明白了:刘四,杨太太,孙侦探——并不能因为他的咒骂就得了恶报;他自己,也不能因为要强就得了好处。自己,专仗着自己,真像老人所说的,就是被小孩子用线拴上的蚂蚱,

---

① 蹦儿:本领,活动能力。引申为前途的意思。

有翅膀又怎样呢?

他根本不想上曹宅去了。一上曹宅,他就得要强,要强有什么用呢?就这么大咧咧的瞎混吧:没饭吃呢,就把车拉出去;够吃一天的呢,就歇一天,明天再说明天的。这不但是个办法,而且是唯一的办法。攒钱,买车,都给别人预备着来抢,何苦呢?何不得乐且乐呢?

再说,设若找到了小福子,他也还应当去努力,不为自己,还不为她吗?既然找不到她,正像这老人死了孙子,为谁混呢?他把小福子的事也告诉了老人,他把老人当作了真的朋友。

"谁喝碗热的?"老人先吆喝了声,而后替祥子来想:"大概据我这么猜呀,出不去两条道儿:不是教二强子卖给人家当小啊,就是押在了白房子。哼,多半是下了白房子!怎么说呢?小福子既是,像你刚才告诉我的,嫁过人,就不容易再有人要;人家买姨太太的要整货。那么,大概有八成,她是下了白房子。我快六十岁了,见过的事多了去啦:拉车的壮实小伙子要是有个一两天不到街口上来,你去找吧,不是拉上包月,准在白房子趴着呢;咱们拉车人的姑娘媳妇要是忽然不见了,总有七八成也是上那儿去了。咱们卖汗,咱们的女人卖肉,我明白,我知道!你去上那里找找看吧,不盼着她真在那里,不过,——茶来!谁喝碗热的?!"

祥子一气跑到西直门外。

一出了关厢,马上觉出空旷,树木削瘦的立在路旁,枝上连只鸟也没有。灰色的树木,灰色的土地,灰色的房屋,都静静的立在灰黄色的天下;从这一片灰色望过去,看见那荒寒的西山。铁道北,一片树林,林外几间矮屋,祥子算计着,这大概就是白房子了。看看树林,没有一点动静;再往北看,可以望到万牲园外的一些水地,高低不平的只剩下几棵残蒲败苇。小屋子外没有一个人，没动静。远近都这么安静，他怀疑这是否那个出名的白房子了。他大着胆往屋子那边走，屋门上都挂着草帘子，新挂上的，都黄黄的有些光泽。他听人讲究过，这里的妇人，在夏天，都赤着背，在屋外坐着，招呼着行人。那来照顾她们的，还老远的要唱着窑调①，显出自己并不是外行。为什么现在这么安静呢？难道冬天此地都不作买卖了么？

他正在这么猜疑，靠边的那一间的草帘子动了一下，露出个女人头来。祥子吓了一跳，那个人头，猛一看，非常像虎妞的。他心里说："来找小福子，要是找到了虎妞，才真算见鬼！"

"进来吧，傻乖乖！"那个人头说了话，语音可不像虎妞的；嗓子哑着，很像他常在天桥听见的那个卖野药的老头子，哑而显着急切。

屋子里什么也没有，只有那个妇人和一铺小炕，炕上没有席，可是炕里烧着点火，臭气烘烘的非常的难闻。炕上放着条旧被子，被子边儿和炕上的砖一样，都油亮油亮的。妇人有四十来岁，蓬着头，还没洗脸。她下边穿着条夹裤，上面穿着件青布小棉袄，没系钮扣。祥子大低头才对付着走进去，一进门就被她搂住了。小棉袄本没扣着，胸前露出一对极长极大的奶来。

祥子坐在了炕沿上，因为立着便不能伸直了脖子。他心中很喜欢遇上了她，常听人说，白房子有个"白面口袋"，这必定是她。"白面口袋"这个外号来自她那两个大奶。祥子开门见山的问她看见个小福子没有，她不晓得。祥子把小福子的模样形容了一番，她想起来了：

"有，有这么个人！年纪不大，好露出几个白牙，对，我们都管她叫小嫩肉。"

---

① 窑调：妓院里流行的小调。

"她在哪屋里呢?"祥子的眼忽然睁得带着杀气。

"她?早完了!""白面口袋"向外一指,"吊死在树林里了!"

"怎么?"

"小嫩肉到这儿以后,人缘很好。她可是有点受不了,身子挺单薄。有一天,掌灯的时候,我还记得真真的,因为我同着两三个娘们正在门口坐着呢。唉,就是这么个时候,来了个逛的,一直奔了她屋里去;她不爱同我们坐在门口,刚一来的时候还为这个挨过打,后来她有了名,大伙儿也就让她独自个儿在屋里,好在来逛她的决不去找别人。待了有一顿饭的工夫吧,客人走了,一直就奔了那个树林去。我们什么也没看出来,也没人到屋里去看她。赶到老叉杆①跟她去收账的时候,才看见屋里躺着个男人,赤身露体,睡得才香呢。他原来是喝醉了。小嫩肉把客人的衣裳剥下来,自己穿上,逃了。她真有心眼。要不是天黑了,要命她也逃不出去。天黑,她又女扮男装,把大伙儿都给蒙了。马上老叉杆派人四处去找,哼,一进树林,她就在那儿挂着呢。摘下来,她已断了气,可是舌头并没吐出多少,脸上也不难看,到死的时候她还讨人喜欢呢!这么几个月了,树林里到晚上一点事儿也没有,她不出来唬吓人,多么仁义!……"

祥子没等她说完,就晃晃悠悠的走出来。走到一块坟地,四四方方的种着些松树,树当中有十几个坟头。阳光本来很微弱,松林中就更暗淡。他坐在地上,地上有些干草与松花。什么声音也没有,只有树上的几个山喜鹊扯着长声悲叫。这绝不会是小福子的坟,他知道,可是他的泪一串一串的往下落。什么也没有了,连小福子也入了土!他是要强的,小福子是要强的,他只剩下些没有作用的泪,她已作了吊死鬼!一领席,埋在乱死岗子,

---

① 叉杆:指妓院老板。

这就是努力一世的下场头！

　　回到车厂，他懊睡了两天。决不想上曹宅去了，连个信儿也不必送，曹先生救不了祥子的命。睡了两天，他把车拉出去，心中完全是块空白，不再想什么，不再希望什么，只为肚子才出来受罪，肚子饱了就去睡，还用想什么呢，还用希望什么呢？看着一条瘦得出了棱的狗在白薯挑子旁边等着吃点皮和须子，他明白了他自己就跟这条狗一样，一天的动作只为捡些白薯皮和须子吃。将就着活下去是一切，什么也无须乎想了。

　　人把自己从野兽中提拔出，可是到现在人还把自己的同类驱逐到野兽里去。祥子还在那文化之城，可是变成了走兽。一点也不是他自己的过错。他停止住思想，所以就是杀了人，他也不负什么责任。他不再有希望，就那么迷迷忽忽的往下坠，坠入那无底的深坑。他吃，他喝，他嫖，他赌，他懒，他狡猾，因为他没了心，他的心被人家摘了去。他只剩下那个高大的肉架子，等着溃烂，预备着到乱死岗子去。

　　冬天过去了，春天的阳光是自然给一切人的衣服，他把棉衣卷巴卷巴全卖了。他要吃口好的，喝口好的，不必存着冬衣，更根本不预备着再看见冬天；今天快活一天吧，明天就死！管什么冬天不冬天呢！不幸，到了冬天，自己还活着，那就再说吧。原先，他一思索，便想到一辈子的事；现在，他只顾眼前。经验告诉了他，明天只是今天的继续，明天承继着今天的委屈。卖了棉衣，他觉得非常的痛快，拿着现钱作什么不好呢，何必留着等那个一阵风便噎死人的冬天呢？

　　慢慢的，不但是衣服，什么他也想卖，凡是暂时不用的东西都马上出手。他喜欢看自己的东西变成钱，被自己花了；自己花用了，就落不到别人手中，这最保险。把东西卖掉，到用的时候再去买；假若没钱买呢，就干脆不用。脸不洗，牙不刷，原来都没大关系，不但省钱，而且省事。体面给谁看呢？穿着破衣，而把烙饼卷酱肉吃在肚中，这是真的！肚子里有好东西，就是死了也有些油水，不至于像个饿死的老鼠。

祥子，多么体面的祥子，变成个又瘦又脏的低等车夫。脸，身体，衣服，他都不洗，头发有时候一个多月不剃一回。他的车也不讲究了，什么新车旧车的，只要车份儿小就好。拉上买卖，稍微有点甜头，他就中途倒出去。坐车的不答应，他会瞪眼，打起架来，到警区去住两天才不算一回事！独自拉着车，他走得很慢，他心疼自己的汗。及至走上帮儿车，要是高兴的话，他还肯跑一气，专为把别人落在后边。在这种时候，他也很会掏坏，什么横切别的车，什么故意拐硬弯，什么别扭着后面的车，什么抽冷子搡前面的车一把，他都会。原先他以为拉车是拉着条人命，一不小心便有摔死人的危险。现在，他故意的要坏；摔死谁也没大关系，人都该死！

他又恢复了他的静默寡言。一声不出的，他吃，他喝，他掏坏。言语是人类彼此交换意见与传达感情的，他没了意见，没了希望，说话干吗呢？除了讲价儿，他一天到晚老闭着口；口似乎专为吃饭喝茶与吸烟预备的。连喝醉了他都不出声，他会坐在僻静的地方去哭。几乎每次喝醉他必到小福子吊死的树林里去落泪；哭完，他就在白房子里住下。酒醒过来，钱净了手，身上中了病。他并不后悔；假若他也有后悔的时候，他是后悔当初他干吗那么要强，那么谨慎，那么老实。该后悔的全过去了，现在没有了可悔的事。

现在，怎能占点便宜，他就怎办。多吸人家一支烟卷，买东西使出个假铜子去，喝豆汁多吃几块咸菜，拉车少卖点力气而多争一两个铜子，都使他觉到满意。他占了便宜，别人就吃了亏，对，这是一种报复！慢慢的再把这个扩大一点，他也学会跟朋友们借钱，借了还是不想还；逼急了他可以撒无赖。初一上来，大家一点也不怀疑他，都知道他是好体面讲信用的人，所以他一张嘴，就把钱借到。他利用着这点人格的残余到处去借，借着如白捡，借到手便顺手儿花去。人家要债，他会作出极可怜的样子去央求宽限；这样还不成，他会去再借二毛钱，而还上一毛五的债，剩下五分先喝了酒再说。一来二去，他连一个铜子也借不出了，他开始去骗钱花。凡是以前他所混过的宅门，他都去拜访，主人也好，仆人也好，见面他会编一套谎，骗几个钱；没有钱，他央求赏给点破衣服，衣服到手马上也变了钱，钱马上变了烟酒。他低着头思索，想坏主意，想好一个主意就能进比拉一天车还多的钱；省了力气，而且进钱，他觉得非常的上算。他甚至于去找曹宅的高妈。远远的等着高妈出来买东西，看见她出来，他几乎是一步便赶过去，极动人的叫她一声高大嫂。

"哟！吓死我了！我当是谁呢？祥子啊！你怎这么样了？"高妈把眼都睁得圆了，像看见一个怪物。

"甭提了！"祥子低下头去。

"你不是跟先生都说好了吗？怎么一去不回头了？我还和老程打听你呢，他说没看见你，你到底上哪儿啦？先生和太太都直不放心！"

"病了一大场，差点死了！你和先生说说，帮我一步，等我好利落了再来上工！"祥子把早已编好的话，简单的，动人的，说出。

"先生没在家，你进来见见太太好不好？"

"甭啦！我这个样儿！你给说说吧！"

高妈给他拿出两块钱来："太太给你的，嘱咐你快吃点药！"

"是了！谢谢太太！"祥子接过钱来，心里盘算着上哪儿开发了它。高妈刚一转脸，他奔了天桥，足玩了一天。

慢慢的把宅门都串净,他又串了个第二回,这次可就已经不很灵验了。他看出来,这条路子不能靠长,得另想主意,得想比拉车容易挣钱的主意。在先前,他唯一的指望便是拉车;现在,他讨厌拉车。自然他一时不能完全和车断绝关系,可是只要有法子能暂时对付三餐,他便不肯去摸车把。他的身子懒,而耳朵很尖,有个消息,他就跑到前面去。什么公民团咧,什么请愿团咧,凡是有人出钱的事,他全干。三毛也好,两毛也好,他乐意去打一天旗子,随着人群乱走。他觉得这无论怎样也比拉车强,挣钱不多,可是不用卖力气呢。打着面小旗,他低着头,嘴里叼着烟卷,似笑非笑的随着大家走,一声也不出。到非喊叫几声不可的时候,他会张开大嘴,而完全没声,他爱惜自己的嗓子。对什么事他也不想用力,因为以前卖过力气而并没有分毫的好处。在这种打旗呐喊的时候,设若遇见点什么危险,他头一个先跑开,而且跑得很快。他的命可以毁在自己手里,再也不为任何人牺牲什么。为个人努力的也知道怎样毁灭个人,这是个人主义的两端。

二十四

又到了朝顶进香的时节,天气暴热起来。

卖纸扇的好像都由什么地方忽然一齐钻出来,跨着箱子,箱上的串铃哗啷哗啷的引人注意。道旁,青杏已论堆儿叫卖,樱桃照眼的发红,玫瑰枣儿盆上落着成群的金蜂,玻璃粉在大磁盆内放着层乳光,扒糕与凉粉的挑子收拾得非常的利落,摆着各样颜色的作料,人们也换上浅淡而花哨的单衣,街上突然增加了许多颜色,像多少道长虹散落在人间。清道夫们加紧的工作,不住的往道路上泼洒清水,可是轻尘依旧往起飞扬,令人烦躁。轻尘中却又有那长长的柳枝,与轻巧好动的燕子,使人又不得不觉到爽快。一种使人不知怎样好的天气,大家打着懒长的哈欠,疲倦而又痛快。

秧歌,狮子,开路,五虎棍,和其他各样的会,都陆续的往山上去。敲着锣鼓,挑着箱笼,打着杏黄旗,一当儿跟着一当儿,给全城一些异常的激动,给人们一些渺茫而又亲切的感触,给空气中留下些声响与埃尘。赴会的,看会的,都感到一些热情,虔诚,与兴奋。乱世的热闹来自迷信,愚人的安慰只有自欺。这些色彩,这些声音,满天的晴云,一街的尘土,教人们有了精神,有了事作:上山的上山,逛庙的逛庙,看花的看花……至不济的还可以在街旁看看热闹,念两声佛。

天这么一热,似乎把故都的春梦唤醒,到处可以游玩,人人想起点事作,温度催着花草果木与人间享乐一齐往上增长。南北海里的绿柳新蒲,招引来吹着口琴的少年,男男女女把小船放到柳阴下,或荡在嫩荷间,口里吹着情歌,眉眼也会接吻。公园里的牡丹芍药,邀来骚人雅士,缓步徘徊,摇着名贵的纸扇;走乏了,便在红墙前,绿松下,饮几杯足以引起闲愁的清茶,偷眼看着来往的大家闺秀与南北名花。就是那向来冷静的地方,也被和风晴日送来游人,正如送来蝴蝶。崇效寺的牡丹,陶然亭的绿苇,天然博物院的桑林与水稻,都引来人声伞影;甚至于天坛,孔庙,与雍和宫,也在严肃中微微有些热闹。好远行的与学生们,到西山去,到温泉去,到颐和园去,去旅行,去乱跑,去采集,去在山石上乱画些字迹。寒苦的人们也有地方去,护国寺,隆福寺,白塔寺,土地庙,花儿市,都比往日热闹:各种的草花都鲜艳的摆在路旁,一两个铜板就可以把"美"带到家中去。豆汁摊上,咸菜鲜丽得像朵大花,尖端上摆着焦红的辣椒。鸡子儿正便宜,炸蛋角焦黄稀嫩的惹人咽着唾液。天桥就更火炽,新席造起的茶棚，一座挨着一座，洁白的桌布，与妖艳的歌女，遥对着天坛墙头上的老松。锣鼓的声音延长到七八小时，天气的爽燥使锣鼓特别的轻脆，击乱了人心。妓女们容易打扮了，一件花洋布单衣便可以漂亮的摆出去，而且显明的露出身上的曲线。好清静的人们也有了去处，积水滩前，万寿寺外，东郊的窑坑，西郊的白石桥，都可以垂钓，小鱼时时碰得嫩苇微微的动。钓完鱼，野茶馆里的猪头肉，卤煮豆腐，白干酒与盐水豆儿，也能使人醉饱；然后提着钓竿与小鱼，沿着柳岸，踏着夕阳，从容的进入那古老的城门。

到处好玩，到处热闹，到处有声有色。夏初的一阵暴热像一道神符，使这老城处处带着魔力。它不管死亡，不管祸患，不管困苦，到时候它就施展出它的力量，把百万的人心都催眠过去，作梦似的唱着它的赞美诗。它污浊，它美丽，它衰老，它活泼，它杂乱，它安闲，它可爱，它是伟大的夏初的北平。

正是在这个时节，人们才盼着有些足以解闷的新闻，足以念两三遍而不厌烦的新闻，足以读完报而可以亲身去看到的新闻，天是这么长而晴爽啊！

这样的新闻来了！电车刚由厂里开出来，卖报的小儿已扯开尖嗓四下里追着人喊："枪毙阮明的新闻，九点钟游街的新闻！"一个铜板，一个铜板，又一个铜板，都被小黑手接了去。电车上，铺户中，行人的手里，一张一张的全说的是阮明：阮明的像片，阮明的历史，阮明的访问记，大字小字，插图说明，整页的都是阮明。阮明在电车上，在行人的眼里，在交谈者的口中，老城里似乎已没有了别人，只有阮明；阮明今天游街，今日被枪毙！有价值的新闻，理想的新闻，不但口中说着阮明，待一会儿还可看见他。妇女们赶着打扮；老人们早早的就出去，唯恐腿脚慢，落在后边；连上学的小孩们也想逃半天学，去见识见识。到八点半钟，街上已满了人，兴奋，希冀，拥挤，喧嚣，等着看这活的新闻。车夫们忘了张罗买卖，铺子里乱了规矩，小贩们懒得吆喝，都期待着囚车与阮明。历史中曾有过黄巢，张献忠，太平天国的民族，会挨杀，也爱看杀人。枪毙似乎太简单，他们爱听凌迟，砍头，剥皮，活埋，听着像吃了冰激凌似的，痛快得微微的哆嗦。可是这一回，枪毙之外，还饶着一段游街，他们几乎要感谢那出这样主意的人，使他们会看到一个半死的人捆在车上，热闹他们的眼睛；即使自己不是监斩官，可也差不多了。这些人的心中没有好歹，不懂得善恶，辨不清是非，他们死攥着一些礼教，愿被称为文明人；他们却爱看千刀万剐他们的同类，像小儿割宰一只小狗那么残忍与痛快。一朝权到手，他们之中的任何人也会去屠城，把妇人的乳与脚割下堆成小山，这是他们的快举。他们没得到这个威权，就不妨先多看些杀猪宰羊与杀人，过一点瘾。连这个要是也摸不着看，他们会对个孩子也骂千刀杀，万刀杀，解解心中的恶气。

响晴的蓝天，东边高高的一轮红日，几阵小东风，路旁的柳条微微摆动。东便道上有一大块阴影，挤满了人：老幼男女，丑俊胖瘦，有的打扮得漂亮近时，有的只穿着小褂，都谈笑着，盼望着，时时向南或向北探探头。一人探头，大家便跟着，心中一齐跳得快了些。这样，越来越往前拥，人群渐渐挤到马路边上，成了一座肉壁，只有高低不齐的人头乱动。巡警成队的出来维持秩序，他们拦阻，他们叱呼，他们有时也抓出个泥块似的孩子砸巴两拳，招得大家哈哈的欢笑。等着，耐心的等着，腿已立酸，还不肯空空回去；前头的不肯走，后面新来的便往前拥，起了争执，手脚不动，专凭嘴战，彼此诟骂，大家喊好。孩子不耐烦了，被大人打了耳光；扒手们得了手，失了东西的破口大骂。喧嚣，叫闹，吵成一片，谁也不肯动，人越增多，越不肯动，表示一致的喜欢看那半死的囚徒。

忽然,大家安静了,远远的来了一队武装的警察。"来了!"有人喊了声。紧跟着人声嘈乱起来,整群的人像机器似的一齐向前拥了一寸,又一寸,来了!来了!眼睛全发了光,嘴里都说着些什么,一片人声,整街的汗臭,礼教之邦的人民热烈的爱看杀人呀。

阮明是个小矮个儿,倒捆着手,在车上坐着,像个害病的小猴子;低着头,背后插着二尺多长的白招子。人声就像海潮般的前浪催着后浪,大家都撇着点嘴批评,都有些失望:就是这么个小猴子呀!就这么稀松没劲呀!低着头,脸煞白,就这么一声不响呀!有的人想起主意,要逗他一逗:"哥儿们,给他喊个好儿呀!"紧跟着,四面八方全喊了"好!"像给戏台上的坤伶喝彩似的,轻蔑的,恶意的,讨人嫌的,喊着。阮明还是不出声,连头也没抬一抬。有的人真急了,真看不上这样软的囚犯,挤到马路边上呸呸的啐了他几口。阮明还是不动,没有任何的表现。大家越看越没劲,也越舍不得走开;万一他忽然说出句:"再过二十年又是一条好汉"呢?万一他要向酒店索要两壶白干,一碟酱肉呢?谁也不肯动,看他到底怎样。车过去了,还得跟着,他现在没什么表现,焉知道他到单牌楼不缓过气来而高唱几句《四郎探母》呢?跟着!有的一直跟到天桥;虽然他始终没作出使人佩服与满意的事,可是人们眼瞧着他吃了枪弹,到底可以算不虚此行。

在这么热闹的时节,祥子独自低着头在德胜门城根慢慢的走。走到积水滩,他四下看了看。没有人,他慢慢的,轻手蹑脚的往湖边上去。走到湖边,找了棵老树,背倚着树干,站了一会儿。听着四外并没有人声,他轻轻的坐下。苇叶微动,或一只小鸟忽然叫了一声,使他急忙立起来,头上见了汗。他听,他看,四下里并没有动静，他又慢慢的坐下。这么好几次，他开始看惯了苇叶的微动，听惯了鸟鸣，决定不再惊慌。呆呆的看着湖外的水沟里，一些小鱼，眼睛亮得像些小珠，忽聚忽散，忽来忽去；有时候头顶着一片嫩萍，有时候口中吐出一些泡沫。靠沟边，一些已长出腿的蝌蚪，直着身儿，摆动那黑而大的头。水忽然流得快一些，把小鱼与蝌蚪都冲走，尾巴歪歪着顺流而下，可是随着水也又来了一群，挣扎着想要停住。一个水蝎极快的跑过去。水流渐渐的稳定，小鱼又结成了队，张开小口去啃一个浮着的绿叶，或一段小草。稍大些的鱼藏在深处，偶尔一露背儿，忙着转身下去，给水面留下个旋涡与一些碎纹。翠鸟像箭似的由水面上擦过去，小鱼大鱼都不见了，水上只剩下浮萍。祥子呆呆的看着这些，似乎看见，又似乎没看见，无心中的拾起块小石，投在水里，溅起些水花，击散了许多浮萍，他猛的一惊，吓得又要立起来。

坐了许久，他偷偷的用那只大的黑手向腰间摸了摸。点点头，手停在那里；待了会，手中拿出一落儿钞票，数了数，又极慎重的藏回原处。

他的心完全为那点钱而活动着：怎样花费了它，怎样不教别人知道，怎样既能享受而又安全。他已不是为自己思索，他已成为钱的附属物，一切要听它的支配。

这点钱的来头已经决定了它的去路。这样的钱不能光明正大的花出去。这点钱，与拿着它们的人，都不敢见阳光。人们都在街上看阮明，祥子藏在那清静的城根，设法要到更清静更黑暗的地方去。他不敢再在街市上走，因为他卖了阮明。就是独自对着静静的流水，背靠着无人迹的城根，他也不敢抬头，仿佛有个鬼影老追随着他。在天桥倒在血迹中的阮明，在祥子心中活着，在他腰间的一些钞票中活着。他并不后悔，只是怕，怕那个无处无时不紧跟着他的鬼。

阮明作了官以后，颇享受了一些他以前看作应该打倒的事。钱会把人引进恶劣的社会中去，把高尚的理想撇开，而甘心走入地狱中去。他穿上华美的洋服，去嫖，去赌，甚至于吸上口鸦片。当良心发现的时候，他以为这是万恶的社会陷害他，而不完全是自己的过错；他承认他的行为不对，可是归罪于社会的引诱力太大，他没法抵抗。一来二去，他的钱不够用了，他又想起那些激烈的思想，但是不为执行这些思想而振作；他想利用思想换点钱来。把思想变成金钱，正如同在读书的时候想拿对教员的交往白白的得到及格的分数。懒人的思想不能和人格并立，一切可以换作金钱的都早晚必被卖出去。他受了津贴。急于宣传革命的机关，不能极谨慎的选择战士，愿意投来的都是同志。但是，受津贴的人多少得有些成绩，不管用什么手段作出的成绩；机关里要的是报告。阮明不能只拿钱不作些事。他参加了组织洋车夫的工作。祥子呢，已是作摇旗呐喊的老行家；因此，阮明认识了祥子。

阮明为钱，出卖思想；祥子为钱，接受思想。阮明知道，遇必要的时候，可以牺牲了祥子。祥子并没作过这样的打算，可是到时候就这么作了——出卖了阮明。为金钱而工作的，怕遇到更多的金钱；忠诚不立在金钱上。阮明相信自己的思想，以思想的激烈原谅自己一切的恶劣行为。祥子听着阮明所说的，十分有理，可是看阮明的享受也十分可羡慕——"我要有更多的钱，我也会快乐几天！跟姓阮的一样！"金钱减低了阮明的人格，金钱闪花了祥子的眼睛。他把阮明卖了六十块钱。阮明要的是群众的力量，祥子要的是更多的——像阮明那样的——享受。阮明的血洒在津贴上，祥子把钞票塞在了腰间。

一直坐到太阳平西，湖上的蒲苇与柳树都挂上些金红的光闪，祥子才立起来，顺着城根往西走。骗钱，他已作惯；出卖人命，这是头一遭。何况他听阮明所说的还十分有理呢！城根的空旷，与城墙的高峻，教他越走越怕。偶尔看见垃圾堆上有几个老鸦，他都想绕着走开，恐怕惊起它们，给他几声不祥的啼叫。走到了西城根，他加紧了脚步，一条偷吃了东西的狗似的，他溜出了西直门。晚上能有人陪伴着他，使他麻醉，使他不怕，是理想的去处；白房子是这样的理想地方。

　　入了秋，祥子的病已不允许他再拉车，祥子的信用已丧失得赁不出车来。他作了小店的照顾主儿。夜间，有两个铜板，便可以在店中躺下。白天，他去作些只能使他喝碗粥的劳作。他不能在街上去乞讨，那么大的个子，没有人肯对他发善心。他不会在身上作些彩，去到庙会上乞钱，因为没受过传授，不晓得怎么把他身上的疮化装成动人的不幸。作贼，他也没那套本事，贼人也有团体与门路啊。只有他自己会给自己挣饭吃，没有任何别的依赖与援助。他为自己努力，也为自己完成了死亡。他等着吸那最后的一口气，他是个还有口气的死鬼，个人主义是他的灵魂。这个灵魂将随着他的身体一齐烂化在泥土中。

　　北平自从被封为故都，它的排场，手艺，吃食，言语，巡警……已慢慢的向四外流动，去找那与天子有同样威严的人和财力的地方去助威。那洋化的青岛也有了北平的涮羊肉；那热闹的天津在半夜里也可以听到低悲的"硬面——饽饽"；在上海，在汉口，在南京，也都有了说京话的巡警与差役，吃着芝麻酱烧饼；香片茶会由南而北，在北平经过双熏再往南方去；连抬杠的杠夫也有时坐上火车到天津或南京去抬那高官贵人的棺材。

　　北平本身可是渐渐的失去原有的排场，点心铺中过了九月九还可以买到花糕，卖元宵的也许在秋天就下了市，那二三百年的老铺户也忽然想起作周年纪念，借此好散出大减价的传单……经济的压迫使排场去另找去路，体面当不了饭吃。

不过，红白事情在大体上还保存着旧有的仪式与气派，婚丧嫁娶仿佛到底值得注意，而多少要些排场。婚丧事的执事，响器，喜轿与官罩，到底还不是任何都市所能赶上的。出殡用的松鹤松狮，纸扎的人物轿马，娶亲用的全份执事，与二十四个响器，依旧在街市上显出官派大样，使人想到那太平年代的繁华与气度。

祥子的生活多半仗着这种残存的仪式与规矩。有结婚的，他替人家打着旗伞；有出殡的，他替人家举着花圈挽联；他不喜，也不哭，他只为那十几个铜子，陪着人家游街。穿上杠房或喜轿铺所预备的绿衣或蓝袍，戴上那不合适的黑帽，他暂时能把一身的破布遮住，稍微体面一些。遇上那大户人家办事，教一干人等都剃头穿靴子，他便有了机会使头上脚下都干净利落一回。脏病使他迈不开步，正好举着面旗，或两条挽联，在马路边上缓缓的蹭。

可是，连作这点事，他也不算个好手。他的黄金时代已经过去了，既没从洋车上成家立业，什么事都随着他的希望变成了"那么回事"。他那么大的个子，偏争着去打一面飞虎旗，或一对短窄的挽联；那较重的红伞与肃静牌等等，他都不肯去动。和个老人，小孩，甚于至妇女，他也会去争竞。他不肯吃一点亏。

打着那么个小东西，他低着头，弯着背，口中叼着个由路上拾来的烟卷头儿，有气无力的慢慢的蹭。大家立定，他也许还走；大家已走，他也许多站一会儿；他似乎听不见那施号发令的锣声。他更永远不看前后的距离停匀不停匀，左右的队列整齐不整齐，他走他的，低着头像作着个梦，又像思索着点高深的道理。那穿红衣的锣夫，与拿着绸旗的催押执事，几乎把所有的村话都向他骂去："孙子！我说你呢，骆驼！你他妈的看齐！"他似乎还没有听见。打锣的过去给了他一锣锤，他翻了翻眼，朦胧的向四外看一下。没管打锣的说了什么，他留神的在地上找，看有没有值得拾起来的烟头儿。

体面的,要强的,好梦想的,利己的,个人的,健壮的,伟大的,祥子,不知陪着人家送了多少回殡;不知道何时何地会埋起他自己来,埋起这堕落的,自私的,不幸的,社会病胎里的产儿,个人主义的末路鬼!

断 魂 枪

"生命是闹着玩，事事显出如此，从前我这么想过，现在我懂得了。"

沙子龙的镖局已改成客栈。

东方的大梦没法子不醒了。炮声压下去马来与印度野林中的虎啸。半醒的人们，揉着眼，祷告着祖先与神灵；不大会儿，失去了国土、自由与主权。门外立着不同面色的人，枪口还热着。他们的长矛毒弩，花蛇斑彩的厚盾，都有什么用呢？连祖先与祖先所信的神明全不灵了啊！龙旗的中国也不再神秘，有了火车呀，穿坟过墓破坏着风水。枣红色多穗的镖旗，绿鲨皮鞘的钢刀，响着串铃的口马①，江湖上的智慧与黑话，义气与声名，连沙子龙，他的武艺、事业，都梦似的变成昨夜的。今天是火车、快枪，通商与恐怖。听说，有人还要杀下皇帝的头呢！

这是走镖已没有饭吃，而国术还没被革命党与教育家提倡起来的时候。

谁不晓得沙子龙是短瘦、利落、硬棒，两眼明得像霜夜的大星？可是，现在他身上放了肉。镖局改了客栈，他自己在后小院占着三间北房，大枪立在墙角，院子里有几只楼鸽。只是在夜

---

① 口马：张家口外的马匹。

间,他把小院的门关好,熟习熟习他的"五虎断魂枪"。这条枪与这套枪,二十年的工夫,在西北一带,给他创出来"神枪沙子龙"五个字,没遇见过敌手。现在,这条枪与这套枪不会再替他增光显胜了;只是摸摸这凉、滑、硬而发颤的杆子,使他心中少难过一些而已。只有在夜间独自拿起枪来,才能相信自己还是"神枪沙"。在白天,他不大谈武艺与往事;他的世界已被狂风吹了走。

在他手下创练起来的少年们还时常来找他。他们大多数是没落子弟,都有点武艺,可是没地方去用。有的在庙会上去卖艺:踢两趟腿,练套家伙,翻几个跟头,附带着卖点大力丸,混个三吊两吊的。有的实在闲不起了,去弄筐果子,或挑些毛豆角,赶早儿在街上论斤吆喝出去。那时候,米贱肉贱,肯卖膀子力气本来可以混个肚儿圆;他们可是不成:肚量既大,而且得吃口管事儿的①;干馇馇辣饼子咽不下去。况且他们还时常去走会:五虎棍,开路,太狮少狮……虽然算不了什么——比起走镖来——可是到底有个机会活动活动,露露脸。是的,走会捧场是买脸的事,他们打扮得像个样儿,至少得有条青洋绉裤子,新漂白细市布的小褂,和一双鱼鳞洒鞋——顶好是青缎子抓地虎靴子。他们是神枪沙子龙的徒弟——虽然沙子龙并不承认——得到处露脸,走会得赔上俩钱,说不定还得打场架。没钱,上沙老师那里去求。沙老师不含糊,多少不拘,不让他们空着手儿走。可是,为打架或献技去讨教一个招数,或是请给说个"对子"——什么空手夺刀,或虎头钩进枪——沙老师有时说句笑话,马虎过去:"教什么?拿开水浇吧!"有时直接把他们赶出去。他们不大明白沙老师是怎么了,心中也有点不乐意。

---

① 管事儿的:有营养的,耐饿的。

可是，他们到处为沙老师吹腾，一来是愿意使人知道他们的武艺有真传授，受过高人的指教；二来是为激动沙老师：万一有人不服气而找上老师来，老师难道还不露一两手真的么？所以，沙老师一拳就砸倒了个牛！沙老师一脚把人踢到房上去，并没使多大的劲！他们谁也没见过这种事，但是说着说着，他们相信这是真的了，有年月，有地方，千真万确，敢起誓！

王三胜——沙子龙的大伙计——在土地庙拉开了场子，摆好了家伙。抹了一鼻子茶叶末色的鼻烟，他抡了几下竹节钢鞭，把场子打大一些。放下鞭，没向四围作揖，叉着腰念了两句："脚踢天下好汉，拳打五路英雄！"向四围扫了一眼："乡亲们，王三胜不是卖艺的；玩艺儿会几套，西北路上走过镖，会过绿林中的朋友。现在闲着没事，拉个场子陪诸位玩玩。有爱练的尽管下来，王三胜以武会友，有赏脸的，我陪着。神枪沙子龙是我的师傅；玩艺地道！诸位，有愿下来的没有？"他看着，准知道没人敢下来，他的话硬，可是那条钢鞭更硬，十八斤重。

王三胜，大个子，一脸横肉，努着对大黑眼珠，看着四周。大家不出声。他脱了小褂，紧了紧深月白色的"腰里硬"，把肚子杀进去。给手心一口唾沫，抄起大刀来：

"诸位，王三胜先练趟瞧瞧。不白练，练完了，带着的扔几个；没钱，给喊个好，助助威。这儿没生意口。好，上眼①！"

大刀靠了身，眼珠努出多高，脸上绷紧，胸脯子鼓出，像两块老桦木根子。一跺脚，刀横起，大红缨子在肩前摆动。削砍劈拨，蹲越闪转，手起风生，忽忽直响。忽然刀在右手心上旋转，身弯下去，四围鸦雀无声，只有缨铃轻叫。刀顺过来，猛的一个"跺泥"，身子直挺，比众人高着一头，黑塔似的，收了势："诸

---

① 上眼：请观众们看。

位!"一手持刀,一手叉腰,看着四围。稀稀的扔下几个铜钱,他点点头。"诸位!"他等着,等着,地上依旧是那几个亮而削薄的铜钱,外层的人偷偷散去。他咽了口气:"没人懂!"他低声的说,可是大家全听见了。

"有功夫!"西北角上一个黄胡子老头儿答了话。

"啊?"王三胜好似没听明白。

"我说,你——有——功——夫!"老头子的语气很不得人心。

放下大刀,王三胜随着大家的头往西北看。谁也没看重这个老人:小干巴个儿,披着件粗蓝布大衫,脸上窝窝瘪瘪,眼陷进去很深,嘴上几根细黄胡,肩上扛着条小黄草辫子,有筷子那么细,而绝对不像筷子那么直顺。王三胜可是看出这老家伙有功夫,脑门亮,眼睛亮——眼眶虽深,眼珠可黑得像两口小井,深深的闪着黑光。王三胜不怕:他看得出别人有功夫没有,可更相信自己的本事,他是沙子龙子下的大将。

"下来玩玩,大叔!"王三胜说得很得体。

点点头,老头儿往里走。这一走,四处全笑了。他的胳臂不大动;左脚往前迈,右脚随着拉上来,一步步地往前拉扯,身子整着①,像是患过瘫痪病。蹭到场中,把大衫扔在地上,一点没理会四围怎样笑他。

"神枪沙子龙的徒弟,你说?好,让你使枪吧;我呢?"老头子非常的干脆,很像久想动手。

人们全回来了,邻场耍狗熊的无论怎么敲锣也不中用了。

"三截棍进枪吧?"王三胜要看老头子一手,三截棍不是随便就拿得起来的家伙。

老头子又点点头,拾起家伙来。王三胜努着眼,抖着枪,脸

---

① 身子整着:身体僵硬,走路时双臂不动。

210

上十分难看。

老头子的黑眼珠更深更小了,像两个香火头,随着面前的枪尖儿转,王三胜忽然觉得不舒服,那俩黑眼珠似乎要把枪尖吸进去!四外已围得风雨不透,大家都觉出老头子确是有威。为躲那对眼睛,王三胜耍了个枪花。老头子的黄胡子一动:"请!"王三胜一扣枪,向前躬步,枪尖奔了老头子的喉头去,枪缨打了一个红旋。老人的身子忽然活展了,将身微偏,让过枪尖,前把一挂,后把撩王三胜的手。拍,拍,两响,王三胜的枪撒了手。场外叫了好。王三胜连脸带胸口全紫了,抄起枪来;一个花子,连枪带人滚了过来,枪尖奔了老人的中部。老头子的眼亮得发着黑光;腿轻轻一屈,下把掩裆,上把打着刚要抽回的枪杆;拍,枪又落在地上。

场外又是一片彩声。王三胜流了汗,不再去拾枪,努着眼,木在那里。老头子扔下家伙,拾起大衫,还是拉拉着腿,可是走得很快了,大衫搭在臂上,他过来拍了王三胜一下:"还得练哪,伙计!"

"别走!"王三胜擦着汗:"你不离,姓王的服了!可有一样,你敢会会沙老师?"

"就是为会他才来的!"老头子的干巴脸上皱起点来,似乎是笑呢。"走;收了吧;晚饭我请!"

王三胜把兵器拢在一处,寄放在变戏法二麻子那里,陪着老头子往庙外走。后面跟着不少人,他把他们骂散了。

"你老贵姓?"他问。

"姓孙哪,"老头子的话与人一样,都那么干巴。"爱练;久想会会沙子龙。"

沙子龙不把你打扁了!王三胜心里说。他脚底下加了劲,可是没把孙老头落下。他看出来,老头子的腿是老走着查拳门中的连跳步；交起手来，必定很快。但是，无论他怎么快，沙子龙是没对手的。准知道孙老头要吃亏，他心中痛快了些，放慢了些脚步。

"孙大叔贵处？"

"河间的，小地方。"孙老者也和气了些："月棍年刀一辈子枪，不容易见功夫！说真的，你那两手就不坏！"

王三胜头上的汗又回来了，没言语。

到了客栈，他心中直跳，唯恐沙老师不在家，他急于报仇。他知道老师不爱管这种事，师弟们已碰过不少回钉子，可是他相信这回必定行，他是大伙计，不比那些毛孩子；再说，人家在庙会上点名叫阵，沙老师还能丢这个脸吗？

"三胜，"沙子龙正在床上看着本《封神榜》，"有事吗？"

三胜的脸又紫了，嘴唇动着，说不出话来。

沙子龙坐起来，"怎么了，三胜？"

"栽了跟头！"

只打了个不甚长的哈欠，沙老师没别的表示。

王三胜心中不平，但是不敢发作；他得激动老师："姓孙的一个老头儿，门外等着老师呢；把我的枪，枪，打掉了两次！"他知道"枪"字在老师心中有多大分量。没等吩咐，他慌忙跑出去。

客人进来，沙子龙在外间屋等着呢。彼此拱手坐下，他叫三胜去泡茶。三胜希望两个老人立刻交了手，可是不能不沏茶去。孙老者没话讲，用深藏着的眼睛打量沙子龙。沙很客气：

"要是三胜得罪了你，不用理他，年纪还轻。"

孙老者有些失望，可也看出沙子龙的精明。他不知怎样好了，不能拿一个人的精明断定他的武艺。"我来领教领教枪法！"他不由的说出来。

沙子龙没接碴儿。王三胜提着茶壶走进来——急于看二人动

断魂枪

手,他没管水开了没有,就沏在壶中。

"三胜,"沙子龙拿起个茶碗来,"去找小顺们去,天汇见,陪孙老者吃饭。"

"什么!"王三胜的眼珠几乎掉出来。看了看沙老师的脸,他敢怒而不敢言地说了声"是啦!"走出去,噘着大嘴。

"教徒弟不易!"孙老者说。

"我没收过徒弟。走吧,这个水不开!茶馆去喝,喝饿了就吃。"沙子龙从桌子上拿起缎子褡裢,一头装着鼻烟壶,一头装着点钱,挂在腰带上。

"不,我还不饿!"孙老者很坚决,两个"不"字把小辫从肩上抡到后边去。

"说会子话儿。"

"我来为领教领教枪法。"

"功夫早搁下了,"沙子龙指着身上,"已经放了肉!"

"这么办也行,"孙老者深深地看了沙老师一眼:"不比武,教给我那趟五虎断魂枪。"

"五虎断魂枪?"沙子龙笑了:"早忘干净了!早忘干净了!告诉你,在我这儿住几天,咱们各处逛逛,临走,多少送点盘川①。"

"我不逛,也用不着钱,我来学艺!"孙老者立起来,"我练趟给你看看,看够得上学艺不够!"一屈腰已到了院中,把楼鸽都吓飞起去。拉开架子,他打了趟查拳:腿快,手飘洒,一个飞脚起去,小辫儿飘在空中,像从天上落下来一个风筝;快之中,每个架子都摆得稳、准、利落;来回六趟,把院子满都打到。走得圆,接得紧,身子在一处,而精神贯串到四面八方。抱拳收势,身儿缩紧,好似满院乱飞的燕子忽然归了巢。

---

① 盘川:盘缠,旅费。

213

"好！好！"沙子龙在台阶上点着头喊。

"教给我那趟枪！"孙老者抱了抱拳。

沙子龙下了台阶，也抱着拳："孙老者，说真的吧；那条枪和那套枪都跟我入棺材，一齐入棺材！"

"不传？"

"不传！"

孙老者的胡子嘴动了半天，没说出什么来。到屋里抄起蓝布大衫，拉拉着腿："打搅了，再会！"

"吃过饭走！"沙子龙说。

孙老者没言语。

沙子龙把客人送到小门，然后回到屋中，对着墙角立着的大枪点了点头。

他独自上了天汇，怕是王三胜们在那里等着。他们都没有去。

王三胜和小顺们都不敢再到土地庙去卖艺，大家谁也不再为沙子龙吹腾；反之，他们说沙子龙栽了跟头，不敢和个老头儿动手；那个老头子一脚能踢死个牛。不要说王三胜输给他，沙子龙也不是他的"个儿"①。不过呢，王三胜到底和老头子见了个高低，而沙子龙连句话也没敢说。"神枪沙子龙"慢慢似乎被人们忘了。

夜静人稀，沙子龙关好了小门，一气把六十四枪刺下来，而后，挂着枪，望着天上的群星，想起当年在野店荒林的威风。叹一口气，用手指慢慢摸着凉滑的枪身，又微微一笑："不传！不传！"

---

① 不是他的"个儿"：不是他的对手。

马裤先生

火车在北平东站还没开,同屋那位睡上铺的穿马裤,戴平光的眼镜,青缎子洋服上身,胸袋插着小楷羊毫,足登青绒快靴的先生发了问:"你也是从北平上车?"很和气的。

我倒有点迷了头,火车还没动呢,不从北平上车,难道由——由哪儿呢?我只好反攻了:"你从哪儿上车?"很和气的。我希望他说是由汉口或绥远上车,因为果然如此,那么中国火车一定已经是无轨的,可以随便走走;那多么自由!

他没言语。看了看铺位,用尽全身——假如不是全生——的力气喊了声,"茶房!"

茶房正忙着给客人搬东西,找铺位。可是听见这么紧急的一声喊,就是有天大的事也得放下,茶房跑来了。

"拿毯子!"马裤先生喊。

"请少待一会儿,先生,"茶房很和气的说,"一开车,马上就给您铺好。"

马裤先生用食指挖了鼻孔一下,别无动作。

茶房刚走开两步。

"茶房!"这次连火车好似都震得直动。

茶房像旋风似的转过身来。

"拿枕头,"马裤先生大概是已经承认毯子可以迟一下,可是枕头总该先拿来。

"先生，请等一等，您等我忙过这会儿去，毯子和枕头就一齐全到。"茶房说的很快，可依然是很和气。

茶房看马裤客人没任何表示，刚转过身去要走，这次火车确是哗啦了半天，"茶房！"

茶房差点吓了个跟头，赶紧转回身来。

"拿茶！"

"先生请略微等一等，一开车茶水就来。"

马裤先生没任何的表示。茶房故意地笑了笑，表示歉意。然后搭讪着慢慢地转身，以免快转又吓个跟头。转好了身，腿刚预备好要走，背后打了个霹雳，"茶房！"

茶房不是假装没听见，便是耳朵已经震聋，竟自没回头，一直地快步走开。

"茶房！茶房！茶房！"马裤先生连喊，一声比一声高：站台上送客的跑过一群来，以为车上失了火，要不然便是出了人命。茶房始终没回头。马裤先生又挖了鼻孔一下，坐在我的床上。刚坐下，"茶房！"茶房还是没来。看着自己的磕膝，脸往下沉，沉到最长的限度，手指一挖鼻孔，脸好似刷的一下又纵回去了。然后，"你坐二等？"这是问我呢。我又毛了，我确是买的二等，难道上错了车？

"你呢？"我问。

"二等。这是二等。二等有卧铺。快开车了吧？茶房！"

我拿起报纸来。

他站起来，数他自己的行李，一共八件，全堆在另一卧铺上——两个上铺都被他占了。数了两次，又说了话，"你的行李呢？"

我没言语。原来我误会了：他是善意，因为他跟着说，"可恶的茶房，怎么不给你搬行李？"

我非说话不可了："我没有行李。"

"呕?！"他确是吓了一跳，好像坐车不带行李是大逆不道似的。"早知道，我那四只皮箱也可以不打行李票了！"

这回该轮着我了，"呕?！"我心里说，"幸而是如此，不然的话，把四只皮箱也搬进来，还有睡觉的地方啊?！"

我对面的铺位也来了客人，他也没有行李，除了手中提着个扁皮夹。

"呕?！"马裤先生又出了声，"早知道你们都没行李，那口棺材也可以不另起票了！"

我决定了。下次旅行一定带行李；真要陪着棺材睡一夜，谁受得了！

茶房从门前走过。

"茶房！拿毛巾把！"

"等等。"茶房似乎下了抵抗的决心。

马裤先生把领带解开，摘下领子来，分别挂在铁钩上：所有的钩子都被占了，他的帽子，大衣，已占了两个。车开了，他顿时想起买报，"茶房！"

茶房没有来。我把我的报赠给他；我的耳鼓出的主意。

他爬上了上铺，在我的头上脱靴子，并且击打靴底上的土。枕着个手提箱，用我的报纸盖上脸，车还没到永定门，他睡着了。

我心中安坦了许多。

到了丰台，车还没站住，上面出了声，"茶房！"

没等茶房答应，他又睡着了；大概这次是梦话。

过了丰台，茶房拿来两壶热茶。我和对面的客人——一位四十来岁平平无奇的人，脸上的肉还可观——吃茶闲扯。大概还没到廊房，上面又打了雷，"茶房！"

茶房来了，眉毛拧得好像要把谁吃了才痛快。

"干吗？先——生——"

"拿茶！"上面的雷声响亮。

"这不是两壶？"茶房指着小桌说。

"上边另要一壶！"

"好吧！"茶房退出去。

"茶房！"

茶房的眉毛拧得直往下落毛。

"不要茶，要一壶开水！"

"好啦！"

"茶房！"

我直怕茶房的眉毛脱净！

"拿毯子，拿枕头，打手巾把，拿——"似乎没想起拿什么好。

"先生，您等一等。天津还上客人呢；过了天津我们一总收拾，也耽误不了您睡觉！"

茶房一气说完，扭头就走，好像永远不再想回来。

待了会儿，开水到了，马裤先生又入了梦乡，呼声只比"茶房"小一点。可是匀调，继续不断，有时呼声稍低一点。用咬牙来补上。

"开水，先生！"

"茶房！"

"就在这儿；开水！"

"拿手纸！"

"厕所里有。"

"茶房！厕所在哪边？"

"哪边都有。"

"茶房！"

"回头见。"

"茶房！茶房！！茶房！！"

没有应声。

"呼——呼呼——呼"又睡了。

有趣！

到了天津。又上来些旅客。马裤先生醒了，对着壶嘴喝了一气水。又在我头上击打靴底。穿上靴子，出溜下来，食指挖了鼻孔一下，看了看外面。"茶房！"

恰巧茶房在门前经过。

"拿毯子！"

"毯子就来。"

马裤先生出去，呆呆地立在走廊中间，专为阻碍来往的旅客与脚夫。忽然用力挖了鼻孔一下，走了。下了车，看看梨，没买；看看报，没买；看看脚行的号衣，更没作用。又上来了，向我招呼了声，"天津，咦？"我没言语。他向自己说，"问问茶房，"紧跟着一个雷，"茶房！"我后悔了，赶紧的说，"是天津，没错儿。"

"总得问问茶房；茶房！"

我笑了，没法再忍住。

车好容易又从天津开走。

刚一开车，茶房给马裤先生拿来头一份毯子枕头和手巾把。马裤先生用手巾把耳鼻孔全钻得到家，这一把手巾擦了至少有一刻钟，最后用手巾擦了擦手提箱上的土。

我给他数着，从老站到总站的十来分钟之间，他又喊了四五十声茶房。茶房只来了一次，他的问题是火车向哪面走呢？茶房的回答是不知道；于是又引起他的建议，车上总该有人知道，茶房应当负责去问。茶房说，连驶车的也不晓得东西南北。于是他几乎变了颜色，万一车走迷了路？！茶房没再回答，可是又掉了几根眉毛。

他又睡了,这次是在头上摔了摔袜子,可是一口痰并没往下唾,而是照顾了车顶。

我睡不着是当然的,我早已看清,除非有一对"避呼耳套"当然不能睡着。可怜的是别屋的人,他们并没预备来熬夜,可是在这种带钩的呼声下,还只好是白瞪眼一夜。

我的目的地是德州,天将亮就到了。谢天谢地!

车在此处停半点钟,我雇好车,进了城,还清清楚楚地听见"茶房!"

一个多礼拜了,我还惦记着茶房的眉毛呢。

善 人

汪太太最不喜欢人叫她汪太太;她自称穆凤贞女士,也愿意别人这样叫她。她的丈夫很有钱,她老实不客气的花着;花完他的钱,而被人称穆女士,她就觉得自己是个独立的女子,并不专指着丈夫吃饭。

穆女士一天到晚不用提多么忙了,又搭着长的富泰,简直忙得喘不过气来。不用提别的,就光拿上下汽车说,穆女士——也就是穆女士!——一天得上下多少次。哪个集会没有她,哪件公益事情没有她?换个人,那么两条胖腿就够累个半死的。穆女士不怕,她的生命是献给社会的;那两条腿再胖上一圈,也得设法带到汽车里去。她永远心疼着自己,可是更爱别人,她是为救世而来的。

穆女士还没起床,丫环自由就进来回话。她嘱咐过自由们不止一次了:她没起来,不准进来回话。丫环就是丫环,叫她"自由"也没用,天生来的不知好歹。她真想抄起床旁的小桌灯向自由扔了去,可是觉得自由还不如桌灯值钱,所以没扔。

"自由,我嘱咐你多少回了!"穆女士看了看钟,已经快九点了,她消了点气,不为别的,是喜欢自己能一气睡到九点,身体定然是不错;她得为社会而心疼自己,她需要长时间的休息。

"不是,太太,女士!"自由想解释一下。

"说,有什么事!别磨磨蹭蹭的!"

"方先生要见女士。"

"哪个方先生？方先生可多了，你还会说话呀！"

"老师方先生。"

"他又怎样了？"

"他说他的太太死了！"自由似乎很替方先生难过。

"不用说，又是要钱！"穆女士从枕头底下摸出小皮夹来："去，给他这二十，叫他快走；告诉明白，我在吃早饭以前不见人。"

自由拿着钱要走，又被主人叫住：

"叫博爱放好了洗澡水；回来你开这屋子的窗户。什么都得我现告诉，真劳人得慌！大少爷呢？"

"上学了，女士。"

"连个 kiss 都没给我，就走，好的，"穆女士连连的点头，腮上的胖肉直动。

"大少爷说了，下学吃午饭再给您一个 kiss。"自由都懂得什么叫 kiss，pie 和 bath。

"快去，别废话；这个劳人劲儿！"

自由轻快的走出去，穆女士想起来：方先生家里落了丧事，二少爷怎么办呢？无缘无故的死哪门子人，又叫少爷得荒废好几天的学！穆女士是极注意子女们的教育的。

博爱敲门，"水好了，女士。"

穆女士穿着睡衣到浴室去。雪白的澡盆，放了多半盆不冷不热的清水。凸花的玻璃，白磁砖的墙，圈着一些热气与香水味。一面大镜子，几块大白毛巾；胰子盒，浴盐瓶，都擦得放着光。她觉得痛快了点。把白胖腿放在水里，她楞了一会儿；水给皮肤的那点刺激使她在舒适之中有点茫然。她想起点久已忘了的事。坐在盆中，她看着自己的白胖腿；腿在水中显着更胖，她心中也更渺茫。用一点水，她轻轻的洗脖子；洗了两把，又想起那久已忘了的事——自己的青春：二十年前，自己的身体是多么苗条，好看！她仿佛不认识了自己。想到丈夫，儿女，都显着不大清楚，他们似乎是些生人。她撩起许多水来，用力的洗，眼看着皮肤红起来。她痛快了些，不茫然了。她不只是太太，母亲；她是大家的母亲，一切女同胞的导师。她在外国读过书，知道世界大势，她的天职是在救世。

可是救世不容易！二年前，她想起来，她提倡沐浴，到处宣传："没有澡盆，不算家庭！"有什么结果？人类的愚蠢，把舌头说掉了，他们也不了解！摸着她的胖腿，她想应当灰心，任凭世界变成个狗窝，没澡盆，没卫生！可是她灰心不得，要牺牲就得牺牲到底。她喊自由：

"窗户开五分钟就得！"

"已经都关好了，女士！"自由回答。

穆女士回到卧室。五分钟的工夫屋内已然完全换了新鲜空气。她每天早上得作深呼吸。院内的空气太凉，屋里开了五分钟的窗子就满够她呼吸用的了。先弯下腰，她得意她的手还够得着脚尖，腿虽然弯着许多，可是到底手尖是碰了脚尖。俯仰了三次，她然后直立着喂了她的肺五六次。她马上觉出全身的血换了颜色，鲜红，和朝阳一样的热、艳。

"自由，开饭！"

穆女士最恨一般人吃的太多，所以她的早饭很简单：一大盘火腿蛋，两块黄油面包，草果果酱，一杯加乳咖啡。她曾提倡过俭食：不要吃五六个窝头，或四大碗黑面条，而多吃牛乳与黄油。没人响应；好事是得不到响应的。她只好自己实行这个主张，自己单雇了个会作西餐的厨子。

吃着火腿蛋，她想起方先生来。方先生教二少爷读书，一月拿二十块钱，不算少。她就怕寒苦的人有多挣钱的机会；钱在她手里是钱，到了穷人手里是祸。她不是不能多给方先生几块，而是不肯，一来为怕自己落个冤大头的名儿，二来怕给方先生惹祸。连这么着，刚教了几个月的书，还把太太死了呢。不过，方先生到底是可怜的。她得设法安慰方先生：

"自由，叫厨子把'我'的鸡蛋给方先生送十个去；嘱咐方先生不要煮老了，嫩着吃！"

穆女士咂摸着咖啡的回味，想象着方先生吃过嫩鸡蛋必能健康起来，足以抵抗得住丧妻的悲苦。继而一想呢，方先生既丧了妻，没人给他作饭吃，以后顶好是由她供给他两顿饭。她总是给别人想得这样周到；不由她，惯了。供给他两顿饭呢，可就得少给他几块钱。他少得几块钱，可是吃得舒服呢。方先生应当感谢她这份体谅与怜爱。她永远体谅人怜爱人，可是谁体谅她怜爱她呢？想到这儿，她觉得生命无非是个空虚的东西；她不能再和谁恋爱，不能再把青春唤回来；她只能去为别人服务，可是谁感激她，同情她呢？

她不敢再想这可怕的事，这足以使她发狂。她到书房去看这一天的工作；工作，只有工作使她充实，使她疲乏，使她睡得香甜，使她觉到快活与自己的价值。

她的秘书冯女士已经在书房里等了一点多钟了。冯女士才二十三岁，长得不算难看，一月挣十二块钱。穆女士给她的名义是秘书，按说有这么个名字，不给钱也满下得去。穆女士的交际是多么广，做她的秘书当然能有机会遇上个阔人；假如嫁个阔人，一辈子有吃有喝，岂不比现在挣五六十块钱强？穆女士为别人打算老是这么周到，而且眼光很远。

见了冯女士，穆女士叹了口气："哎！今儿个有什么事？说吧！"她倒在个大椅子上。

冯女士把记事簿早已预备好了:"今儿个早上是,穆女士,盲哑学校展览会,十时二十分开会;十一点十分,妇女协会,您主席;十二点,张家婚礼;下午,"

"先等等,"穆女士又叹了口气,"张家的贺礼送过去没有?"

"已经送过去了,一对鲜花篮,二十八块钱,很体面。"

"啊,二十八块的礼物不太薄——"

"上次汪先生作寿,张家送的是一端寿幛,并不——"

"现在不同了,张先生的地位比原先高了;算了吧,以后再找补吧。下午一共有几件事?"

"五个会呢!"

"哼!甭告诉我,我记不住。等我由张家回来再说吧。"穆女士点了根烟吸着,还想着张家的贺礼似乎太薄了些。"冯女士,你记下来,下星期五或星期六请张家新夫妇吃饭,到星期三你再提醒我一声。"

冯女士很快的记下来。

"别忘了问我张家摆的什么酒席,别忘了。"

"是,穆女士。"

穆女士不想上盲哑学校去,可是又怕展览会照像,像片上没有自己,怪不合适。她决定晚去一会儿,顶好是正赶上照像才好。这么决定了,她很想和冯女士再说几句,倒不是因为冯女士有什么可爱的地方,而是她自己觉得空虚,愿意说点什么……解解闷儿。她想起方先生来:

"冯,方先生的妻子过去了,我给他送了二十块钱去,和十个鸡子,怪可怜的方先生!"穆女士的眼圈真的有点发湿了。

冯女士早知道方先生是自己来见汪太太,她不见,而给了二十块钱,可是她晓得主人的脾气:"方先生真可怜!可也是遇见女士这样的人,赶着给他送了钱去!"

穆女士脸上有点笑意,"我永远这样待人;连这么着还讨不出好儿来,人世是无情的!"

"谁不知道女士的慈善与热心呢!"

"哎!也许!"穆女士脸上的笑意扩展得更宽心了些。

"二少爷的书又得荒废几天!"冯女士很关心似的。

"可不是,老不叫我心静一会儿!"

"要不我先好歹的教着他?我可是不很行呀!"

"你怎么不行!我还真忘了这个办法呢!你先教着他得了,我白不了你!"

"您别又给我报酬,反正就是几天的事,方先生事完了还叫方先生教。"

穆女士想了会儿,"冯,简直这么办好不好?你就教下去,我每月一共给你二十五块钱,岂不整重?"

"就是有点对不起方先生!"

"那没什么,反正他丧了妻,家中的嚼谷小了;遇机会我再给他弄个十头八块的事;那没什么!我可该走了,哎!一天一天的,真累死人!"

| 老字号 |

老 字 号

钱掌柜走后,辛德治——三合祥的大徒弟,现在很拿点事——好几天没正经吃饭。钱掌柜是绸缎行公认的老手,正如三合祥是公认的老字号。辛德治是钱掌柜手下教练出来的人。可是他并不专因私人的感情而这样难过,也不是自己有什么野心。他说不上来为什么这样怕,好像钱掌柜带走了一些永难恢复的东西。

周掌柜到任。辛德治明白了,他的恐怖不是虚的;"难过"几乎要改成咒骂了。周掌柜是个"野鸡",三合祥——多少年的老字号!——要满街拉客了!辛德治的嘴撇得像个煮破了的饺子。老手,老字号,老规矩——都随着钱掌柜的走了,或者永远不再回来。钱掌柜,那样正直,那样规矩,把买卖作赔了。东家不管别的,只求年底下多分红。

多少年了,三合祥是永远那么官样大气:金匾黑字,绿装修,黑柜蓝布围子,大机凳①包着蓝呢子套,茶几上永远放着鲜花。多少年了,三合祥除了在灯节才挂上四只宫灯,垂着大红穗子没有任何不合规矩的胡闹八光。多少年了,三合祥没打过价钱,抹过零儿,或是贴张广告,或者减价半月;三合祥卖的是字号。多少年了,柜上没有吸烟卷的,没有大声说话的;有点响声只是老掌柜的咕噜水烟与咳嗽。

---

① 大机凳:大的方凳。

这些，还有许许多多可宝贵的老气度，老规矩，由周掌柜一进门，辛德治看出来，全要完！周掌柜的眼睛就不规矩，他不低着眼皮，而是满世界扫，好像找贼呢。人家钱掌柜，老坐在大杌凳上合着眼，可是哪个伙计出错了口气，他也晓得。

果然，周掌柜——来了还没有两天——要把三合祥改成蹦蹦戏①的棚子：门前扎起血丝胡拉的一座彩牌，"大减价"每个字有五尺见方，两盏煤气灯，把人们照得脸上发绿。这还不够，门口一档子洋鼓洋号，从天亮吹到三更；四个徒弟，都戴上红帽子，在门口，在马路上，见人就给传单。这还不够，他派定两个徒弟专管给客人送烟递茶，哪怕是买半尺白布，也往后柜让，也递香烟：大兵，清道夫，女招待，都烧着烟卷，把屋里烧得像个佛堂。这还不够，买一尺还饶上一尺，还赠送洋娃娃，伙计们还要和客人随便说笑；客人要买的，假如柜上没有，不告诉人家没有，而拿出别种东西硬叫人家看；买过十元钱的东西，还打发徒弟送了去，柜上买了两辆一走三歪的自行车！

辛德治要找个地方哭一大场去！在柜上十五六年了，没想到过——更不用说见过了——三合祥会落到这步天地！怎么见人呢？合街上有谁不敬重三合祥的？伙计们晚上出来，提着三合祥的大灯笼，连巡警们都另眼看待。那年兵变，三合祥虽然也被抢一空，可是没像左右的铺户那样连门板和"言无二价"的牌子都被摘了走——三合祥的金匾有种尊严！他到城里已经二十来年了，其中的十五六年是在三合祥，三合祥是他第二家庭，他的说话、咳嗽与蓝布大衫的样式，全是三合祥给他的。他因三合祥、也为三合祥而骄傲。他给铺子去索债，都被人请进去喝碗茶；三合祥虽是个买卖，可是和照顾主儿们似乎是朋友。钱掌柜是常给

---

① 蹦蹦戏："评剧"的俗称。

照顾主儿行红白人情的。三合祥是"君子之风"的买卖：门凳上常坐着附近最体面的人；遇到街上有热闹的时候，照顾主儿的女眷们到这里向老掌柜借个座儿。这个光荣的历史，是长在辛德治的心里的。可是现在？

辛德治也并不是不晓得，年头是变了。拿三合祥的左右铺户说，多少家已经把老规矩舍弃，而那些新开的更是提不得的，因为根本就没有过规矩。他知道这个。可是因此他更爱三合祥，更替它骄傲。它是人造丝品中唯一的一匹道地大缎子，仿佛是。假如三合祥也下了桥，世界就没了！哼，现在三合祥和别人家一样了，假如不是更坏！

他最恨的是对门那家正香村：掌柜的踏拉着鞋，叼着烟卷，镶着金门牙。老板娘背着抱着，好像兜儿里还带着，几个男女小孩，成天出来进去，进去出来，打着南方话，唧唧喳喳，不知喊些什么。老板和老板娘吵架也在柜上，打孩子，给孩子吃奶，也在柜上。摸不清他们是作买卖呢，还是干什么玩呢，只有老板娘的胸口老在柜前陈列着是件无可疑的事儿。那群伙计，不知是从哪儿找来的，全穿着破鞋，可是衣服多半是绸缎的。有的贴着太阳膏，有的头发梳得像漆杓，有的戴着金丝眼镜。再说那份儿厌气：一年到头老是大减价，老悬着煤气灯，老磨着留声机。买过两元钱的东西，老板便亲自让客人吃块酥糖；不吃，他能往人家嘴里送！什么东西也没有一定的价钱，洋钱也没有一定的行市。辛德治永远不正眼看"正香村"那三个字，也永不到那边买点东西。他想不到世上会有这样的买卖，而且和三合祥正对门！

更奇怪的，正香村发财，而三合祥一天比一天衰微。他不明白这是什么道理。难道买卖必定得不按着规矩作才行吗？果然如此，何必学徒呢？是个人就可以作生意了！不能是这样，不能；三合祥到底是不会那样的！谁知道竟自来了个周掌柜，三合祥的与正香村的煤气灯把街道照青了一大截，它们是一对儿！三合祥与正香村成了一对？！这莫非是作梦么？不是梦，辛德治也得按着周掌柜的办法走。他得和客人瞎扯，他得让人吸烟，他得把人诓到后柜，他得拿着假货当真货卖，他得等客人争竞才多放二寸，他得用手术量布——手指一捻就抽回来一块！他不能受这个！

可是多数的伙计似乎愿意这么作。有个女客进来，他们恨不能把她围上，恨不能把全铺子的东西都搬来给她瞧，等她买完——哪怕是买了二尺摛布——他们恨不能把她送回家去。周掌柜喜爱这个，他愿意伙计们折跟头、打把式，更好是能在空中飞。

周掌柜和正香村的老板成了好朋友。有时候还凑上天成的人们打打"麻将"。天成也是本街上的绸缎店，开张也有四五年了，可是钱掌柜就始终没招呼过他们。天成故意和三合祥打对仗，并且吹出风来，非把三合祥顶趴下不可。钱掌柜一声也不出，只偶尔说一句：咱们作的是字号。天成一年倒有三百六十五天是纪念日，大减价。现在天成的人们也过来打牌了。辛德治不能管理他们。他有点空闲，便坐在柜里发楞，面对着货架子——原先架上的布匹都用白布包着，现在用整幅的通天扯地地作装饰，看着都眼晕，那么花红柳绿的！三合祥已经没了，他心里说。

但是，过了一节，他不能不佩服周掌柜了。节下报账，虽然没赚什么，可是没赔。周掌柜笑着给大家解释："你们得记住，这是我的头一节呀！我还有好些没施展出来的呢。还有一层，扎牌楼，赁煤气灯……哪个不花钱呢？所以呀！"他到说上劲来的时节总这么"所以呀"一下。"日后无须扎牌楼了，咱会用更新的，还要省钱的办法，那可就有了赚头，所以呀！"辛德治看出来，钱掌柜是回不来了；世界的确是变了。周掌柜和天成、正香村的人们说得来，他们都是发财的。

过了节，检查日货嚷嚷动了。周掌柜疯了似的上东洋货。检查的学生已经出来了,他把东洋货全摆在大面上,而且下了命令:"进来买主,先拿日本布;别处不敢卖,咱们正好作一批生意。看见乡下人,明说这是东洋布,他们认这个;对城里的人,说德国货。"

检查的学生到了。周掌柜脸上要笑出几个蝴蝶儿来,让吸烟,让喝茶。"三合祥,冲这三个字,不是卖东洋货的地方,所以呀!诸位看吧!门口那些有德国布,也有土布;内柜都是国货绸缎,小号在南方有联号,自办自运。"

大家疑心那些花布。周掌柜笑了:"张福来,把后边剩下的那匹东洋布拿来。"

布拿来了。他扯住检查队的队长:"先生,不屈心,只剩下这么一匹东洋布,跟先生穿的这件大衫一样的材料,所以呀!"他回过头来,"福来,把这匹料子扔到街上去!"

队长看着自己的大衫,头也没抬,便走出去了。

这批随时可以变成德国货、国货、英国货的日本布赚了一大笔钱。有识货的人,当着周掌柜的面,把布扔在地上,周掌柜会笑着命令徒弟:"拿真正西洋货去,难道就看不出先生是懂眼的人吗?"然后对买主:"什么人要什么货,白给你这个,你也不要,所以呀!"于是又作了一号买卖。客人临走,好像怪舍不得周掌柜。辛德治看透了,作买卖打算要赚钱的话,得会变戏法和说相声。周掌柜是个人物。可是辛德治不想再在这儿干,他越佩服周掌柜,心里越难过。他的饭由脊梁骨下去。打算睡得安稳一些,他得离开这样的三合祥。

可是,没等到他在别处找好位置,周掌柜上天成领柜去了。天成需要这样的人,而周掌柜也愿意去,因为三合祥的老规矩太深了,仿佛是长了根,他不能充分施展他的才力。

辛德治送出周掌柜去,好像是送走了一块心病。

对于东家们，辛德治以十五六年老伙计的资格，是可以说几句话的，虽然不一定发生什么效力。他知道哪些位东家是更老派一些，他知道怎样打动他们。他去给钱掌柜运动，也托出钱掌柜的老朋友们来帮忙。他不说钱掌柜的一切都好，而是说钱与周二位各有所长，应当折中一下，不能死守旧法，也别改变的太过火。老字号是值得保存的，新办法也得学着用。字号与利益两顾着——他知道这必能打动了东家们。

他心里，可是，另有个主意。钱掌柜回来，一切就都回来，三合祥必定是"老"三合祥，要不然便什么也不是。他想好了：减去煤气灯、洋鼓洋号、广告、传单、烟卷；至必不得已的时候，还可以减人，大概可以省去一大笔开销。况且，不出声而贱卖，尺大而货物地道。难道人们就都是傻子吗？

钱掌柜果然回来了。街上只剩了正香村的煤气灯，三合祥恢复了昔日的肃静，虽然因为欢迎钱掌柜而悬挂上那四个宫灯，垂着大红穗子。

三合祥挂上宫灯那天，天成号门口放了两只骆驼，骆驼身上披满了各色的缎条，驼峰上安着一明一灭的五彩电灯。骆驼的左右辟了抓彩部，一人一毛钱，凑足了十个人就开彩，一毛钱有得一匹摩登绸的希望。天成门外成了庙会，挤不动的人。真有笑嘻嘻夹走一匹摩登绸的嘛！

三合祥的门凳上又罩上蓝呢套，钱掌柜眼皮也不抬，在那里坐着。伙计们安静地坐在柜里，有的轻轻拨弄算盘珠儿，有的徐缓地打着哈欠，辛德治口里不说什么，心中可是着急。半天儿能不进来一个买主。偶尔有人在外边打一眼，似乎是要进来，可是看看金匾，往天成那边走去。有时候已经进来，看了货，因不打价钱，又空手走了。只有几位老主顾，时常来买点东西；可也有时候只和钱掌柜说会儿话，慨叹着年月这样穷，喝两碗茶就走，什么也不买。辛德治喜欢听他们说话,这使他想起昔年的光景,可是他也晓得,昔年的光景,大概不会回来了;这条街只有天成"是"个买卖!

过了一节,三合祥非减人不可了。辛德治含着泪和钱掌柜说:"我一人干五个人的活,咱们不怕!"老掌柜也说:"咱们不怕!"辛德治那晚睡得非常香甜,准备次日干五个人的活。

可是过了一年,三合祥倒给天成了。

微　神

　　清明已过了，大概是；海棠花不是都快开齐了吗？今年的节气自然是晚了一些，蝴蝶们还很弱；蜂儿可是一出世就那么挺拔，好像世界确是甜蜜可喜的。天上只有三四块不大也不笨重的白云，燕儿们给白云上钉小黑丁字玩呢。没有什么风，可是柳枝似乎故意地转摆，像逗弄着四外的绿意。田中的晴绿轻轻地上了小山，因为娇弱怕累得慌，似乎是，越高绿色越浅了些；山顶上还是些黄多于绿的纹缕呢。山腰中的树，就是不绿的也显出柔嫩来，山后的蓝天也是暖和的，不然，雁们为何唱着向那边排着队去呢？石凹藏着些怪害羞的三月兰，叶儿还赶不上花朵大。

　　小山的香味只能闭着眼吸取，省得劳神去找香气的来源，你看，连去年的落叶都怪好闻的。那边有几只小白山羊，叫的声儿恰巧使欣喜不至过度，因为有些悲意。偶尔走过一只来，没长犄角就留下须的小动物，向一块大石发了会儿楞，又颠颠着俏式的小尾巴跑了。

　　我在山坡上晒太阳，一点思念也没有，可是自然而然的从心中滴下些诗的珠子，滴在胸中的绿海上，没有声响，只有些波纹走不到腮上便散了的微笑；可是始终也没成功一整句。一个诗的宇宙里，连我自己好似只是诗的什么地方的一个小符号。

　　越晒越轻松，我体会出蝶翅的怎样的欢欣。我搂着膝，和柳枝同一律动前后左右的微动，柳枝上每一黄绿的小叶都是听着春声的小耳勺儿。有时看看天空，啊，谢谢那块白云，它的边上还有个小燕呢，小得已经快和蓝天化在一处了，像万顷蓝光中的一粒黑痣，我的心灵像要往那儿飞似的。

远处山坡的小道，像地图上绿的省分里一条黄线。往下看，一大片麦田，地势越来越低，似乎是由山坡上往那边流动呢，直到一片暗绿的松树把它截住，很希望松林那边是个海湾。及至我立起来，往更高处走了几步，看看，不是；那边是些看不甚清的树，树中有些低矮的村舍；一阵小风吹来极细的一声鸡叫。

春晴的远处鸡声有些悲惨，使我不晓得眼前一切是真还是虚，它是梦与真实中间的一道用声音作的金线；我顿时似乎看见了个血红的鸡冠；在心中，村舍中，或是哪儿，有只——希望是雪白的——公鸡。

我又坐下了；不，随便的躺下了。眼留着个小缝收取天上的蓝光，越看越深，越高；同时也往下落着光暖的蓝点，落在我那离心不远的眼睛上。不大一会儿，我便闭上了眼，看着心内的晴空与笑意。

我没睡去，我知道已离梦境不远，但是还听得清清楚楚小鸟的相唤与轻歌。说也奇怪，每逢到似睡非睡的时候，我才看见那块地方——不晓得一定是哪里，可是在入梦以前它老是那个样儿浮在眼前。就管它叫作梦的前方吧。

这块地方并没有多大，没有山，没有海。像一个花园，可又没有清楚的界限。差不多是个不甚规则的三角，三个尖端浸在流动的黑暗里。一角上——我永远先看见它——是一片金黄与大红的花，密密层层的；没有阳光，一片红黄的后面便全是黑暗，可是黑的背景使红黄更加深厚，就好像大黑瓶上画着红牡丹，深厚得至于使美中有一点点恐怖。黑暗的背景，我明白了，使红黄的一片抱住了自己的彩色，不向四外走射一点；况且没有阳光，彩色不飞入空中，而完全贴染在地上。我老先看见这块，一看见它，其余的便不看也会知道的，正好像一看见香山，准知道碧云寺在哪儿藏着呢。

其余的两角，左边是一个斜长的土坡，满盖着灰紫的野花，在不漂亮中有些深厚的力量，或者月光能使那灰的部分多一些银色而显出点诗的灵空；但是我不记得在哪儿有个小月亮。无论怎样，我也不厌恶它。不，我爱这个似乎被霜弄暗了的紫色，像年轻的母亲穿着暗紫长袍。右边的一角是最漂亮的，一处小草房，门前有一架细蔓的月季，满开着单纯的花，全是浅粉的。

设若我的眼由左向右转，灰紫、红黄、浅粉，像是由秋看到初春，时节倒流；生命不但不是由盛而衰，反倒是以玫瑰作香色双艳的结束。

三角的中间是一片绿草，深绿、软厚、微湿；每一短叶都向上挺着，似乎是听着远处的雨声。没有一点风，没有一个飞动的小虫；一个鬼艳的小世界，活着的只有颜色。

在真实的经验中，我没见过这么个境界。可是它永远存在，在我的梦前。英格兰的深绿，苏格兰的紫草小山，德国黑林的幽晦，或者是它的祖先们，但是谁准知道呢。从赤道附近的浓艳中减去阳光，也有点像它，但是它又没有虹样的蛇与五彩的禽，算了吧，反正我认识它。

我看见它多少多少次了。它和"山高月小，水落石出"，是我心中的一对画屏。可是我没到那个小房里去过。我不是被那些颜色吸引得不动一动，便是由它的草地上恍惚的走入另种色彩的梦境。它是我常遇到的朋友，彼此连姓名都晓得，只是没细细谈过心。我不晓得它的中心是什么颜色的，是含着一点什么神秘的音乐——真希望有点响动！

这次我决定了去探险。

一想就到了月季花下，或也许因为怕听我自己的足音？月季花对于我是有些端阳前后的暗示，我希望在哪儿贴着张深黄纸，印着个朱红的判官，在两束香艾的中间。没有。只在我心中听见了声"樱桃"的吆喝。这个地方是太静了。

小房子的门闭着，窗上门上都挡着牙白的帘儿，并没有花影，因为阳光不足。里边什么动静也没有，好像它是寂寞的发源地。轻轻地推开门，静寂与整洁双双地欢迎我进去，是欢迎我；室中的一切是"人"的，假如外面景物是"鬼"的——希望我没用上过于强烈的字。

一大间，用幔帐截成一大一小的两间。幔帐也是牙白的，上面绣着些小蝴蝶。外间只有一条长案，一个小椭圆桌儿，一把椅子，全是暗草色的，没有油饰过。椅上的小垫是浅绿的，桌上有几本书。案上有一盆小松，两方古铜镜，锈色比小松浅些。内间有一个小床，罩着一块快垂到地上的绿毯。床首悬着一个小篮，有些快干的茉莉花。地上铺着一块长方的蒲垫，垫的旁边放着一双绣白花的小绿拖鞋。

我的心跳起来了！我决不是入了复杂而光灿的诗境；平淡朴美是此处的音调，也不是幻景，因为我认识那只绣着白花的小绿拖鞋。

爱情的故事往往是平凡的，正如春雨秋霜那样平凡。可是平凡的人们偏爱在这些平凡的事中找些诗意；那么，想必是世界上多数的事物是更缺乏色彩的；可怜的人们！希望我的故事也有些应有的趣味吧。

没有像那一回那么美的了。我说"那一回"，因为在那一天那一会儿的一切都是美的。她家中的那株海棠花正开成一个大粉白的雪球；沿墙的细竹刚拔出新笋；天上一片娇晴；她的父母都没在家；大白猫在花下酣睡。听见我来了，她像燕儿似的从帘下飞出来；没顾得换鞋，脚下一双小绿拖鞋像两片嫩绿的叶儿。她喜欢得像清早的阳光，腮上的两片苹果比往常红着许多倍，似乎有两颗香红的心在脸上开了两个小井，溢着红润的胭脂泉。那时她还梳着长黑辫。

她父母在家的时候，她只能隔着窗儿望我一望，或是设法在我走去的时节，和我笑一笑。这一次，她就像一个小猫遇上了个好玩的伴儿；我一向不晓得她"能"这样的活泼。在一同往屋中走的工夫，她的肩挨上了我的。我们都才十七岁。我们都没说什么，可是四只眼彼此告诉我们是欣喜到万分。我最爱看她家壁上那张工笔百鸟朝凤；这次，我的眼匀不出工夫来。我看着那双小绿拖鞋；她往后收了收脚，连耳根儿都有点红了；可是仍然笑着。我想问她的功课，没问；想问新生的小猫有全白的没有，没问；心中的问题多了，只是口被一种什么力量给封起来，我知道她也是如此，因为看见她的白润的脖儿直微微地动，似乎要将些不相干的言语咽下去，而真值得一说的又不好意思说。

她在临窗的一个小红木凳上坐着，海棠花影在她半个脸上微动。有时候她微向窗外看看，大概是怕有人进来。及至看清了没人，她脸上的花影都被欢悦给浸渍得红艳了。她的两手交换着轻轻地摸小凳的沿，显着不耐烦，可是欢喜的不耐烦。最后，她深深地看了我一眼，极不愿意而又不得不说地说，"走吧！"我自己已忘了自己，只看见，不是听见，两个什么字由她的口中出来？可是在心的深处猜对那两个字的意思，因为我也有点那样的关切。我的心不愿动，我的脑知道非走不可。我的眼盯住了她的。她要低头，还没低下去，便又勇敢地抬起来，故意地，不怕地，羞而不肯羞地，迎着我的眼。直到不约而同地垂下头去，又不约而同地抬起来，又那么看。心似乎已碰着心。

我走，极慢的，她送我到帘外，眼上蒙了一层露水。我走到二门，回了回头，她已赶到海棠花下。我像一个羽毛似的飘荡出去。

以后，再没有这种机会。

有一次，她家中落了，并不使人十分悲伤的丧事。在灯光下我和她说了两句话。她穿着一身孝衣。手放在胸前，摆弄着孝衣的扣带。站得离我很近，几乎能彼此听得见脸上热力的激射，像雨后的禾谷那样带着声儿生长。可是，只说了两句极没有意思的话——口与舌的一些动作：我们的心并没管它们。

我们都二十二岁了，可是五四运动还没降生呢。男女的交际还不是普通的事。我毕业后便作了小学的校长，平生最大的光荣，因为她给了我一封贺信。信笺的末尾——印着一枝梅花——她注了一行：不要回信。我也就没敢写回信。可是我好像心中燃着一束火把，无所不尽其极地整顿学校。我拿办好了学校作给她的回信；她也在我的梦中给我鼓着得胜的掌——那一对连腕也是玉的手！

提婚是不能想的事。许多许多无意识而有力量的阻碍，像个专以力气自雄的恶虎，站在我们中间。

有一件足以自慰的，我那系在心上的耳朵始终没听到她的定婚消息。还有件比这更好的事，我兼任了一个平民学校的校长，她担任着一点功课。我只希望能时时见到她，不求别的。她呢，她知道怎么躲避我——已经是个二十多岁的大姑娘。她失去了十七八岁时的天真与活泼，可是增加了女子的尊严与神秘。

又过了二年，我上了南洋。到她家辞行的那天，她恰巧没在家。

在外国的几年中，我无从打听她的消息。直接通信是不可能的。间接的探问，又不好意思。只好在梦里相会了。说也奇怪，我在梦中的女性永远是"她"。梦境的不同使我有时悲泣，有时狂喜；恋的幻境里也自有一种味道。她，在我的心中，还是十七岁时的样子：小圆脸，眉眼清秀中带着一点媚意。身量不高，处处都那么柔软，走路非常的轻巧。那一条长黑的发辫，造成最动心的一个背影。我也记得她梳起头来的样儿，但是我总梦见那带辫的背影。

回国后，自然先探听她的一切。一切消息都像谣言，她已作了暗娼！

就是这种刺心的消息，也没减少我的热情；不，我反倒更想见她，更想帮助她。我到她家去。已不在那里住，我只由墙外看见那株海棠树的一部分。房子早已卖掉了。

到底我找到她了。她已剪了发，向后梳拢着，在项部有个大绿梳子。穿着一件粉红长袍，袖子仅到肘部，那双臂，已不是那么活软的了。脸上的粉很厚，脑门和眼角都有些褶子。可是她还笑得很好看，虽然一点活泼的气象也没有了。设若把粉和油都去掉，她大概最好也只像个产后的病妇。她始终没正眼看我一次，虽然脸上并没有羞愧的样子，她也说也笑，只是心没在话与笑中，好像完全应酬我。我试着探问她些问题与经济状况，她不大愿意回答。她点着一支香烟，烟很灵通地从鼻孔出来，她把左膝放在右膝上，仰着头看烟的升降变化，极无聊而又显着刚强。我的眼湿了，她不会看不见我的泪，可是她没有任何表示。她不住地看自己的手指甲，又轻轻地向后按头发，似乎她只是为它们活着呢。提到家中的人，她什么也没告诉我。我只好走吧。临出来的时候，我把住址告诉给她——深愿她求我，或是命令我，作点事。她似乎根本没往心里听，一笑，眼看看别处，没有往外送我的意思。她以为我是出去了，其实我是立在门口没动，这么着，她一回头，我们对了眼光。只是那么一擦似的她转过头去。

初恋是青春的第一朵花，不能随便掷弃。我托人给她送了点钱去。留下了，并没有回话。

朋友们看出我的悲苦来，眉头是最会出卖人的。她们善意的给我介绍女友，惨笑地摇首是我的回答。我得等着她。初恋像幼年的宝贝永远是最甜蜜的，不管那个宝贝是一个小布人，还是几块小石子。慢慢的，我开始和几个最知己的朋友谈论她，他们看在我的面上没说她什么，可是假装闹着玩似的暗刺我，他们看我太愚，也就是说她不配一恋。他们越这样，我越坚固。是她打开了我的爱的园门，我得和她走到山穷水尽。怜比爱少着些味道，可是更多着些人情。不久，我托友人向她说明，我愿意娶她。我自己没胆量去。友人回来，带回来她的几声狂笑。她没说别的，只狂笑了一阵。她是笑谁？笑我的愚，很好，多情的人不是每每有些傻气吗？这足以使人得意。笑她自己，那只是因为不好意思哭，过度的悲郁使人狂笑。

愚痴给我些力量，我决定自己去见她，要说的话都详细的编制好，演习了许多次，我告诉自己——只许胜，不许败。她没在家。又去了两次，都没见着。第四次去，屋门里停着小小的一口薄棺材，装着她。她是因打胎而死。

一篮最鲜的玫瑰，瓣上带着我心上的泪，放在她的灵前，结束了我的初恋，开始终生的虚空。为什么她落到这般光景？我不愿再打听。反正她在我心中永远不死。

我正呆看着那双小绿拖鞋，我觉得背后的幔帐动了一动。一回头，帐子上绣的小蝴蝶在她的头上飞动呢。她还是十七八岁时的模样，还是那么轻巧，像仙女飞降下来还没十分立稳那样立着。我往后退了一步，似乎是怕一往前凑就能把她吓跑。这一退的功夫，她变了，变成二十多岁的样子。她也往后退了，随退随着脸上加着皱纹。她狂笑起来。我坐在那个小床上。刚坐下，我又起来了，扑过她去，极快；她在这极短的时间内，又变回十七岁时的样子。在一秒钟里我看见她半生的变化，她像是不受时间的拘束。我坐在椅子上，她坐在我的怀中。我自己也恢复了十五六年前脸上的红色，我觉得出。我们就这样坐着，听着彼此心血的潮荡。不知有多么久。最后，我找到声音，唇贴着她的耳边，问：

"你独自住在这里？"

"我不住在这里；我住在这儿，"她指着我的心说。

"始终你没忘了我，那么？"我握紧了她的手。

"被别人吻的时候，我心中看着你！"

"可是你许别人吻你？"我并没有一点妒意。

"爱在心里，唇不会闲着；谁教你不来吻我呢？"

"我不是怕得罪你的父母吗？不是我上了南洋吗？"

她点了点头，"惧怕使你失去一切，隔离使爱的心慌了。"

她告诉了我，她死前的光景。在我出国的那一年，她的母亲死去。她比较得自由了一些。出墙的花枝自会招来蜂蝶，有人便追求她。她还想念着我，可是肉体往往比爱少些忍耐力，爱的花不都是梅花。她接受了一个青年的爱，因为他长得像我。他非常地爱她，可是她还忘不了我，肉体的获得不就是爱的满足，相似的容貌不能代替爱的真形。他疑心了，她承认了她的心是在南洋。他们俩断绝了关系。这时候，她父亲的财产全丢了。她非嫁人不可。她把自己卖给一个阔家公子，为是供给她的父亲。

"你不会去教学挣钱？"我问。

"我只能教小学，那点薪水还不够父亲买烟吃的！"

我们俩都楞起来。我是想：假使我那时候回来，以我的经济能力说，能供给得起她的父亲吗？我还不是大睁白眼地看着她卖身？

"我把爱藏在心中，"她说，"拿肉体挣来的茶饭营养着它。我深恐肉体死了，爱便不存在，其实我是错了；先不用说这个吧。他非常的妒忌,永远跟着我,无论我是干什么,上哪儿去,他老随着我。他找不出我的破绽来,可是觉得出我是不爱他。慢慢的,他由讨厌变为公开地辱骂我,甚至于打我,他逼得我没法不承认我的心是另有所寄。忍无可忍也就顾不及饭碗问题了。他把我赶出来,连一件长衫也没给我留。我呢,父亲照样和我要钱,我自己得吃得穿,而且我一向吃好的穿好的惯了。为满足肉体,还得利用肉体,身体是现成的本钱。凡给我钱的便买去我点筋肉的笑。我很会笑;我照着镜子练习那迷人的笑。环境的不同使人作退一步想,这样零卖,到是比终日叫那一个阔公子管着强一些。在街上,有多少人指着我的后影叹气,可是我到底是自由的,甚至是自傲的,有时候我与些打扮得不漂亮的女子遇上,我也有些得意。我一共打过四次胎,但是创痛过去便又笑了。

"最初,我颇有一些名气,因为我既是作过富宅的玩物,又能识几个字,新派旧派的人都愿来照顾我。我没工夫去思想,甚至于不想积蓄一点钱,我完全为我的服装香粉活着。今天的漂亮是今天的生活,明天自有明天管照着自己,身体的疲倦,只管眼前的刺激,不顾将来。不久,这种生活也不能维持了。父亲的烟是无底的深坑。打胎需要许多花费。以前不想剩钱;钱自然不会自己剩下。我连一点无聊的傲气也不敢存了。我得极下贱地去找钱了,有时是明抢。有人指着我的后影叹气,我也回头向他笑一笑了。打一次胎增加两三岁。镜子是不欺人的,我已老丑了。疯狂足以补足衰老。我尽着肉体的所能伺候人们,不然,我没有生意。我敞着门睡着,我是大众的,不是我自己的,一天廿四小时,什么时间也可以买我的身体。我消失在欲海里。在清醒的世界中我并不存在。我的手指算计着钱数。我不思想,只是盘算——怎能多进五毛钱。我不哭,哭不好看。只为钱着急,不管我自己。"

她休息了一会儿,我的泪已滴湿她的衣襟。

"你回来了!"她继续着说:"你也三十多了;我记得你是十七岁的小学生。你的眼已不是那年——多少年了?——看我那双绿拖鞋的眼。可是,你,多少还是你自己,我,早已死了。你可以继续作那初恋的梦,我已无梦可作。我始终一点也不怀疑,我知道你要是回来,必定要我。及至见着你,我自己已找不到我自己,拿什么给你呢?你没回来的时候,我永远不拒绝,不论是对谁说,我是爱你;你回来了,我只好狂笑。单等我落到这样,你才回来,这不是有意戏弄人?假如你永远不回来,我老有个南洋作我的梦景,你老有个我在你的心中,岂不很美?你偏偏回来了,而且回来这样迟——"

"可是来迟了并不就是来不及了,"我插了一句。

"晚了就是来不及了。我杀了自己。"

"什么?"

"我杀了我自己。我命定的只能住在你心中,生存在一首诗里,生死有什么区别?在打胎的时候我自己下了手。有你在我左右,我没法子再笑。不笑,我怎么挣钱?只有一条路,名字叫死。你回来迟了,我别再死迟了:我再晚死一会儿,我便连住在你心中的希望也没有了。我住在这里,这里便是你的心。这里没有阳光,没有声响,只有一些颜色。颜色是更持久的,颜色画成咱们的记忆。看那双小鞋,绿的,是点颜色,你我永远认识它们。"

"但是我也记得那双脚。许我看看吗?"

她笑了,摇摇头。

我很坚决,我握住她的脚,扯下她的袜,露出没有肉的一支白脚骨。

"去吧!"她推了我一把。"从此你我无缘再见了!我愿住在你的心中,现在不行了;我愿在你心中永远是青春。"

太阳已往西斜去；风大了些，也凉了些，东方有些黑云。春光在一个梦中惨淡了许多。我立起来，又看见那片暗绿的松树。立了不知有多久。远处来了些蠕动的小人，随着一些听不甚真的音乐。越来越近了，田中惊起许多白翅的鸟，哀鸣着向山这边飞。我看清了，一群人们匆匆地走，带起一些灰土。三五鼓手在前，几个白衣人在后，最后是一口棺材。春天也要埋人的。撒起一把纸钱，蝴蝶似的落在麦田上。东方的黑云更厚了，柳条的绿色加深了许多，绿得有些凄惨。心中茫然，只想起那双小绿拖鞋，像两片树叶在永生的树上作着春梦。

黑 白 李

  爱情不是他们兄弟俩这档子事的中心,可是我得由这儿说起。
  黑李是哥,白李是弟,哥哥比弟弟大着五岁。俩人都是我的同学,虽然白李一入中学,黑李和我就毕业了。黑李是我的好友;因为常到他家去,所以对白李的事儿我也略知一二。五年是个长距离,在这个时代。这哥儿俩的不同正如他们的外号——黑,白。黑李要是古人,白李是现代的。他们俩并不因此打架吵嘴,可是对任何事的看法也不一致。黑李并不黑;只是在左眉上有个大黑痣。因此他是"黑李";弟弟没有那么个记号,所以是"白李";这在给他们送外号的中学生们看,是很逻辑的。其实他俩的脸都很白,而且长得极相似。
  他俩都追她——恕不道出姓名了——她说不清到底该爱谁,又不肯说谁也不爱。于是大家替他们弟兄捏着把汗。明知他俩不肯吵架,可是爱情这玩艺是不讲交情的。
  可是,黑李让了。
  我还记得清清楚楚:正是个初夏的晚间,落着点小雨,我去找他闲谈,他独自在屋里坐着呢,面前摆着四个红鱼细磁茶碗。我们俩是用不着客气的,我坐下吸烟,他摆弄那四个碗。转转这个,转转那个,把红鱼要一点不差的朝着他。摆好,身子往后仰一仰,像画家设完一层色那么退后看看。然后,又逐一的转开,把另一面的鱼们摆齐。又往后仰身端详了一番,回过头来向我笑了笑,笑得非常天真。

他爱弄这些小把戏。对什么也不精通,可是什么也爱动一动。他并不假充行家,只信这可以养性。不错,他确是个好脾性的人。有点小玩艺,比如粘补旧书等等,他就平安的销磨半日。

叫了我一声,他又笑了笑,"我把她让给老四了,"按着大排行,白李是四爷,他们的伯父屋中还有弟兄呢。"不能因为个女子失了兄弟们的和气。"

"所以你不是现代人,"我打着哈哈说。

"不是;老狗熊学不会新玩艺了。三角恋爱,不得劲儿。我和她说了,不管她是爱谁,我从此不再和她来往。觉得很痛快!"

"没看见过这么讲恋爱的。"

"你没看见过?我还不讲了呢。干她的去,反正别和老四闹翻了。将来咱俩要来这么一出的话,希望不是你收兵,就是我让了。"

"于是天下就太平了?"

我们笑开了。

过了有十天吧,黑李找我来了。我会看,每逢他的脑门发暗,必定是有心事。每逢有心事,我俩必喝上半斤莲花白。我赶紧把酒预备好,因为他的脑门不大亮吗。

喝到第二盅上,他的手有点哆嗦。这个人的心里存不住事。遇上点事,他极想镇定,可是脸上还泄露出来。他太厚道。

"我刚从她那儿来,"他笑着,笑得无聊;可还是真的笑,因为要对个好友道出胸中的闷气。这个人若没有好朋友,是一天也活不了的。

我并不催促他;我俩说话用不着忙,感情都在话中间那些空子里流露出来呢。彼此对看着,一齐微笑,神气和默默中的领悟,都比言语更有分量。要不怎么白李一见我俩喝酒就叫我们

"一对糟蛋"呢。

"老四跟我好闹了一场,"他说,我明白这个"好"字——第一他不愿说兄弟间吵了架,第二不愿只说弟弟不对,即使弟弟真是不对。这个字带出不愿说而又不能不说的曲折。"因为她。我不好,太不明白女子心理。那天不是告诉你,我让了吗?我是居心无愧之好,她可出了花样。她以为我是特意羞辱她。你说对了,我不是现代人,我把恋爱看成该怎样就怎样的事,敢情人家女子愿意'大家'在后面追随着。她恨上了我。这么报复一下——我放弃了她,她断绝了老四。老四当然跟我闹了。所以今天又找她去,请罪。她骂我一顿,出出气,或者还能和老四言归于好。我这么希望。哼,她没骂我。她还叫我和老四都作她的朋友。这个,我不能干,我并没这么明对她讲,我上这儿跟你说说。我不干,她自然也不再理老四。老四就得再跟我闹。"

"没办法!"我替他补上这一小句。过了一会儿,"我找老四一趟,解释一下?"

"也好。"他端着酒盅楞了会儿,"也许没用。反正我不再和她来往。老四再跟我闹呢,我不言语就是了。"

我们俩又谈了些别的,他说这几天正研究宗教。我知道他的读书全凭兴之所至,我决不会因为谈到宗教而想他有点厌世,或是精神上有什么大的变动。

哥哥走后,弟弟来了。白李不常上我这儿来,这大概是有事。他在大学还没毕业,可是看起来比黑李精明着许多。他这个人,叫你一看,你就觉得他应当到处作领袖。每一句话,他不是领导着你走上他所指出的路子,便是把你绑在断头台上。他没有客气话,和他哥哥正相反。

我对他也不便太客气了,省得他说我是"糟蛋"。

"老二当然来过了?"他问;黑李是大排行行二。"也当然跟你谈到我们的事?"我自然不便急于回答,因为有两个"当然"在这里。果然,没等我回答,他说了下去:"你知道,我是借题发挥?"

我不知道。

"你以为我真要那个女玩艺?"他笑了,笑得和他哥哥一样,只是黑李的笑向来不带着这不屑于对我笑的劲儿。"我专为和老二捣乱,才和她来往;不然,谁有工夫招呼她?男与女的关系,从根儿上说,还不是兽欲的关联?为这个,我何必非她不行?老二以为这个关系应当叫作神圣的,所以他郑重的向她磕头,及至磕了一鼻子灰,又以为我也应当去磕,对不起,我没那个瘾!"他哈哈的笑起来。

我没笑,也不敢插嘴。我很留心听他的话,更注意看他的脸。脸上处处像他哥哥,可是那股神气又完全不像他的哥哥。这个,使我忽而觉得是和一个顶熟识的人说话,忽而又像和个生人对坐着。我有点不舒坦——看着个熟识的面貌,而找不到那点看惯了的神气。

"你看,我不磕头;得机会就吻她一下。她喜欢这个,至少比受几个头更过瘾。不过,这不是正笔。正文是这个,你想我应当老和二爷在一块儿吗?"

我当时回答不出。

他又笑了笑——大概心中是叫我糟蛋呢。"我有我的前途,我的计划;他有他的。顶好是各走各的路,是不是?"

"是;你有什么计划?"我好容易想起这么一句;不然便太僵得慌了。

"计划,先不告诉你。得先分家,以后你就明白我的计划了。"

"因为要分居,所以和老二吵;借题发挥?"我觉得自己很聪明似的。

他笑着点了头；没说什么，好像准知道我还有一句呢。我确是有一句："为什么不明说，而要吵呢？"

"他能明白我吗？你能和他一答一和的说，我不行。我一说分家，他立刻就得落泪。然后，又是那一套——母亲去世的时候，说什么来着？不是说咱俩老得和美吗？他必定说这一套，好像活人得叫死人管着似的。还有一层，一听说分家，他管保不肯，而愿把家产都给了我，我不想占便宜，他老拿我当作'弟弟'，老拿自己的感情限定住别人的举止，老假装他明白我，其实他是个时代落伍者。这个时代是我的，用不着他来操心管我。"他的脸上忽然的很严肃了。

看着他的脸，我心中慢慢的起了变化——白李不仅是看不起"俩糟蛋"的狂傲少年了，他确是要树立住自己。我也明白过来，他要是和黑李慢慢的商量，必定要费许多动感情的话，要讲许多弟兄间的情义，即使他不讲，黑李总要讲的。与其这样，还不如吵，省得拖泥带水；他要一刀两断，各自奔前程。再说，慢慢的商议，老二决不肯干脆的答应。老四先吵嚷出来，老二若还不干，便是显着要霸占弟弟的财产了。猜到这里，我心中忽然一亮：

"你是不是叫我对老二去说？"

"一点不错。省得再吵。"他又笑了。"不愿叫老二太难堪了，究竟是弟兄。"似乎他很不喜欢说这末后的两个字——弟兄。

我答应了给他办。

"把话说得越坚决越好。二十年内，我俩不能作弟兄。"他停了一会儿，嘴角上挤出点笑来。"也给老二想了，顶好赶快结婚，生个胖娃娃就容易把弟弟忘了。二十年后，我当然也落伍了，那时候，假如还活着的话，好回家作叔叔。不过，告诉他，讲恋爱的时候要多吻，少磕头，要死追，别死跪着。"他立起来，又想了想，"谢谢你呀"。他叫我明明的觉出来，这一句是特意为我说的，他并不负要说的责任。

为这件事，我天天找黑李去。天天他给我预备好莲花白。吃完喝完说完，无结果而散。至少有半个月的工夫是这样。我说的，他都明白，而且愿意老四去闯练闯练。可是临完的一句老是"舍不得老四呀！"

"老四的计划？计划？"他走过来，走过去，这么念道。眉上的黑痣夹陷在脑门的皱纹里，看着好似缩小了些。"什么计划呢？你问问他，问明白我就放心了。"

"他不说，"我已经这么回答过五十多次了。

"不说便是有危险性！我只有这么一个弟弟！叫他跟我吵吧，吵也是好的。从前他不这样，就是近来才和我吵。大概还是为那个女的！劝我结婚？没结婚就闹成这样，还结婚！什么计划呢？真！分家？他爱要什么拿什么好了。大概是我得罪了他，我虽不跟他吵，我知道我也有我的主张。什么计划呢？他要怎样就怎样好了，何必分家……"

这样来回磨，一磨就是一点多钟。他的小玩艺也一天比一天增多：占课，打卦，测字，研究宗教……什么也没能帮助他推测出老四的计划，只添了不少的小恐怖。这可并不是说，他显着怎样的慌张。不，他依旧是那么婆婆慢慢的。他的举止动作好像老追不上他的感情，无论心中怎样着急，他的动作是慢的，慢得仿佛是拿生命当作玩艺儿似的逗弄着。

我说老四的计划是指着将来的事业而言，不是现在有什么具体的办法。他摇头。

就这么耽延着，差不多又过了一个多月。

"你看，"我抓住了点理，"老四也不催我，显然他说的是长久之计，不是马上要干什么。"

他还是摇头。

时间越长,他的故事越多。有一个礼拜天的早晨,我看见他进了礼拜堂。也许是看朋友,我想。在外面等了他一会儿。他没出来。不便再等了,我一边走一边想:老李必是受了大的刺激——失恋,弟兄不和,或者还有别的。只就我知道的这两件事说,大概他已经支持不下去了。他的动作仿佛是拿生命当作小玩艺,那正是因他对任何小事都要慎重地考虑。茶碗上的花纹摆不齐都觉得不舒服。哪一件小事也得在他心中摆好,摆得使良心上舒服。上礼拜堂去祷告,为是坚定良心。良心是古圣先贤给他制备好了的,可是他又不愿将一切新事新精神一笔抹杀。结果,他"想"怎样,老不如"已是"怎样来得现成,他不知怎样才好。他大概是真爱她,可是为弟弟不能不放弃她,而且失恋是说不出口的。他常对我说,"咱们也坐一回飞机"。说完,他一笑,不是他笑呢,是"身体发肤,受之父母"笑呢。

过了响午,我去找他。按说一见面就得谈老四,在过去的一个多月都是这样。这次他变了花样,眼睛很亮,脸上有点极静适的笑意,好像是又买着一册善本的旧书。

"看见你了,"我先发了言。

他点了点头,又笑了一下,"也很有意思!"

什么老事情被他头次遇上,他总是说这句。对他讲个闹鬼的笑话,也是"很有意思"!他不和人家辩论鬼的有无,他信那个故事,"说不定世上还有比这更奇怪的事"。据他看,什么事都是可能的。因此,他接受的容易,可就没有什么精到的见解。他不是不想多明白些,但是每每在该用脑子的时候,他用了感情。

"道理都是一样的,"他说,"总是劝人为别人牺牲。"

"你不是已经牺牲了个爱人?"我愿多说些事实。

"那不算,那是消极的割舍,并非由自己身上拿出点什么来。

| 黑白李 |

这十来天，我已经读完'四福音书'。我也想好了，我应当分担老四的事，不应当只是不准他离开我。你想想吧，设若真是专为分家产，为什么不来跟我明说？"

"他怕你不干，"我回答。

"不是！这几天我用心想过了，他必是真有个计划，而且是有危险性的。所以他要一刀两断，以免连累了我。你以为他年青，一冲子性？他正是利用这个骗咱们；他实在是体谅我，不肯使我受屈。把我放在安全的地方，他好独作独当的去干。必定是这样！我不能撒手他，我得为他牺牲！母亲临去世的时候——"他没往下说，因为知道我已听熟了那一套。

我真没想到这一层。可是还不深信他的话；焉知他不是受了点宗教的刺激而要充分的发泄感情呢？

我决定去找白李，万一黑李猜得不错呢！是，我不深信他的话，可也不敢耍玄虚。

怎样找也找不到白李。学校，宿舍，图书馆，网球场，小饭铺，都看到了，没有他的影儿。和人们打听，都说好几天没见着他。这又是白李之所以为白李；黑李要是离家几天，连好朋友们他也要通知一声。白李就这么人不知鬼不觉的不见了。我急出一个主意来——上"她"那里打听打听。

她也认识我，因为我常和黑李在一块儿。她也好几天没见着白李。她似乎很不满意李家兄弟，特别是对黑李。我和她打听白李，她偏跟我谈论黑李。我看出来，她确是注意——假如不是爱——黑李。大概她是要圈住黑李，作个标本。有比他强的呢，就把他免了职；始终找不到比他高明的呢，最后也许就跟了他。这么一想，虽然只是一想，我就没乘这个机会给他和她再撮合一下；按理说应当这么办，可是我太爱老李，总觉得他值得娶个天上的仙女。

从她那里出来，我心中打开了鼓。白李上哪儿去了呢？不能

· 253 ·

告诉黑李！一叫他知道了，他能立刻登报找弟弟，而且要在半夜里起来占课测字。可是，不说吧，我心中又痒痒。干脆不找他去？也不行。

走到他的书房外边，听见他在里面哼唧呢。他非高兴的时候不哼唧着玩。可是他平日哼唧，不是诗便是那句代表一切歌曲的"深闺内，端的是玉无瑕"，这次的哼唧不是这些。我细听了听，他是练习圣诗呢。他没有音乐的耳朵，无论什么，到他耳中都是一个调儿。他唱出的时候，自然也还是一个调儿。无论怎样吧，反正我知道他现在是很高兴。为什么事高兴呢？

我进到屋中，他赶紧放下手中的圣诗集，非常的快活："来得正好，正想找你去呢！老四刚走。跟我要了一千块钱去。没提分家的事，没提！"

显然他是没问过弟弟，那笔钱是干什么用的。要不然他不能这么痛快。他必是只求弟弟和他同居，不再管弟弟的行动；好像即使弟弟有带危险性的计划，只要不分家，便也没什么可怕的了。我看明白了这点。

"祷告确是有效，"他郑重地说。"这几天我天天祷告，果然老四就不提那回事了。即使他把钱都扔了，反正我还落下个弟弟！"

我提议喝我们照例的一壶莲花白。他笑着摇摇头："你喝吧，我陪着吃菜，我戒了酒。"

我也就没喝，也没敢告诉他，我怎么各处去找老四。老四既然回来了，何必再说？可是我又提起"她"来。他连接碴儿也没接，只笑了笑。

对于老四和"她"，似乎全没有什么可说的了。他给我讲了些《圣经》上的故事。我一面听着，一面心中嘀咕——老李对弟弟与爱人所取的态度似乎有点不大对；可是我说不出所以然来。我心中不十分安定，一直到回在家中还是这样。

又过了四五天,这点事还在我心中悬着。有一天晚上,王五来了。他是在李家拉车,已经有四年了。

王五是个诚实可靠的人,三十多岁,头上有块疤——据说是小时候被驴给啃了一口。除了有时候爱喝口酒,他没有别的毛病。

他又喝多了点,头上的疤都有点发红。

"干吗来了,王五?"我和他的交情不错,每逢我由李家回来得晚些,他总张罗把我拉回来,我自然也老给他点酒钱。

"来看看你,"说着便坐下了。

我知道他是来告诉我点什么。"刚沏上的茶,来碗?"

"那敢情好;我自己倒;还真有点渴!"

我给了他支烟卷,给他提了个头儿:"有什么事吧?"

"哼,又喝了两壶,心里痒痒;本来是不应当说的事!"他用力吸了口烟。

"要是李家的事,你对我说了准保没错。"

"我也这么想,"他又停顿了会儿,可是被酒气催着,似乎不能不说:"我在李家四年零三十五天了!现在叫我很为难。二爷待我不错,四爷呢,简直是我的朋友。所以不好办。四爷的事,不准告诉二爷;二爷又是那么傻好的人。对二爷说吧,又对不起四爷——我的朋友。心里别提多么为难了!论理说呢,我应当向着四爷。二爷是个好人,不错;可究竟是个主人。多么好的主人也还是主人,不能肩膀齐为弟兄。他真待我不错,比如说吧,在这老热天,我拉二爷出去,他总设法在半道上耽搁会儿,什么买包洋火呀,什么看看书摊呀,为什么?为是叫我歇歇,喘喘气。要不,怎说他是好主人呢。他好,咱也得敬重他,这叫作以好换好。久在街上混,还能不懂这个?"

我又让了他碗茶,显出我不是不懂"外面"的人。他喝完,用烟卷指着胸口说："这儿，咱这儿可是爱四爷。怎么呢？四爷年青，不拿我当拉车的看。他们哥儿俩的劲儿——心里的劲儿——不一样。二爷吧，一看天气热就多叫我歇会儿，四爷就不管这一套，多么热的天也得拉着他飞跑。可是四爷和我聊起来的时候，他就说，凭什么人应当拉着人呢？他是为我们拉车的——天下的拉车的都算在一块儿——抱不平。二爷对'我'不错，可想不到大家伙儿。所以你看，二爷来的小，四爷来的大。四爷不管我的腿，可是管我的心；二爷是家长里短，可怜我的腿，可不管这儿。"他又指了指心口。

我晓得他还有话呢，直怕他的酒气被酽茶给解去，所以又紧了他一板："往下说呀，王五！都说了吧，反正我还能拉老婆舌头，把你搁里！"

他摸了摸头上的疤，低头想了会儿。然后把椅子往前拉了拉，声音放得很低："你知道，电车道快修完了？电车一开，我们拉车的全玩完！这可不是为我自个儿发愁，是为大家伙儿。"他看了我一眼。

我点了点头。

"四爷明白这个；要不怎么我俩是朋友呢。四爷说：王五，想个办法呀！我说：四爷，我就有一个主意，揍！四爷说：王五，这就对了！揍！一来二去，我们可就商量好了。这我不能告诉你。我要说的是这个，"他把声音放得更低了，"我看见了，侦探跟上了四爷！未必是为这件事，可是叫侦探跟着总不妥当。这就来到坐腊①的地方了：我要告诉二爷吧？对不起四爷；不告诉吧？又怕把二爷也饶在里面。简直的没法儿！"

---

① 坐腊：为难，受困窘。

把王五支走，我自己琢磨开了。

黑李猜的不错，白李确是有个带危险性的计划。计划大概不一定就是打电车，他必定还有厉害的呢。所以要分家，省得把哥哥拉扯在内。他当然是不怕牺牲，也不怕牺牲别人，可是还不肯一声不发的牺牲了哥哥——把黑李牺牲了并无济于事。现在，电车的事来到眼前，连哥哥也顾不得了。

我怎办呢？警告黑李是适足以激起他的爱弟弟的热情。劝白李，不但没用，而且把王五搁在里边。

事情越来越紧了，电车公司已宣布出开车的日子。我不能再耗着了，得告诉黑李去。

他没在家，可是王五没出去。

"二爷呢？"

"出去了。"

"没坐车？"

"好几天了，天天出去不坐车！"

由王五的神气，我猜着了："王五，你告诉了他？"

王五头上的疤都紫了："又多喝了两盅，不由的就说了。"

"他呢？"

"他直要落泪。"

"说什么来着？"

"问了我一句——老五，你怎样？我说，王五听四爷的。他说了声，好。别的没说，天天出去，也不坐车。"

我足足的等了三点钟，天已大黑，他才回来。

"怎样？"我用这两个字问到了一切。

他笑了笑，"不怎样。"

决没想到他这么回答我。我无须再问了，他已决定了办法。我觉得非喝点酒不可，但是独自喝有什么味呢。我只好走吧。临别的时候，我提了句："跟我出去玩几天，好不好？"

"过两天再说吧。"他没说别的。

感情到了最热的时候是会最冷的。想不到他会这样对待我。

电车开车的头天晚上，我又去看他。他没在家，直等到半夜，他还没回来。大概是故意的躲我。

王五回来了，向我笑了笑，"明天！"

"二爷呢？"

"不知道。那天你走后，他用了不知什么东西，把眉毛上的黑痦子烧去了，对着镜子直出神。"

完了，没了黑痣，便是没有了黑李，不必再等他了。

我已经走出大门，王五把我叫住："明天我要是——"他摸了摸头上的疤，"你可照应着点我的老娘！"

约摸五点多钟吧，王五跑进来，跑得连裤子都湿了。"全——揍了！"他再也说不出话来。直喘了不知有多大工夫，他才缓过气来，抄起茶壶对着嘴喝了一气。"啊！全揍了！马队冲下来，我们才散。小马六叫他们拿去了，看得真真的。我们吃亏没有家伙，专仗着砖头哪行！小马六要玩完"。

"四爷呢？"我问。

"没看见。"他咬着嘴唇想了想。"哼，事闹得不小！要是拿的话呀，准保是拿四爷，他是头目。可也别说，四爷并不傻，别看他年青。小马六要玩完，四爷也许不能。"

"也没看见二爷？"

"他昨天就没回家。"他又想了想，"我得在这儿藏两天。"

"那行。"

第二天早晨，报纸上登出——砸车暴徒首领李——当场被获，一同被获的还有一个学生，五个车夫。

王五看着纸上那些字，只认得一个"李"字，"四爷玩完了！

四爷玩完了！"低着头假装抓那块疤，泪落在报上。

消息传遍了全城，枪毙李——和小马六，游街示众。

毒花花的太阳，把路上的石子晒得烫脚，街上可是还挤满了人。一辆敞车上坐着两个人，手在背后捆着。土黄制服的巡警，灰色制服的兵，前后押着，刀光在阳光下发着冷气。车越走越近了，两个白招子随着车轻轻地颤动。前面坐着的那个，闭着眼，额上有点汗，嘴唇微动，像是祷告呢。车离我不远，他在我面前坐着摆动过去。我的泪迷住了我的心。等车过去半天，我才醒了过来，一直跟着车走到行刑场。他一路上连头也没抬一次。

他的眉皱着点，嘴微张着，胸上汪着血，好像死的时候还正在祷告。我收了他的尸。

过了两个月，我在上海遇见了白李，要不是我招呼他，他一定就跑过去了。

"老四！"我喊了他一声。

"啊？"他似乎受了一惊。"呕，你？我当是老二复活了呢。"

大概我叫得很像黑李的声调，并非有意的，或者是在我心中活着的黑李替我叫了一声。

白李显着老了一些，更像他的哥哥了。我们俩并没说多少话，他好似不大愿意和我多谈。只记得他的这么两句：

"老二大概是进了天堂，他在那里顶合适了；我还在这儿砸地狱的门呢。"

月牙儿

一

　　是的,我又看见月牙儿了,带着点寒气的一钩儿浅金。多少次了,我看见跟现在这个月牙儿一样的月牙儿;多少次了。它带着种种不同的感情,种种不同的景物,当我坐定了看它,它一次一次的在我记忆中的碧云上斜挂着。它唤醒了我的记忆,像一阵晚风吹破一朵欲睡的花。

二

　　那第一次,带着寒气的月牙儿确是带着寒气。它第一次在我的云中是酸苦,它那一点点微弱的浅金光儿照着我的泪。那时候我也不过是七岁吧,一个穿着短红棉袄的小姑娘。戴着妈妈给我缝的一顶小帽儿,蓝布的,上面印着小小的花,我记得。我倚着那间小屋的门垛,看着月牙儿。屋里是药味,烟味,妈妈的眼泪,爸爸的病;我独自在台阶上看着月牙,没人招呼我,没人顾得给我作晚饭。我晓得屋里的惨凄,因为大家说爸爸的病……可是我更感觉自己的悲惨,我冷,饿,没人理我。一直的我立到月牙儿落下去。什么也没有了，我不能不哭。可是我的哭声被妈妈的压下去；爸，不出声了，面上蒙了块白布。我要掀开白布，再看看爸，可是我不敢。屋里只是那么点点地方，都被爸占了去。妈妈穿上白衣，我的红袄上也罩了个没缝襟边的白袍，我记得，因为不断地撕扯襟边上的白丝儿。大家都很忙，嚷嚷的声儿很高，哭得很恸，可是事情并不多，也似乎值不得嚷：爸爸就装入那么一个四块薄板的棺材里，到处都是缝子。然后，五六个人把他抬了走。妈和我在后边哭。我记得爸，记得爸的木匣。那个木匣结束了爸的一切：每逢我想起爸来，我就想到非打开那个木匣不能见着他。但是，那木匣是深深地埋在地里，我明知在城外哪个地方埋着它，可又像落在地上的一个雨点，似乎永难找到。

三

妈和我还穿着白袍，我又看见了月牙儿。那是个冷天，妈妈带我出城去看爸的坟。妈拿着很薄很薄的一摞儿纸。妈那天对我特别的好，我走不动便背我一程，到城门上还给我买了一些炒栗子。什么都是凉的，只有这些栗子是热的；我舍不得吃，用它们热我的手。走了多远，我记不清了，总该是很远很远吧。在爸出殡的那天，我似乎没觉得这么远，或者是因为那天人多；这次只是我们娘儿俩，妈不说话，我也懒得出声，什么都是静寂的；那些黄土路静寂得没有头儿。天是短的，我记得那个坟：小小的一堆儿土，远处有一些高土岗儿，太阳在黄土岗儿上头斜着。妈妈似乎顾不得我了，把我放在一旁，抱着坟头儿去哭。我坐在坟头的旁边，弄着手里那几个栗子。妈哭了一阵，把那点纸焚化了，一些纸灰在我眼前卷成一两个旋儿，而后懒懒地落在地上；风很小,可是很够冷的。妈妈又哭起来。我也想爸,可是我不想哭他;我倒是为妈妈哭得可怜而也落了泪。过去拉住妈妈的手:"妈不哭!不哭!"妈妈哭得更恸了。她把我搂在怀里。眼看太阳就落下去,四外没有一个人,只有我们娘儿俩。妈似乎也有点怕了,含着泪,扯起我就走,走出老远,她回头看了看,我也转过身去:爸的坟已经辨不清了;土岗的这边都是坟头,一小堆一小堆,一直摆到土岗底下。妈妈叹了口气。我们紧走慢走,还没有走到城门,我看见了月牙儿。四外漆黑,没有声音,只有月牙儿放出一道儿冷光。我乏了,妈妈抱起我来。怎样进的城,我就不知道了,只记得迷迷糊糊的天上有个月牙儿。

四

刚八岁,我已经学会了去当东西。我知道,若是当不来钱,我们娘儿俩就不要吃晚饭;因为妈妈但分有点主意,也不肯叫我去。我准知道她每逢交给我个小包,锅里必是连一点粥底儿也看不见了。我们的锅有时干净得像个体面的寡妇。这一天,我拿的是一面镜子。只有这件东西似乎是不必要的,虽然妈妈天天得用它。这是个春天,我们的棉衣都刚脱下来就入了当铺。我拿着这面镜子,我知道怎样小心,小心而且要走得快,当铺是老早就上门的。我怕当铺的那个大红门,那个大高长柜台。一看见那个门,我就心跳。可是我必须进去,似乎是爬进去,那个高门坎儿是那么高。我得用尽了力量,递上我的东西,还得喊:"当当!"得了钱和当票,我知道怎样小心的拿着,快快回家,晓得妈妈不放心。可是这一次,当铺不要这面镜子,告诉我再添一号来。我懂得什么叫"一号"。把镜子搂在胸前,我拚命的往家跑。妈妈哭了;她找不到第二件东西。我在那间小屋住惯了,总以为东西不少;及至帮着妈妈一找可当的衣物,我的小心里才明白过来,我们的东西很少,很少。妈妈不叫我去了。可是"妈妈咱们吃什么呢?"妈妈哭着递给我她头上的银簪——只有这一件东西是银的。我知道,她拔下过来几回,都没肯交给我去当。这是妈妈出门子时,姥姥家给的一件首饰。现在,她把这末一件银器给了我,叫我把镜子放下。我尽了我的力量赶回当铺,那可怕的大门已经严严地关好了。我坐在那门墩上,握着那根银簪。不敢高声地哭,我看着天,啊,又是月牙儿照着我的眼泪!哭了好久,妈妈在黑影中来了,她拉住了我的手,呕,多么热的手,我忘了一切的苦处,连饿也忘了,只要有妈妈这只热手拉着我就好。我抽抽搭搭地说:"妈!咱们回家睡觉吧。明儿早上再来!"妈一声没出。又走了一会儿:"妈!你看这个月牙;爸死的那天,它就是这么歪歪着。为什么它老这么斜着呢?"妈还是一声没出,她的手有点颤。

五

妈妈整天地给人家洗衣裳。我老想帮助妈妈,可是插不上手。我只好等着妈妈,非到她完了事,我不去睡。有时月牙儿已经上来,她还哼哧哼哧地洗。那些臭袜子,硬牛皮似的,都是铺子里的伙计们送来的。妈妈洗完这些"牛皮"就吃不下饭去。我坐在她旁边,看着月牙,蝙蝠专会在那条光儿底下穿过来穿过去,像银线上穿着个大菱角,极快的又掉到暗处去。我越可怜妈妈,便越爱这个月牙,因为看着它,使我心中痛快一点。它在夏天更可爱,它老有那么点凉气,像一条冰似的。我爱它给地上的那点小影子，一会儿就没了；迷迷糊糊的不甚清楚，及至影子没了，地上就特别的黑，星也特别的亮，花也特别的香——我们的邻居有许多花木，那棵高高的洋槐总把花儿落到我们这边来，像一层雪似的。

六

妈妈的手起了层鳞，叫她给搓搓背顶解痒痒了。可是我不敢常劳动她，她的手是洗粗了的。她瘦，被臭袜子熏的常不吃饭。我知道妈妈要想主意了，我知道。她常把衣裳推到一边，楞着。她和自己说话。她想什么主意呢？我可是猜不着。

七

妈妈嘱咐我不叫我别扭，要乖乖地叫"爸"：她又给我找到一个爸。这是另一个爸，我知道，因为坟里已经埋好一个爸了。妈嘱咐我的时候，眼睛看着别处。她含着泪说："不能叫你饿死！"呕，是因为不饿死我，妈才另给我找了个爸！我不明白多少事，我有点怕，又有点希望——果然不再挨饿的话。多么凑巧呢，离开我们那间小屋的时候，天上又挂着月牙。这次的月牙比哪一回都清楚，都可怕；我是要离开这住惯了的小屋了。妈坐了一乘红轿，前面还有几个鼓手，吹打得一点也不好听。轿在前边走，我和一个男人在后边跟着，他拉着我的手。那可怕的月牙放着一点光，仿佛在凉风里颤动。街上没有什么人，只有些野狗追着鼓手们咬；轿子走得很快。上哪去呢？是不是把妈抬到城外去，抬到坟地去？那个男人扯着我走,我喘不过气来,要哭都哭不出来。那男人的手心出了汗,凉得像个鱼似的,我要喊"妈",可是不敢。一会儿,月牙像个要闭上的一道大眼缝,轿子进了个小巷。

八

我在三四年里似乎没再看见月牙。新爸对我们很好,他有两间屋子,他和妈住在里间,我在外间睡铺板。我起初还想跟妈妈睡,可是几天之后,我反倒爱"我的"小屋了。屋里有白白的墙,还有条长桌,一把椅子。这似乎都是我的。我的被子也比从前的厚实暖和了。妈妈也渐渐胖了点,脸上有了红色,手上的那层鳞也慢慢掉净。我好久没去当当了。新爸叫我去上学。有时候他还跟我玩一会儿。我不知道为什么不爱叫他"爸",虽然我知道他很可爱。他似乎也知道这个,他常常对我那么一笑;笑的时候他有很好看的眼睛。可是妈妈偷告诉我叫爸,我也不愿十分的别扭。我心中明白,妈和我现在是有吃有喝的,都因为有这个爸,我明白。是的,在这三四年里我想不起曾经看见过月牙儿;也许是看见过而不大记得了。爸死时那个月牙,妈轿子前面那个月牙,我永远忘不了。那一点点光,那一点寒气,老在我心中,比什么都亮,都清凉,像块玉似的,有时候想起来仿佛能用手摸到似的。

九

我很爱上学。我老觉得学校里有不少的花,其实并没有;只是一想起学校就想到花罢了,正像一想起爸的坟就想起城外的月牙儿——在野外的小风里歪歪着。妈妈是很爱花的,虽然买不起,可是有人送给她一朵,她就顶喜欢的戴在头上。我有机会便给她折一两朵来;戴上朵鲜花,妈的后影还很年轻似的。妈喜欢,我也喜欢。在学校里我也很喜欢。也许因为这个,我想起学校便想起花来?

十

当我要在小学毕业那年,妈又叫我去当当了。我不知道为什么新爸忽然走了。他上了哪儿,妈似乎也不晓得。妈妈还叫我上学,她想爸不久就会回来的。他许多日子没回来,连封信也没有。我想妈又该洗臭袜子了,这使我极难受。可是妈妈并没这么打算。她还打扮着,还爱戴花;奇怪!她不落泪,反倒好笑;为什么呢?我不明白!好几次,我下学来,看她在门口儿立着。又隔了不久,我在路上走,有人"嗨"我了:"嗨!给你妈捎个信儿去!""嗨!你卖不卖呀?小嫩的!"我的脸红得冒出火来,把头低得无可再低。我明白,只是没办法。我不能问妈妈,不能。她对我很好,而且有时候极郑重地说我:"念书!念书!"妈是不识字的,为什么这样催我念书呢?我疑心;又常由疑心而想到妈是为我才作那样的事。妈是没有更好的办法。疑心的时候,我恨不能骂妈妈一顿。再一想,我要抱住她,央告她不要再作那个事。我恨自己不能帮助妈妈。所以我也想到:我在小学毕业后又有什么用呢?我和同学们打听过了,有的告诉我,去年毕业的有好几个作姨太太的。有的告诉我,谁当了暗门子。我不大懂这些事,可是由她们的说法,我猜到这不是好事。她们似乎什么都知道,也爱偷偷地谈论她们明知是不正当的事——这些事叫她们的脸红红的而显出得意。我更疑心妈妈了,是不是等我毕业好去作……这么一想,有时候我不敢回家,我怕见妈妈。妈妈有时候给我点心钱,我不肯花,饿着肚子去上体操,常常要晕过去。看着别人吃点心,多么香甜呢!可是我得省着钱,万一妈妈叫我去……我可以跑,假如我手中有钱。我最阔的时候,手中有一毛多钱!在这些时候,即使在白天,我也有时望一望天上,找我的月牙儿呢。我心中的苦处假若可以用个形状比喻起来,必是个月牙儿形的。它无倚无靠的在灰蓝的天上挂着,光儿微弱,不大会儿便被黑暗包住。

十一

叫我最难过的是我慢慢地学会了恨妈妈。可是每当我恨她的时候,我不知不觉地便想起她背着我上坟的光景。想到了这个,我不能恨她了。我又非恨她不可。我的心像——还是像那个月牙儿,只能亮那么一会儿,而黑暗是无限的。妈妈的屋里常有男人来了,她不再躲避着我。他们的眼像狗似地看着我,舌头吐着,垂着涎。我在他们的眼中是更解馋的,我看出来。在很短的期间,我忽然明白了许多的事。我知道我得保护自己,我觉出我身上好像有什么可贵的地方,我闻得出我已有一种什么味道,使我自己害羞,多感。我身上有了些力量,可以保护自己,也可以毁了自己。我有时很硬气,有时候很软。我不知怎样好。我愿爱妈妈,这时候我有好些必要问妈妈的事,需要妈妈的安慰;可是正在这个时候,我得躲着她,我得恨她;要不然我自己便不存在了。当我睡不着的时节,我很冷静地思索,妈妈是可原谅的。她得顾我们俩的嘴。可是这个又使我要拒绝再吃她给我的饭菜。我的心就这么忽冷忽热,像冬天的风,休息一会儿,刮得更要猛;我静候着我的怒气冲来,没法儿止住。

十二

事情不容我想好方法就变得更坏了。妈妈问我,"怎样?"假若我真爱她呢,妈妈说,我应该帮助她。不然呢,她不能再管我了。这不像妈妈能说得出的话,但是她确是这么说了。她说得很清楚:"我已经快老了,再过二年,想白叫人要也没人要了!"这是对的,妈妈近来擦许多的粉,脸上还露出摺子来。她要再走一步,去专伺候一个男人。她的精神来不及伺候许多男人了。为她自己想,这时候能有人要她——是个馒头铺掌柜的愿要她——她该马上就走。可是我已经是个大姑娘了,不像小时候那样容易跟在妈妈轿后走过去了。我得打主意安置自己。假若我愿意"帮助"妈妈呢,她可以不再走这一步,而由我代替她挣钱。代她挣钱,我真愿意;可是那个挣钱方法叫我哆嗦。我知道什么呢,叫我像个半老的妇人那样去挣钱?!妈妈的心是狠的,可是钱更狠。妈妈不逼着我走哪条路,她叫我自己挑选——帮助她,或是我们娘儿俩各走各的。妈妈的眼没有泪,早就干了。我怎么办呢?

十三

我对校长说了。校长是个四十多岁的妇人,胖胖的,不很精明,可是心热。我是真没了主意,要不然我怎会开口述说妈妈的……我并没和校长亲近过。当我对她说的时候,每个字都像烧红了的煤球烫着我的喉,我哑了,半天才能吐出一个字。校长愿意帮助我。她不能给我钱,只能供给我两顿饭和住处——就住在学校和个老女仆作伴儿。她叫我帮助书记员写写字,可是不必马上就这么办,因为我的字还需要练习。两顿饭,一个住处,解决了天大的问题。我可以不连累妈妈了。妈妈这回连轿也没坐,只坐了辆洋车,摸着黑走了。我的铺盖,她给了我。临走的时候,妈妈挣扎着不哭,可是心底下的泪到底翻上来了。她知道我不能再找她去,她的亲女儿。我呢,我连哭都忘了怎么哭了,我只咧着嘴抽达,泪蒙住了我的脸。我是她的女儿,朋友,安慰。但是我帮助不了她,除非我得作那种我决不肯作的事。在事后一想,我们娘儿俩就像两个没人管的狗,为我们的嘴,我们得受着一切的苦处,好像我们身上没有别的,只有一张嘴。为这张嘴,我们得把其余一切的东西都卖了。我不恨妈妈了,我明白了。不是妈妈的毛病,也不是不该长那张嘴,是粮食的毛病,凭什么没有我们的吃食呢?这个别离,把过去一切的苦楚都压过去了。那最明白我的眼泪怎流的月牙这回会没出来,这回只有黑暗,连点萤火的光也没有。妈妈就在暗中像个活鬼似的走了,连个影子也没有。即使她马上死了,恐怕也不会和爸埋在一处了,我连她将来的坟在哪里都不会知道。我只有这么个妈妈,朋友。我的世界里剩下我自己。

十四

妈妈永不能相见了,爱死在我心里,像被霜打了的春花。我用心地练字,为是能帮助校长抄写些不要紧的东西。我必须有用,我是吃着别人的饭。我不像那些女同学,她们一天到晚注意别人,别人吃了什么,穿了什么,说了什么;我老注意我自己,我的影子是我的朋友。"我"老在我的心上，因为没人爱我。我爱我自己，可怜我自己，鼓励我自己，责备我自己；我知道我自己，仿佛我是另一个人似的。我身上有一点变化都使我害怕，使我欢喜，使我莫名其妙。我在我自己手中拿着，像捧着一朵娇嫩的花。我只能顾目前，没有将来，也不敢深想。嚼着人家的饭，我知道那是晌午或晚上了，要不然我简直想不起时间来；没有希望，就没有时间。我好像钉在个没有日月的地方。想起妈妈，我晓得我曾经活了十几年。对将来，我不像同学们那样盼望放假，过节，过年；假期，节，年，跟我有什么关系呢？可是我的身体是往大了长呢，我觉得出。觉出我又长大了一些，我更渺茫，我不放心我自己。我越往大了长，我越觉得自己好看，这是一点安慰；美使我抬高了自己的身分。可是我根本没身分，安慰是先甜后苦的，苦到末了又使我自傲。穷，可是好看呢！这又使我怕：妈妈也是不难看的。

十五

我又老没看月牙了，不敢去看，虽然想看。我已毕了业，还在学校里住着。晚上，学校里只有两个老仆人，一男一女。他们不知怎样对待我好，我既不是学生，也不是先生，又不是仆人，可有点像仆人。晚上，我一个人在院中走，常被月牙给赶进屋来，我没有胆子去看它。可是在屋里，我会想象它是什么样，特别是在有点小风的时候。微风仿佛会给那点微光吹到我的心上来，使我想起过去，更加重了眼前的悲哀。我的心就好像在月光下的蝙蝠，虽然是在光的下面，可是自己是黑的；黑的东西，即使会飞，也还是黑的，我没有希望。我可是不哭，我只常皱着眉。

十六

  我有了点进款：给学生织些东西，她们给我点工钱。校长允许我这么办。可是进不了许多，因为她们也会织。不过她们自己急于要用，而赶不来，或是给家中人打双手套或袜子，才来照顾我。虽然是这样，我的心似乎活了一点，我甚至想到：假若妈妈不走那一步，我是可以养活她的。一数我那点钱，我就知道这是梦想，可是这么想使我舒服一点。我很想看看妈妈。假若她看见我，她必能跟我来，我们能有方法活着，我想——不十分相信，可是。我想妈妈，她常到我的梦中来。有一天，我跟着学生们去到城外旅行，回来的时候已经是下午四点多了。为是快点回来，我们抄了个小道。我看见了妈妈！在个小胡同里有一家卖馒头的，门口放着个元宝筐，筐上插着个顶大的白木头馒头。顺着墙坐着妈妈，身儿一仰一弯地拉风箱呢。从老远我就看见了那个大木馒头与妈妈，我认识她的后影。我要过去抱住她。可是我不敢，我怕学生们笑话我，她们不许我有这样的妈妈。越走越近了，我的头低下去，从泪中看了她一眼，她没看见我。我们一群人擦着她的身子走过去，她好像是什么也没看见，专心地拉她的风箱。走出老远，我回头看了看，她还在那儿拉呢。我看不清她的脸，只看到她的头发在额上披散着点。我记住这个小胡同的名儿。

十七

  像有个小虫在心中咬我似的，我想去看妈妈，非看见她我心中不能安静。正在这个时候，学校换了校长。胖校长告诉我得打主意，她在这儿一天便有我一天的饭食与住处，可是她不能保险新校长也这么办。我数了数我的钱，一共是两块七毛零几个铜子。这几个钱不会叫我在最近的几天中挨饿，可是我上哪儿呢？我不敢坐在那儿呆呆地发愁，我得想主意。找妈妈去是第一个念头。可是她能收留我吗？假若她不能收留我，而我找了她去，即使不能引起她与那个卖馒头的吵闹，她也必定很难过。我得为她想，她是我的妈妈，又不是我的妈妈，我们母女之间隔着一层用穷作成的障碍。想来想去，我不肯找她去了。我应当自己担着自己的苦处。可是怎么担着自己的苦处呢？我想不起。我觉得世界很小，没有安置我与我的小铺盖卷的地方。我还不如一条狗，狗有个地方便可以躺下睡；街上不准我躺着。是的，我是人，人可以不如狗。假若我扯着脸不走，焉知新校长不往外撵我呢？我不能等着人家往外推。这是个春天。我只看见花儿开了，叶儿绿了，而觉不到一点暖气。红的花只是红的花，绿的叶只是绿的叶，我看见些不同的颜色，只是一点颜色；这些颜色没有任何意义，春在我的心中是个凉的死的东西。我不肯哭，可是泪自己往下流。

十八

我出去找事了。不找妈妈，不依赖任何人，我要自己挣饭吃。走了整整两天，抱着希望出去，带着尘土与眼泪回来。没有事情给我作。我这才真明白了妈妈，真原谅了妈妈。妈妈还洗过臭袜子，我连这个都作不上。妈妈所走的路是唯一的。学校里教给我的本事与道德都是笑话，都是吃饱了没事时的玩艺。同学们不准我有那样的妈妈，她们笑话暗门子；是的，她们得这样看，她们有饭吃。我差不多要决定了：只要有人给我饭吃，什么我也肯干；妈妈是可佩服的。我才不去死，虽然想到过；不，我要活着。我年轻，我好看，我要活着。羞耻不是我造出来的。

十九

这么一想，我好像已经找到了事似的。我敢在院中走了，一个春天的月牙在天上挂着。我看出它的美来。天是暗蓝的，没有一点云。那个月牙清亮而温柔，把一些软光儿轻轻送到柳枝上。院中有点小风，带着南边的花香，把柳条的影子吹到墙角有光的地方来，又吹到无光的地方去；光不强，影儿不重，风微微地吹，都是温柔，什么都有点睡意，可又要轻软地活动着。月牙下边，柳梢上面，有一对星儿好像微笑的仙女的眼，逗着那歪歪的月牙和那轻摆的柳枝。墙那边有棵什么树，开满了白花，月的微光把这团雪照成一半儿白亮，一半儿略带点灰影，显出难以想到的纯净。这个月牙是希望的开始，我心里说。

二十

我又找了胖校长去，她没在家。一个青年把我让进去。他很体面，也很和气。我平素很怕男人，但是这个青年不叫我怕他。他叫我说什么，我便不好意思不说；他那么一笑，我心里就软了。我把找校长的意思对他说了，他很热心，答应帮助我。当天晚上，他给我送了两块钱来，我不肯收，他说这是他婶母——胖校长——给我的。他并且说他的婶母已经给我找好了地方住,第二天就可以搬过去。我要怀疑,可是不敢。他的笑脸好像笑到我的心里去。我觉得我要疑心便对不起人,他是那么温和可爱。

二十一

他的笑唇在我的脸上,从他的头发上我看着那也在微笑的月牙。春风像醉了,吹破了春云,露出月牙与一两对儿春星。河岸上的柳枝轻摆,春蛙唱着恋歌,嫩蒲的香味散在春晚的暖气里。我听着水流,像给嫩蒲一些生力,我想象着蒲梗轻快地往高里长。小蒲公英在潮暖的地上生长。什么都在溶化着春的力量,然后放出一些香味来。我忘了自己,我没了自己,像化在了那点春风与月的微光中。月儿忽然被云掩住,我想起来自己。我失去那个月牙儿,也失去了自己,我和妈妈一样了!

二十二

我后悔,我自慰,我要哭,我喜欢,我不知道怎样好。我要跑开,永不再见他;我又想他,我寂寞。两间小屋,只有我一个人,他每天晚上来。他永远俊美,老那么温和。他供给我吃喝,还给我作了几件新衣。穿上新衣,我自己看出我的美。可是我也恨这些衣服,又舍不得脱去。我不敢思想,也懒得思想,我迷迷糊糊的,腮上老有那么两块红。我懒得打扮,又不能不打扮,太闲在了,总得找点事作。打扮的时候,我怜爱自己;打扮完了,我恨自己。我的泪很容易下来,可是我设法不哭,眼终日老那么湿润润的,可爱。我有时候疯了似的吻他,然后把他推开,甚至于破口骂他;他老笑。

二十三

我早知道,我没希望;一点云便能把月牙遮住,我的将来是黑暗。果然,没有多久,春便变成了夏,我的春梦作到了头儿。有一天,也就是刚晌午吧,来了一个少妇。她很美,可是美得不玲珑,像个磁人儿似的。她进到屋中就哭了。不用问,我已明白了。看她那个样儿,她不想跟我吵闹,我更没预备着跟她冲突。她是个老实人。她哭,可是拉住我的手:"他骗了咱们俩!"她说。我以为她也只是个"爱人"。不,她是他的妻。她不跟我闹,只口口声声的说:"你放了他吧!"我不知怎么才好,我可怜这个少妇。我答应了她。她笑了。看她这个样儿,我以为她是缺个心眼,她似乎什么也不懂,只知道要她的丈夫。

二十四

我在街上走了半天。很容易答应那个少妇呀,可是我怎么办呢?他给我的那些东西,我不愿意要;既然要离开他,便一刀两断。可是,放下那点东西,我还有什么呢?我上哪儿呢?我怎么能当天就有饭吃呢?好吧,我得要那些东西,无法。我偷偷的搬了走。我不后悔,只觉得空虚,像一片云那样的无倚无靠。搬到一间小屋里,我睡了一天。

二十五

我知道怎样俭省,自幼就晓得钱是好的。凑合着手里还有那点钱,我想马上去找个事。这样,我虽然不希望什么,或者也不会有危险了。事情可是并不因我长了一两岁而容易找到。我很坚决,这并无济于事,只觉得应当如此罢了。妇女挣钱怎这么不容易呢!妈妈是对的,妇人只有一条路走,就是妈妈所走的路。我不肯马上就往那么走,可是知道它在不很远的地方等着我呢。我越挣扎,心中越害怕。我的希望是初月的光,一会儿就要消失。一两个星期过去了,希望越来越小。最后,我去和一排年轻的姑娘们在小饭馆受选阅。很小的一个饭馆,很大的一个老板;我们这群都不难看,都是高小毕业的少女们,等皇赏似的,等着那个破塔似的老板挑选。他选了我。我不感谢他,可是当时确有点痛快。那群女孩子们似乎很羡慕我,有的竟自含着泪走去,有的骂声"妈的!"女人够多么不值钱呢!

二十六

我成了小饭馆的第二号女招待。摆菜、端菜、算账、报菜名,我都不在行。我有点害怕。可是"第一号"告诉我不用着急,她也都不会。她说,小顺管一切的事;我们当招待的只要给客人倒茶,递手巾把,和拿账条;别的不用管。奇怪!"第一号"的袖口卷起来很高,袖口的白里子上连一个污点也没有。腕上放着一块白丝手绢,绣着"妹妹我爱你"。她一天到晚往脸上拍粉,嘴唇抹得血瓢似的。给客人点烟的时候，她的膝往人家腿上倚；还给客人斟酒，有时候她自己也喝了一口。对于客人，有的她伺候得非常的周到；有的她连理也不理，她会把眼皮一搭拉，假装没看见。她不招待的，我只好去。我怕男人。我那点经验叫我明白了些，什么爱不爱的，反正男人可怕。特别是在饭馆吃饭的男人们，他们假装义气，打架似的让座让账；他们拚命的猜拳，喝酒；他们野兽似的吞吃，他们不必要而故意的挑剔毛病，骂人。我低头递茶递手巾，我的脸发烧。客人们故意的和我说东说西，招我笑；我没心思说笑。晚上九点多钟完了事，我非常的疲乏了。到了我的小屋，连衣裳没脱，我一直地睡到天亮。醒来，我心中高兴了一些，我现在是自食其力，用我的劳力自己挣饭吃。我很早的就去上工。

二十七

"第一号"九点多才来，我已经去了两点多钟。她看不起我，可也并非完全恶意地教训我："不用那么早来，谁八点来吃饭？告诉你，丧气鬼，把脸别搭拉得那么长；你是女跑堂的，没让你在这儿送殡玩。低着头，没人多给酒钱；你干什么来了？不为挣子儿吗？你的领子太矮，咱这行全得弄高领子，绸子手绢，人家认这个！"我知道她是好意，我也知道设若我不肯笑，她也得吃亏，少分酒钱；小账是大家平分的。我也并非看不起她，从一方面看，我实在佩服她，她是为挣钱。妇女挣钱就得这么着，没第二条路。但是，我不肯学她。我仿佛看得很清楚：有朝一日，我得比她还开通，才能挣上饭吃。可是那得到了山穷水尽的时候；"万不得已"老在那儿等我们女子，我只能叫它多等几天。这叫我咬牙切齿,叫我心中冒火,可是妇女的命运不在自己手里。又干了三天,那个大掌柜的下了警告:再试我两天,我要是愿意往长了干呢,得照"第一号"那么办。"第一号"一半嘲弄,一半劝告的说:"已经有人打听你,干吗藏着乖的卖傻的呢?咱们谁不知道谁是怎着?女招待嫁银行经理的,有的是;你当是咱们低贱呢?闯开脸儿干呀,咱们也他妈的坐几天汽车!"这个,逼上我的气来,我问她:"你什么时候坐汽车?"她把红嘴唇撇得要掉下去:"不用你耍嘴皮子,干什么说什么;天生下来的香屁股,还不会干这个呢!"我干不了,拿了一块另五分钱,我回了家。

二十八

最后的黑影又向我迈了一步。为躲它,就更走近了它。我不后悔丢了那个事,可我也真怕那个黑影。把自己卖给一个人,我会。自从那回事儿,我很明白了些男女之间的关系。女人把自己放松一些,男人闻着味儿就来了。他所要的是肉,他所给的也是肉。他咬了你,压着你,发散了兽力,你便暂时有吃有穿;然后他也许打你骂你,或者停止了对你的供给。女人就这么卖了自己,有时候还很得意,我曾经觉到得意。在得意的时候说的净是一些天上的话;过了会儿,你觉得身上的疼痛与丧气。不过,卖给一个男人,还可以说些天上的话;卖给大家,连这些也没法说了,妈妈就没说过这样的话。怕的程度不同,我没法接受"第一号"的劝告;"一个"男人到底使我少怕一点。可是,我并不想卖我自己。我并不需要男人,我还不到二十岁。我当初以为跟男人在一块儿必定有趣,谁知道到了一块他就要求那个我所害怕的事。是的,那时候我像把自己交给了春风,任凭人家摆布;过后一想,他是利用我的无知,畅快他自己。他的甜言蜜语使我走入梦里;醒过来,不过是一个梦,一些空虚;我得到的是两顿饭,几件衣服。我不想再这样挣饭吃,饭是实在的,实在地去挣好了。可是,若真挣不上饭吃,女人得承认自己是女人,得卖肉!一个多月,我找不到事作。

二十九

我遇见几个同学,有的升入了中学,有的在家里作姑娘。我不愿理她们,可是一说起话儿来,我觉得我比她们精明。原先,在学校的时候,我比她们傻;现在,"她们"显着呆傻了。她们似乎还都作梦呢。她们都打扮得很好,像铺子里的货物。她们的眼溜着年轻的男人,心里好像作着爱情的诗。我笑她们。是的,我必定得原谅她们,她们有饭吃,吃饱了当然只好想爱情,男女彼此织成了网,互相捕捉;有钱的,网大一些,捉住几个,然后从容地选择一个。我没有钱,我连个结网的屋角都找不到。我得直接地捉人,或是被捉,我比她们明白一些,实际一些。

三十

有一天,我碰见那个小媳妇,像磁人似的那个。她拉住了我,倒好像我是她的亲人似的。她有点颠三倒四的样儿。"你是好人!你是好人!我后悔了,"她很诚恳地说,"我后悔了!我叫你放了他,哼,还不如在你手里呢!他又弄了别人,更好了,一去不回头了!"由探问中,我知道她和他也是由恋爱而结的婚,她似乎还很爱他。他又跑了。我可怜这个小妇人,她也是还作着梦,还相信恋爱神圣。我问她现在的情形,她说她得找到他,她得从一而终。要是找不到他呢?我问。她咬上了嘴唇,她有公婆,娘家还有父母,她没有自由,她甚至于羡慕我,我没有人管着。还有人羡慕我,我真要笑了!我有自由,笑话!她有饭吃,我有自由;她没自由,我没饭吃,我俩都是女子。

三十一

　　自从遇上那个小磁人,我不想把自己专卖给一个男人了,我决定玩玩了;换句话说,我要"浪漫"地挣饭吃了。我不再为谁负着什么道德责任,我饿。浪漫足以治饿,正如同吃饱了才浪漫,这是个圆圈,从哪儿走都可以。那些女同学与小磁人都跟我差不多,她们比我多着一点梦想,我比她们更直爽,肚子饿是最大的真理。是的,我开始卖了。把我所有的一点东西都折卖了,作了一身新行头,我的确不难看。我上了市。

三十二

　　我想我要玩玩,浪漫。啊,我错了。我还是不大明白世故。男人并不像我想的那么容易勾引。我要勾引文明一些的人,要至多只赔上一两个吻。哈哈,人家不上那个当,人家要初次见面便摸我的乳。还有呢,人家只请我看电影,或逛逛大街,吃杯冰激凌;我还是饿着肚子回家。所谓文明人,懂得问我在哪儿毕业,家里作什么事。那个态度使我看明白,他若是要你,你得给他相当的好处;

你若是没有好处可贡献呢，人家只用一角钱的冰激凌换你一个吻。要卖，得痛痛快快的，拿钱来，我陪你睡。我明白了这个。小磁人们不明白这个。我和妈妈明白，我很想妈了。

三十三

据说有些女人是可以浪漫地挣饭吃，我缺乏资本；也就不必再这样想了。我有了买卖。可是我的房东不许我再住下去，他是讲体面的人。我连瞧他也没瞧，就搬了家，又搬回我妈妈和新爸爸曾经住过的那两间房。这里的人不讲体面，可也更真诚可爱。搬了家以后，我的买卖很不错。连文明人也来了。文明人知道了我是卖，他们是买，就肯来了；这样，他们不吃亏，也不丢身分。初干的时候，我很害怕，因为我还不到廿岁。及至作过了几天，我也就不怕了。身体上哪部分多运动都可以发达的。况且我不留情呢，我身上的各处都不闲着，手，嘴……都帮忙。他们爱这个。多嗜他们像了一摊泥，他们才觉得上了算，他们满意，还替我作义务的宣传。干过了几个月，我明白的事情更多了，差不多每一见面，我就能断定他是怎样的人。有的很有钱，这样的人一开口总是问我的身价，表示他买得起我。他也很嫉妒，总想包了我；逛暗娟他也想独占，因为他有钱。对这样的人，我不大招待。他闹脾气，我不怕，我告诉他，我可以找上他的门去，报告给他的太太。在小学里念了几年书，到底是没白念，他唬不住我。教育是有用的，我相信了。有的人呢，来的时候，手里就攥着一块钱，唯恐上了当。对这种人，我跟他细讲条件，他就乖乖地回家去拿钱，很有意思。最可恨的是那些油子，不但不肯花钱，反倒要占点便宜走，什么半盒烟卷呀，什么一小瓶雪花膏呀，他们随手拿去。这种人还是得罪不的，他们在地面上很熟，得罪了他们，他们会叫巡警跟我捣乱。我不得罪他们，我喂着他们；乃至我认识了警官，才一个个的收拾他们。世界就是狼吞虎咽的世界，谁坏谁就占便宜。顶可怜的是那像学生样儿的，袋里装着一块钱，和几十铜子，叮当地直响，鼻子上出着汗。我可怜他们，可是也照常卖给他们。我有什么办法呢！还有老头子呢，都是些规矩人，或者家中已然儿孙成群。对他们，我不知道怎样好；但是我知道他们有钱，想在死前买些快乐，我只好供给他们所需要的。这些经验叫我认识了"钱"与"人"。钱比人更厉害一些，人若是兽，钱就是兽的胆子。

三十四

　　我发现了我身上有了病。这叫我非常的苦痛，我觉得已经不必活下去了。我休息了，我到街上去走；无目的，乱走。我想去看看妈，她必能给我一些安慰，我想象着自己已是快死的人了。我绕到那个小巷，希望见着妈妈；我想起她在门外拉风箱的样子。馒头铺已经关了门。打听，没人知道搬到哪里去。这使我更坚决了，我非找到妈妈不可。在街上丧胆游魂的走了几天，没有一点用。我疑心她是死了，或是和馒头铺的掌柜的搬到别处去，也许在千里以外。这么一想，我哭起来。我穿好了衣裳，擦上了脂粉，在床上躺着，等死。我相信我会不久就死去的。可是我没死。门外又敲门了，找我的。好吧，我伺候他，我把病尽力地传给他。我不觉得这对不起人，这根本不是我的过错。我又痛快了些，我吸烟，我喝酒，我好像已是三四十岁的人了。我的眼圈发青，手心发热，我不再管；有钱才能活着，先吃饱再说别的吧。

我吃得并不错,谁肯吃坏的呢!我必须给自己一点好吃食,一些好衣裳,这样才稍微对得起自己一点。

三十五

一天早晨,大概有十点来钟吧,我正披着件长袍在屋中坐着,我听见院中有点脚步声。我十点来钟起来,有时候到十二点才想穿好衣裳,我近来非常的懒,能披着件衣服呆坐一两个钟头。我想不起什么,也不愿想什么,就那么独自呆坐。那点脚步声,向我的门外来了,很轻很慢。不久,我看见一对眼睛,从门上那块小玻璃向里面看呢。看了一会儿,躲开了;我懒得动,还在那儿坐着。待了一会儿,那对眼睛又来了。我再也坐不住,我轻轻的开了门。"妈!"

三十六

我们母女怎么进了屋,我说不上来。哭了多久,也不大记得。妈妈已老得不像样儿了。她的掌柜的回了老家,没告诉她,偷偷地走了,没给她留下一个钱。她把那点东西变卖了,辞退了房,搬到一个大杂院里去。她已找了我半个多月。最后,她想到上这儿来,并没希望找到我,只是碰碰看,可是竟自找到了我。她不敢认我了,要不是我叫她,她也许就又走了。哭完了,我发狂似的笑起来:她找到了女儿,女儿已是个暗娼!她养着我的时候,她得那样;现在轮到我养着她了,我得那样!女人的职业是世袭的,是专门的!

三十七

　　我希望妈妈给我点安慰。我知道安慰不过是点空话,可是我还希望来自妈妈的口中。妈妈都往往会骗人,我们把妈妈的诓骗叫作安慰。我的妈妈连这个都忘了。她是饿怕了,我不怪她。她开始检点我的东西,问我的进项与花费,似乎一点也不以这种生意为奇怪。我告诉她,我有了病,希望她劝我休息几天。没有;她只说出去给我买药。"我们老干这个吗?"我问她。她没言语。可是从另一方面看,她确是想保护我,心疼我。她给我作饭,问我身上怎样,还常常偷看我,像妈妈看睡着了的小孩那样。只是有一层她不肯说,就是叫我不用再干这行了。我心中很明白——虽然有一点不满意她——除了干这个,还想不到第二个事情作。我们母女得吃得穿——这个决定了一切。什么母女不母女,什么体面不体面,钱是无情的。

三十八

　　妈妈想照应我,可是她得听着看着人家蹂躏我。我想好好对待她,可是我觉得她有时候讨厌。她什么都要管管,特别是对于钱。她的眼已失去年轻时的光泽,不过看见了钱还能发点光。对于客人,她就自居为仆人,可是当客人给少了钱的时候,她张嘴就骂。这有时候使我很为难。不错,既干这个还不是为钱吗?可是干这个的也似乎不必骂人。我有时候也会慢待人,可是我有我的办法,使客人急不得恼不得。妈妈的方法太笨了,很容易得罪人。看在钱的面上,我们不应当得罪人。我的方法或者出于我还年轻,还幼稚;妈妈便不顾一切的单单站在钱上了,她应当如此,她比我大着好些岁。恐怕再过几年我也就这样了,人老心也跟着老,渐渐老得和钱一样的硬。是的,妈妈不客气。她有时候劈手就抢客人的皮夹,有时候留下人家的帽子或值钱一点的手套与手杖。我很怕闹出事来,可是妈妈说的好:"能多弄一个是一个,咱们是拿十年当作一年活着的,等七老八十还有人要咱们吗?"有时候,客人喝醉了,她便把他架出去,找个僻静地方叫他坐下,连他的鞋都拿回来。说也奇怪,这种人倒没有来找账的,想是已人事不知,说不定也许病一大场。或者事过之后,想过滋味,也就不便再来闹了,我们不怕丢人,他们怕。

三十九

妈妈是说对了:我们是拿十年当一年活着。干了二三年,我觉出自己是变了。我的皮肤粗糙了,我的嘴唇老是焦的,我的眼睛里老灰不溜的带着血丝。我起来的很晚,还觉得精神不够。我觉出这个来,客人们更不是瞎子,熟客渐渐少起来。对于生客,我更努力的伺候,可是也更厌恶他们,有时候我管不住自己的脾气。我暴躁,我胡说,我已经不是我自己了。我的嘴不由的老胡说,似乎是惯了。这样,那些文明人已不多照顾我,因为我丢了那点"小鸟依人"——他们唯一的诗句的身段与气味。我得和野鸡学了。我打扮得简直不像个人,这才招得动那不文明的人。我的嘴擦得像个红血瓢,我用力咬他们,他们觉得痛快。有时候我似乎已看见我的死,接进一块钱,我仿佛死了一点。钱是延长生命的,我的挣法适得其反。我看着自己死,等着自己死。这么一想,便把别的思想全止住了。不必想了,一天一天地活下去就是了,我的妈妈是我的影子,我至好不过将来变成她那样,卖了一辈子肉,剩下的只是一些白头发与抽皱的黑皮。这就是生命。

四十

我勉强地笑,勉强地疯狂,我的痛苦不是落几个泪所能减除的。我这样的生命是没什么可惜的,可是它到底是个生命,我不愿撒手。况且我所作的并不是我自己的过错。死假如可怕,那只因为活着是可爱的。我决不是怕死的痛苦,我的痛苦久已胜过了死。我爱活着,而不应当这样活着。我想象着一种理想的生活,像作着梦似的;这个梦一会儿就过去了,实际的生活使我更觉得难过。这个世界不是个梦,是真的地狱。妈妈看出我的难过来,她劝我嫁人。嫁人,我有了饭吃,她可以弄一笔养老金。我是她的希望。我嫁谁呢?

四十一

因为接触的男子很多了,我根本已忘了什么是爱。我爱的是我自己,及至我已爱不了自己,我爱别人干什么呢?但是打算出嫁,我得假装说我爱,说我愿意跟他一辈子。我对好几个人都这样说了,还起了誓;没人接受。在钱的管领下,人都很精明。嫖不如偷,对,偷省钱。我要是不要钱,管保人人说爱我。

四十二

　　正在这个期间,巡警把我抓了去。我们城里的新官儿非常地讲道德,要扫清了暗门子。正式的妓女倒还照旧作生意,因为她们纳捐;纳捐的便是名正言顺的,道德的。抓了去,他们把我放在了感化院,有人教给我作工。洗,做,烹调,编织,我都会;要是这些本事能挣饭吃,我早就不干那个苦事了。我跟他们这样讲,他们不信,他们说我没出息,没道德。他们教给我工作,还告诉我必须爱我的工作。假如我爱工作,将来必定能自食其力,或是嫁个人。他们很乐观。我可没这个信心。他们最好的成绩,是已经有十几多个女的,经过他们感化而嫁了人。到这儿来领女人的,只须花两块钱的手续费和找一个妥实的铺保就够了。这是个便宜。从男人方面看;据我想,这是个笑话。我干脆就不受这个感化。当一个大官儿来检阅我们的时候,我唾了他一脸唾沫。他们还不肯放了我,我是带危险性的东西。可是他们也不肯再感化我。我换了地方,到了狱中。

四十三

　　狱里是个好地方,它使人坚信人类的没有起色;在我作梦的时候都见不到这样丑恶的玩艺。自从我一进来,我就不再想出去,在我的经验中,世界比这儿并强不了许多。我不愿死,假若从这儿出去而能有个较好的地方;事实上既不这样,死在哪儿不一样呢。在这里,在这里,我又看见了我的好朋友,月牙儿!多久没见着它了!妈妈干什么呢?我想起来一切。

且说屋里

　　一个二十世纪的中国人所能享受与占有的,包善卿已经都享受和占有过,现在还享受与占有着。他有钱,有洋楼,有汽车,有儿女,有姨太太,有古玩,有可作摆设用的书籍,有名望,有身分,有一串可以印在名片上与讣闻上的官衔,有各色的朋友,有电灯、电话、电铃、电扇,有寿数,有胖胖的身体和各种补药。

　　设若他稍微能把心放松一些,他满可以胖胖的躺在床上,姨太太与儿女们把他伺候得舒舒服服的。即使就这么死去,他的财产也够教儿孙们快乐一两辈子的,他的讣闻上也会有许多名人的题字与诗文,他的棺材也会受得住几十年水土的侵蚀,而且会有六十四名杠夫抬着他游街的。

　　可是包善卿不愿休息。他有他的"政治生活"。他的"政治生活"不包括着什么主义、主张、政策、计划与宗旨。他只有一个决定,就是他不应当闲着。他要是闲散无事,就是别人正在活动与拿权,他不能受这个。他认为自己所不能参预的事都是有碍于他的,他应尽力地去破坏。反之,凡是足以使他活动的,他都觉得不该放过机会。像一只渔船,他用尽方法利用风势,调动他的帆,以便早些达到鱼多的所在。他不管那些风是否有害于别人,他只为自己的帆看风,不管别的。

　　看准了风,够上了风,便是他的"政治生活"。够上风以后,他可以用极少的劳力而获得一个中国"政治家"所应得的利益。

所以他不愿休息，也不肯休息；平白无故地把看风与用风这点眼力与天才牺牲了，太对不起自己。越到老年，他越觉出自己的眼力准确，越觉出别人的幼稚；按兵不动是冤枉的事。况且他才刚交六十；他知道，只要有口气，凭他的经验与智慧，就是坐在那儿呼吸呼吸，也应当有政治的作用。

他恨那些他所不熟识的后起的要人与新事情，越老他越觉得自己的熟人们可爱，就是为朋友们打算，他也应当随手抓到机会扩张自己的势力。对于新的事情他不大懂，于是越发感到自己的老办法高明可喜。洋人也好，中国人也好，不论是谁，自要给他事作，他就应当去拥护。同样，凡不给他权势的便是敌人。他清清楚楚地承认自己的宽宏大度，也清清楚楚地承认自己的嫉妒与褊狭；这是一个政治家应有的态度。他十分自傲有这个自知之明，这也就是他的厉害的地方；"得罪我与亲近我，你随便吧！"他的胖脸上的微笑表示着这个。

刚办过了六十整寿，他的像片又登在全国的报纸上，下面注着："新任建设委员会会长包善卿。"看看自己的像，他点了点头："还得我来！"他想起过去那些政治生活。过去的那些经验使他压得住这个新头衔，这个新头衔既能增多他的经验，又能增高了身分，而后能产生再高的头衔。想到将来的光荣与势力，他微微感到满意于现在。有一二年他的像片没这么普遍地一致地登在各报纸上了；看到这回的，他不能不感到满意；这个六十岁的照像证明出别的政客的庸碌无能，证明了自己的势力的不可轻视与必难消灭。新人新事的确出来不少，可是包善卿是青松翠柏，越老越绿。世事原无第二个办法，包善卿的办法是唯一的，过去如此，现在如此，将来还如此！他的方法是官僚的圣经，他一点不反对"官僚"这两个字；"只有不得其门而入的才叫我官僚，"他在四十岁的时候就这么说过。

看着自己的像片，他觉得不十分像自己。不错，他的胖脸，大眼睛，短须，粗脖子，与圆木筒似的身子，都在那里，可是缺乏着一些生气。这些不足以就代表包善卿。他以几十年的经验知道自己的表情与身段是怎样的玲珑可喜，像名伶那样晓得自己哪一个姿态最能叫好；他不就是这么个短粗胖子。至少他以为也应该把两个姿态照下来，两个最重要的，已经成为习惯而仍自觉地利用着，且时时加以修正的姿态。一个是在面部：每逢他遇到新朋友，或是接见属员，他的大眼会像看见个奇怪的东西似的，极明极大极傻地瞪那么一会儿，腮上的肉往下坠；然后腮上的肉慢慢往上收缩，大眼睛里一层一层的增厚笑意，最后成为个很妩媚的微笑。微笑过后，他才开口说话，舌头稍微团着些，使语声圆柔而稍带着点娇憨，显出天真可爱。这个，哪怕是个冰人儿，也会被他马上给感动过来。

第二个是在脚部。他的脚很厚，可是很小。当他对地位高的人趋进或辞退，他会极巧妙地利用他的小脚：细逗着步儿，弯着点腿，或前或后，非常的灵动。下部的灵动很足给他一身胖肉以不少的危险，可是他会设法支持住身体，同时显出他很灵利，和他的恭敬谦卑。

找到这两点，他似乎才能找到自己。政治生活是种艺术，这两点是他的艺术的表现。他愿以这种姿态与世人相见，最好是在报纸上印出来。可是报纸上只登出个迟重肥胖的人来，似乎是美中不足。

好在，没大关系。有许多事，重大的事，是报纸所不知道的。他想到末一次的应用"脚法"：建设委员会的会长本来十之六七是给王荤老的，可是包善卿在山木那里表现了一番。王荤老所不敢答应山木的，包善卿亲手送过去："你发表我的会长，我发表你的高等顾问！"他向山木告辞时，两脚轻快地细碎地往后退着,腰儿弯着些,提出这个"互惠"条件。果然,王莘老连个委员也没弄到手,可怜的莘老!不论莘老怎样固执不通,究竟是老朋友。得设法给他找个地位!包善卿作事处处想对得住人,他不由地微笑了笑。

王莘老未免太固执!太固执!山木是个势力,不应当得罪。况且有山木作顾问,事情可以容易办得多。他闭上眼想了半天,想个比喻。想不出来。最后想起一个:姨太太要东西的时候,不是等坐在老爷的腿儿上再说吗?但这不是个好比喻。包善卿坐在山木的腿上?笑话!不过呢,有山木在这儿,这次的政治生活要比以前哪一次都稳当、舒服、省事。东洋人喜欢拿权,作事;和他们合作,必须认清了这一点;认清这一点就是给自己的事业保了险。奇怪,王莘老作了一辈子官,连这点还看不透!王莘老什么没作过?教育、盐务、税务、铁道……都作过,都作过,难道还不明白作什么也不过是把上边交下来的,再往下交。把下边呈上来的再呈上去,只须自己签个字?为什么这次非拒绝山木不可呢?奇怪!也许是另有妙计?不能吧?打听打听看;老朋友,但是细心是没过错的。

"大概王莘老总不至于想塌我的台吧?老朋友!"他问自己。他的事永远不愿告诉别人,所以常常自问自答。"不能,王莘老不能!"他想,会长就职礼已平安地举行过;报纸上也没露骨地说什么;委员们虽然有请病假的,可是看我平安无事地就了职,大概一半天内也就会销假的。山木很喜欢,那天还请大家吃了饭,虽然饭菜不大讲究,可是也就很难为了一个东洋人!过去的都很顺当;以后的有山木作主,大概不会出什么乱子的。是的,想法子安置好王莘老吧;一半因为是老朋友,一半因为省得单为这个悬心。至于会里用人,大致也有了个谱儿,几处较硬的介绍已经敷衍过去,以后再有的,能敷衍就敷衍,不能敷衍的好在可以往山木身上推。是的，这回事儿真算我的老运不错！

想法子给山木换辆汽车，这是真的，东洋人喜欢小便宜。自己的车也该换了，不，先给山木换，自己何必忙在这一时！何不一齐呢，真！我是会长，他是顾问，不必，不必和王莘老学，总是让山木一步好！

决定了这个，他这回的政治生活显然是一帆风顺，不必再思索什么了。假如还有值得想一下的，倒是明天三姨太太的生日办不办呢？办呢，她岁数还小，怕教没吃上委员会的家伙们有所借口，说些不三不四的。不办呢，又怕临时来些位客人，不大合适。"政治生活"有个讨厌的地方，就是处处得用"思想"，不是平常人所能干的。在很小的地方，正如在很大的地方，漏了一笔就能有危险。就以娶姨太太说，过政治生活没法子不娶，同时姨太太又能给人以许多麻烦。自然，他想自己在娶姨太太这件事上还算很顺利，一来是自己的福气大，二来是自己有思想，想起在哈尔滨作事时候娶的俄国姨太太——后来用五百元打发了的那个——他微笑了笑。再不想要洋的，看着那么白，原来皮肤很粗，处处带着小黄毛。最难堪的是来月信的时候，只用纸卷个小筒一塞！啵！他不喜欢看外国电影片，多一半是因为这个。连中国电影也算上，那些明星没有一个真正漂亮的。娶姨太太还是到苏杭一带找个中等人家的雏儿，林黛玉似的又娇又嫩。三姨太太就是这样，比女儿还小着一岁，可比女儿美得多。似乎应当给她办生日，怪可怜的。况且乘机会请山木吃顿饭也显着不是故意的请客。是的，请山木首席，一共请三四桌人，对大家不提办生日，又不至太冷淡了姨太太，这是思想！

福命使自己腾达，思想使自己压得住富贵，自己的政治生活和家庭生活是个有力的证明。太太念佛吃斋，老老实实。大儿有很好的差事，长女上着大学。二太太有三个小少爷，三太太去年冬天生了个小娃娃。理想的家庭，没闹过一桩满城风雨的笑话，好容易！最不放心的是大儿大女，在外边读书，什么坏事学不来！可是，大儿已有了差事，不久就结婚；女儿呢，只盼顺顺当当毕了业，找个合适的小人嫁出去；别闹笑话！过政治生活的原不怕闹笑话，可是自己是老一辈的人，不能不给后辈们立个好榜样，这是政治道德。作政治没法不讲道德，政治舞台是多么危险的地方，没有道德便没有胆量去冒险。自己六十岁了，还敢出肩重任，道德不充实可能有这个勇气？自己的道德修养，不用说，一定比自己所能看到的还要高着许多，一定。

他不愿再看报纸上那个像片，那不过是个短粗而无生气的胖子，而真正的自己是有思想道德有才具有经验有运气的政治家！认清了这个，他心里非常平静，像无波的秋水映着一轮明月。他想和姨太太们凑几圈牌，为是活动活动自己的心力，太平静了。

"老爷，方委员，"陈升轻轻的把张很大的名片放在小桌上。

"请，"包善卿喜欢方文玉，方文玉作上委员完全仗着他的力量。方文玉来的时间也正好，正好二男二女——两个姨太太——凑几圈儿。

方文玉进来，包善卿并没往起立，他知道方文玉不会恼他，而且会把这样的不客气认成为亲热的表示。可是他的眼睛张大，而后渐渐地一层层透出笑意，他知道这足以补足没往起立的缺欠，而不费力地牢笼住方文玉的心。搬弄着这些小小的过节，他觉得出自己的优越，有方文玉在这儿比着，他不能不承认自己的经验与资格。

"文玉！坐，坐！懒得很；这两天够我老头子……哈哈！"他必须这样告诉文玉，表示他并没在家里闲坐着，他最不喜欢忙乱，而最爱说他忙；会长要是忙，委员当然知道应当怎样勤苦点了。

"知道善老忙，现在，我——"方文玉不敢坐下，作出进退两难的样子，唯恐怕来的时间不对而讨人嫌。

"坐！来得正好！"看着方文玉的表演，他越发喜欢这个人，方文玉是有出息的。

方文玉有四十多岁，高身量，白净子脸，带着点烟气。他没别的嗜好，除了吃口大烟。在包善卿眼中，他是个有为的人，精明、有派头、有思想，可惜命不大强，总跳腾不起去。这回很卖了些力气才给他弄到了个委员，很希望他能借着这一步而走几年好运。

"文玉，你来得正好，我正想凑几圈，带着硬的呢？"包善卿团着舌尖，显出很天真淘气。

"伺候善老，输钱向来是不给的！"方文玉张开口，可是不敢高声笑，露出几个带烟釉的长牙来。及至包善卿哈哈笑了，他才接着出了声。

"本来也是，"包善卿笑完，很郑重地说，"一个委员拿五百六，没车马费，没办公费，苦事！不过，文玉你得会利用，眼睛别闲着；等山木拟定出工作大纲来，每个县城都得安人；留点神，多给介绍几个人。这些人都有县长的希望。可不能只靠着封介绍信！这或者能教你手里松动一点，不然的话，你得赔钱；五百六太损点，五百六！"他的大眼睛看着自己的小胖脚尖，不住地点头。待了一会儿："好吧，今天先记你的账好了。有底没有？"

"有！小刘刚弄来一批地道的，请我先尝尝，烟倒是不坏，可是价儿也够瞧的。"方文玉摇了摇头，用烧黄的手指夹起支"炮台"来。

"我这也有点，也不坏，跟二太太要好了；她有时候吃一口。我不准她多吃！咱们到里院去吧？"包善卿想立起来。

他还没站利落，电话铃响了。他不爱接电话。许多电玩艺儿，他喜欢安置，而不愿去使用。能利用电力是种权威，命令仆人们用电话叫菜或买别的东西，使他觉得他的命令能够传达很远，可是他不愿自己去叫与接电话。他知道自己不是破命去坐飞机的那种政治家。

"劳驾吧，"他立好，小胖脚尖往里一逗，很和蔼地对方文玉说。

方文玉的长腿似乎一下子就迈到了电机旁，拿起耳机，回头向包善卿笑着："喂，要哪里？包宅，啊，什么？呕，墨老！是我，是的！跟善老说话？啊，您也晓得善老不爱接电，嘻嘻，好，我代达！……好，都听明白了，明天见，明天见！"看了耳机一下，挂上。

"墨山？"包善卿的下巴往里收，眼睛往前努，作足探问的姿势。

"墨山，"方文玉点了点头，有些不大愿意报告的样子。"教我跟善老说两件事，头一件，明天他来给三太太贺寿，预备打几圈。"

"记性是真好，真好！"包善卿喜欢人家记得小姨太太的生日。"第二件？"

"那什么，那什么，他听说，听说，未必正确，大概学生又要出来闹事！"

"闹什么？有什么可闹的？"包善卿声音很低，可是很清楚，几乎是一字一字地说。

"墨老说，他们要打倒建设委员会呢！"

"胡闹！"包善卿坐下，脚尖在地上轻轻地点动。

"那什么，善老，"方文玉就着烟头又点着了一支新的，"这倒要防备一下。委员会一切都顺利；不为别的，单为求个吉利，也不应当让他们出来，满街打着白旗，怪丧气的。好不好通知公安局，先给您这儿派一队人来，而后让他们每学校去一队，禁止出入？"

"我想想看，想想看，"包善卿的脚尖点动得更快了，舌尖慢慢地舐着厚唇，眨巴着眼。过了好大一会儿，他笑了："还是先请教山木，你看怎样？"

"好！好！"方文玉把烟灰弹在地毯上，而后用左手捏了鼻子两下，似乎是极深沉地搜索妙策："不过，无论怎说，还是先教公安局给您派一队人来，有个准备，总得有个准备。要便衣队，都带家伙，把住胡同的两头。"他的带烟气的脸上露出青筋，离离光光的眼睛放出一些浮光。"把住两头，遇必要时只好对不起了，啪啪一排枪。啪啪一排枪，没办法！"

"没办法！"包善卿也挂了气，可是还不像方文玉那么浮躁。"不过总是先问问山木好，他要用武力解决呢，咱们便问心无愧。做主张和平呢，咱们便无须乎先表示强硬。我已经想好，明天请山木吃饭，正好商量商量这个。"

"善老，"方文玉有点抱歉的神气，"请原谅我年轻气浮，明天万一太晚了呢？即使和山木可以明天会商，您这儿总是先来一队人好吧？"

"也好，先调一队人来，"包善卿低声地像对自己说。又待了一会儿，他像不愿意而又不得不说的，看了方文玉一眼；仿佛看准方文玉是可与谈心的人，他张开了口。"文玉，事情不这么简单。我不能马上找山木去。为什么？你看，东洋人处处细心。我一见了他，他必先问我，谁是主动人？你想啊，一群年幼无知的学生懂得什么，背后必有人鼓动。你大概要说××党？"他看见方文玉的嘴动了下。"不是！不是！"极肯定而有点得意地他摇了摇头。"中国就没有××党，我活了六十岁，还没有看见一个××党。学生背后必有主动人，弄点糖儿豆儿的买动了他们，主动人好上台，代替你我，你——我——"他的声音提高了点，胖脸上红起来。"咱们得先探听明白这个人或这些人是谁，然后才不至被山木问住。你看,好比山木这么一问,谁是主动人?我答不出;好,山木满可以撅着小黑胡子说:谁要顶你,你都不晓得?这个,我受不了。怎么处置咱们的敌人,可以听山木的;咱们可得自己找出敌人是谁。是这样不是?是不是?"

方文玉的长脑袋在细脖儿上绕了好几个圈,心中"很"佩服,脸上"极"佩服,包善老。"我再活四十多也没您这个心路,善老!"

善老没答碴,眼皮一搭拉,接受对他的谀美。"是的,擒贼先擒王,把主动人拿住。学生自然就老实了。这就是方才说过的了:和平呢还是武力呢,咱们得听山木的,因为主动人的势力必定小不了。"他又想了想:"假如咱们始终不晓得他是谁,山木满可以这么说,你既不知道为首的人,那就只好拿这回事当作学潮办吧。这可就糟了,学潮,一点学潮,咱们还办不了,还得和山木要主意?这岂不把乱子拉到咱们身上来?你说的不错,啪啪一排枪,准保打回去,一点不错;可是啪啪一排枪犯不上由咱们放呀。山木要是负责的话,管他呢,啪啪一排开花炮也可以!是不是,文玉,我说的是不是?"

"是极!"方文玉用块很脏的绸子手绢擦了擦青眼圈儿。"不过,善老,就是由咱们放枪也无所不可。即使学生背后有主动人,也该惩罚他们——不好好读书,瞎闹哄什么呢!东洋朋友,中国朋友,商界,都拥护我们。除了学生,除了学生!不能不给小孩子们个厉害!我们出了多少力,费了多少心血,才有今日,临完他们喊打倒,善老?"看着善老连连点头,他那点吃烟人所应有的肝火消散了点。"这么办吧,善老,我先通知公安局派一队人来,然后咱们再分头打电打听打听谁是为首的人。"他的眼忽然一亮,"善老,好不好召集全体委员开个会呢!"

"想想看,"包善卿决定不肯被方文玉给催迷了头,在他的经验里，没有办法往往是最好的办法，而延宕足以杀死时间与风波。"先不用给公安局打电；他们应当赶上咱们来，这是他们当一笔好差事的机会，咱们不能迎着他们去。至于开会，不必：一来是委员们都没在这儿，二来委员不都是由你我荐举的，开了会倒麻烦，倒麻烦。咱们顶好是先打听为首之人；把他打听到，"包善卿两只肥手向外一推，"一股拢总全交给山木。省心，省事，不得罪人！"

方文玉刚要张嘴，电话铃又响了。

这回。没等文玉表示出来愿代接电的意思，包善卿的小胖脚紧动慢动地把自己连跑带转地挪过去，像个着了忙的鸭子。摘下耳机，他张开了大嘴喘了一气。"哪里？呕，冯秘书，近来好？啊，啊，啊！局长呢？呕，我忘了，是的，局长回家给老太太作寿去了，我的记性太坏了！那……嗯……请等一等，我想想看，再给你打电，好，谢谢，再见！"挂上耳机。他仿佛接不上气来了。一大堆棉花似的瘫在大椅子上。闭了会儿眼，他低声地说："记性太坏了，那天给常局长送过去了寿幛，今天就会忘了，要不得！要不得！"

"冯秘书怎么说？"方文玉很关切地问。

"哼，学生已经出来了，冯子才跟我要主意！"包善卿勉强着笑了笑。"我刚才说什么来着？咱们还没教他们派人来呢，他们已经和我要主意；要是咱们先张了嘴，公安局还不搬到我这儿来办公？跟我要主意，他们是干什么的？"

"可是学生已经出来了！"方文玉也想不出办法，可是因为有嗜好，所以胆子更小一点。"您想怎样回复冯子才呢？"

"他当然会给常局长打电报要主意；我不挣那份钱，管不着那段事。"包善卿看着桌上的案头日历。

"您这儿没人保护可不行呀！"方文玉又善意地警告。

"那，我有主意，"包善卿知道学生已经出来，不能不为自己的安全设法了。"文玉，你给张七打个电话，教他马上送五十打手来，都带家伙，每人一天八毛，到委员会领钱，他们比巡警可靠！"

方文玉放了点心，马上给张七打了电话。包善卿也似乎无可顾虑了，躺在沙发上闭了眼。方文玉看着善老，不愿再思索什么，可是总惦记着冯秘书。善老真稳，怎么不给冯回电呢？包善卿早把冯子才忘了，他早知道冯子才若是看事不妙必会偷偷地跑掉，用不着替他担忧，他心中正一一地数点家里的人，自要包家的人都平安，别的都没大关系。他忽然睁开眼，坐起来，按电铃。一边按一边叫："陈升！陈升！"

陈升轻快地跑进来。

"陈升，大小姐回来没有？"他探着脖，想看桌上的日历："今天不是礼拜天吗？"

"是礼拜，大小姐没回家，"陈升一边回答，一边倒茶。

"给学校打电，叫她回来，快！"包善卿十分着急地说。"等等再倒茶，先打电！"对于儿女，他最爱的是大小姐，最不放心的也是大小姐。她是大太太生的，又是个姑娘，所以他对于她特别地慈爱，慈爱之中还有些尊重的意思，姨太太们生的小孩自然更得宠爱，可是止于宠爱；在大姑娘身上，只有在她身上，他仿佛找到了替包家维持家庭中的纯洁与道德的负责人。她是"女儿"，非得纯美得像一朵水仙花不可。这朵水仙花供给全家人一些清香，使全家人觉得他们有个鲜花似的千金小姐，而不至于太放肆与胡闹了。大小姐要是男女混杂地也到街上去打旗瞎喊，包家的鲜花就算落在泥中了，因为一旦和男学生们接触，女孩子是无法保持住纯洁的。

"老爷，学校电话断了！"陈升似乎还不肯放手耳机，回头说完这句，又把耳机放在耳旁。

"打发小王去接！紧自攥着耳机干什么呀！"包善卿的眼瞪得极大，短胡子都立起来。陈升跑出去，门外汽车嘟嘟起来。紧跟着，他又跑回："老爷，张七带着人来了。"

"叫他进来！"包善卿的手微微颤起来，"张七"两个字似乎与祸乱与厮杀有同一的意思，祸乱来在自己的门前，他开始害了怕；虽然他明知道张七是来保护他的。

张七没敢往屋中走，立在门口外："包大人，对不起您，我才带来三十五个人；今天大家都忙，因为闹学生，各处用人；我把这三十五个放在您这儿，马上再去找，误不了事，掌灯以前，必能凑齐五十名。"

"好吧，张七，"包善卿开开屋门，看了张七一眼："他们都带着家伙哪？好！赶快去再找几名来！钱由委员会领；你的，我另有份儿赏！"

"您就别再赏啦，常花您的！那么，我走了，您没别的吩咐了？"张七要往外走。

"等等，张七，汽车接大小姐去了，等汽车回来你再走；先去看看那些人们，东口西口和门口分开了站！别都扎在一堆儿！"

张七出去检阅，包善卿回头看了看方文玉，"文玉，你看怎样！不要紧吧？"关上屋门，他背着手慢慢地来回走。

"没准儿了！"方文玉也立起来，脸上更灰暗了些。"毛病是在公安局。局长没在这儿，冯子才大概——"

"大概早跑啦！"包善卿接过去。"空城计，非乱不可，非乱不可，这玩艺，这玩艺，咱们始终不知为首的是谁，有什么办法呢？"

电话！方文玉没等请示，抓下耳机来。"谁？小王？……等等！"偏着点头："善老，车夫小王在街上借的电话。学生都出去了，大小姐大概也随着走了；街上很乱，打上了！"

"叫小王赶紧回来！"

"你赶紧回来！"方文玉凶狠地挂上耳机，心中很乱，想烧口烟吃。

"陈升！"包善卿向窗外喊："叫张七来！"

这回，张七进了屋中，很规矩地立着。

"张七，五十块钱的赏，去把大小姐给找来！你知道她的学校？"

"知道！可是，包大人，成千成万的学生，叫我上哪儿去找她呢？我一个人，再添上俩，找到小姐也没法硬拉出来呀！"

"你去就是了，见机而作！找了来，我另给你十块！"方文玉看着善老，交派张七。

"好吧，我去碰碰！"张七不大乐观地走出去。

"小王回来了，老爷，"陈升进来报告。

"那什么，陈升，把帽子给我。"包善卿楞了会儿，转向方文玉："文玉，你别走，我出去看看，一个女孩子人家，不能——"

"善老！"方文玉抓住了善老的手，手很凉。"您怎能出去呢！让我去好了。认识我的少一点，您的像片——"

二人同时把眼转到桌上的报纸上。

"文玉你也不能出去！"包善卿腿一软，坐下了。"找山木想办法行不行？这不能算件小事吧？我的女儿！他要是派两名他的亲兵，准能找回来！"

"万一他不管，可不大得劲儿！"方文玉低声地说。

"听！"包善卿直起身来。

包宅离大街不十分远，平常能听得见汽车的喇叭声。现在，像夏日大雨由远而近地那样来了一片继续不断的，混乱而低切的吵嚷，分不出是什么声音，只是那么流动的，越来越近的一片，一种可怕的怒潮，向前滚进。

方文玉的脸由灰白而惨绿，猛然张开口，咽了一口气。"善老，咱们得逃吧？"

　　包善卿的嘴动了动，没说出什么来，脸完全紫了。怒气与惧怕往两下处扯他的心，使他说不出话来。"学生！学生！一群毛孩子！"他心里说："你们懂得什么！懂得什么！包善卿的政治生活非生生让你们吵散不可！包善卿有什么对不起人的地方！混账，一群混账！"

　　张七拉开屋门，没顾得摘帽子："大人，他们到了！我去找大小姐，恰好和他们走碰了头！"

　　"西口把严没有？"包善卿好容易说出话来。

　　"他们不上这儿来，上教场去集合。"

　　"自要进来，开枪，我告诉你！"包善卿听到学生们不进胡同，强硬了些。

　　"听！"张七把屋门推开。

　　"打倒卖国贼！"千百条嗓子同时喊出。

　　包善卿的大眼向四下里找了找，好似"卖国贼"三个字像个风筝似的从空中落了下来。他没找到什么，可是从空中又降下一声："打倒卖国贼！"他看了看方文玉，看了看张七，勉强地要笑笑，没笑出来。"七，""张"字没能说利落："大小姐呢？我教你去找大小姐！"

　　"这一队正是大小姐学校里的，后面还有一大群男学生。"

　　"看见她了？"

　　"第一个打旗的就是大小姐！"

　　"打倒卖国贼！"又从空中传来一声。

　　在这一声里，包善卿仿佛清清楚楚地听见了自己女儿的声音。

　　"好，好！"他的手与嘴唇一劲儿颤。"无父无君，男盗女娼的一群东西！我会跟你算账，甭忙，大小姐！别人家的孩子我管不了，你跑不出我的手心去！爸爸是卖国贼，好！"

"善老！善老！"方文玉的烟瘾已经上来，强挣扎着劝慰："不必生这么大的气，大小姐年轻，一时糊涂，不能算是真心反抗您，绝对不能！"

"你不知道！"包善卿颤得更厉害了。"她要是想要钱，要衣裳，要车，都可以呀，跟我明说好了；何必满街去喊呢！疯了？卖国贼，爸爸是卖国贼，好听？混账，不要脸！"

电话！没人去接。方文玉已经瘾得不爱动，包善卿气得起不来。

张七等铃响了半天，搭讪着过去摘下耳机。"……等等。大人，公安局冯秘书。"

"挂上，没办法！"包善卿躺在沙发上。

"陈升！陈升！"方文玉低声地叫。

陈升就在院里呢，赶快进来。

方文玉向里院那边指了指，然后撅起嘴唇，像叫猫似的轻轻响了几下。

陈升和张七一同退出去。

热 包 子

　　爱情自古时候就是好出轨的事。不过，古年间没有报纸和杂志，所以不像现在闹得这么血花。不用往很古远里说，就以我小时候说吧，人们闹恋爱便不轻易弄得满城风雨。我还记得老街坊小邱。那时候的"小"邱自然到现在已是"老"邱了。可是即使现在我再见着他，即使他已是白发老翁，我还得叫他"小"邱。他是不会老的。我们一想起花儿来，似乎便看见些红花绿叶，开得正盛；大概没有一人想花便想到落花如雨，色断香销的。小邱也是花儿似的，在人们脑中他永远是青春，虽然他长得离花还远得很呢。

　　小邱是从什么地方搬来的，和哪年搬来的，我似乎一点也不记得。我只记得他一搬来的时候就带着个年青的媳妇。他们住我们的外院一间北小屋。从这小夫妇搬来之后，似乎常常听人说：他们俩在夜半里常打架。小夫妇打架也是自古有之，不足为奇；我所希望的是小邱头上破一块，或是小邱嫂手上有些伤痕……我那时候比现在天真的多多了；很欢迎人们打架，并且多少要挂点伤。可是，小邱夫妇永远是——在白天——那么快活和气，身上确是没伤。我说身上，一点不假，连小邱嫂的光脊梁我都看见过。我那时候常这么想：大概他们打架是一人手里拿着一块棉花打的。

　　小邱嫂的小屋真好。永远那么干净永远那么暖和，永远有种味儿——特别的味儿，没法形容，可是显然的与众不同。小两口味儿，对，到现在我才想到一个适当的形容字。怪不得那时候街坊们，特别是中年男子，愿意上小邱嫂那里去谈天呢，谈天的时候，他们小夫妇永远是欢天喜地的，老好像是大年初一迎接贺年的客人那么欣喜。可是，客人散了以后，据说，他们就必定打一回架。有人指天起誓说，曾听见他们打得咚咚的响。

小邱，在街坊们眼中，是个毛腾厮火①的小伙子。他走路好像永远脚不贴地，而且除了在家中，仿佛没人看见过他站住不动，哪怕是一会儿呢。就是他坐着的时候，他的手脚也没老实着的时候。他的手不是摸着衣缝，便是在凳子沿上打滑溜，要不然便在脸上搓。他的脚永远上下左右找事作，好像一边坐着说话，还一边在走路，想象的走着。街坊们并不因此而小看他，虽然这是他永远成不了"老邱"的主因。在另一方面，大家确是有点对他不敬，因为他的脖子老缩着。不知道怎么一来二去的"王八脖子"成了小邱的另一称呼。自从这个称呼成立以后，听说他们半夜里更打得欢了。可是，在白天他们比以前更显着欢喜和气。

小邱嫂的光脊梁不但是被我看见过，有些中年人也说看见过。古时候的妇女不许露着胸部，而她竟自被人参观了光脊梁，这连我——那时还是个小孩子——都觉着她太洒脱了。这又是我现在才想起的形容字——洒脱。她确是洒脱：自天子以至庶人好像没有和她说不来的。我知道门外卖香油的，卖菜的，永远给她比给旁人多些。她在我的孩子眼中是非常的美。她的牙顶美，到如今我还记得她的笑容，她一笑便会露出世界上最白的一点牙来。只是那么一点，可是这一点白色能在人的脑中延展开无穷的幻想，这些幻想是以她的笑为中心，以她的白牙为颜色。拿着落

---

① 毛腾厮火：形容一个人毛手毛脚。

花生，或铁蚕豆，或大酸枣，在她的小屋里去吃，是我儿时生命里一个最美的事。剥了花生豆往小邱嫂嘴里送，那个报酬是永生的欣悦——能看看她的牙。把一口袋花生都送给她吃了也甘心，虽然在事实上没这么办过。

小邱嫂没生过小孩。有时候我听见她对小邱半笑半恼的说，凭你个软货也配有小孩？！小邱的脖子便缩得更厉害了，似乎十分伤心的样子；他能半天也不发一语，呆呆的用手擦脸，直等到她说："买洋火！"他才又笑一笑，脚不擦地飞了出去。

记得是一年冬天，我刚下学，在胡同口上遇见小邱。他的气色非常的难看，我以为他是生了病。他的眼睛往远处看，可是手摸着我的绒帽的红绳结子，问："你没看见邱嫂吗？"

"没有哇，"我说。

"你没有？"他问得极难听，就好像为儿子害病而占卦的妇人，又愿意听实话，又不愿意相信实话，要相信又愿反抗。

他只问了这么一句，就向街上跑了去。

那天晚上我又到邱嫂的小屋里去，门，锁着呢。我虽然已经到了上学的年纪，我不能不哭了。每天照例给邱嫂送去的落花生，那天晚上居然连一个也没剥开。

第二天早晨，一清早我便去看邱嫂，还是没有；小邱一个人在炕沿上坐着呢，手托着脑门。我叫了他两声，他没答理我。

差不多有半年的工夫，我上学总在街上寻望，希望能遇见邱嫂，可是一回也没遇见。

她的小屋，虽然小邱还是天天晚上回来，我不再去了。还是那么干净，还是那么暖和，只是邱嫂把那点特别的味儿带走了。我常在墙上，空中看见她的白牙，可是只有那么一点白牙，别的已不存在：那点牙也不会轻轻嚼我的花生米。

小邱更毛腾厮火了，可是不大爱说话。有时候他回来得很

| 热包子 |

早，不作饭，只呆呆的楞着。每遇到这种情形，我们总把他让过来，和我们一同吃饭。他和我们吃饭的时候，还是有说有笑，手脚不识闲①。可是他的眼时时往门外或窗外瞭那么一下。我们谁也不提邱嫂；有时候我忘了，说了句："邱嫂上哪儿了呢？"他便立刻搭讪着回到小屋里去，连灯也不点，在炕沿上坐着。有半年多，这么着。

忽然有一天晚上，不是五月节前，便是五月节后，我下学后同着学伴去玩，回来晚了。正走在胡同口，遇见了小邱。他手里拿着个碟子。

"干什么去？"我截住了他。

他似乎一时忘了怎样说话了，可是由他的眼神我看得出，他是很喜欢，喜欢得说不出话来。呆了半天，他似乎趴在我的耳边说的：

"邱嫂回来啦，我给她买几个热包子去！"他把个"热"字说得分外的真切。

我飞了家去。果然她回来了。还是那么好看，牙还是那么白，只是瘦了些。

我直到今日，还不知道她上哪儿去了那么半年。我和小邱，在那时候，一样的只盼望她回来，不问别的。到现在想起来，古时候的爱情出轨似乎也是神圣的，因为没有报纸和杂志们把邱嫂的像片登出来，也没使小邱的快乐得而复失。

---

① 不识闲：方言，闲不住。

有声电影

　　二姐还没有看过有声电影。可是她已经有了一种理论。在没看见以前，先来一套说法，不独二姐如此，有许多伟人也是这样；此之谓"知之为知之，不知为知之"也。她以为有声电影便是电机答答之声特别响亮而已。要不然便是当电人——二姐管银幕上的英雄美人叫电人——互相巨吻的时候，台下鼓掌特别发狂，以成其"有声"。她确信这个，所以根本不想去看。本来她对电影就不大热心，每当电人巨吻，她总是用手遮上眼的。

　　但据说有声电影是有说有笑而且有歌。她起初还不相信，可是各方面的报告都是这样，她才想开开眼。

　　二姥姥等也没开过此眼，而二姐又恰巧打牌赢了钱，于是大请客。二姥姥，三舅妈，四姨，小秃，小顺，四狗子，都在被请之列。

　　二姥姥是天一黑就睡，所以决不能去看夜场；大家决定午时出发，看午后两点半那一场。看电影本是为开心解闷，所以十二点动身也就行了。要是上车站接个人什么的，二姐总是早去七八小时的。那年二姐夫上天津，二姐在三天前就催他到车站去，恐怕临时找不到座位。

　　早动身可不见得必定早到；要不怎么越早越好呢。说是十二点走哇，到了十二点三刻谁也没动身。二姥姥找眼镜找了一刻来钟；确是不容易找，因为眼镜在她自己腰里带着呢。跟着就是三舅妈找钮子,翻了四只箱子也没找到,结果是换了件衣裳。四狗子洗脸又洗了一刻多钟,这还总算顺当;往常一个脸得至少洗四十多分钟,还得有门外的巡警给帮忙。

出发了。走到巷口,一点名,小秃没影了。大家折回家里,找了半点多钟,没找着。大家决定不看电影了,找小秃是更重要的。把新衣裳全脱了,分头去找小秃。正在这个当儿,小秃回来了;原来他是跑在前面,而折回来找她们。好吧,再穿好衣裳走吧,巷外有的是洋车,反正耽误不了。

二姥姥给车价还按着现洋换一百二十个铜子时的规矩,多一个不要。这几年了,她不大出门,所以老觉得烧饼卖三个大铜子一个不是件事实,而是大家欺骗她。现在拉车的三毛两毛向她要,也不是车价高了,是欺侮她年老走不动。她偏要走一个给他们瞧瞧。这一挂劲可有些"憧憬":她确是有志向前迈步,不过脚是向前向后,连她自己也不准知道。四姨倒是能走,可惜为看电影特意换上高底鞋,似乎非扶着点什么不敢抬脚。她假装过去搀着二姥姥,其实是为自己找个靠头。不过大家看得很清楚,要是跌倒的话,这二位一定是一齐倒下。四狗子和小秃们急得直打蹦①。

总算不离,三点一刻到了电影院。电影已经开映。这当然是电影院不对;难道不晓得二姥姥今天来么?二姐实在觉得有骂一顿街的必要,可是没骂出来,她有时候也很能"文明"一气。

既来之则安之,打了票。一进门,小顺便不干了,怕黑,黑的地方有红眼鬼,无论如何也不能进去。二姥姥一看里面黑洞洞,以为天已经黑了,想起来睡觉的舒服;她主张带小顺回家。要是不为二姥姥,二姐还想不起请客呢。谁不知道二姥姥已经是土埋了半截的人,不看回有声电影,将来见阎王的时候要是盘问

---

① 打蹦:方言,指跳起来。

这一层呢？大家开了家庭会议。不行，二姥姥是不能走的。至于小顺，好办，买几块糖好了。吃糖自然便看不见红眼鬼了。事情便这样解决了。四姨搀着二姥姥，三舅妈拉着小顺，二姐招呼着小秃和四狗子。前呼后应，在暗中摸索，虽然有看座的过来招待，可是大家各自为政的找座儿，忽前忽后，忽左忽右，离而复散，分而复合，主张不一，而又愿坐在一块儿。直落得二姐口干舌燥，二姥姥连喘带嗽，四狗子咆哮如雷，看座的满头是汗。观众们全忘了看电影，一齐恶声的"吃——"，但是压不下去二姐的指挥口令。二姐在公共场所说话特别响亮，要不怎样是"外场"人呢。

直到看座的电棒中的电已使净，大家才一狠心找到了座。不过，还不能这么马马虎虎的坐下。大家总不能忘了谦恭呀，况且是在公共场所。二姥姥年高有德，当然往里坐。可是二姥姥当着四姨怎肯倚老卖老，四姨是姑奶奶呀；而二姐又是姐姐兼主人；而三舅妈到底是媳妇，而小顺子等是孩子；一部伦理从何处说起？大家打架似的推让，甚至把前后左右的观众都感化得直喊叫老天爷。好容易大家觉得让的已够上相当的程度，一齐坐下。可是小顺的糖还没有买呢！二姐喊卖糖的，真喊得有劲，连卖票的都进来了，以为是卖糖的杀了人。

糖买过了，二姥姥想起一桩大事——还没咳嗽呢。二姥姥一阵咳嗽，惹起二姐的孝心，与四姨三舅妈说起二姥姥的后事来。老人家像二姥姥这样的，是不怕儿女当面讲论自己的后事，而且乐意参加些意见，如"别的都是小事，我就是要个金九连环。也别忘了糊一对童儿！"这一说起来，还有完吗？一桩套着一桩，一件联着一件，说也奇怪，越是在戏馆电影场里，家事越显着复杂。大家刚说到热闹的地方，忽，电灯亮了，人们全往外走。二姐喊卖瓜子的；说起家务要不吃瓜子便不够派儿。看座的过来了,"这场完了,晚场八点才开呢。"

大家只好走吧。一直到二姥姥睡了觉,二姐才想起问三舅妈:"有声电影到底怎么说来着?"三舅妈想了想:"管它呢,反正我没听见。"还是四姨细心,她说她看见一个洋鬼子吸烟,还从鼻子里冒烟呢,"电影是怎样作的,多么巧妙哇,鼻子冒烟,和真的一样,你就说。"大家都赞叹不已。

买 彩 票

在我们那村里,抓会赌彩是自古有之。航空奖券,自然的,大受欢迎。头彩五十万,听听!二姐发起集股合作,首先拿出大洋二角。我自己先算了一卦,上吉,于是拿了四角。和二姐计算了好大半天,原来还短着九元四才够买一张的。我和他分头去宣传,五十万,五十万,五十个人分,每人还落一万,二角钱弄一万!举村若狂,连狗都听熟了"五十万",凡是说"五十万"的,哪怕是生人,也立刻摇尾而不上前一口把腿咬住。闹了整一个星期;十元算是凑齐;我是最大的股员。三姥姥才拿了五分,和四姨共同凑了一股;她们还立了一本账薄。

上哪里去买呢?还得算卦。二姐不信任我的诸葛金钱课,花了五大枚请王瞎子占了一个马前神课……利东北。城里有四家代售处;利成记在城之东北;决议,到利成记去买。可是,利成是四家买卖中最小的一号,只卖卷烟煤油,万一把十元拐去,或是卖假券呢!又送了王瞎子五大枚,从新另占。西北也行,他说;不但是行,他细掐过手指,还比东北好呢!西北是恒祥记,大买卖,二姐出阁时的缎子红被还是那儿买的呢。

谁去买?又是个问题。按说我是头号股员,我应当跑一趟。可是我是属牛的,今年是鸡年,总得找属鸡的。还得是男性,女性丧气①。只有李家小三是鸡年生的,平日那些属鸡的好像都变

---

① 丧气:意思是倒霉,不吉利。

了,找不着一个。小三自己去太不放心啊,于是决定另派二员金命的男人妥为保护。挑了吉日,三位进城买票。

票买来了,谁拿着呢?我们村里的合作事业有个特点,谁也不信任谁。经过三天三夜的讨论,还是交给了三姥姥,年高虽不见得必有德,可是到底手脚不利落,不至私自逃跑。

直到开彩那天,大家谁也没睡好觉。以我自己说,得了头彩——还能不是我们得吗?!——就分两万,这两万怎么花?买处小房,好,房的地点、样式,怎么布置,想了半夜。不,不买房子,还是作买卖好,于是铺子的地点、形式、种类,怎么赚钱,赚了钱以后怎样发展,又是半夜。天上的星星,河边的水泡,都看着像洋钱。清晨的鸡鸣,夜半的虫声,都说着"五十万"。偶尔睡着,手按在胸上,梦见一堆现洋压在身上,连气也出不得!特意买了一付骨牌,为是随时打卦。打了破卦,不算,另打;于是打的都是好卦,财是发准了。

开奖了。报上登出前五彩,没有我们背熟了的那一号。房子、铺子……随着汗全走了。等六彩七彩吧,头五奖没有,难道还不中个小六彩?又算了一卦,上吉;六彩是五百,弄几块作件夏布大衫也不坏。于是,一边等着六彩七彩的揭露,一边重读前五彩的号数,替得奖的人们想着怎么花用的方法,未免有些羡妒,所以想着想着便想到得奖人的乐极生悲,也许被钱烧死;自己没得也好;自然自己得奖也不见得就烧死。无论怎么说,心中有点发堵。

六彩七彩也登出来了,还是没咱们的事,这才想起对尾子,连尾子都和我们开玩笑,我们的是个"三",大奖的偏偏是个"二",没办法!

二姐和我是发起人呀!三姥姥向我们俩要索她的五分。没法不赔她。赔了她,别人的二角也无意虚掷。二姐这两天生病,她就是有这个本事,心里一想就会生病。剩下我自己打发大家的二角。打发完了,二姐的病也好了,我呢,昨天夜里睡得很清甜。

不说谎的人

一个自信是非常诚实的人，像周文祥，当然以为接到这样的一封信是一种耻辱。在接到了这封信以前，他早就听说过有一个瞎胡闹的团体，公然扯着脸定名为"说谎会"。在他的朋友里，据说，有好几位是这个会的会员。他不敢深究这个"据说"。万一把事情证实了，那才怪不好意思：绝交吧，似乎太过火；和他们敷衍吧，又有些对不起良心。周文祥晓得自己没有什么了不得的才干，但是他忠诚实在，他的信誉与事业全仗着这个；诚实是他的信仰。他自己觉得像一块笨重的石头，虽然不甚玲珑美观，可是结实硬棒。现在居然接到这样的一封信：

"……没有谎就没有文化。说谎是最高的人生艺术。我们怀疑一切，只是不疑心人人事事都说谎这件事。历史是谎言的记录簿，报纸是谎言的播音机。巧于说谎的有最大的幸福，因为会说谎就是智慧。想想看，一天之内，要是不说许多谎话，得打多少回架；夫妻之间，不说谎怎能平安的度过十二小时。我们的良心永远不责备我们在情话情书里所写的——一片谎言！然而恋爱神圣啊！胜者王侯败者贼，是的，少半在乎说谎的巧拙。文化是谎的产物。文质彬彬，然后君子——最会扯谎的家伙。最好笑的是人们一天到晚没法掩藏这个宝物，像孕妇故意穿起肥大的风衣那样。他们仿佛最怕被人家知道了他们时时在扯谎，于是谎上加谎，成为最大的谎。我们不这样，我们知道谎的可贵，与谎的难能，所以我们诚实的扯谎，艺术的运用谎言，我们组织说谎会，为的是研究它的技巧，与宣传它的好处。我们知道大家都说谎，更愿意使大家以后说谎不像现在这么拙劣，……素仰先生惯说谎，深愿彼此琢磨，以增高人生幸福，光大东西文化！倘蒙不弃……"

没有念完，周文祥便把信放下了。这个会，据他看，是胡闹；这封信也是胡闹。但是他不能因为别人的胡闹而幽默的原谅他们。他不能原谅这样闹到他自己头上来的人们，这是污辱他的人格。"素仰先生惯于说谎"？他不记得自己说过谎。即使说过，也必定不是故意的。他反对说谎。他不能承认报纸是制造谎言的，因为他有好多意见与知识都是从报纸得来的。

说不定这封信就是他所认识的，"据说"是说谎会的会员的那几个人给他写来的，故意开他的玩笑，他想。可是在信纸的左上角印着"会长唐瀚卿；常务委员林德文，邓道纯，费穆初；会计何兆龙。"这些人都是周祥文知道而愿意认识的，他们在社会上都有些名声，而且是有些财产的。名声与财产，在周祥文看，绝对不能是由瞎胡闹而来的。胡闹只能毁人。那么，由这样有名有钱的人们所组织的团体，按理说，也应当不是瞎闹的。附带着，这封信也许有些道理，不一定是朋友们和他开玩笑。他又把信拿起来，想从新念一遍。可是他只读了几句，不能再往下念。不管这些会长委员是怎样的有名有福，这封信到底是荒唐。这是个恶梦！一向没遇见这样矛盾，这样想不出道理的事！

周文祥是已经过了对于外表勤加注意的年龄。虽然不是故意的不修边幅，可是有时候两三天不刮脸而心中可以很平静；不但平静，而且似乎更感到自己的坚实朴简。他不常去照镜子；他知道自己的圆脸与方块的身子没有什么好看；他的自爱都寄在那颗单纯实在的心上。他不愿拿外表显露出内心的聪明，而愿把面貌体态当做心里诚实的说明书。他好像老这么说："看看我！内外一致的诚实！周文祥没别的，就是可靠！"

　　把那封信放下，他可是想对镜子看看自己；长久的自信使他故意的要重新估量自己一番，像极稳固的内阁不怕，而且欢迎，"不信任案"① 的提出那样。正想往镜子那边去，他听见窗外有些脚步声。他听出来那是他的妻来了。这使他心中突然很痛快，并不是欢迎太太，而是因为他听出她的脚步声儿。家中的一切都有定规，习惯而亲切，"夏至"那天必定吃卤面，太太走路老是那个声儿。但愿世界上所有的事都如此，都使他习惯而且觉得亲切。假如太太有朝一日不照着他所熟习的方法走路，那要多么惊心而没有一点办法！他说不上爱他的太太不爱，不过这些熟习的脚步声儿仿佛给他一种力量，使他深信生命并不是个乱七八糟的恶梦。他知道她的走路法，正如知道他的茶碗上有两朵鲜红的牡丹花。

　　他忙着把那封使他心中不平静的信收在口袋里，这个举动做得很快很自然，几乎是本能的；不用加什么思索，他就马上决定了不能让她看见这样胡闹的一封信。

　　"不早了，"太太开开门，一只脚登在门坎上，"该走了吧？"

　　"我这不是都预备好了吗？"他看了看自己的大衫，很奇怪，刚才净为想那封信，已经忘了是否已穿上了大衫。现在看见大衫在身上，想不起是什么时候穿上的。既然穿上了大衫，无疑的是预备出去。早早出去，早早回来，为一家大小去挣钱吃饭，是他的光荣与理想。实际上，为那封信，他实在忘了到公事房去，可

---

① 不信任案：指的是议会内阁制国家（如英国、德国、意大利等国）的议会对政府（内阁）表示不信任的议案。一般是在议会对政府（内阁）的政策和施政方针持不同意见时提出。不信任案一旦通过，即表明政府内阁失去议会的多数支持，政府（内阁）必须辞职，或依法提请国家元首解散议会，重新改选，由新议会决定政府（内阁）的去留。

是让太太这一催问，他不能把生平的光荣与理想减损一丝一毫："我这不是预备走吗？"他戴上了帽子。"小春走了吧？"

"他说今天不上学了，"太太的眼看着他，带出作母亲常有的那种为难的样子，既不愿意丈夫发脾气，又不愿儿子没出息，可是假若丈夫能不发脾气呢，儿子就是稍微有点没出息的倾向也没多大的关系。"又说肚子有点痛。"

周文祥没说什么，走了出去。设若他去盘问小春，而把小春盘问短了——只是不爱上学而肚子并不一定疼。这便证明周文祥的儿子会说谎。设若不去管儿子，而儿子真是学会了扯谎呢，就更糟。他只好不发一言，显出沉毅的样子；沉毅能使男人在没办法的时候显出很有办法，特别是在妇女面前。周文祥是家长，当然得显出权威，不能被妻小看出什么弱点来。

走出街门，他更觉出自己的能力本事。刚才对太太的一言不发等等，他作得又那么简净得当，几乎是从心所欲，左右逢源。没有一点虚假，没有一点手段，完全是由生平的朴实修养而来的一种真诚，不必考虑就会应付裕如。想起那封信，瞎胡闹！

公事房的大钟走到八点三十二分，他迟到了两分钟。这是一个新的经验；十年来，他至迟是八点二十八分到，他在作梦的时候，钟上的长针也总是在半点的"这"一边。世界好像宽出二分去，一切都变了样！他忽然不认识自己了，自是八点半"这"边的人；生命是习惯的积聚，新床使人睡不着觉；周文祥把自己丢失了，丢失在两分钟的外面，好似忽然走到荒凉的海边上。

可是，不大一会儿，他心中又平静起来，把自己从迷途上找回来。他想责备自己，不应该为这么点事心慌意乱；同时，他觉得应夸奖自己，为这点小事着急正自因为自己一向忠诚。

坐在办公桌前，他可是又想起点不大得劲的事。公司的规则，规则，是不许迟到的。他看见过同事们受经理的训斥，因为迟到;还有的扣罚薪水,因为迟到。哼,这并不是件小事!自然,十来年的忠实服务是不能因为迟到一次而随便一笔抹杀的,他想。可是假若被经理传去呢?不必说是受申斥或扣薪,就是经理不说什么,而只用食指指周文祥——他轻轻的叫着自己——一下,这就受不了;不是为这一指的本身,而是因为这一指便把十来年的荣誉指化了,如同一股热水浇到雪上!

是的,他应当自动的先找经理去,别等着传唤。一个忠诚的人应当承认自己的错误,受申斥或惩罚是应该的。他立起来,想去见经理。

又站了一会儿,他得想好几句话。"经理先生,我来晚了两分钟,几年来这是头一次,可是究竟是犯了过错!"这很得体,他评判着自己的忏悔练习。不过,万一经理要问有什么理由呢?迟到的理由不但应当预备好,而且应当由自己先说出来,不必等经理问。有了:"小春,我的男小孩——肚子疼,所以……"这就非常的圆满了,而且是真事。他并且想到就手儿向经理请半天假,因为小春的肚子疼也许需要请个医生诊视一下。他可是没有敢决定这么作,因为这么作自然显着更圆到,可是也许是太过火一点。还有呢,他平日老觉得非常疼爱小春,也不知怎的现在他并不十分关心小春的肚子疼,虽然按着自己的忠诚的程度说,他应当相信儿子的腹痛,并且应当马上去给请医生。

他去见了经理,把预备好的言语都说了,而且说得很妥当,既不太忙,又不吞吞吐吐的惹人疑心。他没敢请半天假,可是稍微露了一点须请医生的意思。说完了,没有等经理开口,他心中已经觉得很平安了,因为他在事前没有想到自己的话能说得这么委婉圆到。他一向因为看自己忠诚,所以老以为自己不长于谈吐。现在居然能在经理面前有这样的口才,他开始觉出来自己不但忠诚,而且有些未经发现过的才力。

正如他所期望的,经理并没有申斥他,只对他笑了笑。"到底是诚实人!"周文祥心里说。

微笑不语有时候正像怒视无言,使人转不过身来。周文祥的话已说完,经理的微笑已笑罢,事情好像是完了,可是没个台阶结束这一场。周文祥不能一语不发的就那么走出去,而且再站在那里也不大像话。似乎还得说点什么,但又不能和经理瞎扯。一急,他又想起儿子。"那么,经理以为可以的话,我就请半天假,回家看看去!"这又很得体而郑重,虽然不知道儿子究竟是否真害肚疼。

经理答应了。

周文祥走出公司来,心中有点茫然。即使是完全出于爱儿子,这个举动究竟似乎差点根据。但是一个诚实人作事是用不着想了再想的,回家看看去好了。

走到门口,小春正在门前的石墩上唱"太阳出来上学去"呢,脸色和嗓音都足以证明他在最近不能犯过腹痛。

"小春,"周文祥叫,"你的肚子怎样了?"

"还一阵阵的疼,连唱歌都不敢大声的喊!"小春把手按在肚脐那溜儿。

周文祥哼了一声。

见着了太太,他问:"小春是真肚疼吗?"

周太太一见丈夫回来,心中已有些不安,及至听到这个追问,更觉得自己是处于困难的地位。母亲的爱到底使她还想护着儿子,真的爱是无暇选取手段的,她还得说谎:"你出去的时候,他真是肚子疼,疼得连颜色都转了,现在刚好一点!"

"那么就请个医生看看吧?"周文祥为是证明他们母子都说谎,想起这个方法。虽然他觉得这个方法有点欠诚恳,可是仍然无损于他的真诚,因为他真想请医生去,假如太太也同意的话。

"不必请到家来了吧，"太太想了想，"你带他看看去好了。"

他没想到太太会这么赞同给小春看病。他既然这么说了，好吧，医生不会给没病的孩子开方子，白去一趟便足以表示自己的真心爱子，同时暴露了母子们的虚伪，虽然周家的人会这样不诚实是使人痛心的。

他带着小春去找牛伯岩——六十多岁的老儒医，当然是可靠的。牛老医生闭着眼，把带着长指甲的手指放在小春腕上，诊了有十来分钟。

"病不轻！"牛伯岩摇着头说，"开个方子试试吧，吃两剂以后再来诊一诊吧！"说完他开着脉案，写得很慢，而字很多。

小春无事可作，把垫腕子的小布枕当作沙口袋，双手扔着玩。

给了诊金，周文祥拿起药方，谢了谢先生。带着小春出来；他不能决定，是去马上抓药呢，还是干脆置之不理呢？小春确是，据他看，没有什么病。那么给他点药吃，正好是一种惩罚，看他以后还假装肚子疼不！可是，小春既然无病，而医生给开了药方，那么医生一定是在说谎。他要是拿着这个骗人的方子去抓药，就是他自己相信谎言，中了医生的诡计。小春说谎，太太说谎，医生说谎，只有自己诚实。他想起"说谎会"来。那封信确有些真理，他没法不这么承认。但是，他自己到底是个例外，所以他不能完全相信那封信。除非有人能证明他——周文祥——说谎，他才能完全佩服"说谎会"的道理。可是，只能证明自己说谎是不可能的。他细细的想过去的一切，没有可指责的地方。由远而近，他细想今天早晨所作过的那些事，所说过的那些话，也都无懈可击，因为所作所说的事都是凭着素日诚实的习惯而发的，没有任何故意绕着作出与说出来的地方，只有自己能认识自己。

他把那封信与药方一起撕碎，扔在了路上。

不成问题的问题

任何人来到这里——树华农场——他必定会感觉到世界上并没有什么战争,和战争所带来的轰炸、屠杀,与死亡。专凭风景来说,这里真值得被称为乱世的桃源。前面是刚由一个小小的峡口转过来的江,江水在冬天与春天总是使人愿意跳进去的那么澄清碧绿。背后是一带小山。山上没有什么,除了一丛丛的绿竹矮树,在竹、树的空处往往露出赭色的块块儿,像是画家给点染上的。

小山的半腰里,那青青的一片,在青色当中露出一两块白墙和二三屋脊的,便是树华农场。江上的小渡口,离农场大约有半里地,小船上的渡客,即使是往相反的方向去的,也往往回转头来,望一望这美丽的地方。他们若上了那斜着的坡道,就必定向农场这里指指点点,因为树上半黄的橘柑,或已经红了的苹果,总是使人注意而想夸赞几声的。到春暖花开的时候,或遇到什么大家休假的日子,城里的士女有时候也把逛一逛树华农场作为一种高雅的举动,而这农场的美丽恐怕还多少地存在一些小文与短诗之中咧。

创办一座农场必定不是为看着玩的:那么,我们就不能专来谀赞风景而忽略更实际一些的事儿了。由实际上说,树华农场的用水是没有问题的,因为江就在它的脚底下。出品的运出也没有问题。它离重庆市不过三十多里路,江中可以走船,江边上也有小路。它的设备是相当可观的:有鸭鹅池、有兔笼、有花畦、有菜圃、有牛羊圈、有果园。鸭蛋、鲜花、青菜、水果、牛羊乳……都正是像重庆那样的都市所必需的东西。况且，它的创办正在抗战的那一年；重庆的人口，在抗战后，一天比一天多；所以需要的东西，像青菜与其他树华农场所产生的东西，自然的也一天比一天多。赚钱是没有问题的。

从渡口上的坡道往左走不远，就有一些还未完全风化的红石，石旁生着几丛细竹。到了竹丛，便到了农场的窄而明洁的石板路。离竹丛不远，相对的长着两株青松，松树上挂着两面粗粗刨平的木牌，白漆漆着"树华农场"。石板路边，靠江的这一面，都是花；使人能从花的各种颜色上，慢慢地把眼光移到碧绿的江水上面去。靠山的一面是许多直立的扇形的葡萄架，架子的后面是各种果树。走完了石板路，有一座不甚高，而相当宽的藤萝架，这便是农场的大门，横匾上刻着"树华"两个隶字。进了门，在绿草上，或碎石堆花的路上，往往能看见几片柔软而轻的鸭鹅毛，因为鸭鹅的池塘便在左手方。这里的鸭是纯白而肥硕的，真正的北平填鸭。对着鸭池是平平的一个坝子，没有隙地的种着花草与菜蔬。在坝子的末端，被竹树掩覆着，是办公厅。这是相当坚固而十分雅致的一所两层的楼房，花果的香味永远充满了全楼的每一角落。牛羊圈和工人的草舍又在楼房的后边，时时有羊羔悲哀地啼唤。

这一些设备，教农场至少要用二十来名工人。可是，以它的生产能力，和出品销路的良好来说，除了一切开销，它还应当赚钱。无论是内行人还是外行人，只要看过这座农场，大概就不会想象到这是赔钱的事业。

然而，树华农场赔钱。

创办的时候，当然要往"里"垫钱。但是，鸡鸭、青菜、鲜花、牛羊乳，都是不需要很长的时间就可以在利润方面有些数目字的。按照行家的算盘上看，假若第二年还不十分顺利的话，至迟在第三年的开始就可以绝对地看赚了。

可是，树华农场的赔损是在创办后的第三年。在第三年首次股东会议的时候，场长与股东们都对着账簿发了半天的楞。

赔点钱，场长是绝不在乎的，他不过是大股东之一，而被大家推举出来作场长的。他还有许多比这座农场大的多的事业。可是，即使他对这小小的事业赔赚都不在乎，即使他一走到院中，看看那些鲜美的花草，就把赔钱的事忘得一干二净，他现在——在股东会上——究竟有点不大好过。他自信是把能手，他到处会赚钱，他是大家所崇拜的实业家。农场赔钱？这伤了他的自尊心。他赔点钱，股东他们赔点钱，都没有关系；只是，下不来台！这比什么都要紧！

股东们呢，多数的是可以与场长立在一块儿呼兄唤弟的。他们的名望、资本、能力，也许都不及场长，可是在赔个万儿八千块钱上来说，场长要是沉得住气，他们也不便多出声儿。很少数的股东的确是想投了资，赚点钱，可是他们不便先开口质问，因为他们股子少，地位也就低，假若粗着脖子红着筋地发言，也许得罪了场长和大股东们——这，恐怕比赔点钱的损失还更大呢。

事实上，假若大家肯打开窗子说亮话，他们就可以异口同声地，确凿无疑地，马上指出赔钱的原因来。原因很简单，他们错用了人。场长，虽然是场长，是不能、不肯、不会、不屑于到农场来监督指导一切的。股东们也不会十趟八趟跑来看看的——他们只愿在开会的时候来作一次远足，既可以欣赏欣赏乡郊的景色，又可以和老友们喝两盅酒，附带地还可以露一露股东的身份。除了几个小股东，多数人接到开会的通知，就仿佛在箱子里寻找迎节当令该换的衣服的时候，偶然的发现了想不起怎么随手放在那里的一卷钞票——"呕，这儿还有点玩艺儿呢！"

农场实际负责任的人是丁务源,丁主任。

丁务源,丁主任,管理这座农场已有半年。农场赔钱就在这半年。

连场长带股东们都知道,假若他们脱口而出地说实话,他们就必定在口里说出"赔钱的原因在——"的时节,手指就确切无疑地伸出,指着丁务源!丁务源就在一旁坐着呢。

但是,谁的嘴也没动,手指自然也就无从伸出。

他们,连场长带股东,谁没吃过农场的北平大填鸭,意大利种的肥母鸡,琥珀心的松花,和大得使儿童们跳起来的大鸡蛋鸭蛋?谁的瓶里没有插过农场的大枝的桂花,腊梅,红白梅花,和大朵的起楼子的芍药,牡丹与茶花?谁的盘子里没有盛过使男女客人们赞叹的山东大白菜,绿得像翡翠般的油菜与嫩豌豆?

这些东西都是谁送给他们的?丁务源!

再说,谁家落了红白事,不是人家丁主任第一个跑来帮忙?谁家出了不大痛快的事故,不是人家丁主任像自天而降的喜神一般,把大事化小,小事化无?

是的,丁主任就在这里坐着呢。可是谁肯伸出指头去戳点他呢?

什么责任问题,补救方法,股东会都没有谈论。等到丁主任预备的酒席吃残,大家只能拍拍他的肩膀,说声"美满闭会"了。

丁务源是哪里的人?没有人知道。他是一切人——中外无别——的乡亲。他的言语也正配得上他的籍贯,他会把他所到过的地方的最简单易学的话,例如四川的"啥子"与"要得",上海的"唔啥",北平的"妈啦巴子"……都美好的联结到一处,变成一种独创的"国语";有时候也还加上一半个"孤得",或"夜司",增加一点异国情味。

四十来岁,中等身量,脸上有点发胖,而肉都是亮的,丁务源不是个俊秀的人,而令人喜爱。他脸上那点发亮的肌肉,已经教人一看就痛快,再加上一对光满神足,顾盼多姿的眼睛,与随时变化而无往不宜的表情,就不只讨人爱,而且令人信任他了。最足以表现他的天才而使人赞叹不已的是他的衣服。他的长袍,不管是绸的还是布的,不管是单的还是棉的,永远是半新半旧的,使人一看就感到舒服;永远是比他的身裁稍微宽大一些,于是他垂着手也好,揣着手也好,掉背着手更好,老有一些从容不迫的气度。他的小褂的领子与袖口,永远是洁白如雪;这样,即使大褂上有一小块油渍,或大襟上微微有点折绉,可是他的雪白的内衣的领与袖会使人相信他是最爱清洁的人。他老穿礼服呢厚白底子的鞋,而且裤脚儿上扎着绸子带儿;快走,那白白的鞋底与颤动的腿带,会显出轻灵飘洒;慢走,又显出雍容大雅。长袍,布底鞋,绸子裤脚带儿合在一处,未免太老派了,所以他在领子下面插上了一支派克笔和一支白亮的铅笔,来调和一下。

　　他老在说话,而并没说什么。"是呀","要得么","好",这些小字眼被他轻妙地插在别人的话语中间,就好像他说了许多话似的。到必要时,他把这些小字眼也收藏起来,而只转转眼珠,或轻轻一咬嘴唇,或给人家从衣服上弹去一点点灰。这些小动作表现了关切,同情,用心,比说话的效果更大得多。遇见大事,他总是斩钉截铁地下这样的结论——没有问题,绝对的!说完这一声,他便把问题放下,而闲扯些别的,使对方把忧虑与关切马上忘掉。等到对方满意地告别了,他会倒头就睡,睡三四个钟头;醒来,他把那件绝对没有问题的事忘得一干二净。直等到那个人又来了,他才想起原来曾经有过那么一回事,而又把对方热诚地送走。事情,照例又推在一边。及至那个人快恼了他的时候,他会用农场的出品使朋友仍然和他和好。天下事都绝对没有问题,因为他根本不去办。

他吃得好，穿得舒服，睡得香甜，永远不会发愁。他绝对没有任何理想，所以想发愁也无从发起。他看不出社会上彼此敷衍有什么不对的地方。他只知道敷衍能解决一切，至少能使他无忧无虑，脸上胖而且亮。凡足以使事情敷衍过去的手段，都是绝妙的手段。当他刚一得到农场主任的职务的时候，他便被姑姑老姨舅爷，与舅爷的舅爷包围起来，他马上变成了这群人的救主。没办法，只好一一敷衍。于是一部分有经验的职员与工人马上被他"欢送"出去，而舅爷与舅爷的舅爷都成了护法的天使。占据了地上的乐园。

没被辞退的职员与园丁，本都想辞职。可是，丁主任不给他们开口的机会。他们由书面上通知他，他连看也不看。于是，大家想不辞而别。但是，赶到真要走出农场时，大家的意见已经不甚一致。新主任到职以后，什么也没过问，而在两天之中把大家的姓名记得飞熟，并且知道了他们的籍贯。

"老张！"丁主任最富情感的眼，像有两条紫外光似的射到老张的心里，"你是广元人呀？乡亲！硬是要得！"丁主任解除了老张的武装。

"老谢！"丁主任的有肉而滚热的手拍着老谢的肩膀，"呕，恩施？好地方！乡亲！要得么！"于是，老谢也缴了械。

多数的旧人们就这样受了感动，而把"不辞而别"的决定视为一时的冲动，不大合理。那几位比较坚决的，看朋友们多数鸣金收兵，也就不便再说什么，虽然心里还有点不大得劲儿。及至丁主任的胖手也拍在他们的肩头上，他们反觉得只有给他效劳，庶几乎可以赎出自己的行动幼稚，冒昧的罪过来。"丁主任是个朋友！"这句话即使不便明说，也时常在大家心中飞来飞去，像出笼的小鸟，恋恋不忍去似的。

大家对丁主任的信任心是与时俱增的。不管大事小事，只要向丁主任开口,人家丁主任是不会眨眨眼或楞一楞再答应的。他们的请托的话还没有说完,丁主任已说了五个"要得"。丁主任受人之托,事实上,是轻而易举的。比方说,他要进城——他时常进城——有人托他带几块肥皂。在托他的人想,丁主任是精明人,必能以极便宜的价钱买到极好的东西。而丁主任呢,到了城里,顺脚走进那最大的铺子,随手拿几块最贵的肥皂。拿回来,一说价钱,使朋友大吃一惊。"货物道地,"丁主任要交代清楚,"你晓得!多出钱,到大铺子去买,吃不了亏!你不要,我还留着用呢!你怎样?"怎能不要呢,朋友只好把东西接过去,连声道谢。

大家可是依旧信任他。当他们暗中思索的时候,他们要问:托人家带东西,带来了没有?带来了。那么人家没有失信。东西贵,可是好呢。进言无二价的大铺子买东西,谁不会呢,何必托他?不过,既然托他,他——堂堂的丁主任——岂是挤在小摊子上争钱讲价的人?这只能怪自己,不能怪丁主任。

慢慢地,场里的人们又有耳闻:人家丁主任给场长与股东们办事也是如此。不管办个"三天",还是"满月",丁主任必定闻风而至,他来到,事情就得由他办。烟,能买"炮台"就买"炮台",能买到"三五"就是"三五"。酒,即使找不到"茅台"与"贵妃",起码也是绵竹大麯。饭菜,呕,先不用说饭菜吧,就是糖果也必得是冠生园的,主人们没法挑眼。不错,丁主任的手法确是太大;可是,他给主人们作了脸哪。主人说不出话来,而且没法不佩服丁主任见过世面。有时候,主妇们因为丁主任太好铺张而想表示不满,可是丁主任送来的礼物,与对她们的殷勤,使她们也无从开口。她们既不出声,男人们就感到事情都办得合理,而把丁主任看成了不起的人物。这样,丁主任既在场长与股东们眼中有了身分,农场里的人们就不敢再批评什么;即使吃了他的亏，似乎也是应当的。

　　及至丁主任作到两个月的主任，大家不但不想辞职，而且很怕被辞了。他们宁可舍着脸去逢迎谄媚他，也不肯失掉了地位。丁主任带来的人，因为不会作活，也就根本什么也不干。原有的工人与职员虽然不敢照样公然怠工，可是也不便再像原先那样实对实地每日作八小时工。他们自动把八小时改为七小时，慢慢地又改为六小时，五小时。赶到主任进城的时候，他们干脆就整天休息。休息多了，又感到闷得慌，于是麻将与牌九就应运而起；牛羊们饿得乱叫，也压不下大家的欢笑与牌声。有一回，大家正赌得高兴，猛一抬头，丁主任不知道什么时候人不知鬼不觉地站在老张的后边！大家都楞了！

　　"接着来，没关系！"丁主任的表情与语调顿时教大家的眼都有点发湿。"干活是干活，玩是玩！老张，那张八万打得好，要得！"

　　大家的精神，就像都刚胡了满贯似的，为之一振。有的人被感动得手指直颤。

　　大家让主任加入。主任无论如何不肯破坏原局。直等到四圈完了，他才强被大家拉住，改组。"赌场上可不分大小，赢了拿走，输了认命，别说我是主任，谁是园丁！"主任挽起雪白的袖口，微笑着说。大家没有异议。"还玩这么大的，可是加十块钱的望子，自摸双？"大家又无异议。新局开始。主任的牌打得好。不但好，而且牌品高，打起牌来，他一声不出，连"要得"也不说了。他自己和牌，轻轻地好像抱歉似的把牌推倒。别人和牌，他微笑着，几乎是毕恭毕敬地送过筹码去。十次，他总有八次赢钱，可是越赢越受大家敬爱；大家仿佛宁愿把钱输给主任，也不愿随便赢别人几个。把钱输给丁主任似乎是一种光荣。

　　不过，从实际上看，光荣却不像钱那样有用。钱既输光，就得另想生财之道。由正常的工作而获得的收入，谁都晓得，是有固定的数目。指着每月的工资去与丁主任一决胜负是作不通的。虽然没有创设什么设计委员会，大家可是都在打主意，打农场的主意。主意容易打，执行的勇气却很不易提起来。可是，感谢丁主任，他暗示给大家，农场的东西是可以自由处置的。没看见吗，农场的出品，丁主任都随便自己享受，都随便拿去送人。丁主任是如此，丁主任带来的"亲兵"也是如此，那么，别人又何必分外的客气呢？

于是，树华农场的肥鹅大鸭与油鸡忽然都罢了工，不再下蛋，这也许近乎污蔑这一群有良心的动物们，但是农场的账簿上千真万确看不见那笔蛋的收入了。外间自然还看得见树华的有名的鸭蛋——为孵小鸭用的——可是价钱高了三倍。找好鸭种的人们都交头接耳地嘀咕："树华的填鸭鸭蛋得托人情才弄得到手呢。"在这句话里，老张，老谢，老李都成了被恳托的要人。

在蛋荒之后，紧接着便是按照科学方法建造的鸡鸭房都失了科学的效用。树华农场大闹黄鼠狼，每晚上都丢失一两只大鸡或肥鸭。有时候，黄鼠狼在白天就出来为非作歹，而在他们最猖獗的时间，连牛犊和羊羔都被劫去；多么大的黄鼠狼呀！

鲜花，青菜，水果的产量并未减少，因为工友们知道完全不工作是自取灭亡。在他们赌输了，睡足了之后，他们自动地努力工作，不是为公，而是为了自己。不过，产量虽未怎么减少，农场的收入却比以前差的多了。果子，青菜，据说都闹虫病。果子呢，须要剔选一番，而后付运，以免损害了农场的美誉。不知道为什么那些落选的果子仿佛更大更美丽一些，而先被运走。没人能说出道理来，可是大家都喜欢这么作。菜蔬呢，以那最出名的大白菜说吧，等到上船的时节，三斤重的就变成了二斤或一斤多点；那外面的大肥叶子——据说是受过虫伤的——都被剥下来，洗净，另捆成一把一把的运走，当作"猪菜"卖。这种猪菜在市场上有很高的价格。

这些事,丁主任似乎知道,可没有任何表示,当夜里闹黄鼠狼子的时候,即使他正醒着,听得明明白白,他也不会失去身分地出来看看。及至次晨有人来报告,他会顺口答音地声明:"我也听见了,我睡觉最警醒不过!"假若他高兴,他会继续说上许多关于黄鼬和他夜间怎样警觉的故事,当被黄鼬拉去而变成红烧的或清燉的鸡鸭,摆在他的面前,他就绝对不再提黄鼬,而只谈些烹饪上的问题与经验;一边说着,一边把最肥的一块鸭夹起来送给别人:"这么肥的鸭子,非挂炉烧烤不够味;清燉不相宜,不过,汤还看得!"他极大方地尝了两口汤。工人们若献给他钱——比如卖猪菜的钱——他绝对不肯收。"咱们这里没有等级,全是朋友;可是主任到底是主任,不能吃猪菜的钱!晚上打几圈儿好啦!要得吗?"他自己亲热地回答上,"要得!"把个"得"字说得极长。几圈麻将打过后,大家的猪菜钱至少有十分之八,名正言顺地入了主任的腰包。当一五一十的收钱的时候,他还要谦逊地声明:"咱们的牌都差不多,谁也说不上高明。我的把弟孙宏英,一月只打一次就够吃半年的。人家那才叫会打牌!不信,你给他个司长,他都不作,一个月打一次小牌就够了!"

秦妙斋从十五岁起就自称为宁夏第一才子。到二十多岁,看"才子"这个词儿不大时行了,乃改称为全国第一艺术家。据他自己说,他会雕刻,会作画,会弹古琴与钢琴,会作诗,小说,与戏剧;全能的艺术家。可是,谁也没有见过他雕刻,画图,弹琴,和作文章。

在平时,他自居为艺术家,别人也就顺口答音地称他为艺术家,原本不算什么。到了抗战时期,正是所谓国乱显忠臣的时候,艺术家也罢,科学家也罢,都要拿出他的真正本领来报效国家,而秦妙斋先生什么也拿不出来。这也不算什么。假若他肯虚心地去学习,说不定他也许有一点天才,能学会画两笔,或作些简单而通俗的文字,去宣传抗战,或者,干脆放弃了天才的梦,而脚踏实地地去作中小学的教师,或到机关中服务,也还不失为尽其在我。可是他不肯去学习,不肯去吃苦,而只想飘飘摇摇地作个空头艺术家。

他在抗战后,也曾加入艺术家们的抗战团体。可是不久便冷淡下来,不再去开会。因为在他想,自己既是第一艺术家,理当在各团体中取得领导的地位。可是,那些团体并没有对他表示敬意。他们好像对他和对一切好虚名的人都这么说:谁肯出力作抗战工作,谁便是好朋友;反之,谁要是借此出风头,获得一点虚名与虚荣,谁就乘早儿退出去。秦妙斋退了出来。但是,他不甘寂寞。他觉得这样的败退,并不是因为自己的浅薄虚伪,而是因为他的本领出众,不见容于那些妒忌他的人们。他想要独树一帜,自己创办一个什么团体,去过一过领导的瘾。这,又没能成功,没有人肯听他号召。在这之后,他颇费了一番思索,给自己想出两个字来:清高。当他和别人闲谈,或独自呻吟的时候,他会很得意地用这两个字去抹杀一切,而抬高自己:"现而今的一般自命为艺术家的,都为了什么?什么也不为,除了钱!真正懂得什么叫作清高的是谁?"他的鼻尖对准了自己的胸口,轻轻地点点头。"就连那作教授的也算不上清高,教授难道不拿薪水么?……"可是"你怎么活着呢?你的钱从什么地方来呢?"有那心直口快的这么问他。"我,我,"他有点不好意思,而不能回答:"我爸爸给我!"

是的,秦妙斋的父亲是财主。不过,他不肯痛快地供给儿子钱化。这使秦妙斋时常感到痛苦。假若不是被人家问急了,他不肯轻易的提出"爸爸"来。就是偶尔地提到,他几乎要把那个最有力量的形容字——不清高——也加在他的爸爸头上去!

按照着秦老者的心意,妙斋应当娶个知晓三从四德的老婆,而后一扑纳心地在家里看守着财产。假若妙斋能这样办,哪怕就是吸两口鸦片烟呢,也能使老人家的脸上纵起不少的笑纹来。可是,有钱的老子与天才的儿子仿佛天然是对头。妙斋不听调遣。他要作诗,画画,而且——最使老人伤心的——他不愿意在家里蹲着。老人没有旁的办法,只好尽量地勒着钱。尽管妙斋的平信,快信,电报,一齐来催钱,老人还是毫不动感情地到月头才给儿子汇来"点心费"。这点钱,到妙斋手里还不够还债的呢。我们的诗人,是感受着严重的压迫。挣钱去吧,既不感觉趣味,又没有任何本领;不挣钱吧,那位不清高的爸爸又是这样的吝啬!金钱上既受着压迫,他满想在艺术界活动起来,给精神上一点安慰。而艺术界的人们对他又是那么冷淡!他非常的灰心。有时候,他颇想摹仿屈原,把天才与身体一齐投在江里去。投江是件比较难于作到的事。于是,他转而一想,打算作个青年的陶渊明。"顶好是退隐!顶好!"他自己念道着。"世人皆浊我独清!只有退隐,没别的话好讲!"

高高的个子,长长的脸,头发像粗硬的马鬃似的,长长的,乱七八糟的,披在脉子上。虽然身量很高,可好像里面没有多少骨头,走起路来,就像个大龙虾似的那么东一扭西一拱的。眼睛没有神,而且爱在最需要注意的时候闭上一会儿,仿佛是随时都在作梦。

作着梦似的秦妙斋无意中走到了树华农场。不知道是为欣赏美景,还是走累了,他对着一株小松叹了口气,而后闭了会儿眼。

也就是上午十一点钟吧,天上有几缕秋云,阳光从云隙发出一些不甚明的光,云下,存着些没有完全被微风吹散的雾。江水大体上还是黄的,只有江岔子里的已经静静地显出绿色。葡萄的叶子就快落净,茶花已顶出一些红瓣儿来。秦妙斋在鸭塘的附近找了块石头,懒洋洋地坐下。看了看四下里的山、江、花、草,他感到一阵难过。忽然地很想家,又似乎要作一两句诗,仿佛还有点触目伤情……这时候,他的感情极复杂,复杂的到了既像万感俱来,可是一会儿又像茫然不知所谓的程度。坐了许久,他忽然在复杂混乱的心情中找到可以用话语说出来的一件事来。"我应当住在这里!"他低声对自己说。这句话虽然是那么简短,可是里边带着无限的感慨。离家,得罪了父亲,功未成,名未就……只落得独自在异乡隐退,想住在这静静的地方!他呆呆地看着池里的大白鸭,那洁白的羽毛,金黄的脚掌,扁而像涂了一层蜡的嘴,都使他心中更混乱,更空洞,更难过。这些白鸭是活的东西,不错;可是他们干吗活着呢?正如同天生下我秦妙斋来,有天才,有志愿,有理想,但是都有什么用呢?想到这里,他猛然的,几乎是身不由己的,立了起来。他恨这个世界,恨这个不叫他成名的世界!连那些大白鸭都可恨!他无意中地、顺手地捋下一把树叶,揉碎,扔在地上。他发誓,要好好地,痛快淋漓地写几篇文字,把那些有名的画家,音乐家,文学家都骂得一个小钱也不值!那群不清高的东西!

他向办公楼那面走,心中好像在说:"我要骂他们!就在这里,这里,写成骂他们的文章!"

丁主任刚刚梳洗完,脸上带着夜间又赢了钱的一点喜气。他要到院中吸点新鲜空气。安闲地,手揣在袖口里,像采菊东篱下的诗人似的,他慢慢往外走。

在门口,他几乎被秦妙斋撞了个满怀。秦妙斋,大龙虾似的,往旁边一闪;照常往里走。他恨这个世界,碰了人就和碰了一块石头或一株树一样,只有不快,用不着什么客气与道歉。

丁主任,老练,安详,微笑地看着这位冒失的青年龙虾。"找谁呀?"他轻轻问了声。

秦妙斋稍一楞，没有答理他。

丁主任好像自言自语地说，"大概是个画家。"

秦妙斋的耳朵仿佛是专为听这样的话的，猛地立住，向后转，几乎是喊叫地，"你说什么？"

丁主任不知道自己的话是说对了，还是说错了，可是不便收回或改口。迟顿了一下，还是笑着："我说，你大概是个画家。"

"画家？画家？"龙虾一边问，一边往前凑，作着梦的眼睛居然瞪圆了。

丁先生不晓得怎样回答才好，只啊啊了两声。

妙斋的眼角上汪起一些热泪，口中的热涎喷到丁主任的脸上："画家，我是——画家，你怎么知道？"说到这里，他仿佛已筋疲力尽，像快要晕倒的样子，摇晃着，摸索着，找到一只小凳，坐下，闭上了眼睛。

丁主任还笑着，可是笑得莫名其妙，往前凑了两步。还没走到妙斋的身边，妙斋的眼睛睁开了。"告诉你，我还不仅是画家，而且是全能的艺术家！我都会！"说着，他立起来，把右手扶在丁主任的肩上。"你是我的知己！你只要常常叫我艺术家，我就有了生命！生我者父母，知我者——你是谁？"

"我？"丁主任笑着回答。"小小园丁！"

"园丁？"

"我管着这座农场！"丁主任停住了笑。"你姓什么！"毫不客气地问。

"秦妙斋，艺术家秦妙斋。你记住，艺术家和秦妙斋老得一块儿喊出来；一分开，艺术家和我就都不存在了！"

"呕！"丁主任的笑意又回到脸上，进了大厅，眼睛往四面一扫——壁上挂着些时人的字画。这些字画都不甚高明，也不十分丑恶。在丁主任眼中，它们都怪有个意思，至少是挂在这里总比四壁皆空强一些。不过，他也有个偏心眼，他顶爱那张长方的，石印的抗战门神爷，因为色彩鲜明，"真"有个意思。他的眼光停在那片色彩上。

随着丁主任的眼，妙斋也看见了那些字画，他把眼光停在了那张抗战画上。当那些色彩分明地印在了他的心上的时候，他觉到一阵恶心，像忽然要发疭似的，浑身的毛孔都像针儿刺着，出了点冷汗。定一定神，他扯着丁先生，扑向那张使他恶心的画儿去。发颤的手指，像一根挺身作战的小蛇似的，指着那堆色彩："这叫画？这叫画？用抗战来欺骗艺术，该杀！该杀！"不由分说，他把画儿扯了下来，极快地撕碎，扔在地上，用脚狠狠地揉搓，好像把全国的抗战艺术家都踩在了泥土上似的。他痛快地吐了口气。

来不及拦阻妙斋的动作，丁主任只说了一串口气不同的"唉"！

妙斋犹有余怒，手指向四壁普遍的一扫："这全要不得！通通要不得！"

丁主任急忙挡住了他，怕他再去撕毁。妙斋却高傲地一笑："都扯了也没有关系，我会给你画！我给你画那碧绿的江、赭色的山、红的茶花、雪白的大鸭！世界上有那么多美丽的东西，为什么单单去画去写去唱血腥的抗战？混蛋！我要先写几篇文章，臭骂，臭骂那群污辱艺术的东西们。然后，我要组织一个真正艺术家的团体，一同主张——主张——清高派，暂且用这个名儿吧，清高派的艺术！我想你必赞同？"

"我？"丁主任不知怎样回答。

"你当然同意！我们就推你作会长！我们就在这里作画，治乐，写文章！"

"就在这里？"丁主任脸上有点不大得劲，用手摸了摸。

"就在这里！今天我就不走啦！"妙斋的嘴犄角直往外迸水星儿，"想想看，把这间大厅租给我，我爸爸有钱，你要多少我给多少。然后，我们艺术家们给你设计，把这座农场变成最美的艺术之家，艺术乐园！多么好！多么好！"

丁主任似乎得到一点灵感。口中随便用"要得""不错"敷衍着，心中可打开了算盘。在那次股东会上，虽然股东们对他没有什么决定的表示，可是他自己看得清清楚楚，大家对他多少有点不满意。他应当把事情调整一下，教大家看看，他不是没有办法的人。是呀，这里的大厅闲着没有用，楼上也还有三间空房，为什么不租出去，进点租钱呢？况且这笔租金用不着上账；即使教股东们知道了，大家还能为这点小事来质问吗？对！他决定先试一试这位艺术家。"秦先生，这座大厅咱们大家合用，楼上还有三间空房，你要就得都要，一年一万块钱，一次交清。"

妙斋闭了眼，"好啦，一言为定！我给爸爸打电报要钱。"

"什么时候搬进来？"丁主任有点后悔。交易这么容易成功，想必是要少了钱。但是，再一想，三间房，而且在乡下，一万元应当不算少。管它呢，先进一万再说别的！"什么时候搬进来？"

"现在就算搬进来了！"

"啊？"丁主任有点悔意了。"难道你不去拿行李什么的？"

"没有行李，我只有一身的艺术！"妙斋得意地哈哈地笑起来。

"租金呢？"

"那，你尽管放心：我马上打电报去！"

秦妙斋就这样的侵入了树华农场。不到两天，楼上已住满他的朋友。这些朋友，有男有女，有老有少，都时来时去，而绝对不客气。他们要床，便见床就搬了走；要桌子，就一声不响地把大厅的茶几或方桌拿了去。对于鸡鸭菜果，他们的手比丁主任还更狠，永远是理直气壮地拿起就吃。要摘花他们便整棵的连根儿拔出来。农场的工友甚至于须在夜间放哨，才能抢回一点东西来！

可是，丁主任和工友们都并不讨厌这群人。首要的因为这群人中老有女的，而这些女的又是那么大方随便，大家至少可以和他们开句小玩笑。她们仿佛给农场带来了一种新的生命。其次，讲到打牌，人家秦妙斋有艺术家的态度，输了也好，赢了也好，赌钱也好，赌花生米也好，一坐下起码二十四圈。丁主任原是不屑于玩花生米的，可是妙斋的热情感动了他，他不好意思冷淡地谢绝。

丁主任的心中老挂念着那一万元的租金。他时常调动着心思与语言，在最适当的机会暗示出催钱的意思。可是妙斋不接受暗示。虽然如此，丁主任可是不忍把妙斋和他的朋友撵了出去。一来是，他打听出来，妙斋的父亲的的确确是位财主；那么，假若财主一旦死去，妙斋岂不就是财产的继承人？"要把眼光放远一些！"丁主任常常这样警戒自己。二来是，妙斋与他的友人们，在实在没有事可干的时候，总是坐在大厅里高谈艺术。而他们的谈论艺术似乎专为骂人。他们把国内有名的画家，音乐家，文艺作家，特别是那些尽力于抗战宣传的，提名道姓地一个一个挨次咒骂。这，使丁主任闻所未闻。慢慢地，他也居然记住了一些艺术家的姓名。遇到机会，他能说上来他们的一些故事，仿佛他同艺术家们都是老朋友似的。这，使与他来往的商人或闲人，感到惊异，他自己也得到一些愉快。还有，当妙斋们把别人咒腻了，他们会无耻得意地提出一些社会上的要人来，"是的，我们要和他取得联络，来建设起我们自己的团体来！那，我可以写信给他；我要告诉明白了他，我们都是真正清高的艺术家！"……提到这些要人，他们大家口中的唾液都好像甜蜜起来，眼里发着光。"会长！"他们在谈论要人之后，必定这样叫丁主任："会长，你看怎样？"丁主任自己感到身量又高了一寸似的！他不由地怜爱了这群人，因为他们既可以去与要人取得联络，而且还把他自己视为要人之一！他不便发表什么意见，可是常常和妙斋肩并肩地在院中散步。他好像完全了解妙斋的怀才不遇，妙斋微叹，他也同情地点着头。二人成了莫逆之交！

丁主任爱钱，秦妙斋爱名，虽然所爱的不同，可是在内心上二人有极相近的地方，就是不惜用卑鄙的手段取得所爱的东西。这也是二人成为好朋友的一个原因。因此，丁主任往往对妙斋发表些难以入耳的最下贱的意见，妙斋也好好地静听，并不以为可耻。

眨眨眼，到了阳历年。

除夕，大家正在打牌，宪兵从楼上抓走两位妙斋的朋友。

丁主任口里直说"没关系"，心中可是有点慌。他久走江湖，晓得什么是利，哪是害。宪兵从农场抓走了人，起码是件不体面的事，先不提更大的干系。

秦妙斋丝毫没感到什么。那两位被捕的人是谁？他只知道他们的姓名，别的一概不清楚。他向来不细问与他来往的人是干什么的。只要人家捧他，叫他艺术家，他便与人家交往。因此，他有许多来往的人，而没有真正的朋友。他们被捕去，他绝对没有想到去打听打听消息，更不用说去营救了。有人被捕去，和农场丢失两只鸭子一样无足轻重。本来嘛，神圣的抗战，死了那么多的人，流了那么多的血，他都无动于衷，何况是捕去两个人呢？当丁主任顺口搭音地盘问他的时候，他只极冷淡地说："谁知道！枪毙了也没法子呀！"

丁主任，连丁主任，也感到一点不自在了。口中不说，心里盘算着怎样把妙斋赶了出去。"好嘛，给我这儿招来宪兵，要不得！"他自己念道着。同时，他在表情上，举动上，不由地对妙斋冷淡多了。他有点看不起妙斋。他对一切不负责任，可是他心中还有"朋友"这个观念。他看妙斋是个冷血动物。

妙斋没有感觉出这点冷淡来。他只看自己,不管别人的表情如何,举动怎样。他的脑子只管计划自己的事,不管替别人思索任何一点什么。

慢慢地,丁主任打听出来:那两位被捕的人是有汉奸的嫌疑。他们的确和妙斋没有什么交情,但是他们口口声声叫他艺术家,于是他就招待他们,甚至于允许他们住在农场里。平日虽然不负责任,可是一出了乱子,丁主任觉出自己的责任与身份来。他依然不肯当面告诉妙斋:"我是主任,有人来往,应当先告诉我一声。"但是,他对妙斋越来越冷淡。他想把妙斋"冰"了走。

到了一月中旬,局势又变了。有一天,忽然来了一位有势力、与场长最相好的股东。丁主任知道事情要不妙。从股东一进门,他便留了神,把自己的一言一笑都安排得像蜗牛的触角似的,去试探,警戒。一点不错,股东暗示给他,农场赔钱,还有汉奸随便出入,丁主任理当辞职。丁主任没有否认这些事实,可也没有承认。他说着笑着,态度极其自然。他始终不露辞职的口气。

股东告辞,丁主任马上找了秦妙斋去。秦妙斋是——他想——财主的大少爷,他须起码教少爷明白,他现在是替少爷背了罪名。再说,少爷自称为文学家,笔底下一定很好,心路也多,必定能替他给全体股东写封极得体的信。是的,就用全体职工的名义,写给股东们,一致挽留丁主任。不错,秦妙斋是个冷血动物;但是,"我走,他也就住不下去了!他还能不卖气力吗?"丁主任这样盘算好,每个字都裹了蜜似的,在门外呼唤:"秦老弟!艺术家!"

秦妙斋的耳朵竖了起来,龙虾的腰挺直,他准备参加战争。世界上对他冷淡得太久了,他要挥出拳头打个热闹,不管是为谁,和为什么!"宁自一把火把农场烧得干干净净,我们也不能退出!"他喷了丁主任一脸唾沫星儿,倒好像农场是他一手创办起来似的。

丁主任的脸也增加了血色。他后悔前几天那样冷淡了秦妙斋,现在只好一口一个"艺术家"地来赎罪。谈过一阵,两个人亲密得很有些像双生的兄弟。最后,妙斋要立刻发动他的朋友:"我们马上放哨,一直放到江边。他们假若真敢派来新主任,我就会教他怎么来,怎么滚回去!"同时,他召集了全体职工,在大厅前开会。他登在一块石头上,声色俱厉地演说了四十分钟。

妙斋在演说后,成了树华农场的灵魂。不但丁主任感激,就是职员与工友也都称赞他:"人家姓秦的实在够朋友!"

大家并不是不知道,秦先生并不见得有什么高明的确切的办法。不过,闹风潮是赌气的事,而妙斋恰好会把大家感情激动起来,大家就没法不承认他的优越与热烈了。大家甚至于把他看得比丁主任还重要,因为丁主任虽然是手握实权,而且相当地有办法,可是他到底是多一半为了自己;人家秦先生呢,根本与农场无关,纯粹是路见不平,拔刀相助。这样,秦先生白住房,偷鸡蛋,与其他一切小小的罪过,都变成了理所当然的事。他,在大家的眼中,现在完全是个侠肠义胆的可爱可敬的人。

丁主任有十来天不在农场里。他在城里,从股东的太太与小姐那里下手,要挽回他的颓势。至于农场,他以为有妙斋在那里,就必会把大家团结得很坚固,一定不会有内奸,捣他的乱。他把妙斋看成了一座精神堡垒!等到他由城中回来,他并没对大家公开地说什么,而只时常和妙斋有说有笑地并肩而行。大家看着他们,心中都得到了安慰,甚至于有的人喊出:"我们胜利了!"

农场糟到了极度。那喊叫"我们胜利了"的,当然更肆无忌惮,几乎走路都要模仿螃蟹;那稍微悲观一些的,总觉得事情并不能这么容易得到胜利,于是抱着干一天算一天的态度,而拚命往手中搂东西,好像是说:"滚蛋的时候,就是多拿走一把小镰刀也是好的！"

旧历年是丁主任的一"关"。表面上，他还很镇定，可是喝了酒便爱发牢骚。"没关系！"他总是先说这一句，给自己壮起胆气来。慢慢地，血液循环的速度增加了，他身上会忽然出点汗。想起来了：张太太——张股东的二夫人——那里的年礼送少了！他楞一会儿，然后，自言自语地说："人事，都是人事；把关系拉好，什么问题也没有！"酒力把他的脑子催得一闪一闪的，忽然想起张三，忽然想起李四，"都是人事问题！"

新年过了，并没有任何动静。丁主任的心像一块石头落了地。新年没有过好，必须补充一下；于是一直到灯节，农场中的酒气牌声始终没有断过。

灯节后的那么一天，已是早晨八点，天还没甚亮。浓厚的黑雾不但把山林都藏起去，而且把低处的东西也笼罩起来，连房屋的窗子都像挂起黑的帘幕。在这大雾之中，有些小小的雨点，有时候飘飘摇摇地像不知落在哪里好，有时候直滴下来，把雾色加上一些黑暗。农场中的花木全静静地低着头，在雾中立着一团团的黑影。农场里没有人起来，梦与雾好像打成了一片。

大雾之后容易有晴天。在十点钟左右，雾色变成红黄，一轮红血的太阳时时在雾薄的时候露出来，花木叶子上的水点都忽然变成小小的金色的珠子。农场开始有人起床。秦妙斋第一个起来，在院中绕了一个圈子。正走在大藤萝架下，他看见石板路上来了三个人。最前面的是一位女的，矮身量，穿着不知有多少衣服，像个油篓似的慢慢往前走，走得很吃力。她的后面是个中年的挑伕，挑着一大一小两只旧皮箱，和一个相当大的、风格与那位女人相似的铺盖卷，挑伕的头上冒着热汗。最后，是一位高身量的汉子，光着头，发很长，穿着一身不体面的西服，没有大衣，他的肩有些向前探着，背微微有点弯。他的手里拿着个旧洋磁的洗脸盆。

秦妙斋以为是他自己的朋友呢,他立在藤萝架旁,等着和他们打招呼。他们走近了,不相识。他还没动,要细细看看那个女的,对女的他特别感觉兴趣。那个大汉,好像走得不耐烦了,想赶到前边来,可是石板路很窄,而挑伕的担子又微微的横着,他不容易赶过来。他想踏着草地绕过来,可是脚已迈出,又收了回去,好像很怕踏损了一两根青草似的。到了藤架前,女的立定了,无聊地,含怨地,轻叹了一声。挑伕也立住。大汉先往四下一望,而后挤了过来。这时候,太阳下面的雾正薄得像一片飞烟,把他的眉眼都照得发光。他的眉眼很秀气,可是像受过多少什么无情的折磨似的,他的俊秀只是一点残余。他的脸上有几条来早了十年的皱纹。他要把脸盆递给女人,她没有接取的意思。她仅"啊"了一声,把手缩回去。大概她还要夸赞这农场几句,可是,随着那声"啊",她的喜悦也就收敛回去。阳光又暗了一些,他们的脸上也黯淡了许多。

那个女的不甚好看。可是,眼睛很奇怪,奇怪得使人没法不注意她。她的眼老像有甚么心事——像失恋,损伤了儿女或破产那类的大事——那样的定着,对着一件东西定视,好久;才移开,又去定视另一件东西。眼光移开,她可是仿佛并没看到什么。当她注意一个人的时候,那个人总以为她是一见倾心,不忍转目。可是,当她移开眼光的时节,他又觉得她根本没有看见他。她使人不安,惶惑,可是也感到有趣。小圆脸,眉眼还端正,可是都平平无奇。只有在她注视你的时候,你才觉得她并不难看,而且很有点热情。及至她又去对别的人,或别的东西楞起来,你就又有点可怜她,觉得她不是受过什么重大的刺激,就是天生的有点白痴。

现在,她扭着点脸,看着秦妙斋。妙斋有点兴奋,拿出他自认为最美的姿态，倚在藤架的柱子上，也看着她。"哪个叨？"挑伕不耐烦了："走不走吗？"

"明霞，走！"那个男人毫无表情地说。

"干什么的？"妙斋的口气很不客气地问他，眼睛还看着明霞。

"我是这里的主任。"那个男的一边说，一边往里走。

"啊？主任？"妙斋挡住他们的去路。"我们的主任姓丁。"

"我姓尤，"那个男的随手一拨，把妙斋拨开，还往前走，"场长派来的新主任。"

秦妙斋愕住了，闭了一会儿眼，睁开眼，他像条被打败了的狗似的，从小道跑进去。他先跑到大厅。"丁，老丁！"他急切地喊。"老丁！"

丁主任披着棉袍，手里拿着条冒热气的毛巾，一边擦脸，一边从楼上走下来。

"他们派来了新主任！"

"啊？"丁主任停止了擦脸，"新主任？"

"集合！集合！教他怎么来的怎么滚回去！"妙斋回身想往外跑。

丁主任扔了毛巾，双手撩着棉袍，几步就把妙斋赶上，拉住。"等等！你上楼去，我自有办法！"

妙斋还要往外走，丁主任连推带搡，把他推上楼去。而后，把钮子扣好，稳重庄严地走出来。拉开门，正碰上尤主任。满脸堆笑地，他向尤先生拱手："欢迎！欢迎！欢迎新主任！这是——"他的手向明霞高拱。没有等尤主任回答，他亲热地说："主任太太吧？"紧跟着，他对挑伕下了命令："拿到里边来吗！"把夫妻让进来，看东西放好，他并没有问多少钱雇来的，而把大小三张钱票交给挑伕——正好比雇定的价钱多了五角。

尤主任想开门见山地问农场的详情，但是丁务源忙着喊开水，洗脸水；吩咐工友打扫屋子，丝毫不给尤主任说话的机会。把这些忙完，他又把明霞大嫂长大嫂短地叫得震心，一个劲儿和她扯东道西。尤主任几次要开口，都被明霞给截了回去；乘着丁务源出去那会儿，她责备丈夫："那些事，干吗忙着问，日子长着呢，难道你今天就办公？"

第一天一清早，尤主任就穿着工人装，和工头把农场每一个角落都检查到，把一切都记在小本儿上。回来，他催丁主任办交代。丁主任答应三天之内把一切办理清楚。明霞又帮了丁务源的忙，把三天改成六天。

一点合理的错误，使人抱恨终身。尤主任——他叫大兴——是在美国学园艺的。毕业后便在母校里作讲师。他聪明，强健，肯吃苦。作起"试验"来，他的大手就像绣花的姑娘的那么轻巧，准确，敏捷。作起用力的工作来，他又像一头牛那样强壮，耐劳。他喜欢在美国，因为他不善应酬，办事认真，准知道回到祖国必被他所痛恨的虚伪与无聊给毁了。但是，抗战的喊声震动了全世界；他回了国。他知道农业的重要，和中国农业的急应改善。他想在一座农场里，或一间实验室中，把他的血汗献给国家。

回到国内，他想结婚。结婚，在他心中，是一件必然的，合理的事。结了婚，他可以安心地工作，身体好，心里也清静。他把恋爱视成一种精力的浪费。结婚就是结婚，结婚可以省去许多麻烦，别的事都是多余，用不着去操心。于是，有人把明霞介绍给他，他便和她结了婚。这很合理，但是也是个错误。

明霞的家里有钱。尤大兴只要明霞，并没有看见钱。她不甚好看，大兴要的是一个能帮助他的妻子，美不美没有什么关系。明霞失过恋，曾经想自杀；但这是她的过去的事，与大兴毫不相干。她没有什么本领，但在大兴想，女人多数是没有本领的；结婚后，他曾以身作则地去吃苦耐劳，教育她，领导她；只要她不瞎胡闹，就一切不成问题。他娶了她。

明霞呢，在结婚之前，颇感到些欣悦。不是因为她得到了理想爱人——大兴并没请她吃过饭，或给她买过鲜花——而是因为大兴足以替她雪耻。她以前所爱的人抛弃了她，像随便把一团废纸扔在垃圾堆上似的。但是，她现在有了爱人；她又可以仰着脸走路了。

在结婚后，她的那点欣悦和婚礼时戴的头纱差不多，永远收藏起去了。她并不喜欢大兴。大兴对工作的努力，对金钱的冷淡，对三姑六姨的不客气，都使她感到苦痛。但是，当有机会夫妇一道走的时候，她还是紧紧地拉着他，像将被溺死的人紧紧抓住一把水草似的。无论如何，他是一面雪耻的旗帜，她不能再把这面旗随便扔在地上！

大兴的努力，正直，热诚，使自己到处碰壁。他所接触到的人，会慢慢很巧妙地把他所最珍视的"科学家"三个字变成一种嘲笑。他们要喝酒去，或是要办一件不正当的事，就老躲开"科学家"。等到"科学家"天天成为大家开玩笑的用语，大兴便不能不带着太太另找吃饭的地方去！明霞越来越看不起丈夫。起初，她还对他发脾气，哭闹一阵。后来，她知道哭闹是毫无作用的，因为大兴似乎没有感情；她闹她的气，他作他的事。当她自己把泪擦干了，他只看她一眼，而后问一声："该作饭了吧？"她至少需要一个热吻，或几句热情的安慰；他至多只拍拍她的脸蛋。他决不问闹气的原因与解决的办法，而只谈他的工作。工作与学问是他的生命，这个生命不许爱情来分润一点利益。有时候，他也在她发气的时候，偷偷弹去自己的一颗泪，但是她看得出，这只是怨恨她不帮助他工作，而不是因为爱她，或同情她。只有在她病了的时候，他才真像个有爱心的丈夫，他能像作试验时那么细心来看护她。他甚至于坐在床边，拉着她的手，给她说故事。但是，他的故事永远是关于科学的。她不爱听，也就不感激他。及至医生说，她的病已不要紧了，他便马上去工作。医生是科学家，医生的话绝对不能有错误。他丝毫没想到病人在没有完全好了的时候还需要安慰与温存。

她不能了解大兴，又不能离婚，她只能时时地定睛发呆。

现在，她又随着大兴来到树华农场。她已经厌恶了这种搬行李，拿着洗脸盆的流荡生活。她作过小姐，她愿有自己的固定的，款式的家庭。她不能不随着他来。但是既来之则安之，她不愿过十天半月又走出去。她不能辨别谁好谁坏，谁是谁非，但是她决定要干涉丈夫的事，不教他再多得罪人。她这次须起码把丈夫的正直刚硬冲淡一些，使大家看在她的面上原谅了尤大兴。她开首便帮忙了丁务源，还想敷衍一切活的东西，就连院中的大鹅，她也想多去喂一喂。

尤主任第一个得罪了秦妙斋。秦妙斋没有权利住在这里，请出！秦妙斋本没有任何理由充足的话好说，但是他要反驳。说着说着，他找到了理由："你为什么不称呼我为艺术家呢？"凭这个污辱，他不能搬走！"咱们等着瞧吧，看谁先搬出去！"

尤主任只知道守法讲理是当然的事。虽然回国以后，已经受过多少不近情理的打击，可是还没遇见这么荒唐的事。他动了气，想请警察把妙斋捉出去。这时候，明霞又帮了妙斋的忙，替他说了许多"不要太忙，他总会顺顺当当地搬出去"的话。

妙斋和丁务源开了一个秘密会议。妙斋主战，丁务源主和，但是在妙斋说了许多强硬的话之后，丁务源也同意了主战。他称赞妙斋的勇敢，呼他为侠义的艺术家。妙斋感激得几乎晕了过去。

事实上，丁务源绝对不想和尤主任打交手战。在和妙斋谈过话之后，他决定使妙斋和尤大兴作战，而他自己充好人。同时，关于他自己的事，他必定先和明霞商议一下，或者请她去办交涉。他避免与尤主任作正面冲突。见着大兴,他永远摆出使人信任的笑脸,他知道出去另找事作不算难,但是找与农场里同样的舒服而收入又高的事就不大容易。他决定用"忍"字对付一切。假若妙斋与工人们把尤主任打了,他便可以利用机会复职。即使一时不能复职,他也会运动明霞和股东太太们,教他作个副主任。他这个副主任早晚会把正主任顶出去,他自信有这个把握,只要他能忍耐。把妙斋与明霞埋伏在农场,他进了城。

尤主任急切地等着丁务源办交代,交代了之后,他好通盘地计划一切。但是,丁务源进了城。他非常着急。拿人一天的钱,他就要作一天的事,他最恨敷衍与慢慢地拖。在他急得要发脾气的时候,明霞的眼又定住了。半天,她才说话:"丁先生不会骗你,他一两天就回来,何必这么着急呢?"

大兴并不因妻的劝告而消了气,但是也不因生气而忘了作事。他会把怒气压在心里,而手脚还去忙碌。他首先贴出布告:大家都要六时半起床,七时上工。下午一点上工,五时下工。晚间九时半熄灯上门,门不再开。在大厅里,他贴好:办公重地,闲人免进。而后,他把写字台都搬了来,职员们都在这里办事——都在他眼皮底下办事。办公室里不准吸烟,解渴只有白开水。

命令下过后,他以身作则的,在壁钟正敲七点的时节,已穿好工人装,在办公厅门口等着大家。丁务源的"亲兵"都来得相当的早,因为他们知道自己毫无本事,而他们的靠山能否复职又无把握,所以他们得暂时低下头去。他们用按时间作事来遮掩他们的不会作事。有的工人迟到,受了秦妙斋的挑拨,他们故意和新主任捣乱。

尤主任忍耐地等着。等大家都来齐,他并没发脾气,也没说闲话。开门见山地,他分配了工作,他记不清大家的姓名,但是他的眼睛会看,谁是有经验的工人,谁是混饭吃的。对混饭吃的,他打算一律撤换,但在没有撤换之前,他也给他们活儿作——"今天,你不能白吃农场的饭,"他心里说。

"你们三位,"他指定三个工人,"去把葡萄枝子全剪了。不打枝子,下一季没法结葡萄。限两天打完。"

"怎么打?"一个工人故意为难。

"我会告诉你们!我领着你们去作!"然后,他给有经验的工人全分配了工作,"你们三位给果木们涂灰水,该剥皮的剥皮,该刻伤的刻伤,回来我细告诉你们。限三天作完。你们二位去给菜蔬上肥。你们三位去给该分根的花草分根……"然后,轮到那些混饭吃的:"你们二位挑沙子,你们俩挑水,你们二位去收拾牛羊圈……"

混饭吃的都撅了嘴。这些事,他们能作,可是多么费力气,多么肮脏呢!他们往四下里找,找不到他们的救主丁务源的胖而发光的脸。他们祷告:"快回来呀!我们已经成了苦力!"

那些有经验的工人,知道新主任所吩咐的事都是应当作的。虽然他所提出的办法,有和他们的经验不甚相同的地方,可是人家一定是内行。及至尤主任同他们一齐下手工作,他们看出来,人家不但是内行,而且极高明。凡是动手的,尤主任的大手是那么准确,敏捷。凡是要说出道理的地方,尤主任三言五语说得那么简单,有理。从本事上看,从良心上说,他们无从,也不应当,反对他。假若他们还愿学一些新本事,新知识的话,他们应该拜尤主任为师。但是,他们的良心已被丁务源给蚀尽。他们的手还记得白板的光滑,他们的口还咂摸着麯酒的香味;他们恨恶镰刀与大剪,恨恶院中与山上的新鲜而寒冷的空气。

现在,他们可是不能不工作,因为尤主任老在他们的身旁。他由葡萄架跑到果园,由花畦跑到菜园,好像工作是最可爱的事。他不叱喝人,也不着急,但是他的话并不客气,老是一针见血地使他们在反感之中又有点佩服。他们不能偷闲,尤主任的眼与脚是同样快的:他们刚要放下活儿,他就忽然来到,问他们怠工的理由。他们答不出。要开水吗?开水早送到了。热腾腾的一大桶。要吸口烟吗?有一定的时间。他们毫无办法。

他们只好低着头工作,心中憋着一股怨气。他们白天不能偷闲,晚间还想照老法,去捡几个鸡蛋什么的。可是主任把混饭的人们安排好,轮流值夜班。"一摸鸡鸭的裆儿,我就晓得正要下蛋,或是不久就快下蛋了。一天该收多少蛋,我心中大概有个数目,你们值夜,夜间丢失了蛋,你们负责!"尤主任这样交派下去。好了,连这条小路也被封锁了!

过了几天,农场里一切差不多都上了轨道。工人们因为有点知识,到底容易感化。他们一方面恨尤主任,一方面又敬佩他。及至大家的生活有了条理,他们不由地减少了恨恶,而增加了敬佩。他们晓得他们应当这样工作,这样生活。渐渐地,他们由工作和学习上得到些愉快,一种与牌酒场中不同的,健康的愉快。

尤主任答应下,三个月后,一律可以加薪,假若大家老按着现在这样去努力。他也声明:大家能努力,他就可以多作些研究工作,这种工作是有益于民族国家的。大家听到民族国家的字样,不期然而然都受了感动。他们也愿意多学习一点技术,尤主任答应下给他们每星期开两次晚班,由他主讲园艺的问题。他也开始给大家筹备一间园艺室,使大家得到些正当的娱乐。大家的心中,像院中的花草似的,渐渐发出一点有生气的香味。

不过,向上的路是极难走的。理智上崇高的决定,往往被一点点浮浅的,低卑的感情所破坏。情感是极容易发酒疯的东西。有一天,尤大兴把秦妙斋锁在了大门外边。九点半锁门,尤主任绝不宽限。妙斋把场内的鸡鹅牛羊全吵醒了,门还是没有开。他从藤架的木柱上,像猴子似的爬了进来,碰破了腿,一瘸一点的，他摸到了大厅，也上了锁。他一直喊到半夜，才把明霞喊动了心，把他放进来。

由尤主任的解说，大家已经晓得妙斋没有住在这里的权利，而严守纪律又是合理的生活的基础。大家知道这个，可是在感情上，他们觉得妙斋是老友，而尤主任是新来的，管着他们的人。他们一想到妙斋，就想起前些日子的自由舒适，他们不由地动了气，觉得尤主任不近人情。他们一一地来慰问妙斋，妙斋便乘机煽动，把尤大兴形容得不像人。"打算自自在在地活着，非把那个猪狗不如的东西打出去不可！"他咬着牙对他们讲。"不过，我不便多讲，怕你们没有胆子！你们等着瞧吧，等我的腿好了，我独自管教他一顿，教你们看看！"

他们的怒气被激起来，大家都不约而同地留神去找尤大兴的破绽，好借口打他。

尤主任在大家的神色上，看出来情势不对，可是他的心里自知无病，绝对不怕他们。他甚至于想到，大家满可以毫无理由地打击他，驱逐他，可是他决不退缩，妥协。科学的方法与法律的生活，是建设新中国的必经的途径。假若他为这两件事而被打，好吧，他愿作了殉道者。

一天，老刘值夜。尤主任在就寝以前，去到院中查看，他看见老刘私自藏起两个鸡蛋。他不能睁着一只眼，闭着一只眼地敷衍。他过去询问。

老刘笑了："这两个是给尤太太的！"

"尤太太？"大兴仿佛不晓得明霞就是尤太太。他楞住了。及至想清楚了，他像飞也似的跑回屋中。

明霞正要就寝。平平的黄圆脸上没有任何表情，坐在床沿上，定睛看着对面的壁上——那里什么也没有。

"明霞！"大兴喘着气叫，"明霞，你偷鸡蛋？"

她极慢地把眼光从壁上收回，先看看自己拖鞋尖的绣花，而后才看丈夫。

"你偷鸡蛋?"

"啊!"她的声音很微弱，可是一种微弱的反抗。

"为什么?"大兴的脸上发烧。

"你呀，到处得罪人，我不能跟你一样!我为你才偷鸡蛋!"她的脸上微微发出点光。

"为我?"

"为你!"她的小圆脸更亮了些，像是很得意。"你对他们太严，一草一木都不许私自动。他们要打你呢!为了你，我和他们一样地去拿东西，好教他们恨你而不恨我。他们不恨我，我才能为你说好话，不是吗?自己想想看!我已经攒了三十个大鸡蛋了!"她得意地从床下拉出一个小筐来。

尤大兴立不住了。脸上忽然由红而白。摸到一个凳子，坐下，手在膝上微颤。他坐了半夜，没出一声。

第二天一清早，院里外贴上标语，都是妙斋编写的。"打倒无耻的尤大兴!""拥护丁主任复职!""驱逐偷鸡蛋的坏蛋!""打倒法西斯的走狗!""消灭不尊重艺术的魔鬼!"……

大家罢了工，要求尤大兴当众承认偷蛋的罪过，而后辞职，否则以武力对待。

大兴并没有丝毫惧意，他准备和大家谈判。明霞扯住了他。乘机会，她溜出去，把屋门倒锁上。

"你干吗?"大兴在屋里喊，"开开!"

她一声没出，跑下楼去。

丁务源由城里回来了，已把副主任弄到手。"喝!"他走到石板路上，看见剪了枝的葡萄，与涂了白灰的果树，"把葡萄剪得这么苦。连根刨出来好不好!树也擦了粉，硬是要得!"

进了大门，他看到了标语。他的脚踵上像忽然安了弹簧，一步催着一步地往院中走，轻巧，迅速；心中也跳得轻快，好受；口里将一个标语按照着二黄戏的格式哼唧着。这是他所希望的，居然实现了！"没想到能这么快！妙斋有两下子！得好好的请他喝两杯！"他口中唱着标语，心中还这么念道。

刚一进院子，他便被包围了。他的"亲兵"都喜欢得几乎要落泪。其余的人也都像看见了久别的手足，拉他的，扯他的，拍他肩膀的，乱成一团；大家的手都要摸一摸他，他的衣服好像是活菩萨的袍子似的，挨一挨便是功德。他们的口一齐张开，想把冤屈一下子都倾泻出来。他只听见一片声音，而辨不出任何字来。他的头向每一个人点一点，眼中的慈祥的光儿射在每一个人的身上，他的胖而热的手指挨一挨这个，碰一碰那个。他感激大家，又爱护大家，他的态度既极大方，又极亲热。他的脸上发着光，而眼中微微发湿。"要得！""好！""呕！""他妈拉个巴子！"他随着大家脸上的表情，变换这些字眼儿。最后，他向大家一举手，大家忽然安静了。"朋友们，我得先休息一会儿，小一会儿；然后咱们再详谈。不要着急生气，咱们都有办法，绝对不成问题！"

"请丁主任先歇歇！让开路！别再说！让丁主任休息去！"大家纷纷喊叫。有的还恋恋不舍地跟着他，有的立定看着他的背影，连连点头赞叹。

丁务源进了大厅，想先去看妙斋。可是，明霞在门旁等着他呢。

"丁先生！"她轻轻地，而是急切地，叫，"丁先生！"

"尤太太！这些日子好哇？要得！"

"丁先生！"她的小手揉着条很小的，花红柳绿的手帕。"怎么办呢？怎么办呢？"

"放心！尤太太！没事！没事！来！请坐！"他指定了一张

椅子。

明霞像作错了事的小女孩似的,乖乖地坐下,小手还用力揉那条手帕。

"先别说话,等我想一想!"丁务源背着手,在屋中沉稳而有风度地走了几步。"事情相当的严重,可是咱们自有办法,"他又走了几步,摸着脸蛋,深思细想。

明霞沉不住气了,立起来,迫着他问:"他们真要打大兴吗?"

"真的!"丁副主任斩钉截铁地回答。

"那怎么办呢?怎么办呢?"明霞把手帕团成一个小团,用它擦了擦鼻洼与嘴角。

"有办法!"丁务源大大方方地坐下。"你坐下,听我告诉你,尤太太!咱们不提谁好谁歹,谁是谁非,咱们先解决这件事,是不是?"

明霞又乖乖地坐下,连声说"对!对!"

"尤太太看这么办好不好?"

"你的主意总是好的!"

"这么办:交代不必再办,从今天起请尤主任把事情还全交给我办,他不必再分心。"

"好!他一向太爱管事!"

"就是呀!教他给场长写信,就说他有点病,请我代理。"

"他没有病,又不爱说谎!"

"在外边混事,没有不扯谎的!为他自己的好处,他这回非说谎不可!"

"呕!好吧!"

"要得!请我代理两个月,再教他辞职,有头有脸地走出去,面子上好看!"

明霞立起来:"他得辞职吗?"

"他非走不可！"

"那？"

"尤太太，听我说！"丁务源也立起来。"两个月，你们照常支薪，还住在这里，他可以从容地去找事。两个月之中，六十天工夫，还找不到事吗？"

"又得搬走？"明霞对自己说，泪慢慢地流下来。楞了半天，她忽然吸了一吸鼻子，用尽力量地说："好！就是这么办啦！"她跑上楼去。

开开门一看，她的腿软了，坐在了地板上。尤大兴已把行李打好，拿着洗面盆，在床沿上坐着呢。

沉默了好久，他一手把明霞搀起来，"对不起你，霞！咱们走吧！"

院中没有一个人，大家都忙着杀鸡宰鸭，欢宴丁主任，没工夫再注意别的。自己挑着行李，尤大兴低着头向外走。他不敢看那些花草树木——那会教他落泪。明霞不知穿了多少衣服，一手提着那一小筐鸡蛋，一手揉着眼泪，慢慢地在后面走。

树华农场恢复了旧态，每个人都感到满意。丁主任在空闲的时候，到院中一小块一小块地往下撕那些各种颜色的标语，好把尤大兴完全忘掉。

不久，丁主任把妙斋交给保长带走，而以一万五千元把空房租给别人，房租先付，一次付清。

到了夏天，葡萄与各种果树全比上年多结了三倍的果实，仿佛只有它们还记得尤大兴的培植与爱护似的。

果子结得越多，农场也不知怎么越赔钱。